소오강호

8

소오강호 8 - 화산의 정상에서

1판 1쇄 발행 2018. 10. 15.
1판 4쇄 발행 2022. 3. 26.

지은이 김용
옮긴이 전정은
발행인 고세규
편집 조은혜 | 디자인 윤석진
발행처 김영사
등록 1979년 5월 17일 (제406-2003-036호)
주소 경기도 파주시 문발로 197(문발동) 우편번호 10881
전화 마케팅부 031)955-3100, 편집부 031)955-3200 | 팩스 031)955-3111

값은 뒤표지에 있습니다. ISBN 978-89-349-8336-1 04820
                        978-89-349-8337-8 (세트)

홈페이지 www.gimmyoung.com   블로그 blog.naver.com/gybook
인스타그램 instagram.com/gimmyoung   이메일 bestbook@gimmyoung.com

좋은 독자가 좋은 책을 만듭니다.
김영사는 독자 여러분의 의견에 항상 귀 기울이고 있습니다.

소오강호

笑傲江湖

김용 대하역사무협

전정은 옮김

화산의 정상에서

8

화산의 정상에서

8권

영호충 令狐沖

화산파 대사형. 어렸을 때 부모를 잃어 화산파 장문인 부부 손에서 자랐다. 강호의 의리와 예의를 중요하게 여겨 의협심이 강하지만, 술을 좋아하고 거침없는 성정을 가졌다. 타고난 호방함으로 많은 이들의 총애를 받아, 여러 사람들의 도움으로 절체절명의 위기도 잘 헤쳐 나간다. 규율이나 관습에 얽매이지 않고 자유롭게 사는 삶을 추구하는 인물이다.

임평지 林平之

복주 복위표국 소표두. 집안에 전해져 내려오는 〈벽사검보〉를 노리고 가문을 몰살한 청성파에게 복수하기 위해 화산파에 입문했다. 무공 실력이 뛰어나지 않고, 소심한 인물이었으나 집안 멸문에 얽힌 비밀을 알게 된 뒤 변하게 된다.

악불군 岳不羣

화산파 장문인. 영호충의 아버지 같은 인물로 군자검이라는 별호를 갖고 있을 정도로 점잖고 고상하다. 무공 또한 뛰어나 당대 무림에서 손꼽히는 고수였지만, 위선적인 태도와 탐욕이 드러난다.

악영산 岳靈珊

악불군과 영중칙의 딸. 어렸을 때부터 영호충과 함께 놀고, 무공을 익히며 자랐다. 털털하고 솔직한 성격으로 다소 천방지축같은 모습도 보인다. 영호충이 짝사랑하는 인물로, 악영산 또한 영호충에게 마음이 있었지만 임평지를 만난 뒤 그에게 마음을 뺏긴다.

막대 莫大

형산파 장문인. 꾀죄죄한 차림새로 다니는 신출귀몰한 인물로, 언제나 호금을 지닌 채 자유롭게 강호를 누비며 다닌다. 매사에 흔들림 없고 당당한 대장부의 면모를 가진 영호충에게 호의적인 태도를 보이며, 영호충이 위험에 처할 때 도움을 주기도 한다.

의림 儀琳

불계 화상의 딸이자 항산파 정일 사태 제자. 처음에는 본인이 고아인 줄 알았으나 우연한 계기로 아버지를 만나게 됐다. 좌중을 사로잡는 빼어난 외모를 가진, 출가한 승려로 순수한 심성을 가진 인물이다. 영호충의 도움을 받아 목숨을 구한 이후로, 줄곧 그에게 연정을 품는다.

유정풍 劉正風과 곡양 曲洋

형산파 고수와 일월신교 장로. 유정풍과 곡양은 각각 정파와 사파에 속해 있기 때문에 교우해서는 안 되지만 음악에 대한 뜻이 같아 우정을 키워나갔다. 두 인물은 어렵게 완성한 통소와 금 합주곡 〈소오강호곡〉을 영호충에게 건넨 뒤 죽는다.

풍청양風淸揚

화산파가 검종과 기종으로 나뉘어 분쟁이 있기 전, 화산파에 있던 태사숙. 화산에 은거하며 모습을 드러내지 않지만, 뛰어난 무림 고수로 영호충에게 '초식이 없는 것으로 초식이 있는 것을 깨뜨리는' 비결과 독고구검을 전수했다.

도곡육선桃谷六仙

정파 없이 강호를 떠도는 여섯 형제로 이름은 도근선桃根仙, 도간선桃幹仙, 도지선桃枝仙, 도엽선桃葉仙, 도화선桃花仙, 도실선桃實仙이다. 서로 쉴 새 없이 떠들며 웃음을 주는 인물들이지만, 화가 나면 간담이 서늘해질 정도로 사람을 처참하게 죽인다.

임영영任盈盈

일월신교 교주였던 임아행의 딸. 많은 강호 호걸의 존경과 사랑을 받지만 수줍음이 많은 인물로, 우연한 계기로 영호충에게 깊은 정을 느껴 그를 물심양면으로 돕는 조력자다. 악한 성정을 갖고 태어났지만 아버지처럼 독선적이거나 권력에 눈 먼 인물은 아니다.

상문천向問天

일월신교 광명좌사. 목표를 위해서는 물불 가리지 않는 오만하고 고집스러운 사람이지만, 현명하고 의리를 중요하게 여기며 강호를 제패할 야심은 없는 인물이다. 동방불패에게 일월신교 반역자로 찍혀 도망을 다니다 영호충의 도움으로 위기에서 벗어난 뒤, 영호충과 생사를 함께 하기로 약속한다.

임아행任我行

동방불패 이전에 일월신교 교주. 타인의 진기를 빨아들이는 흡성대법을 연마한 독선적인 인물로 지모와 지략이 뛰어나다. 동방불패에게 교주 자리를 뺏긴 후, 10여 년간 깊은 지하 감옥에 갇혀 살았다. 상문천과 영호충의 도움을 받아 감옥을 탈출한 뒤 교주 자리를 탈환하려 한다.

좌냉선左冷禪

숭산파 장문인. 오악검파인 화산파, 숭산파, 태산파, 형산파, 항산파를 오악파로 통합해 오악파 장문인이 되려 한다. 목표를 위해서는 협박과 살인 등 간악한 짓도 일삼는 인물이지만, 악불군과 겨루다 두 눈을 잃고 만다.

동방불패東方不敗

일월신교 교주. 일월신교에 전해져 내려오는 《규화보전》의 무공을 연성한 유일한 사람으로, 임아행에게서 교주 자리를 찬탈하고 10년 동안 천하제일 고수라 불려왔다. 함께 지내는 양연정을 끔찍하게 여겨, 양연정의 일이라면 오랜 벗이라도 죽일 수 있는 헌신적이면서도 잔인한 인물이다.

왕원기王原祁의
〈화산추색도華山秋色圖〉

왕원기의 자는 녹대麓臺이며 강희
연간의 주요 화가로 강소성 태창
사람이다. 이 그림은 화산의 남쪽
봉우리와 서쪽 봉우리를 그린 것
이다.

황신黃愼**의 〈휴금도축**携琴圖軸**〉**

황신은 복건성 영화 사람으로 양주에 오래 머물렀다. 청나라 건륭 연간의 '양주팔괴揚州八怪' 중 하나로 술과 유람을 좋아했다. 이 그림은 젊은 시절 길거리에서 갑자기 화법이 떠올라 황급히 가게에 들어가 지필묵을 빌려 그린 것으로, 제서에도 술에 취해 그렸다는 말이 있다. 그림 속 여인은 영영만큼 아름답지는 않지만 수줍음이 느껴지고 우아하여 자태가 제법 비슷하다.

왕이王履의 〈화산도華山圖〉

왕이는 원나라 말 명나라 초기 의학가이자 화가로 백 권이 넘는 의학 서적을 저술했다. 〈화산도〉는 명나라 홍무 16년에 그린 마흔 폭의 그림으로, 붓질에 힘이 있고 진중하며 배치가 조밀하여 예술적 조예가 깊은 작품이다. 그는 '나는 마음을 스승으로 삼고, 마음은 눈을 스승으로 삼고, 눈은 화산을 스승으로 삼는다'라고 말하며 사실적인 묘사를 강조했다. 〈화산도〉는 세상에 전해지는 몇 안 되는 왕이의 걸작으로 명나라 때부터 이미 큰 명성을 얻었다. 이 책에는 그중 다섯 폭을 수록했다. 실린 순서대로 화산의 〈명암明岩〉, 〈천척당千尺撞〉, 〈용담龍潭〉, 〈선인장仙人掌〉, 〈창룡영정蒼龍嶺頂〉이다.

자단목에 꽃무늬를 새긴 의자

이 의자에 수놓은 비단 방석을 놓으면 임아행이 앉지 않고는 못 배길 것이다.

구룡도 융단 벽걸이

황궁의 어용품이다. 무당파가 계략을 꾸밀 때 사용한 아홉 마리 용은 해를 에워싸는 모습의 의자 덮개와 비슷할 것이다.

정섭鄭燮의 〈난죽蘭竹〉
제서에는 이렇게 쓰여 있다.

세상을 떠들썩하게 하는 문장   掀天揭地之文
천둥이 치듯 힘찬 글씨   震電驚雷之字
신이 마귀에게 호통치는 듯한 담화   呵神罵鬼之談
고금에 없는 그림   無古無今之畵
응당 평범한 길에는 없는 것들이라   固不在尋常蹊徑中也
그리기 전 그 방식을 정하지 않으며   未畵以前 不立一格
그린 다음 그 방식을 남기지 않노라   既畵以後 不留一格

이는 독고구검의 묘사와 유사하다 할 수 있다.

애도

36

— 악영산의 무덤에서 파릇파릇한 새싹이 되똑 솟아나자 영호충은 생각에 잠겼다.
'소사매의 무덤에도 풀이 자라기 시작했구나.
저 안에 누워 있는 소사매는 어떻게 지내고 있을까?'
그때, 뒤에서 그윽한 퉁소 소리가 들려왔다.

영영은 영호충에게 무슨 일이 생길까 봐 경공을 펼쳐 수레로 돌아갔다.

　"충 오라버니, 누군가 오고 있어요!"

　그녀의 외침에 영호충이 싱긋 웃으며 말했다.

　"또 누군가 남의 집 닭을 죽여 개를 먹이는 이야기를 듣고 있었소? 왜 이리 오래 걸렸소?"

　영영은 입을 삐죽였지만, 조금 전 악영산이 임평지와 '진정한 부부'가 되겠다고 한 말이 떠올라 저도 모르게 얼굴이 달아올랐다.

　"두 사람은… 벽… 벽사검법 익히는 이야기를 하고 있었어요."

　"우물우물하는 것을 보니 필시 다른 이야기도 있었겠군. 숨기려 하지 말고 어서 올라와서 들려주시오."

　"싫어요, 점잖지 못하게 한 수레를 탈 수는 없어요."

　영호충은 히죽 웃었다.

　"뭐가 점잖지 못하다는 거요?"

　"몰라요!"

　그때 말발굽 소리가 점점 가까워져 영영은 곧바로 소리를 죽였다.

　"사람 수로 보아 그 못된 청성파 제자들이 정말 복수를 하러 온 것 같아요."

영호충이 일어나 앉으며 말했다.

"천천히 다가가서 지켜봅시다. 그리 늦지는 않을 거요."

"그래요."

영호충이 악영산에게 관심이 많다는 사실은 영영도 잘 알고 있었다. 악영산의 적들이 나타난 이상 지금보다 더한 중상을 입었어도 달려가서 구할 사람이니, 혼자 가서 돕겠다고 해봤자 먹힐 리가 없었다. 그녀는 말없이 그가 수레에서 내려오도록 부축해주었다.

왼발이 땅에 닿는 순간 상처가 찌르는 듯 아파, 영호충은 저도 모르게 비틀거리며 끌채에 부딪혔다. 한가롭게 쉬고 있던 나귀는 갑작스럽게 수레가 흔들리자 달리라는 신호인 줄 알고 고개를 젖히며 울부짖으려 했고, 그 순간 영영이 단검을 휘둘러 번개같이 나귀의 목을 잘랐다.

"훌륭하오!"

영호충이 소리 죽여 칭찬했다. 영영 정도의 무공이라면 단번에 나귀의 목을 자르기는 무척 쉬운 일이었기 때문에, 그가 칭찬한 것은 그녀의 검 솜씨가 아니라 나귀가 소리를 내기 전 목을 자른 빠른 판단력과 과감한 실행력이었다. 물론 나귀가 사라진 수레를 어떻게 끌고 갈 것인지는 다른 문제였지만.

영호충이 겨우 몇 걸음을 떼었는데 긴박한 말발굽 소리는 어느새 바로 앞에서 들리고 있었다. 영영은 억지로 서두르려는 영호충을 바라보며 생각했다.

'저렇게 서두르다가 상처가 덧날지도 몰라. 그렇다고 내가 안거나 업고 가는 것은 예의범절에 맞지 않아.'

그러다 무슨 생각이 들었는지 생긋 웃으며 영호충을 바라보았다.

"충 오라버니, 실례할게요."

그녀는 영호충의 대답을 기다리지 않고, 오른손으로는 그의 뒤춤을 움켜쥐고 왼손으로는 앞섶을 붙잡아 번쩍 들어올리더니 나는 듯이 수수밭을 달렸다. 영호충은 그녀의 배려가 몹시 고마웠지만 한편으로는 우스워 견딜 수가 없었다. 당당한 항산파의 장문인이 어린아이처럼 붙들려가는 꼴을 누가 보기라도 하면 체면이 말이 아니다 싶었지만, 소사매가 위험에 빠진 지금은 이 방법만큼 그의 초조한 마음을 달랠 수 있는 것이 없었다.

수십 걸음쯤 달려가자 말발굽 소리는 더욱 가까워졌다. 영영이 소리 나는 쪽을 살펴보니 어둠 속에서 높이 쳐든 횃불이 큰길을 따라 다가오고 있었다.

"간이 큰 자들이군요. 횃불까지 들고 오다니 발각되는 것도 두렵지 않은 모양이에요."

"죽기 살기로 싸우러 왔으니 시시콜콜 따질 것도 없었겠지. 아차, 이런!"

영호충이 갑자기 소리를 지르자 영영도 그 생각을 헤아린 듯 조용히 말했다.

"청성파가 수레를 불태울 생각이군요."

"어서 가서 막아야 하오. 가까이 오게 해서는 안 되오."

"초조해하지 말아요. 반드시 두 사람을 구할 수 있을 거예요."

그녀의 무공이라면 여창해가 죽고 없는 청성파 사람들을 거뜬히 상대할 수 있었기에 영호충도 고개를 끄덕이며 마음을 놓았다. 영영은 다시 영호충을 들고 악영산의 수레에서 몇 장 떨어진 곳까지 다가간 뒤 그를 내려놓고 속삭였다.

"움직이지 말고 여기서 가만히 기다려요."

길가에서 악영산의 목소리가 들려왔다.

"적들이 오고 있어요. 역시 청성파의 쥐새끼들이에요."

"어찌 아시오?"

임평지가 물었다.

"우리 부부가 중상을 입은 것을 알고 숫제 횃불까지 켜고 달려오는 군요. 홍, 정말 안하무인이야!"

"놈들이 모두 횃불을 들고 있소?"

"그래요."

적잖은 고생을 겪었던 임평지는 악영산보다 훨씬 생각이 깊어 단숨에 그들의 의도를 알아챘다.

"어서 내리시오. 놈들이 수레를 불태울 거요!"

악영산도 그 말이 옳다는 것을 깨달았다.

"그렇군요! 우리를 불태우려고 저 많은 횃불을 들고 온 거예요!"

그녀는 수레에서 홀쩍 뛰어내려 임평지의 팔을 잡아주었다. 임평지도 그녀의 안내를 받아 수레에서 내려왔고, 두 사람은 수수밭으로 들어가 영호충과 영영에게서 멀지 않은 곳에 몸을 숨겼다.

말발굽 소리가 땅을 뒤흔들 것처럼 요란하게 울리고, 곧 청성파 사람들이 나타났다. 그들은 제일 먼저 달아날 길을 막은 뒤 수레를 겹겹이 포위했다.

"임평지! 언제부터 자라 같은 겁쟁이가 되었느냐? 썩 목을 내밀지 못하겠느냐?"

누군가 큰 소리로 외쳤지만 수레 안은 고요했다.

다른 사람이 말했다.

"수레를 버리고 도망친 것 같습니다."

횃불 하나가 어두운 하늘에 호를 그리며 수레를 향해 날아들었다. 바로 그때, 수레에서 손 하나가 불쑥 튀어나와 횃불을 낚아채더니 날아온 쪽으로 되던졌다.

청성파 사람들이 허둥지둥 무기를 뽑아 들며 외쳤다.

"놈이 저 안에 있다!"

영호충과 영영도 갑작스레 나타난 손을 보고 깜짝 놀랐다. 수레에 강력한 조력자가 숨어 있을 줄은 꿈에서도 생각지 못한 두 사람이었다.

악영산은 더욱더 놀라 눈이 휘둥그레졌다. 임평지와 그렇게 많은 이야기를 나누는 동안 수레 안에 누군가 있다는 사실을 전혀 눈치채지 못했으니 그럴 만도 했다. 날아드는 횃불을 낚아채 다시 던진 힘으로 보아 결코 무공이 약한 사람은 아닌 것 같았다.

청성파 사람들이 분분히 횃불을 던졌지만, 수레 안에 있는 사람은 하나도 놓치지 않고 받아서 내던졌다. 다친 사람은 없었지만 청성파 사람들은 금세 겁을 집어먹고 멀리서 수레 주위를 맴돌며 소리만 질러댔다. 환한 횃불 덕에 수레에서 튀어나온 손이 누렇게 마르고 힘줄이 툭 불거진 노인의 것임은 누구나 알 수 있었다.

"임평지가 아니다!"

"그놈 마누라도 아니군."

"자라처럼 수레 안에 움츠리고 있는 것을 보니 다친 것이 분명해."

청성파 사람들이 저마다 한마디씩 하며 눈치를 살폈다. 한참을 기다려도 수레 안에서 아무 반응이 없자, 별안간 그들이 약속이나 한 듯 고함을 지르며 동시에 달려들었다. 각자의 손에 든 검이 어지러이 수레를 찔러댔다.

그때, 수레의 지붕을 뚫고 누군가 휙 튀어나오더니 번개같이 청성파 사람들 뒤로 돌아갔다. 손에 든 검이 어둠 속에서 검광을 흩뿌리자 청성파 제자 두 명이 맥없이 쓰러졌다. 튀어나온 사람은 숭산파의 복장인 누런 장삼을 입었고, 얼굴은 검은 천으로 가려 번뜩이는 눈동자만 드러낸 채였다. 검을 쓰는 솜씨가 여간 빠르지 않아 몇 초 만에 다시 두 명이 쓰러졌다.

영호충과 영영은 똑같은 생각을 하고 서로의 손을 꼭 잡았다.

'저자도 벽사검법을 쓰는구나!'

몸집으로 보아 결코 악불군은 아니었기 때문에 두 사람 모두 다시 한번 놀랐다.

'이 세상에 악불군과 임평지, 좌냉선 외에 벽사검법을 아는 사람이 또 있다니…!'

악영산도 이를 알아보고 나지막이 속삭였다.

"저 사람이 당신과 같은 검법을 쓰는 것 같아요."

임평지는 흠칫 놀랐다.

"저… 저자도 벽사검법을 쓴다고? 확실하오?"

눈 깜짝할 사이 청성파에서는 또다시 세 사람이 쓰러졌다. 그때쯤 영호충과 영영은, 그 사람이 분명히 벽사검법을 쓰지만, 검법 특유의 신출귀몰한 움직임은 동방불패에게는 비할 수 없을 만큼 둔해빠졌고 악불군이나 임평지에 비해서도 한참 뒤처진다는 것을 알아차렸다. 다만 청성파 사람들보다 무공이 높고 벽사검법의 기기묘묘한 초식을 더한 덕분에 홀로 여럿을 상대하면서도 우세하게 싸울 수 있는 것뿐이었다.

악영산도 그 사실을 알았는지 다시 말했다.

"검법은 당신과 비슷한데 움직임은 훨씬 느려요."

임평지는 한숨을 내쉬었다.

"움직임이 느리면 그 검법의 정수를 익힌 것이 아니오. 하지만… 하지만 대체 누군지 모르겠군. 어떻게 벽사검법을…?"

치열한 싸움 끝에 또 한 사람이 그자의 검에 가슴을 꿰뚫려 쓰러졌다. 그는 대갈을 터뜨리며 검을 쑥 뽑더니 곁에 있던 또 다른 사람의 허리를 싹둑 베었다. 나머지 청성파 사람들은 무시무시한 검술에 오금이 저려 슬금슬금 뒤로 물러났다. 그 사람이 다시 소리를 지르며 두어 걸음 다가가자, 청성파 사람 가운데 한 명이 '으악' 하고 비명을 지르며 냅다 고개를 돌리고 달아나기 시작했다. 나머지도 그 공포에 전염된 듯 혼비백산해 벌떼처럼 허둥지둥 달아났다. 말 한 마리에 두 사람이 올라타기도 하고, 말이 있다는 것조차 잊고 걸음아 날 살려라 뛰어가기도 하는 등 완전히 넋이 나간 상태였지만, 달아나는 솜씨는 훌륭해 그들 모두 순식간에 모습을 감췄다.

수레에서 나온 사람은 몹시 지친 듯 검으로 땅을 짚고 숨을 헐떡였다. 짧은 싸움이었지만 내력 소모가 많아 심각한 내상을 입은 것 같았다.

바닥에는 청성파 사람들이 버리고 간 횃불 일고여덟 개가 여전히 활활 타오르고 있었다. 누런 장삼을 입은 노인은 겨우 숨을 고른 뒤 천천히 검을 집어넣고 말했다.

"임 소협, 임 부인, 이 몸은 숭산파 좌 장문의 명을 받아 두 분을 구하러 왔소이다."

낮고 꽉 잠긴 목소리에 발음조차 불분명해, 입에 뭔가를 물고 있거나 아니면 혀가 짧아 제대로 발음을 하지 못하고 목구멍에서 소리를 내는 것 같았다.

임평지가 대답했다.

"도와주어 고맙소. 귀하의 존성대명을 여쭤도 되겠소?"

그가 악영산의 부축을 받아 수수밭에서 나오자 노인이 그를 돌아보며 말했다.

"좌 장문께서는 소협과 부인이 간악한 자들 손에 중상을 입었다는 소식을 듣고, 이 몸에게 두 분을 안전한 곳까지 호위하여 상처를 치료할 수 있도록 도우라 하셨소. 임 소협의 장인도 두 분을 찾아내지 못할 것이오."

영영과 임평지, 악영산은 속으로 고개를 끄덕였다.

'좌냉선이 그런 속사정을 알 리가 없지. 저자가 수레에 숨어서 대화를 엿들은 덕분에 알게 된 것이다.'

세 사람과 달리 영호충은 '장인도 두 분을 찾아내지 못할 것'이라는 노인의 말이 통 이해가 되지 않았다.

임평지가 말했다.

"좌 장문과 귀하의 호의는 감사하오. 허나 내 몸은 내가 알아서 할 것이니 걱정해주지 않아도 되오."

노인이 말했다.

"소협은 새북명타의 독에 눈을 다쳤소. 다시 앞을 보기도 어렵겠지만, 그자가 쓰는 독은 지독하기로 유명해 좌 장문께서 친히 치료해주시지 않으면 아마도… 목숨을 부지하기조차 쉽지 않을 것이오."

임평지는 목고봉의 독에 당한 뒤로 눈과 얼굴이 따끔따끔해 차라리 파내버리고 싶을 만큼 괴로웠지만 상상하기 힘든 인내심으로 억지로 참고 있던 중이었다. 노인의 말이 거짓이 아니라는 것을 알아차린 그가 착 가라앉은 목소리로 물었다.

"나는 좌 장문과 일말의 인연도 없는데 좌 장문께서 어찌 이리 관심을 가져주는 것이오? 명확히 밝히지 않으면 결코 따라갈 수 없소."

노인은 흐흐흐 하고 웃으며 대답했다.

"적의 적은 곧 친구라 하지 않았소? 좌 장문께서는 악불군 손에 두 눈을 잃으셨고, 임 소협이 두 눈을 잃은 것도 따지고 보면 악불군 탓이오. 소협이 벽사검법을 익힌 것을 악불군이 안 이상, 세상 끝까지 달아나더라도 반드시 쫓아와 죽일 것이오. 이제 오악파의 장문인이 되어 하늘을 찌르는 권세를 얻었는데 소협 혼자서 무슨 힘으로 그에게 항거하겠소? 하물며… 하물며 악불군의 하나밖에 없는 딸이 아침저녁으로 소협 곁에 딱 붙어 감시하는데, 소협에게 날개가 돋아난들 베갯머리에서 일어나는 암습을 막기란 쉬운 일이 아닐 것이오…."

그때 악영산이 높이 외쳤다.

"둘째 사형, 사형이군요!"

그 외침에 영호충의 몸이 부르르 떨렸다. 알아듣기 힘들 정도로 웅얼거리는 목소리였지만, 말투가 낮이 익어 그가 잘 아는 사람일지도 모른다는 생각을 하던 참이라, 악영산의 한마디에 번쩍 정신이 든 것이었다.

그 노인은 분명히 노덕낙이었다.

지난번 악영산이 노덕낙이 복주에서 살해당했다고 알려주었기 때문에 그가 나타나리라고는 상상조차 하지 못했는데, 이제 보니 악영산이 알려준 소식이 잘못되었던 것이다.

노인이 싸늘하게 대답했다.

"제법 눈치가 빠르구나, 내 목소리를 알아듣다니."

억지로 목구멍에서 소리 내지 않고 제대로 말하자 틀림없는 노덕낙의 목소리였다.

악영산이 놀라서 물었다.

"이제 보니 당신은 복주에서 거짓으로 죽은 척했군요. 그렇다면… 그렇다면 여덟째 사형도 당신이 죽인 거예요?"

노덕낙은 코웃음을 쳤다.

"그럴 리가… 영백라 같은 어린아이를 죽여 무엇 하겠느냐?"

악영산은 참지 못하고 소리를 질렀다.

"끝까지 잡아뗄 심산이군요! 이 사람… 소림자도 당신이 뒤에서 검을 찔러 큰 상처를 입었어요. 대사형이 한 짓인 줄 알았는데, 이제 보니 당신 작품이었군요! 그런데도 무고한 노인을 죽여 당신 옷을 입히고 얼굴을 망가뜨려 모두들 당신이 죽은 줄 알았다고요."

"네 말대로다. 그렇게 하지 않았다면 악불군이 나를 쉽게 놓아주었겠느냐? 하지만 임 형제를 찌른 사람은 내가 아니야."

"아니라고요? 또 다른 사람이라도 있었다는 거예요?"

노덕낙은 싸늘하게 대답했다.

"또 다른 사람이 아니라 바로 네 훌륭하신 아버지였지."

"허튼소리 말아요!"

악영산이 비명이라도 지르듯이 외쳤다.

"당신이 저지른 일을 남에게 뒤집어씌우다니! 아버지가 아무 이유도 없이 평지를 찌르셨을 리가 없어요!"

"이유가 없다고? 그때 네 아버지는 영호충에게서 〈벽사검보〉를 훔친 뒤였다. 〈벽사검보〉는 임가의 물건이니 악불군이 가장 먼저 죽여야 할 사람은 네 사랑스러운 평지였지. 임평지가 살아 있는 한 네 아버지는 벽사검법을 익힐 수가 없을 테니까."

악영산은 말문이 막혔다. 마음속으로는 그 말이 옳다고 생각했지만, 아버지가 임평지를 몰래 공격했다는 사실을 도무지 믿고 싶지 않았다. 그녀는 '아니야, 그럴 리가 없어' 하고 한참 동안 중얼거리다가 무슨 생각이 들었는지 고개를 들고 외쳤다.

"만에 하나 아버지가 이 사람을 죽일 생각이셨다면 어째서 단칼에 죽이지 않고 살려두었겠어요?"

듣고만 있던 임평지가 불쑥 끼어들었다.

"그때 나를 찌른 사람은… 분명히 악불군이었소. 둘째 사형의 말이 옳소."

"그… 그런… 어떻게 그런 말을…?"

임평지는 담담했다.

"악불군이 등을 찌르자 나는 중상을 입고 쓰러졌고, 내 솜씨로는 그자의 상대가 되지 못한다는 것을 잘 알고 죽은 듯이 꼼짝도 하지 않았소. 그때만 해도 나는 그자가 악불군인지 몰랐는데, 의식이 혼미해질 때쯤 갑자기 '사부님!'이라고 외치는 여덟째 사형의 목소리가 들렸소. 그 한마디가 내 목숨을 구했던 거요. 대신 여덟째 사형의 목숨을 앗아 갔지."

악영산은 너무 놀라 입술이 덜덜 떨렸다.

"여덟째 사형을… 여덟째 사형을… 아버지가… 죽이셨다고요?"

"물론이오! 여덟째 사형은 '사부님' 하고 외친 뒤 곧바로 참혹한 비명을 질렀소. 나도 정신을 잃었지."

노덕낙이 덧붙였다.

"악불군은 임 형제를 한 번 더 찌르려고 했지만, 숨어 있던 내가 일부러 기침 소리를 내자 황급히 방으로 돌아갔소. 임 형제, 내 기침 소리가 당신 목숨을 구한 것이오."

악영산은 그래도 믿을 수가 없었다.

"아버지가 정말… 정말 당신을 죽이려 했다면 그 뒤에도… 기회는 많았어요. 그런데 왜 가만히 놔두셨겠어요?"

임평지는 차갑게 대꾸했다.

"그 후로 나는 살얼음판을 걷듯 신중하게 움직여 그자에게 손쓸 기회를 주지 않았소. 모두 당신 덕분이지. 내가 종일 당신과 함께 있었으니 죽이고 싶어도 쉽지 않았을 거요."

악영산은 눈물을 뚝뚝 흘리며 중얼거렸다.

"그러니까… 그러니까 당신은… 오로지 아버지를 속이기 위해 나와 혼인했군요. 나를… 나를 그저 방패막이로만 여긴 거예요…."

임평지는 흐느끼는 그녀를 무시하고 노덕낙에게 말했다.

"노 형은 언제부터 좌 장문의 사람이 되었소?"

노덕낙은 빙그레 웃으며 말했다.

"좌 장문은 바로 이 몸의 은사시오. 나는 그분의 셋째 제자요."

"이제 숭산파로 사문을 바꾼 모양이구려."

"사문을 바꾼 것이 아니라 본래부터 숭산파 사람이었소. 단지 은사의 명으로 화산파 제자인 척했을 뿐이오. 은사께서는 악불군의 무공을 가늠하고 화산파의 동정을 살피기 위해 나를 보내신 것이오."

영호충은 정신이 번쩍 들었다. 노덕낙이 이미 무예를 익힌 상태로 화산에 들어왔다는 것은 누구나 아는 사실이었다. 당시 그는 평범하고 잡다한 무예를 선보여 운남이나 귀주 일대에서 귀동냥으로 익힌 것이라고만 여겨지, 숭산파 장문인의 제자일 줄은 꿈에도 생각지 못했다. 좌냉선은 오래전부터 네 문파를 집어삼킬 야심을 품고 일찌감치 첩자를 심어두었던 것이다. 그렇다면 노덕낙이 육대유를 죽이고 《자하비급》을 훔친 것도 그리 뜻밖의 일은 아니었다. 신중하고 눈치 빠른 악불군이 꼼짝없이 속아넘어간 것이 의아할 따름이었다.

임평지는 잠시 생각하다가 입을 열었다.

"그랬군. 노 형은 화산파에서 《자하비급》과 〈벽사검보〉를 훔쳐 숭산에 보냈고, 좌 장문은 그것을 보고 벽사검법을 익혔구려. 참으로 큰 공을 세우셨소."

영호충과 영영도 가만히 고개를 끄덕였다.

'그 덕분에 좌냉선과 노덕낙이 벽사검법을 할 줄 알았던 거야. 임평지도 머리는 잘 돌아가는구나.'

노덕낙은 한스러운 듯이 말했다.

"솔직히 말하자면, 나나 임 소협은 은사와 마찬가지로 악불군 그 간악한 놈에게 놀아난 것이오. 음험하기 짝이 없는 자인지라 그만 그 악랄한 계략에 속아넘어가고 말았소."

"흠, 알겠소. 노 형이 훔쳐간 〈벽사검보〉에 악불군이 수작을 부려놓은 모양이군. 그 때문에 좌 장문과 노 형의 벽사검법이 이상했던 것이오."

노덕낙은 원한에 가득 차 이를 갈았다.

"내가 처음 화산파에 들어갔을 때 악불군은 내 출신을 꿰뚫어보고서도 모르는 척 동정을 살폈소. 복주에서 《자하비급》을 훔친 것이 들통나는 바람에 더 이상 화산파에 머물 수는 없었지만, 나는 여전히 몰래 뒤를 따르며 악불군의 일거수일투족을 감시했다오. 그런데 그 엉큼한 놈은 그것조차 눈치채고 일부러 가짜 〈벽사검보〉를 훔쳐가게 하여 은사께서 잘못된 검법을 익히도록 만든 거요. 그 검보에 적힌 초식들은 진짜같이 신묘했지만, 내공 수련법은 빠져 있었소. 생사의 결전에서 그자는 그 검법을 쓰도록 은사를 유도한 뒤 진짜 검법으로 가짜 검법을 상대했소. 그러니 승부는 불 보듯 뻔하지 않았겠소? 그 더러운 수작이 아니었다면 오악파의 장문인 자리는 결코 그자의 차지가 되지 못했을 것이오."

임평지는 한숨을 쉬었다.

"우리 모두 음흉한 악불군이 파놓은 함정에 빠지고 말았구려."

"은사께서는 사리를 아시는 분이라, 나 때문에 대사를 그르쳤음에도 단 한마디도 꾸짖지 않으셨소. 허나 제자 된 몸으로 어찌 마음 편히 있을 수 있겠소? 펄펄 끓는 기름 속에 몸을 던지는 한이 있어도 간악한 악불군을 찢어 죽여 은사의 원수를 갚을 것이오."

격분한 말투에는 마음속 깊이 자리한 깊은 원망이 고스란히 묻어났다.

임평지가 알겠다는 듯 고개를 끄덕이자 노덕낙은 계속 말했다.

"은사께서는 두 눈을 잃고 숭산 서봉_{西峯}에 은거해 계시오. 그곳에는 은사 외에도 눈을 잃은 사람 10여 명이 더 있소. 바로 악불군 그놈의 제자 영호충의 손에 당한 사람들이오. 임 형제는 복주 임씨 벽사검법의 유일한 전인이니 곧 벽사검문의 장문인이라 할 수 있소. 그런 임 형제가 나를 따라가면 은사께서는 필시 예를 다해 대접해주실 거요. 다친 눈을 치료할 수 있으면 더없이 좋겠으나, 그렇지 못하더라도 은사와 함께 복수를 도모할 수 있으니 서로에게 좋은 일이 아니겠소?"

그의 말에 임평지는 흥분으로 심장이 뛰었다. 독에 당한 눈이 회복될 리 만무하니, 치료 운운하는 말은 위로에 불과하겠지만, 똑같이 눈을 잃은 사람들끼리 힘을 합쳐 공동의 적에 대항하는 것보다 좋은 방법은 없을 것 같았다. 하지만 목표를 위해 수단 방법 가리지 않는 좌냉선이 갑작스레 친절하게 나오는 데에는 또 다른 노림수가 있는 것이 분명했다.

"좌 장문께서 이토록 호의를 베풀어주시니 어찌 보답해야 할지 모르겠소. 노 형께 무슨 언질이라도 있으셨소?"

노덕낙은 껄껄 웃었다.

"임 형제는 확실한 것을 좋아하는구려. 앞으로 서로 도우며 지낼 사이니 내 툭 터놓고 말하겠소. 내가 악불군에게서 얻은 가짜 검보 탓에 은사께서 큰 화를 입어 마음이 불편하기 짝이 없소. 여기까지 오는 동안 임 형제의 위엄을 친히 목격했는데, 신묘한 검술로 목고봉과 여창해를 죽이고 청성과 조무래기들을 쓸어버린 임 형제의 위풍당당한 모습을 보았다면 그 누구라도 임 형제가 벽사검법의 진전을 이어받았다는 것을 알 수 있었을 것이오. 이 몸도 몹시 감탄하여 절로 우러러보게 되었소….”

임평지는 단숨에 그 뜻을 파악했다.

“진짜 〈벽사검보〉를 좌 장문과 노 형에게 보여달라는 말이오?”

노덕낙은 빙그레 웃었다.

“가전 비급을 함부로 외부인에게 보여줄 수는 없겠지만, 동맹을 맺고 힘을 합쳐 악불군을 주살하는 것이 우리의 공통된 목적이오. 임 형제는 젊고 힘이 넘치니 눈만 나으면 악불군 따위야 상대가 되지 않겠지만, 지금 상황은 그렇지 못하오. 은사와 내가 진짜 벽사검법을 익혀 세 사람이 힘을 합쳐야만 악불군을 꺾을 희망이 생기기에 하는 말이니, 너무 무례하다 탓하지 마시오.”

임평지는 가만히 생각에 잠겼다.

‘내 이미 눈을 잃어 혼자 살아갈 수 없는 처지다. 더욱이 제의를 거절하면 노덕낙이 이 자리에서 나와 영산을 때려죽일지도 모른다. 이자가 진심으로 이런 말을 하는 것이라면 잃는 것보다는 얻는 것이 더 많겠지.’

이렇게 생각한 그는 결심을 하고 말했다.

“좌 장문과 노 형께서 이 몸과 동맹이 되기를 바란다니 실로 영광이오. 우리 집안이 풍비박산 나고 이렇게 실명까지 한 것은 여창해의 욕심 때문에 벌어진 일이나, 악불군 역시 원흉 중 하나요. 악불군을 쳐죽이고자 하는 마음은 이 몸 또한 두 분과 전혀 다르지 않소. 서로 힘을 합치기로 한 이상 〈벽사검보〉를 숨길 필요가 어디 있겠소? 당연히 두 분께 보여드리겠소."

노덕낙은 몹시 기뻐했다.

"임 형제는 바다같이 넓은 마음을 가졌구려. 〈벽사검보〉의 진본을 볼 수 있다면 결코 그 은혜를 잊지 않을 것이오. 이제부터 임 형제는 우리 숭산파의 귀빈이오. 절대 떨어지지 말고 평생 형제처럼 지내기를 바라마지않소."

"고맙소, 노 형을 따라 숭산으로 간 뒤 검보를 읊어드리겠소."

"읊다니?"

"노 형은 모르겠지만 진짜 검보는 내 증조부이신 원도공께서 사용하시던 가사에 쓰여 있었소. 악불군은 그 가사를 훔쳐 검보를 모조리 외운 뒤 내다버렸소. 그자의 고귀하신 따님이 밤낮 이 몸을 지켜보았는데 그 가사를 몸에 지니고 있었다면 내 지금까지 살아 있을 수나 있었겠소?"

옆에서 말없이 듣고만 있던 악영산은 그가 이렇게 비웃자 또다시 흐느끼기 시작했다.

"당신… 당신이 어떻게 그런 말을…."

수레에 숨어 두 사람의 대화를 엿들은 노덕낙은 임평지의 말이 거짓이 아님을 알기에 고개를 끄덕였다.

"좋소, 그럼 당장 숭산으로 갑시다."

"알겠소."

"수레는 버리고 말을 타고 후미진 길로 가야 하오. 도중에 악불군을 만나기라도 하면 우리 힘으로는 상대가 되지 않소."

노덕낙은 그렇게 말한 뒤 악영산을 돌아보았다.

"소사매, 너는 어쩔 테냐? 네 아버지를 돕겠느냐, 아니면 남편을 돕겠느냐?"

악영산은 울음을 억지로 삼키며 대답했다.

"아무도 돕지 않아요! 나는… 나는 박복한 운명을 타고났으니 차라리 머리를 깎고 출가하겠어요. 아버지도 남편도… 다시는 만나지 않을 거예요."

임평지가 쌀쌀하게 대꾸했다.

"그렇다면 항산으로 가서 출가하면 딱 좋겠군."

악영산은 참지 못하고 소리쳤다.

"임평지! 당신이 갈 곳 없어 헤맬 때 우리 아버지가 제자로 받아들이지 않았다면 오래전에 목고봉 손에 죽어 지금껏 살아 있지도 못했을 거예요! 아버지는 당신에게 잘못을 하셨는지 모르지만, 이 악영산은 당신에게 미안할 일은 한 번도 하지 않았어요. 그런데 대체 무슨 뜻으로 그런 말을 하죠?"

"무슨 뜻이냐고? 아무래도 좌 장문께 성의를 표해야 할 것 같아서 말이오."

그의 목소리가 음산하게 가라앉았다. 곧이어 악영산이 '아악!' 하고 날카로운 비명을 질렀다.

"큰일이다!"

영호충과 영영이 소리를 지르며 동시에 밖으로 뛰쳐나갔다.

"임평지! 소사매를 해치지 마라!"

노덕낙이 가장 두려워하는 사람이 바로 악불군과 영호충이었다. 영호충의 목소리를 듣는 순간 혼비백산한 그는 재빨리 임평지의 팔을 잡고는 청성파 사람들이 타고 온 말에 올라타 힘껏 말 배를 걷어찼다. 말은 빠른 속도로 질주해 사라졌다.

영호충은 악영산의 안위가 걱정되어 그들을 쫓을 생각조차 하지 않았다. 악영산은 가슴을 검에 찔린 채 수레 앞좌석에 쓰러져 있었는데, 숨소리가 몹시 미약했다.

영호충은 큰 소리로 울부짖었다.

"소사매! 소사매!"

악영산이 가느다랗게 중얼거렸다.

"대… 대사형?"

그 목소리를 듣자 영호충은 겨우 안심했다.

"그래… 나야."

그가 검을 뽑으려 하자 영영이 재빨리 그 손을 잡았다.

"뽑으면 안 돼요."

검은 악영산의 가려린 몸을 반 자나 뚫고 들어가 치명상을 입혔다. 그 검을 뽑으면 악영산은 곧장 숨이 끊어지고 말 것이다. 그녀를 구할 수 없다는 것을 깨달은 영호충은 몹시 비통해 눈물을 마구 쏟았다.

"소사매… 소사매!"

악영산이 들릴락 말락 속삭였다.

"대… 대사형, 사형이 곁에 있어서… 참 좋아요. 평지는… 그는… 떠났어요?"

영호충은 이를 악물었지만 잇새로 흘러나오는 울음소리를 감출 수가 없었다.

"걱정 마, 내가 반드시 그놈을 죽여 복수해줄게."

"아니, 그러지 말아요! 앞을 보지 못하니 대사형이 죽이려고 하면… 그는… 절대 막지 못해요. 나… 어머니께… 어머니께 가고 싶어요."

"그래, 사모님께 가자."

옆에 있던 영영도 점점 낮아지는 악영산의 목소리에 죽음이 머지않았음을 알고 눈물을 참지 못했다.

악영산이 속삭였다.

"대사형은 내게 늘 잘해주었는데… 난… 난 그러지 못했어요. 미안해요. 난… 이제 죽겠군요…."

영호충은 눈물을 뚝뚝 흘리며 말했다.

"아니야, 죽지 않아. 내가 어떻게든 살릴 거야…."

"여… 여기가 너무… 아파요…. 대사형, 한 가지… 부탁이 있어요, 꼭 들어… 들어줘야 해요."

영호충은 그녀의 손을 꽉 쥐며 울먹였다.

"그래, 말해. 뭐든 들어줄게."

악영산은 한숨을 쉬며 말했다.

"아니야… 들어주지 않을 거야…. 대사형에게는 너무… 너무 힘든 부탁이니까…."

그녀의 목소리는 점점 낮아지고 호흡도 잦아들었다.

영호충은 황급히 말했다.

"꼭 들어줄 테니 마음껏 말해봐."

"뭐라고요…?"

"반드시 들어줄게. 무엇이든 말만 하면 그대로 할 거야."

악영산은 힘겹게 입을 열었다.

"대사형… 내 남편… 평지는… 그는… 눈이 멀었어요… 가엾게도…
대사형도… 알죠?"

"그래, 알아."

"이제 혼자가 되어… 세상에 의지할… 곳도 없으니 모두 그를… 그
를 괴롭힐 거예요. 대사형… 내가 죽으면 대사형이 그를… 그를 보살
펴줘요. 남들에게… 괴롭힘 당하지 않도록…."

영호충은 멈칫했다. 임평지의 검에 찔려 숨이 끊어져가는 순간까지
도 그를 향한 정을 잊지 못하다니!

당장 임평지를 붙잡아 천 갈래 만 갈래 찢어 죽이고 싶을 만큼 이가
갈리는데, 목숨을 살려주는 것도 과분한 무정한 악당을 괴롭힘 당하지
않도록 돌봐달라니 될 법이나 한 소리인가?

악영산은 느릿느릿 말을 이었다.

"대사형, 평지는… 평지는 나를 죽이려던 것이 아녜요… 다만… 아
버지가… 아버지가 너무 두려워서… 좌냉선에게 도움을 청하기 위해
한 번… 찌른 것뿐이에요…."

영호충은 격분했다.

"아직도… 아직도 저밖에 모르고 은혜를 원수로 갚는 그 못된 놈을
걱정하는 거야?"

"그가 진심으로… 나를 죽이려던 것이 아니니까요… 그저… 실수였
을 뿐이에요. 대사형… 제발… 부탁이에요… 제발 그를… 그를 보살펴
주세요…."

비스듬히 새어드는 달빛이 그녀의 얼굴을 비췄다. 맑디맑던 눈동자에서는 점점 빛이 흩어져 예전처럼 반짝거리는 눈동자를 찾아볼 수 없었고, 눈처럼 새하얀 뺨에는 군데군데 핏방울이 묻어 있었다. 하지만 그렇게 생기를 잃어가는 얼굴의 표정은 무척이나 간절했다.

영호충은 지난 10여 년 간 소사매와 손을 잡고 화산을 뛰어놀던 기억을 떠올렸다. 무엇인가 원하는 것이 생기면 소사매는 항상 저렇게 간절한 표정으로 애원했고, 그때마다 그는 아무리 어렵고 내키지 않는 일이라도 결코 거절하지 못했다. 더욱이 지금 그녀의 표정에는 애절한 슬픔까지 담겨 있었다. 자신의 목숨이 얼마 남지 않았고 다시는 영호충에게 부탁을 할 수도 없다는 것을 너무나 잘 알고 있기에, 지금 이 부탁은 그녀에게 있어 마지막 부탁이자 가장 간절한 소망이었다.

그 순간 뜨거운 피가 영호충의 심장을 집어삼켰다. 저 부탁을 들어주면 앞으로 괴롭고 힘든 일이 끝없이 이어질 것이며 원치 않는 일도 수없이 해야 한다는 것을 알지만, 악영산의 슬프고 간절한 표정과 목소리를 대하는 순간 자연스레 고개를 끄덕이고 말았다.

"그렇게 할게, 약속할 테니 너무 염려하지 마."

듣고 있던 영영이 참다못해 끼어들었다.

"당신… 정말 그럴 생각이에요?"

악영산은 온 힘을 다해 영호충의 손을 꼭 쥐었다.

"대사형, 고마… 워요… 이제야 마음이… 마음이 놓여요…."

그녀의 눈동자가 반짝 빛나고, 만족스러운 듯 입꼬리가 살짝 올라갔다.

그 표정을 본 영호충은 속으로 비통하게 중얼거렸다.

'소사매가 즐거워하는 것을 볼 수 있다면… 아무리 힘들고 어려운 일이라도 기꺼이 해낼 거야.'

악영산이 희미한 목소리로 노래를 부르기 시작했다. 그 노래가 복건성 민요라는 것을 깨달은 순간 영호충은 망치로 가슴을 얻어맞은 것 같았다. '자매들, 산에 올라 차를 따자'로 시작하는 그 노래는 다름 아닌 임평지가 그녀에게 가르쳐준 것이었고, 사과애에서 그 노래를 들은 영호충은 가슴이 갈기갈기 찢어지는 것처럼 아파했었다. 악영산이 죽어가면서 이 노래를 부른 것은 화산에서 임평지와 정을 주고받던 달콤한 추억을 떠올렸기 때문이리라.

악영산의 노랫소리가 점점 낮아지고 영호충의 손을 꼭 쥐었던 손가락에도 스르르 힘이 빠졌다. 마침내 그녀의 손이 힘없이 툭 떨어지더니 고운 눈꺼풀이 무겁게 감겼다. 노랫소리가 멈추고, 미약하던 숨소리도 완전히 사라졌다.

영호충은 온 세상이 무너진 것처럼 눈앞이 캄캄하고 가슴이 무겁게 가라앉았다. 큰 소리로 통곡하고 싶었지만 이상하게도 울음조차 나오지 않았다. 그는 덜덜 떨리는 손을 뻗어 악영산을 끌어안고 조심스레 속삭였다.

"소사매, 소사매… 겁내지 마! 내가 사모님께 데려다줄게. 이제 아무도 너를 괴롭히지 못할 거야…"

영영은 그의 등이 붉게 물들어가는 것을 지켜보았다. 상처가 다시 터져 피가 흐르는지 빨간 핏자국은 점점 크게 번지고 있었다. 하지만 지금 이 상황에서는 그 어떤 말로도 그를 달랠 수가 없었다.

영호충은 악영산의 시신을 꼭 끌어안고 비틀비틀 걸음을 옮기며 넋

나간 사람처럼 중얼거렸다.

"소사매, 걱정 마, 아무 걱정 하지 마… 내가 꼭 사모님께 데려다줄 테니…."

그러나 몇 걸음 못 가 무릎이 푹 꺾여 바닥에 나뒹굴더니 그대로 정신을 잃고 말았다.

몽롱한 의식 속으로 땅땅 땡땡 맑은 금 소리가 스며들었다. 구성지게 반복되는 가락이 무척 낯익어 기분이 편안했다. 영호충은 손가락 하나 까딱할 힘도 없어 눈꺼풀을 밀어올리기조차 귀찮았다. 그저 저 아련한 금 소리가 언제까지나 귓가에 울리기를 바랄 뿐이었다. 그의 마음을 아는지 연주는 끊임없이 이어졌다. 그 소리를 들으며 영호충은 다시금 스르르 잠이 들었다.

다시 정신이 들었을 때, 귓가에는 여전히 청아한 금 소리가 울리고 코끝에는 향긋한 꽃향기가 감돌았다. 영호충은 천천히 눈을 떴다. 눈앞에는 꽃이 만발했다. 빨간 꽃, 하얀 꽃, 노란 꽃, 보랏빛 꽃들이 알록달록 시야를 물들였다.

'여긴 어디지…?'

구성지게 울리는 금 소리는 영영이 즐겨 연주하는 〈청심보선주〉였다. 소리 나는 쪽으로 고개를 돌리자 영영이 그를 등지고 앉아 금을 타고 있었다. 차츰차츰 주변 모습이 눈에 들어왔다. 지금 있는 곳은 어느 동굴 속이었고, 동굴 입구로부터 햇살이 환하게 새어들어와 그가 누워 있는 푹신하고 부드러운 풀 위를 비추고 있었다.

영호충이 일어나 앉자 그의 몸에 깔린 풀들이 바스락바스락 소리를 냈다. 순간 금 소리가 뚝 멎고 영영이 고개를 돌렸다. 그녀의 얼굴이 기쁨으로 환하게 빛났다. 영영은 사뿐사뿐 그에게 다가와 옆에 앉더니 정이 담뿍 담긴 눈길로 그를 가만히 응시했다.

그 눈빛을 보는 순간 영호충의 마음은 벅찬 행복으로 촉촉하게 젖어들었다. 악영산의 죽음에 충격을 받아 기절한 그를 영영이 이 동굴까지 데려와 보살핀 것이다. 악영산을 생각하면 가슴이 찢어지고 비분을 참을 수 없었지만, 영영의 눈빛에 담긴 그 무엇보다도 따스하고 아늑한 감정에 무겁고 슬픈 기분은 차츰차츰 녹아 사라졌다. 두 사람은 오랫동안 연모의 빛으로 반짝이는 서로의 눈을 지그시 바라보았다. 아무도 말이 없었다.

영호충이 왼손을 내밀어 영영의 손등을 살며시 쓰다듬었다. 문득 짙은 꽃향기 사이로 구수한 고기 냄새가 느껴져 돌아보니, 영영이 재빨리 일어나 나뭇가지 하나를 들고 왔다. 나뭇가지에는 모락모락 김을 풍기는 청개구리가 줄줄이 꿰어져 있었다.

"또 탔군요!"

영영이 생긋 웃으며 말하자 영호충은 큰 소리로 웃음을 터뜨렸다. 개울가에서 개구리를 구워 먹었던 지난날의 광경이 두 사람의 머릿속을 채웠다. 그날부터 오늘에 이르기까지 숱한 변고가 있었지만, 그들은 여전히 함께였다.

즐겁게 웃던 영호충은 곧 심장을 쥐어짜는 듯한 슬픔에 또다시 눈물을 뚝뚝 흘렸다. 영영이 그를 부축해 앉히고 동굴 밖에 새로 생긴 봉분을 가리키며 나지막이 말했다.

"악 낭자는 저기 묻어주었어요."

영호충은 눈물이 글썽글썽한 눈으로 그 무덤을 바라보았다.

"고… 고맙소."

영영은 살며시 고개를 저었다.

"고마워할 것 없어요. 사람에게는 누구나 각자의 연분과 업보가 있기 마련이지요."

영호충은 영영에게 미안한 마음을 감출 수가 없었다.

"영영, 내가 끝끝내 소사매를 잊지 못해도 너무 탓하지 마시오."

영영은 생긋 웃었다.

"탓할 일이 뭐 있겠어요? 당신이 정말 번지르르한 말로 여자들을 울리는 박정한 난봉꾼이었다면 애초에 쳐다보지도 않았을 거예요."

그녀는 부끄러운 듯이 목소리를 낮췄다.

"사실 내가 처음… 처음 당신에게 마음이 흔들린 것은 낙양 녹죽항에서 대나무 발을 사이에 두고 앉은 당신이 소사매를 얼마나 깊이 연모하는지 이야기했을 때였어요…. 악 낭자는 좋은 사람이에요, 단지… 단지 당신과 인연이 없었을 뿐이지요. 어려서부터 함께 자란 사이만 아니었다면, 아마도 당신을 처음 본 순간 깊이 빠져들었을 거예요."

영호충은 한참 생각에 잠겼다가 고개를 저었다.

"그럴 리 없소. 소사매는 사부님을 무척 우러르고 따랐소. 소사매가 좋아하는 남자는 사부님처럼 점잖고 과묵한 사람이었소. 나는 그저 놀이 동무에 불과했을 뿐, 나를 우러러본 적은 한 번도… 단 한 번도 없었소."

"그럴지도 모르지요. 임평지는 당신 사부를 쏙 닮았으니까요. 겉보기에는 점잖고 올바른 사람 같지만 속은 간교하기 짝이 없지요."

영호충은 한숨을 푹 쉬었다.

"소사매는 눈을 감기 전까지 임평지가 자신을 죽이려 했다는 것을 믿지 않고 그에게 진심을 다했소… 어쩌면 소사매에게는 좋은 일인지도 모르겠소. 떠나는 길이 슬프지는 않았을 테니…. 나가서 무덤을 좀 봐야겠소."

영영은 그를 부축해 동굴 밖으로 안내했다. 산에서 구한 돌멩이로 쌓아올린 무덤이지만, 돌멩이의 크기나 배열에 나름대로 규칙이 있어 제법 정취가 느껴졌고, 앞뒤로 싱싱한 꽃을 심어 결코 대충 만든 것 같지 않았다. 영호충은 영영이 신경을 많이 썼다는 것을 알고 가슴 깊이 감동했다. 무덤 앞에는 가지와 잎을 쳐낸 나무를 세우고, 그 위에 '화산 여협 악영산 낭자의 묘'라는 글을 새겨놓았다.

영호충은 또다시 눈물이 솟구쳤다.

"소사매는 임 부인이라고 불리고 싶을지도 모르오…."

"임평지는 무정하고 의리 없는 사람이에요. 악 낭자도 구천에 가서는 그의 악독한 본성을 알아차리고 더 이상 그 부인이고 싶어 하지 않을 거예요."

영영은 그렇게 대답하고는 속으로 조용히 속삭였다.

'악 낭자와 임평지가 유명무실한 부부였다는 것을 당신은 모르겠지요. 그들은 결코 부부가 아니었어요.'

영호충은 그것도 모른 채 고개를 끄덕였다.

"그럴 수도 있겠군."

사방이 산으로 둥그렇게 둘러싸인 골짜기에는 수풀이 울창하고 향기로운 들꽃이 가득했다. 게다가 나뭇가지 위에서는 새들이 맑은 소리로 찍찍 노래를 불러 그윽하면서도 아름다운 분위기를 자아냈다. 영영이 골짜기의 풍경을 둘러보며 영호충에게 말했다.

"상처도 치료하고 약 낭자의 말동무도 되어줄 겸 여기서 잠시 머무는 것이 좋겠어요."

"좋은 생각이오. 이 황폐한 산에 소사매 혼자 있으면 아무리 귀신이 되었어도 겁이 나서 벌벌 떨 거요."

영영은 여전히 미련을 떨치지 못한 그의 말에 들릴락 말락 한숨을 쉬었다.

두 사람은 푸르른 골짜기에서 개구리와 과일로 배를 채우며 고요하고 편안한 나날을 보냈다. 영호충의 상처는 대부분 외상이었기 때문에 항산파의 영단묘약과 깊은 내공의 도움으로 스무 날쯤 지나자 거의 아물었다. 영영은 매일매일 그에게 금을 가르쳐주었고, 본래 총명한 영호충은 열심히 연습해 금방금방 익혔다.

어느 날 아침, 악영산의 무덤에서 파릇파릇한 새싹이 되똑 솟아나자 영호충은 한참 동안 넋을 잃고 바라보았다.

'소사매의 무덤에도 풀이 자라기 시작했구나. 저 안에 누워 있는 소사매는 어떻게 지내고 있을까?'

그때, 뒤에서 그윽한 퉁소 소리가 들려와 고개를 돌려보니 영영이 바위에 앉아 퉁소로 〈청심보선주〉를 불고 있었다. 가까이 다가가서 보니 그 퉁소는 골짜기에서 구한 대나무를 잘라 구멍을 뚫어 만든 것이었다. 영호충은 요금을 가져와 가부좌를 틀고 앉은 다음, 그녀의 연주에 맞춰 금을 뜯기 시작했다. 어지럽던 마음이 연주에 집중하는 동안 차차 가라앉으면서 잡념도 사라져, 한 곡이 끝나자 기분이 훨씬 상쾌해졌다. 두 사람은 서로를 바라보며 미소를 지었다.

영영이 입을 열었다.

"〈청심보선주〉에 익숙해졌으니 오늘부터는 〈소오강호곡〉을 연습해 볼까요?"

"글쎄… 그 곡은 너무 어려워 언제쯤 당신을 따라갈 수 있을지 모르겠구려."

영영은 생긋 웃었다.

"심오한 곡이라 나도 아직 이해하지 못하는 부분이 많아요. 하지만 특이하게도 두 사람이 함께 연주하면 서로를 일깨워주는 힘이 있어서 혼자 연습할 때보다 훨씬 빨리 익힐 수 있어요. 아마도 이 곡이 서로 마음이 이어져 있는 섭정과 그 누님의 깊은 정을 노래하기 때문일 거예요."

영호충은 손뼉을 쳤다.

"옳은 말이오. 형산파 유정풍 사숙과 마… 아니, 일월신교 곡 장로가 함께 연주하셨을 때도 통소와 금이 서로 공명하여 몹시 감동적이었소. 유 사숙께서는 처음부터 통소와 금의 합주곡으로 이 곡을 쓰셨다고 했소."

"당신이 금을 타면 내가 통소를 불게요. 한 마디 한 마디씩 천천히 연습해봐요."

영호충은 빙그레 웃으며 말했다.

"통소가 아니라 슬瑟이었으면 더 좋았을 텐데… 금슬이 서로 어우러지면 얼마나 좋겠소?"

영영이 얼굴을 붉혔다.

"한동안 점잖게 지내기에 성품이 변했나 했는데… 여전하군요."

영호충은 히죽거리며 농지거리를 하려다가 슬며시 입을 다물었다. 수줍음이 많은 영영은 이 황량한 골짜기에서 그와 단둘이 지내면서도 예에 어긋난 말이나 행동을 절대로 허락하지 않았으니, 여기서 한마디 더 하면 화가 나서 하루 종일 모른 척할 것이 분명했다. 그래서 그는 영영이 펼친 곡보로 시선을 돌리고 그녀의 설명에 귀를 기울이며 마음을 다잡고 연주를 시작했다.

금을 타는 것은 본디 쉬운 일이 아니었고, 특히 이 〈소오강호곡〉은 몹시 심오하고 변화가 복잡한 데다 주 선율을 금이 맡고 있어 더욱더 어려웠다. 그러나 영호충은 천성이 영리하고 좋은 스승까지 얻었을 뿐 아니라 곡양과 유정풍이 연주하는 것을 직접 들은 적이 있어, 매일 틈날 때마다 연습하면서 꾸준히 실력을 쌓을 수 있었다. 덕분에 처음에는 음이 틀리기도 하고 박자를 놓치기도 했지만, 차츰차츰 영영의 연주를 따라잡아, 비록 곡양과 유정풍만큼은 아니지만 제법 우아하게 연주할 수 있게 되었다.

그 후 10여 일 동안 두 사람은 자나 깨나 마주 앉아 퉁소와 금을 연주했다. 푸르른 소나무에 둘러싸인 그윽한 골짜기는 세상에 다시없는 도원경이었고, 창칼이 맞부딪치고 피가 튀는 살풍경한 강호의 기억은 그들 머릿속에서 점점 잊혀갔다. 은원으로 얼룩진 강호를 떠나 이 푸르른 골짜기에서 머리칼이 하얗게 셀 때까지 함께할 수 있다면 그보다 더 행복한 일도 없을 것 같았다.

어느 날 오후, 영영과 반 시진이 넘도록 연주하던 영호충은 새삼스레 진기가 요동치며 집중력이 흩어져 몇 번이나 실수를 했다. 초조한 마음에 음이 계속 틀리자 영영이 권했다.

"피곤한가요? 조금 쉬어야겠어요."

"피곤하지는 않은데 이유 없이 마음이 초조해지는구려. 가서 복숭아나 좀 따올 테니 저녁에 다시 연습합시다."

"그래요, 너무 멀리 가지는 말아요."

골짜기 동남쪽에는 야생 복숭아나무가 잔뜩 있었는데 지금쯤이면 달콤하게 잘 익었을 터였다. 영호충은 풀과 나뭇가지를 헤치며 곧장 그쪽으로 향했다.

9리 정도 걸어 복숭아나무 숲에 이르자 그는 몸을 훌쩍 날려 가지 끝에 매달린 복숭아 두 개를 땄다. 두 번째로 뛰어올랐을 때에는 그보다 많은 세 개를 땄다. 복숭아는 흐무러지도록 잘 익어 벌써 몇 개는 바닥에 떨어져 있었다. 며칠이 지나면 모두 떨어질 것 같아, 그는 단숨에 수십 개를 따서 품에 안았다.

'나와 영영이 복숭아를 먹고 골짜기에 씨를 뿌려놓으면 몇 년 후에 복숭아나무가 자라서 분홍빛 복숭아꽃이 골짜기에 만발하겠지. 그러면 얼마나 아름다울까!'

불현듯 도곡육선이 떠올랐다.

'골짜기에 복숭아나무가 가득해지면 도곡桃谷이라고 부르게 될 것이고, 나와 영영은 도곡이선이 되지 않을까? 나중에 우리가 아이를 여섯 낳으면 그 아이들은 꼬마 도곡육선이 되겠지. 꼬마 도곡육선이 어른 도곡육선처럼 말꼬리 잡는 것을 좋아해서 매일같이 말싸움만 하면 큰일인데?'

그렇게 생각하자 웃음이 터져나왔다. 그때, 숲속 깊은 곳에서 바스락거리는 소리가 들렸다. 영호충은 황급히 몸을 숙여 수풀 속으로 숨었다.

'매일 개구리나 굽고 과일만 따 먹느라 질리던 차였는데, 잘되었군. 들짐승인 것 같은데 영양이건 사슴이건 한 마리 잡아가면 영영이 기뻐할 거야.'

그 생각이 끝나기도 전에 사람의 발소리가 또렷하게 들려와 영호충은 흠칫 놀랐다.

'이 황폐한 골짜기에 사람이라니…? 분명 나와 영영을 찾으러 온 사람일 거야.'

그때 늙수그레한 목소리가 말했다.

"확실한가? 악불군이 정말 이쪽으로 온다는 건가?"

영호충은 더욱 놀랐다.

'이제 보니 사부님을 찾아왔구나. 대체 누구지?'

저음의 목소리가 대답했다.

"예, 사 향주께서 사방을 두루 뒤진 끝에 알아낸 정보입니다. 악불군의 딸과 사위가 부상을 입고 이 부근에서 실종되었는데, 부근 마을이며 육로와 수로를 샅샅이 살폈지만 종적을 발견하지 못했으니 필시 이 산속에 숨어서 치료를 하고 있을 겁니다. 악불군도 언젠가 이곳으로 찾아오겠지요."

영호충은 가슴이 옥죄어오는 것을 느꼈다.

'저들은 소사매가 이미 세상을 떠났다는 것을 모르는구나. 다들 소사매의 행방을 찾고 있으니 사부님과 사모님은 말할 것도 없겠지. 이

산이 외지고 험하지만 않았다면 벌써 찾아오셨을 거야.'

늙수그레한 목소리가 말했다.

"네 추측대로 악불군이 이곳에 나타난다면 골짜기 입구에 숨어 매복해야겠군."

저음의 남자가 대답했다.

"악불군이 오지 않더라도 함정을 파놓고 유인하면 됩니다."

노인이 짝짝 손뼉을 쳤다.

"좋은 생각일세, 설 형제. 이제 보니 제법 지다성智多星답군."

설 형제라 불린 남자가 웃으며 말했다.

"과찬이십니다, 갈 장로. 장로께서 발탁해주신 덕분에 여기까지 왔으니, 무엇이든 분부만 내리시면 진력을 다해 은혜에 보답하겠습니다."

영호충은 퍼뜩 깨달았다.

'영영의 수하인 일월신교 사람들이다. 가능한 한 멀리 사라져서 나와 영영을 방해하지 말아주면 좋으련만… 사부님의 무공이 크게 증진했으니 사람 수는 많아도 사부님의 적수가 되지는 못할 거야. 더욱이 기민하고 신중하기로는 이 무림을 통틀어 사부님을 따를 자가 없는데, 함정을 파놓고 사부님을 유인하려 하다니, 공자 앞에서 문자 쓰는 격이지.'

그때 멀리서 짝짝짝 하고 손바닥이 세 번 마주치는 소리가 들렸다. 설 형제라는 남자가 말했다.

"두 장로께서도 오셨군요."

갈 장로도 짝짝짝 하고 손뼉을 쳤다.

발소리가 들리고 네 사람이 나는 듯이 다가왔다. 그중 둘은 발걸음이 몹시 무거웠는데, 가까이 온 다음에야 그들이 묵직한 것을 떠메고 있다는 것을 알 수 있었다.

갈 장로가 기뻐하며 말했다.

"두 형제, 악씨 계집애를 붙잡았나? 큰 공을 세웠군!"

골짜기를 쩌렁쩌렁 울리는 우렁찬 목소리가 대답했다.

"악씨는 악씨인데 계집애가 아니라 부인이오."

"응?"

갈 장로는 어리둥절해하더니 놀란 소리로 외쳤다.

"설… 설마… 악불군의 마누라를 붙잡았나?"

영호충의 놀라움은 그보다 훨씬 컸다. 냉큼 달려나가 사모를 구해내고 싶었지만 애석하게도 검이 없었다. 검이 없으면 그의 무공은 일반적인 고수도 꺾지 못할 만큼 형편없었다. 초조해서 어쩔 줄 몰라 하는 그의 귀에 두 장로의 목소리가 들려왔다.

"왜 아니겠소?"

갈 장로는 더욱 놀랐다.

"악 부인은 검법이 뛰어나기로 유명한데 어떻게 잡았나? 오호라, 미약을 먹였군!"

두 장로는 큰 소리로 웃었다.

"이 여자가 무엇 때문인지 아주 넋이 나간 채 객점으로 들어와 차를 마시지 않겠소? 악불군의 마누라인 영중칙이 무시무시하다는 말을 귀가 따갑도록 들었는데, 알고 보니 얼빠진 멍청이더구려."

영호충은 화가 치밀어 주먹을 불끈 쥐었다.

'사랑하는 딸이 부상을 입고 실종되었다는 소식에 한참 동안 찾아헤매셨지만 수확이 없어 정신이 흐트러지신 것뿐인데, 얼빠진 멍청이라니? 내 반드시 사모님을 모욕한 네놈들을 붙잡아 하나하나 찔러 죽이고 말 테다.'

그는 주위를 둘러보았다.

'어떻게든 놈들의 검을 빼앗아야겠군. 검이 없으면 칼이라도 상관없어.'

그때 갈 장로가 말했다.

"악불군의 마누라가 우리 손에 있으니 일이 훨씬 쉽겠군. 두 형제, 이제 남은 문제는 악불군을 어떻게 유인할 것인가일세."

두 장로가 큰 소리로 대답했다.

"유인한 후에는 어쩔 셈이오?"

그 질문에 갈 장로는 잠시 머뭇거렸다.

"그러니까… 그렇지, 이 여자를 인질 삼아 검을 버리고 투항하라고 위협하는 걸세. 악불군 부부는 금슬이 아주 좋다니, 감히 반항은 못하겠지."

"음, 갈 형의 말도 일리는 있소만, 악불군은 마음 씀씀이가 이루 말할 수 없을 정도로 독한 놈이니, 만에 하나 부부 사이가 썩 좋지 않다면 까다로운 상대가 될 거요."

"음… 그렇다면… 설 형제, 어찌 생각하는가?"

갈 장로가 묻자 설 형제라는 남자가 대답했다.

"두 분 장로님이 계시니 제가 끼어들 자리는 아닙니다만…."

그가 말을 채 잇기도 전에 서쪽에서 또다시 짝짝짝 하는 소리가 들려왔다. 두 장로가 고개를 돌렸다.

"보 장로께서 오셨나 보군."

곧이어 서쪽에서부터 두 사람이 빠른 속도로 다가왔다.

"막 장로도 오셨구려."

영호충은 잔뜩 긴장했다.

'발소리를 들어보니 저들은 먼저 온 두 사람보다 무공이 훨씬 높구나. 맨손인 나 혼자 무슨 수로 저들을 꺾고 사모님을 구해내지?'

갈 장로와 두 장로가 입을 모아 인사했다.

"보 형과 막 형까지 오셨으니 참으로 잘되었소."

갈 장로가 재빨리 설명했다.

"두 형제가 악불군의 마누라를 생포하는 큰 공을 세웠소이다."

그러자 노인의 목소리가 들려왔다.

"훌륭하군, 훌륭해! 두 분이 수고가 많았구려."

"모두 두 형제의 공이라오."

"다 함께 교주님의 명을 받고 일하는 사이인데 누구의 공인지 따져서 무엇 하겠소? 이 모두가 교주님의 홍복 덕분 아니겠소?"

어딘지 낯이 익은 목소리였다.

'흑목애에서 만난 적이 있는 사람일까?'

영호충은 진기를 끌어올리고 귀를 기울였지만 차마 고개를 내밀어 살펴보지는 못했다. 마교의 장로들은 하나같이 고수여서 조금만 움직여도 발각되기 십상이었다.

갈 장로가 말했다.

"보 형, 막 형. 그러잖아도 어떻게 하면 악불군을 유인해 흑목애로 잡아갈 수 있을까 하고 두 형제와 상의하던 중이었소."

나중에 온 장로 중 또 다른 사람이 물었다.

"좋은 계책이라도 있소?"

"아직 생각해내지 못했소이다. 두 분께서는 필시 묘계를 가지고 계실 것이오."

앞서 이야기를 나누던 노인이 말했다.

"오악파가 숭산 봉선대에서 장문인을 정할 때 악불군은 좌냉선의 눈을 찔러 위세를 뽐냈소. 아마도 오악파에서는 아무도 그자에게 도전하지 못할 것이오. 소문에는 그자가 임가의 벽사검법을 익혔다니 쉽게 볼 상대가 아니오. 가볍게 보지 말고 철저히 준비하여 만전지책을 마련해야 할 것이오."

두 장로가 맞장구를 쳤다.

"옳소, 우리가 힘을 합쳐 공격하면 놈에게 패할 일은 없겠지만, 이긴다는 보장도 없소."

"보 형, 이미 생각해두신 바가 있는 모양인데… 시원하게 알려주시오."

보 장로라고 불린 노인이 말했다.

"계책이 하나 있긴 있소만… 워낙 보잘것없는 계책이라 세 분이 비웃을까 두렵구려."

다른 세 장로가 입을 모아 권했다.

"보 형은 본 교의 지혜 주머니가 아니시오? 보 형의 머리에서 나온 계책이라면 무조건 찬성이오."

보 장로라고 불린 노인이 허허 웃으며 말했다.

"기실 아주 미련한 방법이라오. 이곳에 깊은 구덩이를 파고 풀과 나뭇가지로 덮어 감쪽같이 숨긴 뒤, 저 여자의 혈도를 짚어 구덩이 뒤에 던져놓고 악불군을 유인하는 것이오. 마누라가 쓰러져 있으니 당장 구하러 달려들 것인즉, 우지끈 뚝딱… 우당탕, 어이쿠… 이리 되는 것이오."

그가 손짓을 섞어 설명하자 세 장로와 그들을 따르는 부하들은 폭소를 터뜨렸다.

막 장로가 웃으며 말했다.

"참으로 묘계구려. 그사이 우리는 길가에 매복했다가 악불군이 구덩이에 빠지면 재빨리 무기로 입구를 막아 빠져나오지 못하게 해야 하오. 그러지 않으면 놈의 무공이 뛰어나 경신술로 구덩이에서 빠져나올지도 모르오."

보 장로라고 불린 노인은 가라앉은 목소리로 대답했다.

"허나 이 계책에는 한 가지 문제점이 있소."

"문제점이라니, 무엇이오? 아차, 그렇군. 악불군의 검법이 워낙 괴상망측하여 구덩이에 빠져도 우리 힘으로 막지 못할까 봐 걱정인가 보구려."

"막 형의 추측대로요. 교주께서는 우리더러 힘을 합쳐 오악파의 일류고수들을 상대하라 명하셨소. 교주님의 명을 받들다가 목숨을 버리는 것 또한 더없는 영광이나, 그리되면 우리 일월신교와 교주님의 위엄이 어찌 되겠소? 옛말에 도량이 좁으면 군자가 아니요, 독하지 않으면 대장부가 아니라고 했소. 우리 상대가 위군자인 만큼 지독한 수법을 쓰지 않으면 아니 될 터, 구덩이 안에 손을 좀 써두어야 하오."

두 장로가 시원시원하게 외쳤다.

"내 생각도 보 형과 꼭 같소! 백화소혼산百花消魂散을 잔뜩 가져왔으니 구덩이 입구를 가린 나뭇가지에 듬뿍 뿌려놓으면 구덩이에 빠지는 순간 흠뻑 들이마시게 될 거요."

네 사람은 그제야 마음이 놓이는지 와자그르르 웃어댔다.

보 장로라고 불린 노인이 말했다.

"지체할 일이 아니니 당장 움직여야 하오. 어디에 구덩이를 파는 것이 좋겠소?"

"여기서 서쪽으로 3리 정도 가면 한쪽은 깎아지른 벼랑이고 다른 한쪽에는 깊은 연못이 있는 조그마한 오솔길이 있소. 악불군이 오지 않으면 모를까, 온다면 반드시 그 오솔길을 지나야 하오."

갈 장로가 제안하자 보 장로라고 불린 노인도 찬성했다.

"아주 좋소, 그리로 갑시다."

그들이 앞장서서 걸어가자 부하들도 뒤를 따랐다.

영호충은 속으로 안도의 숨을 내쉬었다.

'구덩이를 파려면 한참 걸리겠군. 가서 영영에게 알려주고 검을 가져와도 늦지 않게 사모님을 구할 수 있을 거야.'

마교 사람들이 멀리 사라지자 그는 살금살금 수풀에서 빠져나와 동굴 쪽으로 달려갔다.

몇 리쯤 갔을까, 앞쪽에서 퍽 퍽 하고 땅을 파는 소리가 들려왔다.

'응? 저들이 어째서 이곳에 있지?'

재빨리 나무 뒤로 몸을 숨기고 살펴보니, 과연 마교 복장을 한 네 명이 열심히 땅을 파는 것을 노인 몇 사람이 지켜보고 있었다. 거리가 매우 가까워 개중 한 노인의 옆모습이 또렷하게 보였다.

'저자는 항주 매장에서 보았던 포대초로구나. 보 장로라고 부르는 줄 알았는데 알고 보니 포 장로였군. 임 교주가 지하 감옥에서 나와 제일 먼저 복속시킨 마교 장로가 바로 저 포대초였지.'

그가 황종공을 제압하던 솜씨를 직접 목격한 영호충은 그의 무공이 무척 높다는 것을 잘 알고 있었다. 악불군이 오악파 장문인이 되어 마교에 대항하겠다고 선언한 이상 가만히 앉아서 지켜볼 마교가 아니었다. 아마도 임아행은 악불군을 상대하기 위해 겨우 장로 넷만 보내지는 않았으리라.

네 장로의 부하들은 철극과 도끼로 바닥을 찍어 흙을 부순 다음 손으로 흙을 파내느라 열심이었다.

'벼랑 가에 있는 오솔길에 구덩이를 파겠다더니 왜 여기서 저러고 있을까?'

영호충은 고개를 갸웃했지만 곧 이유를 깨달았다.

'그렇군. 벼랑 쪽 길은 바위투성이라 땅을 파기가 쉽지 않았겠지.'

그들이 길을 막고 있으니 동굴에 놓아둔 검을 가져올 방법이 없었다. 싸움에 쓰는 무기로 땅을 파느라 짧은 시간 안에 함정이 완성될 것 같지는 않았지만, 위험에 처한 악 부인을 남겨두고 먼 길을 돌아 검을 가지러 갈 수도 없었다.

그때 갈 장로가 낄낄 웃으며 말을 꺼냈다.

"악불군의 나이가 그리 젊지 않은데 마누라는 아직도 곱고 싱싱하구려."

두 장로도 웃으며 맞장구를 쳤다.

"곱기는 곱소만은 얼핏 보아도 마흔은 넘긴 것 같으니 싱싱한 줄은 모르겠구려. 뭐, 갈 형의 마음에 들면 악불군을 붙잡은 연후에 교주님께 저 여자를 달라고 청해보시오."

갈 장로는 음흉하게 웃었다.

"교주님께 청할 정도까지는 아니지만 잠시 가지고 노는 것쯤이야 괜찮겠지."

그 비열한 말에 영호충은 화가 머리끝까지 났다.

'더러운 도적놈들! 감히 사모님을 욕보였다가는 곱게 죽지 못할 줄 알아라!'

갈 장로의 웃음소리가 점점 더 음흉해지자 그는 참지 못하고 고개를 내밀었다. 갈 장로가 손을 뻗어 악 부인의 얼굴을 쓰다듬는데도 혈도가 막힌 악 부인은 반항은커녕 소리조차 내지 못하고 있었다. 마교 사람들이 킬킬거리며 웃어댔다.

두 장로가 웃음 섞인 목소리로 말했다.

"갈 형, 몸이 다는 모양인데 지금 이곳에서 저 여자와 놀아볼 용기가 있소?"

영호충은 분노를 참지 못해 이를 부득부득 갈았다. 그들이 정말 사모에게 무례한 짓을 하면 검이 있건 없건 달려들어 사생결단을 낼 작정이었다.

갈 장로가 낄낄 웃으며 대답했다.

"여자 하나 데리고 노는 데 무슨 용기가 필요하겠나? 허나 그러다 교주님의 명을 그르치기라도 하면 내 목이 100개라도 살아남지 못할 게야."

포대초가 싸늘하게 말했다.

"잘 생각했소. 갈 형제, 두 형제, 두 분은 경공이 뛰어나니 가서 악불군을 유인하시오. 한 시진 정도 지나면 준비가 끝날 것이오."

"알겠소!"

갈 장로와 두 장로가 힘차게 대답하고 북쪽으로 사라졌다.

그들이 떠난 뒤 골짜기에는 땅을 파는 소리와 이따금씩 명령을 내리는 막 장로의 외침만 울려퍼졌다. 영호충은 수풀 속에 웅크려 숨도 마음껏 쉬지 못했다.

'내가 한참 동안 소식이 없으면 영영은 분명 걱정이 되어 찾아나서겠지. 영영이 땅 파는 소리를 따라 이곳까지 오면 사모님을 구할 수 있어. 임 대소저께서 오셨는데 마교의 장로들이 무슨 배짱으로 대항하겠어? 임 교주와 상 형님, 영영의 체면이 있으니 내가 직접 나서서 싸우는 것보다는 그 편이 훨씬 낫겠군.'

그렇게 생각하자 도리어 시간을 오래 끌수록 좋겠다는 생각이 들었다. 호색한 갈 장로가 떠났으니 사모님이 능욕을 당할 우려도 없었다.

한참이 지나 마침내 구덩이를 완성한 마교 사람들은 풀과 나뭇가지로 입구를 막고 미혼약을 뿌린 뒤 다시 풀더미를 덮어 마무리했다. 그러고는 각자 흩어져 수풀 속에 몸을 감추고 악불군이 오기만을 기다렸다.

영호충은 바닥을 더듬어 큼직한 돌멩이를 찾아 쥐었다.

'사부님이 구덩이 가까이 오시면 저 입구에 돌멩이를 던져야겠다. 돌멩이가 그 안으로 쑥 들어가는 것을 보시면 함정인지 알아차리시겠지.'

초여름이라 골짜기 여기저기에서 매미 소리가 울리고 작은 새가 파

닥파닥 날갯짓을 하며 날아가기도 했지만, 그 외에는 아무런 소리도 나지 않았다. 영호충은 가능한 한 느리고 얕게 숨을 쉬면서 귀를 쫑긋 세우고 곧 들려올 발소리를 기다렸다.

다시 반 시진쯤 지났을 때, 멀리서 '앗!' 하는 여자의 비명 소리가 들려왔다. 영영이었다.

'영영이 누군가를 발견했나본데… 사부님일까, 아니면 마교의 장로들일까?'

곧이어 쫓고 쫓기는 두 사람의 급박한 발소리가 들리고, 영영의 외침이 메아리쳤다.

"충 오라버니! 충 오라버니! 당신 사부가 당신을 죽이려고 하니 절대 나오지 말아요!"

영호충은 깜짝 놀랐다.

'사부님이 어째서 나를 죽이시려는 걸까?'

또다시 영영의 목소리가 귀를 때렸다.

"어서 달아나요! 당신 사부가 죽이려고 해요!"

온 힘을 다해 외치는 것을 보면 정말로 영호충이 그 외침을 듣고 멀리 달아나기를 바라는 것이 분명했다.

얼마 지나지 않아 고운 머리칼을 아무렇게나 풀어헤친 그녀가 검을 쥐고 빠른 걸음으로 나타났다. 뒤에서는 악불군이 맨손으로 쫓아오고 있었다.

영영이 구덩이 쪽으로 달려오는 것을 보자, 영호충은 물론이고 포대초 일행마저 당황해 얼굴이 하얗게 질렸다. 그들이 어찌해야 좋을지 몰라 갈팡질팡하는 사이 영영은 구덩이에서 몇 발자국 떨어지지 않은 곳에 도착했다.

바로 그때, 악불군이 번개같이 몸을 날려 영영의 뒷덜미를 확 낚아채더니 오른손으로 양 손목을 잡아 등 뒤로 꺾었다. 영영은 꼼짝없이 붙잡혀 검을 툭 떨어뜨리고 말았다. 악불군의 움직임은 몹시도 빨라 영호충이나 포대초가 구하러 갈 틈조차 없었고, 무공이 뛰어난 영영 역시 반항 한 번 못한 채 붙잡혀버린 것이었다.

영호충은 너무 놀라 하마터면 소리를 지를 뻔했다.

영영은 악불군에게 붙잡혀서도 쉬지 않고 외쳤다.

"충 오라버니, 어서 달아나요, 어서!"

그 소리에 영호충은 눈시울이 뜨거워졌다.

'영영은 자기 안위는 생각조차 않고 오로지 내 걱정만 하는구나.'

악불군이 왼손을 획획 움직여 영영의 등을 몇 번 두드리더니 움켜쥐었던 손을 놓아주었다. 혈도를 짚인 영영은 힘없이 바닥으로 쓰러졌다. 그때 악불군은 구덩이 뒤에 꼼짝 않고 누워 있는 악 부인을 발견하고 깜짝 놀랐으나, 필시 함정이 있으리라 짐작해 부인 곁으로 다가가기는커녕 주변을 샅샅이 훑었다. 다행히 의심스러운 곳이 눈에 띄지 않자 그는 그제야 안심한 듯 차분하게 말했다.

"임 대소저, 영호충 그놈이 내 딸을 죽일 때 당신도 한몫했소?"

영호충은 눈을 휘둥그레 떴다.

'내가 소사매를 죽였다고? 대체 무슨 말이지?'

영영은 조금도 주눅 들지 않고 대답했다.

"당신 딸은 임평지 손에 죽었는데 어째서 영호충을 끌어들이는 것이오? 증거도 없이 괜한 누명 씌우지 마시오.”

악불군은 껄껄 웃었다.

“임평지가 내 사위라는 것을 잊었소? 깨가 쏟아지는 신혼부부인데, 사위가 딸을 죽일 까닭이 어디 있소?”

“임평지는 숭산파에 의탁하기 위해 좌냉선의 신임을 얻으려고 당신 딸을 죽였소.”

악불군은 또다시 웃음을 터뜨렸다.

“허튼소리 마시오. 숭산파라니? 숭산파가 어디 있소? 숭산파는 이미 오악파에 흡수되었고, 이 무림에서 숭산파라는 이름은 사라졌소. 한데 임평지가 대체 무슨 숭산파에 의탁한다는 것이오? 좌냉선이 이제는 나의 부하라는 사실을 임평지가 모를 리 없소. 오악파 장문인인 장인을 따르지 않고 눈이 멀어 제 한 몸 건사하기도 힘든 좌냉선을 따르다니, 세상에서 가장 어리석은 자도 그런 아둔한 짓은 하지 않을 것이오.”

“믿지 못하겠다면 어쩔 수 없지. 임평지를 만나거든 직접 물어보시오.”

악불군의 목소리가 엄중하게 가라앉았다.

“지금 내가 찾는 사람은 임평지가 아니라 영호충이오. 영호충 그 못된 놈이 내 딸에게 무례한 짓을 하려 했다는 것을 이 세상에 모르는 사람이 없소. 내 딸은 그 음란한 놈에게 항거하다 목숨을 잃었는데, 영호충을 위해 그런 거짓말을 날조하다니, 당신도 그놈과 한패가 분명하구려.”

영영은 콧방귀를 뀌며 싸늘한 냉소를 흘렸다.

악불군이 다시 말했다.

"임 대소저, 영존께서 일월교의 교주시니 내 가능한 한 괴롭히지 않으려 했으나, 영호충을 불러내기 위해서는 조그마한 형벌을 가하는 수밖에 없겠구려. 우선 왼손을 자르고 그다음 오른손을 자른 뒤, 그래도 나타나지 않으면 왼쪽 다리와 오른쪽 다리를 잘라주겠소. 영호충 그놈에게 조금이나마 양심이 있다면 모습을 드러내겠지."

"그럴 용기나 있을지 모르겠군. 감히 내 몸에 손가락 하나라도 까딱하면 아버지께서 오악파를 남김없이 쓸어버릴 것이오!"

영영이 목소리를 높여 외쳤지만 악불군은 빙그레 웃었다.

"그리 못할 것 같소?"

그가 허리에 찬 검집에서 느릿느릿 검을 뽑았다.

보다못한 영호충이 수풀 밖으로 뛰쳐나가며 외쳤다.

"사부님, 저는 여기 있습니다!"

영영이 다급히 외쳤다.

"어서, 어서 도망쳐요! 저 사람은 나를 건드리지 못해요!"

영호충은 고개를 저으며 몇 걸음 더 다가갔다.

"사부님…."

"네 이놈! 무슨 낯으로 사부라는 말을 입에 담느냐?"

악불군이 호통을 치자 영호충은 눈물을 글썽이며 털썩 무릎을 꿇었다.

"하늘에 대고 맹세컨대 저는 추호도 악 낭자에게 무례한 짓을 저지르지 않았습니다. 허나 사부님과 사모님 두 분께서 이 영호충에게 큰 은혜를 베풀어 기르고 돌봐주셨으니, 반드시 죽이셔야겠다면 그렇게 하십시오!"

영영은 더욱더 몸이 달아 큰 소리로 외쳤다.

"충 오라버니, 저자는 남자도 여자도 아닌 괴물이에요. 사람의 본성 따위는 집어던진 지 오래니 어서 달아나요!"

악불군의 얼굴이 순식간에 살기로 뒤덮였다.

"그 무슨 말이오?"

그가 영영을 노려보며 서늘한 말투로 물었다.

영영은 한 치도 물러서지 않고 외쳤다.

"당신은 벽사검법을 익히기 위해 스스로 생… 생… 생활을 망가뜨려 귀신이나 다름없는 몸이 되지 않았소? 충 오라버니, 동방불패의 모습이 어땠는지 기억하지요? 동방불패나 저자나 똑같은 미치광이예요. 그들이 보통 사람처럼 행동하리라 여기면 절대 안 돼요!"

그녀는 오로지 영호충이 무사히 달아나기만을 바라, 악불군이 비밀을 아는 자신을 살려두지 않으리라는 사실조차 개의치 않았다.

악불군이 얼음장같이 차가운 목소리로 재차 물었다.

"어디서 그런 허무맹랑한 이야기를 들었소?"

"임평지의 입에서 똑똑히 들었소. 당신이 임평지의 〈벽사검보〉를 훔친 것을 그가 모르는 줄 알았소? 당신이 창문 밖으로 가사를 버렸을 때 임평지는 창 아래 숨어 있다가 그 가사를 손에 넣고 자신도… 자신도 벽사검법을 익혔소. 그러지 않았다면 그가 무슨 재주가 있어 목고봉과 여창해를 죽일 수 있었겠소? 자신과 같은 검법을 익힌 당신이 어떤 상태인지 그가 모를 것 같소? 충 오라버니, 악불군의 여자 같은 목소리를 잘 들어보세요. 저자는… 저자는 동방불패와 마찬가지로 자연스러운 본성을 잃어버린 거예요!"

임평지와 악영산이 나눈 대화를 엿들은 영영과 달리 영호충은 아무것도 알지 못했다. 영영은 입에 담기 민망한 이야기를 차마 꺼내기 힘들었고, 또 사부를 무척 존경하는 그가 충격을 받고 슬픔에 잠길까 봐 몇 달 동안 그 사실을 숨겼다. 하지만 지금은 상황이 긴박해, 어떻게든 눈앞에 있는 저 사람이 무림의 대종사가 아니라 제 손으로 하늘이 내린 본성을 내던진 괴물이라는 사실을 영호충에게 일깨워줘야 했기 때문에 사실대로 털어놓을 수밖에 없었다. 사람이 아닌 미치광이와 은의恩義나 정을 논해봐야 무슨 소용이 있겠는가?

악불군의 눈동자에서 살기가 쏟아졌다.

"임 대소저, 목숨만은 살려주려 했으나 그토록 허무맹랑한 말을 떠들어대니 용서할 수가 없구려. 당신이 자초한 일이니 나를 원망하지 마시오."

"충 오라버니, 어서 가세요, 어서!"

영영이 목이 터져라 소리를 질렀지만, 영호충은 꼼짝도 하지 않았다. 악불군의 출수가 몹시 빨라 손가락만 까딱해도 영영의 목숨이 끝장난다는 것을 잘 아는 그는 악불군이 검을 들어올리는 순간 큰 소리로 외쳤다.

"죽이려거든 저를 죽이시고 영영은 놓아주십시오!"

악불군은 고개를 돌려 그를 향해 냉소를 지어 보였다.

"어쭙잖은 검법을 조금 배웠다고 강호가 다 네 마음대로 될 줄 알았더냐? 검을 주워라. 기꺼이 패배를 인정할 수 있도록 깨끗이 죽여주겠다."

"그… 그럴 수는 없습니다. 제가 어떻게… 어떻게 사… 어르신께 맞설 수 있겠습니까?"

악불군은 눈을 부라리며 외쳤다.

"아직도 간사를 떠는구나! 황하를 가로지르던 배에서도, 저 오패강 언덕에서도 너는 방문좌도와 결탁하여 짐짓 나를 무시하고 체면을 깎지 않았더냐? 그때부터 내 이미 너를 죽이기로 마음먹었거늘, 여태껏 참고 보아준 것만 해도 고마워해야 할 것이다. 복주에서 부인이 가로막지만 않았다면 벌써 네놈을 염라대왕 앞으로 보내주었으련만, 그 사소한 실수 때문에 내 딸이 너 같은 음적의 손에 목숨을 잃었다!"

"그… 그런 적… 그런 적은….'"

"어서 검을 주워라!"

악불군의 노한 음성이 당황해하는 영호충의 말을 끊었다.

"내 손에 든 검을 꺾을 수만 있다면 당장 나를 죽여라. 그러지 않으면 나 또한 결코 너를 용서치 않을 것이다! 헛소리를 지껄이는 마교의 요녀부터 죽여주마!"

그 말이 끝나기 무섭게 검이 영영의 목으로 날아들었다.

영호충의 왼손에는 줄곧 돌멩이 하나가 들려 있었다. 악불군이 함정에 빠지지 않도록 도울 목적으로 쥐고 있던 돌멩이였는데, 위급한 순간이 되자 그는 앞뒤 가리지 않고 악불군의 가슴을 향해 돌멩이를 냅다 집어던졌다. 악불군은 민첩하게 옆으로 피했다. 그 틈에 영호충은 바닥을 한 바퀴 굴러 영영이 떨어뜨린 검을 주워들고는 악불군의 왼쪽 겨드랑이를 향해 힘껏 찔렀다.

악불군의 검이 노리는 것이 영영이 아니라 영호충 자신이었다면,

그는 결코 반항하지 않고 기꺼이 죽음을 받아들였을 것이다. 그러나 악불군은 영영이 자신의 비밀을 폭로하자 놀라고 분노해 그녀를 먼저 죽이려 했고, 영호충으로서는 영영이 죽는 것을 가만히 두고 볼 수가 없었다.

악불군은 번개같이 날아드는 검을 세 번이나 막아낸 뒤 두어 걸음 물러났지만, 뜻밖에도 은근히 팔이 저려와 속으로 깜짝 놀랐다. 두 사람이 소림사에서 1천 초 넘게 싸웠을 때 영호충은 시종일관 내공을 쓰지 않았지만, 오늘은 상황이 달랐다. 내공이 잔뜩 실린 검의 위력은 여간 강력하지 않았다.

악불군을 몰아붙여 물러나게 한 영호충은 재빨리 영영에게 다가가 혈도를 풀어주려고 했다.

영영이 다급히 외쳤다.

"나는 괜찮으니 조심해요!"

악불군의 검이 허연 검광을 뿌리며 날아들었다. 동방불패와 악불군, 임평지 세 사람의 무공을 직접 본 영호충은 그 귀신같은 몸놀림과 민첩하기 짝이 없는 움직임으로 보아 초식의 허점을 찾아내기도 전에 찔려 죽으리라 생각하고 무작정 악불군의 배를 찔렀다.

악불군은 발을 굴러 뒤로 훌쩍 물러났다.

"지독한 놈이로구나!"

영호충이 어렸을 때부터 키운 악불군이었으나 그 성품을 속속들이 알지는 못했다. 비록 동귀어진 수법으로 반격을 했지만, 영호충은 정말로 사부의 배에 검을 찌를 만큼 배덕한 성격이 못 되었다. 필시 사부의 몸에 닿기 직전에 검을 멈췄을 것이다. 악불군이 그의 반격에 아랑

곳하지 않고 꿋꿋이 검을 찔렀더라면 분명히 그 목숨을 끊어놓을 수 있었겠지만, 자신의 좁은 도량으로 남을 재단해 지레 겁을 먹고 물러서는 바람에 절호의 기회를 놓치고 만 것이었다.

단숨에 영호충을 쓰러뜨리지 못하자 악불군의 검은 더욱더 빨라져, 영호충은 정신을 바짝 차리고 대응해야 했다. 사부에게 패해 그 손에 죽는 것은 억울하지 않지만, 영영이 목숨을 잃게 될 뿐 아니라 숨기고 싶은 치부를 낱낱이 밝힌 보복으로 죽기 전에 참혹한 고통을 당할 것이 분명했기 때문에, 오로지 영영을 보호하고자 하는 마음으로 혼신의 힘을 다해 싸울 수밖에 없었다.

수십 초가 지나자 악불군의 초식은 복잡한 변화를 띠기 시작했다. 정신을 가다듬고 맞서던 영호충은 점차 잡념이 가시고 오로지 악불군의 검끝에만 집중하게 되었다. 독고구검은 강적을 만날수록 더욱 강해지는 검법이었다. 서호 지하 감옥에서 임아행과 비검을 했을 때도 임아행은 세상에 짝을 찾아볼 수 없을 만큼 무공이 높았지만, 아무리 현란하고 복잡한 검법을 펼쳐도 독고구검이 자연스레 그 초식을 막아내는 방법을 만들어낸 덕에 첨예하게 맞서 싸울 수 있었다. 더욱이 지금은 흡성대법까지 익혀 서호 지하 감옥에 있을 때보다 내공이 훨씬 깊어져 있었다. 악불군이 익힌 벽사검법은 초식이 괴이하고 움직임도 빨랐지만, 아무래도 오랫동안 독고구검을 배우고 연구한 영호충에 비해 익힌 기간이 짧아 동방불패가 보여준 놀라운 무공과는 아직 한참 거리가 있었다.

156초가 지나자 영호충은 무의식적으로 검법을 펼치는 지경에 접어들었다. 악불군의 초식이 점점 빨라졌기 때문에 어떻게 막을지 생각할 여유조차 없었던 것이다. 임가의 벽사검법에는 72초가 있다고 해도, 초식마다 수십 가지 변화가 숨겨져 있어 일단 펼쳤다 하면 헤아릴 수 없이 복잡했다. 보통 사람이었다면 이 만화경같이 어지럽고 화려한 검술에 홀려 속수무책으로 당했겠지만, 영호충이 익힌 검법은 초식이 없는 독고구검이라 적의 초식에 따라 자연스레 응변할 수 있었다. 적의 초식이 단 하나뿐이라면 그의 초식도 단 하나였고, 적의 초식이 수천 혹은 수만 개라면 그 역시 수천수만의 초식으로 대응하는 것이 독고구검이었다.

얼마 지나지 않아 악불군은 영호충의 검법이 자신보다 훨씬 복잡하고 다양하다는 것을 깨달았다. 사흘 밤낮을 꼬박 싸워도 끊임없이 새로운 초식을 펼쳐낼 수 있을 것 같은 영호충을 보자 악불군 역시 슬며시 두려움이 일었다.

'저 요녀가 내 비밀을 알고 있으니 살려두었다가 강호에 소문이라도 퍼지면 무슨 낯으로 오악파의 장문인을 할 수 있겠는가? 온갖 심혈을 기울여 이 자리까지 왔건만 모두 물거품이 되고 말겠구나. 임평지라는 놈이 저 요녀에게 비밀을 폭로했다면 다른 사람에게 말하지 말라는 법도 없지 않은가? 그… 그리된다면….'

초조해진 그는 더욱 맹렬하게 검을 휘둘렀지만 초식이 자연스럽지 못했다. 본디 벽사검법은 빠른 속도로 적을 제압하는 것인데, 100여 초가 훌쩍 넘도록 목적을 이루지 못하자 날카로움이 무뎌지는 것은 당연한 일이었다. 게다가 이제는 마음까지 흐트러졌으니 그 위력은 눈에 띄게 줄어들었다.

영호충은 이때를 놓치지 않고 검법의 빈틈을 찾기 시작했다.

독고구검의 요지는 적의 무공에서 빈틈을 찾아내는 데 있었다. 권각술이든 도검술이든 그 어떤 초식이든 반드시 빈틈이 있기 마련이고, 그 틈을 파고들면 일격에 적을 쓰러뜨릴 수 있었다. 흑목애에서 동방불패와 싸울 때 동방불패는 수침 하나만 들고 동에 번쩍 서에 번쩍했는데, 그 신법이나 초식에도 분명히 빈틈이 있었지만 움직임이 너무 빨라 빈틈을 발견하기 무섭게 사라져버려서 약점을 찔러 제압할 방도가 없었다. 영호충과 임아행, 상문천, 상관운 네 고수가 힘을 합쳐도 수침 하나를 꺾지 못했던 것은 바로 이런 이유 때문이었다.

숭산 봉선대에서 악불군과 좌냉선이 싸우는 것을 지켜보고, 임평지와 목고봉, 여창해, 청성파 제자들의 싸움도 가까이에서 목격한 영호충은, 그 후로 벽사검법을 깨뜨리는 법을 골똘히 생각해보았지만 끝내 답을 찾을 수가 없었다. 적의 초식이 빠르면 빠를수록 빈틈도 순식간에 사라져 공격하기가 여간 어렵지 않았다.

그런데 악불군과 200초 가까이 주고받는 동안 자세히 살펴보니 오른쪽 겨드랑이 아래에 빈틈이 보였다. 방금 악불군이 쓴 초식은 이미 본 적이 있는 초식이었다. 검법의 변화가 심해 200초 안에 초식이 중복될 일은 거의 없었지만 아무래도 사람이 하는 일이라 한두 번 일어날 수는 있었다. 곧이어 악불군이 검을 가로지르자 허리에도 빈틈이 생겼다. 이번에도 중복된 초식이었다. 돌연 영호충의 머릿속에 빛이 번쩍했다.

'벽사검법은 몹시 빨라 빈틈이 있어도 빈틈이라 할 수 없었는데, 지금 보니 초식에는 빈틈이 없을망정 검법 자체에는 빈틈이 있었구나! 초식이 중복되는 것이 바로 이 검법의 빈틈이야!'

천하에 복잡다단하기로 유명한 그 어떤 검법이든, 초식을 모두 펼치고도 적을 쓰러뜨리지 못하면 똑같은 초식을 다시 써야 하는 것은 당연한 귀결이었다. 다만 명문의 고수들은 적으면 여덟 가지에서 많으면 열 가지의 검법에 능통했고, 검법마다 갖은 변화를 품은 수십 개의 초식이 있기 마련이니, 한 번 싸움에 도합 1천 초의 초식을 쓸 수 있었다. 1천 초를 쓰고도 승부가 나지 않는 싸움은 거의 없었다.

기실 악불군도 많은 검법을 익혔지만 다 쓸 수가 없었다. 대부분 영호충에게 전수한 것들인 데다, 영호충의 독고구검이 워낙 강해 벽사검법 외에는 그를 꺾을 만한 것이 없었다. 이 때문에 시간이 지날수록 악불군의 초식은 중복되었고, 영호충은 승기가 찾아온 것을 느끼며 내심 기뻐했다.

그의 입가에 미소가 피어오르는 것을 본 악불군은 흠칫했다.

'이놈이 어찌 웃는가? 설마 나를 이길 방법을 알아낸 것은 아니겠지?'

악불군은 진기를 운용해 재빠르게 나아갔다 물러났다 하며 영호충의 주변을 어지럽게 맴돌았고, 검은 광풍이 몰아치듯 점점 더 속도를 높였다. 바닥에 쓰러진 영영의 눈에는 악불군의 모습조차 제대로 보이지 않았다. 어지러이 왔다갔다 하는 그림자를 보고 있자니 눈앞이 빙빙 돌고 속이 메스꺼울 정도였다.

또다시 30초가 지나고, 악불군이 왼손으로 앞을 가리키며 오른손을 살짝 움츠리는 것이 보였다. 오늘 들어 세 번째로 쓰는 초식이었다. 숭산에서 입은 상처가 겨우 아문 영호충은 싸움이 길어지자 몹시 고단했다. 시간이 흐를수록 상황은 그에게 점점 더 나쁜 쪽으로 흘러갈 것이었다. 번개 같은 악불군의 쾌검 앞에서 자칫 실수라도 하면 목숨을 잃는 것은 물론이고 영영마저 크나큰 고통을 받을 것이 분명했으므로, 그는 똑같은 초식을 보는 순간 생각할 겨를도 없이 빈틈이 드러날 악불군의 오른쪽 겨드랑이를 향해 힘껏 검을 찔렀다. 상대방의 움직임을 읽고 미리 그 약점을 찌른 것이었다.

악불군의 초식은 여전히 빨랐으나, 이번에는 영호충의 검이 간발의 차로 앞섰다. 벽사검법의 변초가 펼쳐지기도 전에 적의 검이 겨드랑이를 찔러들어오니 악불군으로서는 막을 방법도, 피할 방법도 없었다. 악불군이 찢어지는 목소리로 비명을 질렀다. 놀라움과 분노, 그리고 자신의 힘으로는 어찌할 수 없는 절망감이 절절하게 느껴지는 비명 소리였다.

검이 그의 겨드랑이에 닿을 찰나, 날카로운 비명 소리를 들은 영호충은 화들짝 놀랐다.

'내가 싸움에 빠져 정신이 나갔구나! 감히 사부님을 검으로 찌르려 하다니…!'

영호충은 억지로 검을 멈춰세우고 말했다.

"승부가 났습니다. 어서 사모님을 구하고 그만… 그만 떠나시지요."

악불군은 잿빛이 된 얼굴로 고개를 끄덕였다.

"오냐, 내가 졌다!"

영호충은 검을 던지고 영영을 돌아보았다.

바로 그때, 악불군이 대갈을 터뜨리며 영호충의 왼쪽 허리께를 향해 힘차게 검을 찔렀다. 영호충은 깜짝 놀라 허겁지겁 검을 다시 주웠지만, 한참 늦은 뒤였다. 픽 하는 소리와 함께 악불군의 검이 그의 허리를 깊숙하게 찔렀다. 다행스럽게도 검이 몸에 닿는 순간 내공이 저

절로 발동해 근육을 팽팽하게 만든 덕분에 검날이 미끄러져 급소를 다치는 것만은 피할 수 있었다.

악불군은 몹시 기뻐하며 검을 뽑았다가 다시 힘껏 내리찍었다. 영호충은 황급히 데굴데굴 굴러 몸을 피했다. 악불군이 쫓아와 검을 휘둘렀지만, 검은 영호충의 목에서 몇 치 떨어지지 않은 바닥을 때려 땅 하는 마찰음만 자아냈다.

악불군은 흉악한 웃음을 짓더니, 검을 높이 들고 영호충의 목을 베기 위해 한 발 한 발 다가섰다. 그런데 갑자기 바닥이 훅 꺼지더니 몸이 곧장 아래로 추락했다. 놀란 악불군은 황급히 호흡을 가다듬고 바닥을 밟아 뛰어오르려 했지만, 별안간 눈앞이 뱅뱅 돌고 정신이 쏙 빠져 힘없이 구덩이에 쓰러지고 말았다.

구사일생으로 살아난 영호충은 허리의 상처를 꾹 누른 채 겨우 몸을 일으켰다.

"대소저!"

"성고!"

수풀 쪽에서 동시에 몇 사람이 뛰쳐나왔다. 포대초와 갈 장로, 그 부하들이었다. 포대초는 제일 먼저 함정으로 달려가 숨을 참고 칼자루로 악불군의 머리를 힘껏 때렸다. 설사 악불군의 내공이 강해 미약의 효력이 오래가지 않더라도, 그 일격으로 반나절은 깨어나지 못하게 되고 말았다.

영호충은 황급히 영영에게 다가가 물었다.

"사… 사부님이 무슨 혈도를 짚었소?"

"당신은… 당신은… 괜찮아요?"

놀란 나머지 목소리가 바들바들 떨리고 이가 딱딱 부딪쳤다. 영호충이 대답했다.

"죽을 정도는 아니오. 너무… 너무 걱정 마시오."

"저 잔악한 놈을 죽이시오!"

영영이 버럭 소리치자 포대초 등이 힘차게 대답했다.

"예, 성고!"

"안 되오!"

영호충이 놀란 얼굴로 외치자 영영은 그 마음을 읽고 명을 바꿨다.

"좋아요, 그럼… 어서 저자를 묶으시오."

구덩이 안에 미약을 뿌려둔 사실을 까맣게 모르는 그녀는 악불군이 구덩이에서 나오면 다시 제압하기 어려울까 봐 불안했다.

"명을 받듭니다!"

포대초가 대답하고 부하들에게 손짓을 했다. 자기들이 이 구덩이를 팠다는 사실은 목에 칼이 들어와도 밝히고 싶지 않았다. 수풀에 숨어 있던 그들은 임 대소저가 악불군에게 위협을 당하는 것을 빤히 보고 서도 죽음이 두려워 나서지 못했으니, 그 일을 추궁하면 무슨 사달이 벌어질지 몰라 지금 막 도착한 척하는 수밖에 없었다.

포대초는 악불군의 뒷덜미를 잡고 구덩이에서 끄집어낸 뒤 잽싸게 손을 놀려 열두 곳의 혈도를 점하고, 밧줄로 손발을 꽁꽁 묶었다. 미약을 마시고 머리를 맞은 것도 모자라, 혈도가 막힌 채 꽁꽁 묶이기까지 했으니 악불군에게 날고 기는 재주가 있다 한들 달아날 희망은 거의 없었다.

영호충과 영영은 마치 꿈이라도 꾸듯 몽롱한 눈동자로 서로를 바라보았다. 한참 후에야 비로소 영영이 울음을 터뜨렸다. 영호충은 팔을 뻗어 그녀를 꼭 끌어안았다. 거의 죽다가 살아났으니 세상이 전에 없이 아름답게 느껴졌다. 영영에게 막힌 혈도가 어디인지 물어 풀어주고 나자 바닥에 쓰러진 악 부인이 떠올랐다.

"아차!"

그는 허둥지둥 그쪽으로 달려가 악 부인을 부축해 일으키고 혈도를 풀어주었다.

"사모님, 빨리 구해드리지 못해 죄송합니다."

악 부인은 방금 있었던 모든 일을 두 눈으로 똑똑히 지켜보았다. 영호충의 사람됨을 익히 아는 그녀는 하늘에서 온 선녀 대하듯 악영산을 받들어온 그가 추호라도 무례한 짓을 하거나 듣기 흉한 말을 건네지 않았으리라는 것을 확신했다. 악영산을 위해 목숨을 바쳐도 이상하지 않을 그가 음란한 행동을 하려다 거부당하자 죽였다는 말은 실로 어처구니없는 낭설이었다. 하물며 지금 그는 영영과 저렇게나 정이 깊지 않은가? 저토록 서로를 아끼고 귀중하게 여기는데 다른 마음을 먹었을 리 없었다.

영호충은 남편을 꺾고도 차마 찌르지 못해 물러났지만, 남편은 도리어 그가 방심한 틈을 타 독수를 썼다. 방문좌도들도 마다하는 비열한 행동을 당당한 오악파 장문인이 서슴없이 저지르는 것을 보자 너무도 수치스러워 얼굴이 화끈거릴 지경이었다. 굳세고 의지가 곧은 악 부인이었지만 남편의 이런 모습을 보는 순간 기운이 쭉 빠지고 모든 희망이 달아나는 것 같았다.

그녀는 담담하게 물었다.

"충아, 산이는 정말 임평지 손에 죽었니?"

영호충은 심장이 아프게 쿡쿡 찌르는 것을 느끼며 눈물을 뚝뚝 흘렸다.

"이 제자… 아니, 저… 저는….."

"저 사람은 너를 제자로 여기지 않을지 몰라도 나는 항상 너를 제자로 생각했단다. 네가 좋다면 사모라고 불러도 괜찮다."

영호충은 감격을 이기지 못하고 바닥에 털썩 엎드리며 외쳤다.

"사모님! 사모님!"

그의 머리를 쓰다듬는 악 부인의 눈에서도 눈물이 비 오듯 흘렀다. 그녀가 천천히 말했다.

"역시 임 대소저의 말대로 임평지 역시 벽사검법을 익히고 좌냉선의 도움을 구하기 위해 산이를 해친 것이구나?"

"그렇습니다."

악 부인은 울음 때문에 먹먹해진 목소리로 말했다.

"돌아보렴, 상처가 어떤지 보자꾸나."

"예."

영호충이 돌아서자 악 부인은 그의 옷을 찢고 상처 부위의 혈도를 막은 뒤 말했다.

"항산파의 약을 아직 가지고 있니?"

"예."

듣고 있던 영영이 그의 품에서 약을 꺼내 악 부인에게 내밀었다. 악 부인은 상처의 피를 닦아내고 약을 듬뿍 바른 다음, 품에서 깨끗하고 하얀 손수건을 꺼내 상처를 누르고 자기 치마를 찢어 잘 싸매주었다.

늘 그녀를 어머니처럼 여겨왔던 영호충은 그 다정한 손길을 대하자 몹시 위안이 되어 통증조차 까맣게 잊었다.

"임평지를 죽여 산이의 복수를 할 사람은 이제 너밖에 없구나."

악 부인의 말에 영호충은 눈물을 흘리며 고개를 숙였다.

"소사매는… 소사매는 임종 전에… 제게 임평지를 보살펴달라고 했습니다. 약속하지 않으면 소사매가 상심할 것 같아 어쩔 수 없이 그러겠다고 했습니다. 그러니 그를 죽이는 일은… 할 수가 없습니다."

악 부인은 길게 탄식했다.

"업보로구나, 업보야!"

그녀는 영호충을 바라보며 고통스럽게 말했다.

"충아, 앞으로 사람을 만날 때는… 그저 좋게만 생각지는 말거라!"

"예!"

그렇게 대답한 영호충은 목 뒤로 뜨거운 액체가 흘러내리는 것을 느끼고 뒤를 돌아보았다. 악 부인의 안색은 핏기 하나 없이 창백했다.

"사… 사모님!"

놀란 그가 목청이 터질 듯이 악 부인을 부르며 부축해보니, 뜻밖에도 날카로운 비수가 가슴 한쪽에 깊숙이 박혀 있었다. 악 부인은 비수가 심장을 관통해 절명한 것이었다. 영호충은 넋이 나가 입을 떡 벌렸지만, 비명도 울음도 나오지 않았다.

영영도 놀라기는 매한가지였지만, 악 부인과 깊은 정을 나눈 사이가 아니어서인지 안타깝게 여기기는 해도 눈물이 날 만큼 슬프지는 않았다. 그녀는 아무 말 없이 넋을 놓고 서 있는 영호충을 부축했고, 영호충은 한참 후에야 소리 내 울음을 터뜨렸다.

포대초는 큰 변고를 당한 젊은 연인이 단둘이 나눌 말이 많으리라 생각하고 눈치 빠르게 입을 다물었다. 더군다나 영영이 함정에 대해 캐물을까 봐 미리 입을 맞춰둘 필요가 있었기에 쓰러진 악불군을 붙잡아 갈 장로와 부하들을 데리고 멀찌감치 물러났다.

영호충이 물었다.

"저… 저들은 사부님을 어쩌려는 거요?"

"아직도 사부인가요?"

영영이 따지자 영호충은 고개를 저었다.

"아, 습관이 되어서…. 그런데 사모님께서 어째서 자결하셨는지 알 수가 없구려. 왜… 왜 이런…?"

영영은 원망 섞인 목소리로 대답했다.

"당연히 악불군 저자 때문이지요. 저렇게 비열하고 부끄러움도 모르는 자에게 시집을 갔으니 저자를 죽이거나 스스로 목숨을 끊는 것 말고 달리 무슨 방법이 있겠어요? 어서 악불군을 죽여 당신 사모님의 복수를 해요."

영호충은 머뭇거리며 되물었다.

"나더러 저 사람을 죽이라는 거요? 하… 하지만 한때는 사부님이기도 했고 나를 길러주신 분이기도 하오."

"저자가 당신 사부고 길러준 은혜도 있지만 몇 차례나 당신을 해치려 했으니 은혜는 이미 끊어졌어요. 반면 당신 사모님이 내려주신 은혜는 아직 갚지 못했지요. 사모님을 해쳐 죽음으로 몰고 간 사람이 저자가 아니면 누구겠어요?"

영호충은 한숨을 푹 쉬며 서글프게 말했다.

"사모님의 크나큰 은혜는 내 평생 갚아도 다 갚지 못할 거요. 하지만 악불군과 나의 은원은 끝났어도 결코… 결코 내 손으로 죽일 수는 없소."

"당신이 직접 하라는 것이 아니에요."

영영은 곧 목소리를 높였다.

"포 장로!"

"예, 대소저."

포대초가 큰 소리로 대답하더니 일행과 함께 다가왔다.

영영이 말했다.

"아버지께서 보내셨소?"

포대초는 공손하게 두 손을 맞잡고 대답했다.

"예. 교주님께서는 저와 갈 형제, 두 형제, 막 형제에게 부하 10여 명을 데리고 나가 악불군을 잡아오라 하셨습니다."

"갈 장로와 두 장로는 어디 있소?"

"두 시진 전에 악불군을 유인하러 갔습니다만 아직 돌아오지 않은 것을 보아서는 아마… 아마도…."

영영이 고개를 끄덕였다.

"악불군의 몸을 뒤져보시오."

"예!"

포대초 일행이 악불군의 몸을 이리저리 살피기 시작했다.

그의 품에는 오악검파 맹주의 깃발과 금은 열 냥가량, 그리고 동패銅牌 한 쌍이 들어 있었다. 포대초가 큰 소리로 말했다.

"대소저께 보고드립니다. 갈 장로와 두 장로는 예상대로 이놈의 독수에 당한 듯합니다. 이것이 두 장로가 몸에 지녔던 동패입니다.”

말을 마친 그가 악불군의 허리를 힘껏 걷어찼다.

“그분을 해치지 마시오.”

영호충이 다급히 외치자 포대초는 공손하게 고개를 숙였다.

“예, 알겠습니다.”

“냉수를 가져와 저자를 깨우시오.”

영영의 명에 막 장로가 허리춤에 매단 물통을 풀어 마개를 뽑고 안에 든 물을 악불군의 머리 위에 좔좔 쏟았다.

잠시 후 악불군이 신음을 하며 천천히 눈을 떴다. 머리와 허리가 몹시 아파 절로 끙끙거리는 신음 소리가 났다.

영영이 물었다.

“악불군, 본 교의 갈 장로와 두 장로를 당신이 죽였소?”

포대초가 보란 듯이 동패 두 개를 한 손에 쥐고 쩔그렁쩔그렁 소리를 냈다.

악불군은 이미 틀렸다고 생각했는지 큰 소리로 욕을 퍼부었다.

“그렇다! 사악한 마교 놈들은 모조리 쳐죽임이 마땅하다!”

포대초는 한 번 더 걷어차려고 발을 들었으나, 영호충이 교주와 인연이 깊고 훗날 대소저의 낭군이 될 사람이었기 때문에 ‘해치지 말라’는 명을 거역할 수가 없어 슬그머니 다시 내려놓았다.

영영이 냉소를 지으며 말했다.

“정파의 장문인이라 자부하는 당신이 한 짓은 우리 일월신교보다 백배는 더 사악한데, 무슨 배짱으로 우리더러 사악하다고 하는지 모르겠군. 당신 부인조차 당신이 치가 떨리도록 미워서 부부의 연을 이어가기보다는 차라리 자결을 택했소. 그런데도 뻔뻔하게 얼굴을 들고 다닐 수 있겠소?"

"못된 요녀 같으니! 너희가 부인을 죽여놓고 감히 자결했다고 하는 것이냐?"

영영은 한숨을 쉬었다.

"충 오라버니, 들었지요? 정말이지 뻔뻔하고 수치심을 모르는 작자예요."

영호충은 머뭇머뭇 말을 꺼냈다.

"영영, 한 가지… 부탁이 있소."

"이자를 놓아달라는 것이지요? 호랑이는 잡기는 쉬워도 풀어주기는 어렵다는 말이 있어요. 잔악하고 꾀가 많은 데다 무공도 높아 다음에 만나면 오늘처럼 행운이 우리 편에 서줄지 확신할 수 없는데, 그래도 놓아주고 싶은가요?"

"오늘 저 사람을 풀어줌으로써 사제의 인연을 완전히 끊겠소. 저자의 검법은 똑똑히 기억하고 있으니 감히 다시 찾아오면 결코 무사히 돌려보내지 않을 것이오."

영영도 영호충이 악불군을 죽이지 못하게 할 줄 이미 짐작하고 있었다. 단지 훗날 다시 만났을 때 옛정에 휩쓸리거나 악불군을 두려워하지 않도록 다짐시키기 위해 한 말이라 곧 고개를 끄덕였다.

"좋아요, 오늘 한 번은 살려주겠어요. 포 장로, 막 장로, 우리가 악불군을 붙잡았다가 풀어준 이야기를 강호에 널리 퍼뜨리시오. 그리고 악불군이 벽사검법을 익히기 위해 스스로 몸을 망가뜨려 남자도 여자도 아닌 괴물이 되었다는 사실도 천하 영웅들에게 낱낱이 알리시오."

포대초와 막 장로는 입을 모아 그러겠다고 외쳤다.

악불군은 사색이 되어 악독한 눈빛으로 그녀를 노려보았지만, 어쨌건 목숨은 건졌기에 얼굴에는 다소나마 희색이 돌았다.

"그렇게 노려보면 내가 두려워할 것 같소?"

영영은 검을 휘둘러 그를 묶은 포박을 끊은 뒤, 가까이 다가가 그의 혈도를 풀고 오른손으로 입을 막으면서 왼손으로 뒤통수를 힘껏 때렸다. 악불군이 자연스레 입을 벌리자 입 안으로 둥글둥글한 환약 하나가 쏙 들어갔다. 동시에 영영이 코를 틀어쥐는 바람에 숨이 턱 막혔다.

영영은 악불군을 풀어주는 동안 일부러 영호충의 시야를 가리고 섰기 때문에 영호충은 그녀가 환약을 먹이는 것을 보지 못했다. 그저 그녀가 자기 얼굴을 보아 사부를 풀어준 것을 무척 고맙게 생각했다.

악불군은 코와 입이 막혀 허둥거리다가 영영이 입으로 밀어넣은 환약을 꿀꺽 삼키고 말았다.

순간 마교의 삼시뇌신단이 떠올라 온몸에 소름이 쫙 끼쳤다. 일찍이 강호인들에게 들은 바에 따르면, 삼시뇌신단을 먹은 후 매년 단오절에 해약을 복용해 시충을 억제하지 않으면, 뇌로 기어들어간 시충이 뇌를 갉아먹어 말로 표현할 수 없는 고통을 겪게 되며, 광증이 발작해 미친개처럼 변한다고 했다. 아무리 꾀가 많고 위기 속에서도 당황하지 않는 악불군이지만, 이 상황에서는 땀이 줄줄 흐르고 얼굴이 하얗게 질리지 않을 수 없었다.

영영은 몸을 똑바로 세우며 말했다.

"충 오라버니, 저들이 혈도를 너무 세게 짚은 모양이에요. 두 군데는 시간이 조금 지난 후에 풀어주어야 고통이 덜할 거예요."

"고맙소."

영영은 생긋 웃으며 속으로 중얼거렸다.

'당신 몰래 한 짓이지만, 모두 당신을 위해서예요.'

잠시 후 악불군의 배 속으로 들어간 약이 완전히 녹아 운기행공으로 토해낼 수 없을 때가 되자, 그녀는 다시 악불군에게 다가가 혈도를 마저 풀어주고는 나지막하게 말했다.

"매년 단오절 전에 흑목애로 찾아오면 해약을 주겠소."

그 한마디에 자신이 삼킨 것이 삼시뇌신단이라는 것을 확인한 악불군은 온몸을 사시나무 떨 듯 바르르 떨었다.

"그… 그것이… 삼시… 뇌신…."

영영은 쿡쿡 웃으면서 큰 소리로 말했다.

"그렇소. 그 영단묘약은 만드는 데 몹시 공이 많이 들어가기 때문에 본 교에서도 지위가 높고 무공이 절륜한 일류고수가 아니고서는 먹을 자격이 없지. 그렇지 않소, 포 장로?"

포대초가 허리를 숙이며 공손하게 대답했다.

"교주님께서 은혜를 베풀어 제게도 신단을 내려주셨으니, 교주님께 충성을 바치며 그 명을 기꺼이 받들 것입니다. 신단을 복용한 뒤로 교주님의 신임이 더욱 깊어져 실로 크나큰 도움이 되었습니다. 천추만재, 일통강호!"

그 말을 듣자 영호충은 화들짝 놀랐다.

"지금 사… 아니 악 장문에게 삼시뇌신단을 먹였소?"

영영은 생글생글 웃으며 말했다.

"아주 허둥지둥 먹어치우더군요. 돌멩이도 삼킬 만큼 배가 많이 고팠나 봐요. 악불군, 앞으로 나와 충 오라버니를 지키기 위해 최선을 다하면 당신에게도 좋은 일이 많이 생길 것이오.”

악불군은 속으로 이를 부득부득 갈았다.

‘저 요녀가 불의의 사고로 죽기라도 하면 나는… 나는 끝장이다. 설사 요녀가 목숨은 붙어 있더라도 중상을 입어 제때 흑목애로 돌아가지 못한다면 어디 가서 저 계집을 찾는단 말이냐? 아니, 어쩌면 아예 해약을 주지 않을지도….’

이렇게 생각하자 저도 모르게 몸이 부들부들 떨렸다. 세상에 대적할 자 없는 신공도 지금은 그의 마음을 가라앉히는 데 아무런 도움이 되지 못했다.

영호충은 한숨을 푹 쉬었다. 역시 영영은 마교 출신이라 마음 씀씀이가 사악하구나 싶으면서도 자신을 위해 한 일이라고 생각하니 따질 수도 없었다.

영영이 포대초에게 말했다.

“포 장로, 교주님께 가서 오악파 장문인 악 선생이 본 교에 귀순하였다고 보고하시오. 교주님의 신단을 먹었으니 결코 다른 마음을 먹을 일은 없을 거라고.”

악불군을 풀어달라는 영호충의 말에 돌아가서 교주의 책망을 들을 생각에 걱정이 태산이던 포대초는 떨 듯이 기뻐했다. 그는 흐뭇하게 웃으며 말했다.

“대소저께서 도와주신 덕분에 큰 공을 세웠습니다. 교주님께서도 무척 기뻐하실 겁니다. 교주님, 중흥성교, 택피창생!”

“악 선생이 본 교에 귀순했으니 그 명예를 실추시키는 이야기를 퍼뜨리면 안 될 것이오. 신단을 먹은 일도 결코 외부에 흘러나가지 않도록 하시오. 저자는 무림에서 명망이 높고 계교도 많으며 무공도 뛰어나니 교주님께서 필시 중하게 쓰실 것이오.”

“예, 대소저의 분부대로 하겠습니다.”

영호충은 악불군의 낭패한 상황에 측은한 마음을 감출 수 없었다. 비록 자신을 해치려고 잔혹한 짓을 했으나, 그와 사모의 보살핌을 받아온 지난 20여 년 동안 그를 아버지처럼 여기며 살아왔기에 졸지에 원수가 되자 마음이 찢어지는 것 같았다. 뭐라고 위로를 하고 싶었지만 목이 꽉 막혀 아무 말도 나오지 않았다.

영영이 계속 말했다.

“포 장로, 갈 장로, 두 분은 흑목애로 돌아가 나 대신 아버지와 상 숙부께 안부를 전해주시오. 영… 영호 공자의 상처가 나으면 나도 돌아가겠소.”

그녀가 평범한 여자였다면 포대초는 분명히 이렇게 말했을 것이다.

“공자께서 하루빨리 쾌차하시어 대소저와 함께 흑목애로 오시기를 손꼽아 기다리겠습니다. 그때가 되면 두 분의 축하주를 실컷 마시겠습니다.”

젊은 연인에게 이보다 더 좋은 말이 없지만, 감히 영영 앞에서는 축하주의 ‘축’ 자도 꺼낼 용기가 나지 않았다. 도리어 영영이 자신의 속마음을 의심할까 두려워, 허리를 푹 숙이고 얼굴을 잔뜩 굳힌 채 공손히 대답하는 것이 고작이었다. 영영은 남들이 자신과 영호충의 관계를 두고 놀리는 것을 가장 싫어해, 벌써 수많은 강호의 호걸들이 그 일로 온갖 고초를 겪었다는 사실을 무림인이라면 누구나 알고 있었다. 그래서 포대초는 서둘러 영영과 영호충에게 작별한 후 부하들을 데리고 떠나갔다. 작별 인사를 할 때는 영영보다 더 공손한 태도로 영호충을 대했다. 오랜 세월 강호를 누비며 여러 사람들과 부대껴온 덕분에 영호충에게 예의를 차릴수록 영영이 기뻐한다는 것을 잘 알고 있기 때문이었다.

영영은 그 자리에 굳은 듯 서 있는 악불군을 향해 말했다.

"악 선생, 당신도 그만 가보시오. 존부인의 유체를 화산으로 옮겨 안장하겠소?"

악불군은 고개를 설레설레 저었다.

"수고스럽겠지만 두 분이 적당한 곳에 묻어주시오!"

말을 마친 그는 다시는 두 사람을 돌아보지 않고 빠른 걸음으로 걸어갔다. 신법이 어찌나 빠른지 그의 뒷모습은 눈 깜짝할 사이 수풀 저편으로 사라져버렸다.

황혼녘, 영호충과 영영은 악 부인의 유체를 악영산의 무덤 옆에 묻었다. 영호충은 두 사람의 무덤 앞에 엎드려 또다시 통곡했다.

이튿날 아침, 영영이 물었다.

"충 오라버니, 상처는 좀 어떤가요?"

"큰 상처가 아니니 염려할 것 없소."

"그렇다면 다행이에요. 우리가 이곳에 있다는 것이 알려졌으니, 며칠 더 쉬었다가 다른 곳으로 가요."

"그럽시다. 소사매에게는 어머니가 있으니 이제 두렵지 않을 거요."

그렇게 말하고 보니 마음 한구석이 뭉근하게 아파오는 것 같았다. 그는 한숨을 쉬며 말을 이었다.

"사부님께서는 평생 올곧게 살아오신 분인데, 사악한 검법을 익히느라 성품이 그리 바뀌실 줄은 몰랐소."

영영은 고개를 가로저었다.

"그런 것이 아닐지도 몰라요. 악불군은 당신 소사매와 노덕낙을 복주에 보내 술집을 차리게 했을 때부터 이미 〈벽사검보〉를 염두에 두고 있었어요. 결코 군자의 행동은 아니지요."

영호충은 묵묵히 듣고만 있었다. 자신 역시 어렴풋이 느끼고 있으면서도 차마 깊이 생각해볼 용기가 나지 않아 일부러 모른 척해온 일이었다.

영영이 계속 말했다.

"그 검법은 벽사검법이 아니라 악마의 검법이라고 불러 마땅해요. 그 검보가 강호에 퍼지면 많은 사람들이 피해를 입겠지요. 악불군이 아직 살아 있고 임평지 역시 검결을 외우고 있지만, 내 생각에는 좌냉선과 노덕낙에게 전부 알려주지는 않을 거예요. 임평지같이 속을 짐작하기 어려운 소인배가 소중한 검보를 기꺼이 내놓을 리 있겠어요?"

영호충은 고개를 끄덕였다.

"좌냉선과 임평지는 눈이 멀었지만 노덕낙은 아직 멀쩡하니 무슨 수작을 부릴 수도 있소. 세 사람 모두 영리하고 생각이 깊으니 함께 있는 동안 머리싸움이 치열하겠구려. 결과가 어찌 될지 모르겠지만, 두 사람 대 한 사람이니 임평지가 불리하오."

"정말 임평지를 보호할 생각인가요?"

영호충은 악영산의 무덤을 돌아보며 대답했다.

"마음 같아서는 임평지를 보호해달라는 소사매의 부탁을 거절하고 싶었소. 그 개돼지만도 못한 놈을 갈가리 찢어 죽여도 시원치 않은데 어떻게 도울 수가 있겠소? 하지만 약속을 지키지 않으면, 소사매가 구천에서도 눈을 감지 못할 거요."

"살아 있을 때는 가장 잘해준 사람이 누군지 몰랐겠지만, 구천에 가서는 틀림없이 진실을 깨닫고 당신이 임평지를 보호하는 것을 원치 않을 거예요!"

영호충은 고개를 저었다.

"그건 모르는 일이오. 소사매는 임평지에게 일편단심이었소. 그가 자신을 해쳤다는 것을 알면서도 그가 불행해지는 것은 끝내 원치 않았소."

영영은 곰곰이 생각에 잠겼다.

'그럴 수도 있겠지. 나였더라도 당신이 내게 어떻게 하든 진심을 다해 당신이 잘되기를 빌었을 거야.'

동굴에서 열흘 정도 머무는 동안 영호충의 상처는 거의 나았다. 두 사람은 항산으로 가서 장문인 자리를 의청에게 물려준 후 얽매인 곳 없이 자유롭게 세상을 떠돌아다니다가 좋은 곳을 찾아 은거하자는 이야기를 나눴다.

영영이 말했다.

"그렇게 되면 임평지는 어떻게 되나요? 세상을 떠난 소사매에게 뭐라고 하려고요?"

영호충은 머리를 긁적였다.

"골치 아픈 문제니 그 이야기는 관둡시다. 언젠가 때를 보아 처리하면 되지 않겠소?"

영영은 생긋 웃으며 입을 다물었다.

두 사람은 악 부인과 악영산의 무덤 앞에 공손히 절한 후 나란히 길을 떠났다.

두 그림자는 소매가 널찍한 여자 옷을 입고 머리에 싸리나무 비녀를 꽂아 구분
할 수 없을 만큼 똑같았다.
마치 그의 분신이라도 나타난 것 같아 영호충은 심장이 멎을 것처럼 놀랐다.

영호충과 영영이 골짜기를 떠나 반나절쯤 걷자 마을이 하나 나타났다. 두 사람은 국수 파는 가게에 들러 국수를 시켰는데, 영호충이 길쭉한 면발을 젓가락으로 건져올리며 히죽 웃었다.

　"아직 당신과 혼례를 올리지도 않았는데….."

　영영의 얼굴이 새빨개졌다.

　"누가 당신과 혼례를 올린대요?"

　그녀가 톡 쏘자 영호충은 빙그레 웃었다.

　"언젠가는 해야 하지 않겠소? 당신이 싫다고 하면 억지로 끌고 가서라도 혼례를 올릴 거요."

　영영은 웃을락 말락 하는 표정으로 말했다.

　"동굴에 있는 동안 고분고분 말을 잘 듣더니 나오자마자 점잖지 못한 말을 하는군요."

　영호충은 너털웃음을 터뜨렸다.

　"종신대사에 관한 것보다 더 점잖은 말이 어디 있소? 영영, 그러잖아도 동굴에 있는 동안 당신과 혼례를 올리면 아이를 몇이나 낳을까 생각해보았다오."

　영영이 발딱 일어나며 눈을 찡그렸다.

　"자꾸 그런 말을 할 거면 항산까지 혼자 가게 놔둘 거예요."

영호충이 웃으면서 달랬다.

"알았소, 알았소. 그만하겠소. 사실 그 골짜기에는 복숭아나무가 그득해서 도곡이라고 불릴 만하더구려. 어린아이 여섯 명을 그곳에 풀어놓고 뛰어놀게 하면 꼬마 도곡육선이 아니겠소?"

"아이 여섯이 갑자기 어디서 나타나겠어요?"

영영은 다시 자리에 앉으며 묻다가 퍼뜩 깨닫고는 영호충을 흘겨보았다. 화난 척했지만 기분만큼은 달콤했다.

영호충이 말했다.

"당신이 나와 함께 항산에 가는 것이 알려지면 속이 엉큼한 사람들은 우리가 부부가 되었다고 여기고 제멋대로 떠들어댈 테니 당신 기분이 언짢을 거요."

마침 그 일을 걱정하던 영영이 고개를 끄덕였다.

"그렇긴 해요. 하지만 우리는 시골 농부 차림을 하고 있으니 아무도 알아보지 못할 거예요."

"당신의 꽃 같은 얼굴은 아무리 변장을 해도 숨길 방도가 없다오. 아마 모두들 속으로는 이렇게 외쳤을 거요. '오오, 시골 낭자가 정말 아름답구나. 저리도 아름다운 낭자가 아둔하고 못생긴 놈과 함께 다니다니, 고운 꽃을 소똥에 꽂은 격이로구나!' 그러다가 그 꽃이 다름 아닌 일월신교의 임 대소저고, 소똥은 그 임 대소저께서 예쁘게 보아주시는 영호충이라는 것을 알게 되는 거지."

영영은 까르르 웃었다.

"대협께서는 그리 겸손하게 말씀하지 않으셔도 된답니다."

"내 생각에는 말이오, 항산에 도착하면 내가 눈에 띄지 않게 변장을 하고 먼저 올라가 상황을 살펴보는 것이 좋겠소. 아무 일도 없으면 신분을 밝힌 뒤 장문 자리를 넘겨주고, 한적한 곳에서 당신과 만나 같이 떠나는 거요. 그러면 귀신인들 어찌 알겠소?"

자신의 입장을 배려해주는 그의 말에 영영은 무척 기뻤다.

"아주 좋은 생각이군요. 항산에서 눈에 띄지 않는 방법은 머리를 깎고 여승으로 변장을 하는 거예요. 자, 이리 와요. 내가 그럴싸하게 변장을 시켜줄게요. 여승이 너무 곱지나 않을지 걱정이군요."

그녀가 웃으며 말하자 영호충은 연신 손을 내저었다.

"아니오, 아니오. 여승을 보기만 해도 노름에서 진다고 하는데 여승으로 변장을 했다가는 평생 재수에 옴 붙을 거요."

영영은 까르르 소리를 내 웃었다.

"거울을 들여다보지만 않으면 여승을 볼 일도 없을 거예요. 대장부는 굽힐 때 굽히고 펼 때 펼 줄 알아야 한다잖아요. 항산에 가면 여승은 필연코 만나야 할 대상인데 그리 꺼릴 이유가 어디 있나요? 어서 이리 오라니까요. 반드시 당신 머리를 깎고 말겠어요."

영호충도 웃으며 말했다.

"꼭 여승이 될 필요는 없지만, 견성봉에 오르려면 여자로 변장할 수밖에 없겠구려. 하지만 입만 열면 남자라는 것이 들통날 텐데, 마침 좋은 생각이 있소. 항산 자요구 취병산에 있는 현공사에서 일하던 사람을 기억하오?"

영영은 잠시 고개를 갸웃하다가 생각난 듯 손뼉을 쳤다.

"기억나요! 정말 좋은 생각이군요! 현공사에서 일하는 할머니는 귀먹은 벙어리여서 바로 앞에서 산이 떠나가라 싸워도 전혀 알아차리지 못했어요. 무얼 물어도 멍하니 쳐다보기만 했지요. 그 할머니로 변장하려는 건가요?"

"그렇소."

"좋아요, 옷을 사다가 변장을 시켜줄게요."

영영은 영호충의 머리를 풀어 꼼꼼히 빗질한 뒤 싸리나무 비녀로 올려묶고 시골 아낙의 옷으로 갈아입게 했다. 얼굴에 누런 분을 바르고 검은 반점을 몇 개 찍고 오른쪽 뺨에 고약까지 붙이고 나자 영락없는 현공사 노파의 모습이었다. 영호충은 거울을 들여다보았지만 자신조차 알아볼 수 없을 정도로 완전히 딴사람이 되어 있었다.

영영이 웃으며 말했다.

"겉모습은 비슷하지만 표정이 영 달라요. 좀 더 멍하고 아둔한 표정을 지어야 해요."

"어려운 일도 아니오. 멍하고 아둔한 것은 본래 이 영호충의 특징이거든."

"더 중요한 것은 누군가 뒤에서 갑자기 소리를 질러도 절대 듣지 못한 척해야 한다는 거예요."

"잘 알겠소."

두 사람은 또다시 길을 떠났다. 가는 동안 영호충은 귀먹은 벙어리 노파 흉내를 연습했고, 객점 대신 폐허가 된 사당에 묵었다. 영영은 이따금씩 갑자기 소리를 질러 그를 시험했지만 영호충은 못 들은 척했다. 항산 기슭에 이르자 두 사람은 사흘 후 현공사 근처에서 만나기로 약속하고 영호충 홀로 견성봉에 올랐다. 영영은 부근에서 산수를 유람하기로 했다.

견성봉 꼭대기가 보일 때쯤 황혼이 내려앉기 시작했다.

'곧바로 암자로 가면 의청이나 정악, 의림같이 세심한 사람들이 의심하겠지. 몰래 살펴보는 것이 좋겠어.'

그는 인적이 없는 동굴로 들어가 잠을 청하고, 달이 중천에 떠올랐을 때쯤 일어나 견성봉 무색암으로 향했다.

무색암에 도착했을 즈음 챙챙챙 하고 검이 부딪치는 소리가 들려왔다.

'무슨 일이지? 적이 침입했나?'

영호충은 몸에 숨겼던 단검을 꺼내 들고 소리 나는 쪽으로 달려갔다. 무기 부딪는 소리가 나는 곳은 무색암에서 10여 장 떨어진 기와집 안이었다. 창문으로 아른아른 불빛이 새어나오고 있었다. 가까이 달려가니 소리는 더욱 선명하게 들려왔다. 몸을 숨기고 창문으로 안을 들여다본 영호충은 겨우 안심했다. 안에서는 의화와 의림이 연검을 하고 있었고, 의청과 정악이 옆에서 지켜보는 중이었다.

의화와 의림이 쓰는 검법은 바로 그가 얼마 전에 알려준, 화산 사과애 동굴에 새겨져 있던 항산파 검법이었다.

이제는 두 사람 다 그 검법을 제법 능숙하게 펼치고 있었다. 싸움이 절정으로 치닫자 의화의 검은 점점 더 빨라졌지만 의림은 멍하니 넋을 놓고 있는 것 같았다. 의화의 검이 빠르게 짓쳐들어 가슴을 노리자 의림은 황급히 검을 거둬 막으려 했지만 이미 늦어 '앗' 하고 비명을 질렀다. 의화는 검끝으로 그녀의 가슴을 똑바로 겨누며 빙긋 웃었다.

"사매, 또 졌구나."

의림은 몹시 부끄러운 얼굴로 고개를 푹 숙였다.

"아무리 연습을 해도 나아지지가 않아요."

"지난번에 비하면 나아졌다. 자, 다시 해보자."

의화가 말하며 검으로 허공을 갈랐다. 옆에서 지켜보던 의청이 끼어들었다.

"사저, 사매가 많이 지쳤어요. 사매들, 그만 가서 자고 내일 다시 하자꾸나."

"예."

의림은 검을 검집에 넣고 의화와 의청에게 공손히 인사한 뒤 정악의 손을 잡고 밖으로 나왔다. 돌아서는 그녀의 얼굴이 몹시 야위어 보여 영호충은 슬며시 걱정이 되었다.

'의림 사매에게 근심이 있는 모양이야.'

의화와 의청은 서로를 바라보며 설레설레 고개를 저었다. 의림과 정악의 발소리가 멀어지자 의화가 입을 열었다.

"의림 사매는 여전히 평정을 찾지 못한 모양이야. 도를 닦는 사람들이 가장 꺼리는 것이 바로 마음을 오롯이 하나에 모으지 못하는 것인데, 무슨 말로 충고를 해야 할지 모르겠구나."

"충고로 깨우치기는 어렵지요. 스스로 깨달아야 해요."

의청의 말이었다.

"저 아이가 왜 저리 마음이 들떠 있는지는 안다. 늘 그분 생각만…."

의화가 말하자 의청이 재빨리 손사래를 쳤다.

"사저, 불문 성지에서 그런 말씀은 입에 담지 마세요. 사존師尊들의 복수만 아니었다면 천천히 깨닫도록 해도 되었을 텐데…."

"사부님은 늘 이렇게 말씀하셨다. 세상만사는 인연에 따라 흘러가는 법이니 결코 강요해서는 아니 되며, 특히 마음을 다스릴 때는 순서에 따라 차근차근 해나가야지 조급하게 하면 도리어 마장魔障에 떨어진다고 말이다. 의림 사매는 겉은 온순하지만 속은 열정적이고 감정에 약한 사람이라 불문에는 어울리지 않아."

의청도 한숨을 내쉬었다.

"전들 왜 모르겠어요. 하지만… 하지만 우리 항산파는 항상 불문의 제자가 장문 자리를 맡아왔으니, 영호 사형께서도 늘 말씀하시듯 그분이 장문인이 되신 것은 임시방편일 뿐이에요. 그보다 더 중요한 것은 악불군이 두 분 사숙님을 죽였다는 사실이지요…."

영호충은 깜짝 놀랐다.

'뭐라고? 사부님께서 사태들을 죽였다니?'

의청의 말이 이어졌다.

"제자가 되어 이 크나큰 원한을 갚지 않고서는 하루라도 마음 편히 잠들 수가 없어요."

"나도 사매 못지않게 초조하구나. 그래, 내일 다시 그 아이를 재촉해서 연검을 하게 해야겠다."

"급할수록 돌아가라는 말이 있으니, 너무 독촉하지는 마세요. 의림 사매는 상태가 점점 더 나빠지는 것 같아요."

"알겠다."

두 사람은 무기를 거두고 등불을 끈 후 각자의 방으로 돌아갔다.

창밖에 숨은 영호충은 도저히 마음을 가라앉힐 수가 없었다.

'어째서 사부님이 사태들을 죽였다고 했을까? 게다가 복수를 하고 항산파의 장문 자리를 이어받기 위함이라면 어째서 밤낮 의림 사매에

게 연검을 시키고 있을까?'

한참을 생각해봐도 마땅한 답이 떠오르지 않았다. 그는 천천히 걸음을 옮기며 한숨을 쉬었다.

'다음에 의화나 의청 사저에게 물어보는 수밖에….'

그때 바닥에 자신의 그림자가 길게 늘어지는 것을 보고 무심코 고개를 들어 달을 올려다보았다. 나뭇가지 사이로 어스름하게 새어드는 달빛을 보는 순간, 갑자기 뭔가 뇌리에 번쩍이는 바람에 하마터면 소리를 지를 뻔했다.

'그렇구나! 의화 사저는 진작 눈치를 챘는데 나는 왜 여태 몰랐을까?'

그는 재빨리 기와집 벽에 몸을 딱 붙여 그림자를 숨긴 뒤, 소림사에서 정한 사태와 정일 사태를 발견했을 때의 광경을 곰곰이 되짚었다.

그날 정일 사태는 이미 숨이 끊어져 있었고, 정한 사태는 그에게 장문 자리를 맡긴 뒤 절명했지만 흉수가 누군지는 한마디도 하지 않았다. 몸을 살폈지만 두 사람의 몸에는 아무 상처도 없었고, 내상을 입었거나 독을 당한 것도 아니어서 무엇 때문에 죽었는지 도무지 이해가 가지 않았다. 하지만 차마 옷을 벗기고 살펴볼 수는 없었다. 그 후 영영이 소림사에서 두 사람의 유체를 살폈는데, 심장께 가느다란 붉은 점이 있어 누군가 침으로 찔러 죽인 것 같다고 알려주었다. 그때 그는 펄쩍 뛰며 물었었다.

"침이라면… 독침이란 말이오? 당금 무림에서 독침을 쓰는 사람이 누구요?"

영영은 고개를 저으며 대답했다.

"아버지와 상 숙부께서도 확신은 못하셨어요. 아버지 말씀으로는 암기로 쓰는 독침이 아니라 일반적인 무기에 급소를 찔려 목숨을 잃은 것이라더군요. 정한 사태를 찌른 침은 심장에서 약간 비껴갔지만요."

"맞소, 내가 두 분을 발견했을 때 정한 사태는 아직 살아 계셨소. 심장을 찔렀다면 암습이 아니라 정면에서 공격했겠군. 그렇다면 두 분을 죽인 사람은 절정의 고수가 틀림없소."

그가 말하자 영영도 고개를 끄덕였다.

"아버지도 그렇게 말씀하셨어요. 비록 실마리는 얻었지만, 흉수를 찾아내기는 쉽지 않을 것 같아요."

영호충은 두 손으로 담벼락을 힘껏 짚었다. 몸이 부들부들 떨렸다.

'가느다란 침으로 고수이신 두 분을 죽일 수 있는 사람은《규화보전》의 무공을 익혔거나 벽사검법을 익힌 사람뿐이야. 동방불패는 흑목애의 규방에서 수를 놓느라 두문불출했으니 소림사에 왔을 리 없고 설사 왔더라면 그렸다면 정한 사태의 목숨까지 단박에 끊어놓았겠지. 좌냉선이 익힌 벽사검법은 가짜고, 당시 임 사제는 검보를 얻은 지 얼마 되지 않아 완전히 익히지 못했거나 아니면 검보를 얻기 전이었을 거야…'

그날 눈밭에서 임평지와 악영산을 만났을 때가 떠올랐다.

'그래, 그때 임평지의 목소리는 그대로였어. 검보를 얻었든 아니든 아직 벽사검법을 익히지 않았던 것이 분명해.'

그렇게 생각하자 이마에 식은땀이 송골송골 맺혔다. 그 당시 침 하나를 들고 정면에서 싸워 항산파 양대 고수를 쓰러뜨릴 수 있는 사람, 무공이 정한 사태와 큰 차이가 없어 단숨에 그 목숨을 앗아갈 수 없는 사람이라면 오로지 단 한 사람, 악불군밖에 없었다.

악불군이 오랫동안 꿍꿍이를 숨기며 철저하게 계획을 세운 것을 생각하면 이상할 것도 없었다. 오악파의 장문인이 되기 위해, 노덕낙의 신분을 뻔히 알면서도 10여 년간 모른 척하다가 가짜 검보를 훔쳐가게 해서 쉽사리 좌냉선의 두 눈을 찔러 맹인으로 만든 그가 아닌가? 정한 사태와 정일 사태는 오악검파의 합병을 극력 반대해왔으니, 합병을 노리는 악불군이 두 사람을 죽여 합병의 장애물을 제거한 것은 당연한 이치였다. 정한 사태가 흉수에 대해 한마디도 하지 않은 까닭이 무엇이겠는가? 당연히 악불군이 영호충의 사부였기 때문이었다. 흉수가 좌냉선이나 동방불패였다면 정한 사태가 굳이 숨길 까닭이 없었다.

영호충은 그날 동굴에서 영영과 나눈 대화를 다시금 떠올려보았다. 악불군이 비무에 패배해 분노를 참지 못하고 그를 걷어찼을 때, 그는 멀쩡했지만 악불군은 도리어 다리가 부러져 영영은 몹시 이상하게 생각했다. 그녀의 아버지인 임아행도 한참 고민했지만 그 원인을 알지 못했다. 영호충이 흡수한 다른 사람들의 진기는 몸을 보호할 정도는 되지만, 스스로 수련한 진기가 자연스레 발동해 공격하는 상대방에게 반격하는 것과는 달리, 다른 사람의 진기는 반드시 의식적으로 운기를 해야만 사람을 해칠 수 있었다.

그렇다면 악불군은 좌냉선에게 보여주기 위해 일부러 연기를 한 것이 분명했다. 일부러 다리를 부러뜨려 좌냉선에게 자신의 무공이 별볼일 없다는 것을 알림으로써 마음 푹 놓고 오악검파의 합병을 추진하도록 빌미를 준 것이다. 좌냉선은 어마어마한 심혈을 쏟아부은 끝에 마침내 오악검파를 합병시켰지만, 최후의 순간에 악불군이 끼어들어 그 성과를 낚아챘으니 결국 남 좋은 일만 시킨 셈이었다.

너무나도 분명한 이치였지만, 영호충은 지금껏 생각지 못하고 있었다. 어쩌면 내심 깊은 곳에서는 어렴풋이 짐작하면서도 그런 생각이 들 때마다 불안하거나 두려운 마음에 피해온 것인지도 몰랐다. 하지만 의화와 의청의 이야기를 똑똑히 들은 지금은 더 이상 피할 길이 없었다.

평생 존경하고 사랑하던 사부가 그런 사람이었다니… 인생이 허무하고 삶의 의미조차 사라지는 것 같았다. 그는 항산별원에 들러볼 기운조차 없어 한적한 산길에 털썩 쓰러져 잠을 청했다.

다음 날, 영호충이 깨어났을 때는 이미 날이 훤히 밝아 있었다. 그는 개울에 가서 변장한 얼굴과 옷차림을 점검한 뒤에야 별원으로 향했다. 정문을 지나쳐 옆문으로 들어가려는데, 문가에 이르기 무섭게 소란스러운 소리가 들려왔다.

소리는 뜰 쪽에서 들려오고 있었다.

"거참 이상하군! 젠장맞을, 대체 누구 짓이지?"

"언제 저리되었나? 감쪽같이 해놓다니, 귀신이 곡할 노릇이군!"

"무공이 제법 높은 자들인데 어쩌다 찍소리도 못하고 저렇게 당했을까?"

영호충은 이상한 일이 벌어졌다는 것을 눈치채고 옆문을 통해 안으로 들어갔다. 뜰과 회랑 사이에 사람들이 늘어서서 은행나무를 바라보고 있었다.

그 시선을 따라 고개를 돌린 영호충은 깜짝 놀랐다. 사람들이 어리둥절해하며 왁자지껄 떠들고 있는 것도 당연했다. 은행나무에는 구송년, 장 부인, 서보 화상, 옥령 도인 등 일곱 명이 줄줄이 매달려 있었고, 그 외에 활불유수라 불리는 유신도 끼어 있었다. 그들은 혈도를 짚이고 사지가 꽁꽁 묶여 땅에서 한 장 정도 높이의 나뭇가지에 대롱대롱 매달린 채, 바람이 불 때마다 이리저리 흔들리고 있었다. 자기 힘으로는 꼼짝도 할 수 없지만 얼굴은 자유로운지 몹시 민망한 표정들이었다. 엄삼성의 뱀 두 마리가 한가롭게 주인의 몸을 기어다니다가 슬그머니 다른 사람 몸으로 옮겨가자 부끄러워하던 얼굴에 두려움과 혐오의 빛이 뒤섞였다.

그때 누군가 훌쩍 날아올랐다. 바로 야묘자 계무시였다. 그는 손에 든 비수를 획획 휘둘러 동백쌍기를 묶은 밧줄을 끊었다. 그들이 바닥으로 추락하자 작달막한 노두자가 받아 안전하게 내려주었다. 계무시는 눈 깜짝할 사이 여덟 명을 모두 구해 혈도를 풀어주었다.

구송년 일행은 자유를 되찾자마자 험한 욕설을 쏟아냈다. 그런데 그들을 빤히 쳐다보는 구경꾼들의 표정이 이상야릇했다. 슬며시 웃는 사람도 있고 놀란 표정을 짓는 사람도 있었다. 그들이 약속이나 한 듯한 글자씩 외쳤다.

"들!"
"음!"
"조!"
"뒤!"

장 부인이 어리둥절해하며 돌아보니, 구송년 등 일곱 명의 이마에 붉은 먹으로 '기'니 '음'이니 하는 글자가 쓰여 있었다. 자신의 이마도 똑같으리라 생각한 그녀는 황급히 이마에 손을 가져갔다.

조천추가 여덟 명의 이마에 새겨진 글자를 조합해 해석해냈다.

"음모는 들통났으니 뒤통수를 조심할 것!"

서보 화상이 버럭 소리를 질렀다.

"음모는 무슨 음모란 말이냐? 이런 빌어먹을, 감히 이 몸에게 뒤통수를 조심하라고?"

옥령 도인은 만류하듯 황급히 손을 내젓더니 손바닥에 침을 탁 뱉어 이마를 문질렀다.

조천추가 유신을 향해 말했다.

"유 형, 대관절 누구에게 당했는지 알려주실 수 있겠소?"

유신은 싱글싱글 웃으며 대답했다.

"부끄럽게도 잘 모릅니다. 어젯밤 단잠에 푹 빠져 있었는데 누군가 제 혈도를 짚고 나무에 매달아놓았더군요. 그 못된 놈이 오경계명환혼향五更鷄鳴還魂香 같은 미약을 사용한 것이 분명합니다. 저야 본래부터 무공이 형편없으니 당할 만도 하지만, 옥령 도장이나 장 부인처럼 지용을 겸비하신 분들께서 미약이 아니고서야 저리 쉽게 당했을 리가 있겠습니까?"

장 부인이 코웃음을 쳤다.

"옳은 말이다!"

그녀는 더 이상 이야기하고 싶지 않은지 얼굴을 씻기 위해 방으로 들어갔다. 옥령 도인 등 나머지 사람들도 따라서 안으로 사라졌다.

호걸들은 의아함을 감추지 못하고 쑥덕거렸다.

"유신이 한 말이 전부는 아닐 거야."

"수십 명이 다 함께 잠이 들었는데 미약을 풀었다면 다 같이 당했어야지, 어째서 저들만 당했겠어?"

그들은 '음모가 들통났다'는 말이 무슨 뜻인가 하고 갖가지 추측을 내놓았지만 이렇다 할 답은 찾아내지 못했다.

"저 사람들을 매단 고수가 누굴까?"

누군가 불쑥 묻자 다른 사람이 웃으며 대답했다.

"모르지. 하지만 도곡육괴가 없어서 다행일세. 이 자리에 있었다면 가장 즐거워했을 거야."

"도곡육괴가 한 짓이 아니라는 보장이 있나? 워낙 괴팍한 형제들이니 그들이 저지른 일일 수도 있네."

그러자 계무시가 고개를 저었다.

"아닐세, 아니야. 절대 그럴 리 없네."

"계 형, 무슨 근거로 아니라는 것인가?"

계무시는 웃으며 말했다.

"도곡육선이 무공은 높지만 글공부를 제대로 하지 않아서 '음모' 같은 어려운 글자를 쓸 수 있을 리가 만무하네. 썼다 하더라도 반드시 획을 틀렸을 걸세."

호걸들은 껄껄 웃으며 동의했다. 모두들 이 황당하고 재미있는 일에 대해 한마디씩 하느라 귀먹은 벙어리 노파에게는 눈길조차 주지 않았다.

영호충은 속으로 중얼거렸다.

'저 사람들이 무슨 음모를 꾸미고 있는 걸까? 분명 항산파에 불리한 일이겠지.'

그날 오후, 또 누군가 큰 소리로 외쳤다.

"큰일 났다, 큰일 났어! 모두들 와서 보게!"

호걸들이 소리 나는 쪽으로 우르르 달려갔고, 영호충 역시 눈에 띄지 않게 천천히 그들을 따랐다. 별원 우측에서 1리가량 떨어진 곳에 사람들이 모여 있어 호걸들은 그리로 향했다. 영호충이 가까이 가보니 구경꾼들이 또다시 웅성웅성 떠들어대고 있었다. 산기슭에 호걸 열 명이 봉우리를 향해 앉아 있었는데, 꼼짝하지 않는 것으로 보아 혈도를 짚인 것이 분명했다. 그들 옆의 비탈에는 누런 진흙으로 큼직한 글씨가 쓰여 있었다.

음모는 들통났으니 뒤통수를 조심할 것!

누군가 그들 앞으로 돌아가 보니, 놀랍게도 사람 고기를 먹는 막북쌍웅까지 포함되어 있었다.

계무시가 다가가 막북쌍웅의 등을 몇 차례 두드려 아혈을 풀어주었지만, 다른 혈도는 건드리지 않아 여전히 움직이지는 못했다.

계무시가 물었다.

"도저히 영문을 모르겠으니 부디 가르쳐주시오. 두 분께서는 대관절 무슨 음모를 꾸미셨소? 모두들 궁금해하고 있소."

"옳소, 옳소! 음모가 있으면 낱낱이 밝히시오!"

그러자 흑웅이 대뜸 소리를 질렀다.

"음모는 무슨 썩어질 놈의 음모냐! 에잇, 빌어먹을!"

"그렇다면 두 분을 쓰러뜨린 자는 누구요? 그것은 알려줄 수 있지 않소?"

"나도 궁금해 미칠 지경이다. 슬렁슬렁 산보를 하고 있는데 갑자기 등이 뻣뻣해지더니 비겁한 놈의 손에 당하고 말았다. 영웅호걸이라면 당당하게 칼을 들고 덤빌 것이지, 뒤에서 슬그머니 기습을 하는 놈이 무슨 놈의 영웅호걸이냐?"

"두 분께서 끝내 말씀하기 싫으시다니 어쩔 수 없구려. 그 음모가 이미 간파되었으니 실행할 일은 없겠지만, 그래도 다들 조심하시오."

조천추의 말에 몇 사람이 끼어들었다.

"조 형, 저들이 입을 꾹 다물고 있으니 차라리 한 사흘 동안 이곳에 내버려두세."

"좋은 생각이야. 자기가 뿌린 씨는 자기가 거둬야 한다잖아! 이대로 놓아주었다가 그 고수의 눈 밖에 나면 다음번에는 자네를 매달아놓을 지도 몰라."

"옳은 말이오. 여러분, 내가 모르는 척하고 싶어 그러는 것이 아니라 본시 간이 작아서 어쩔 수가 없구려. 이해하시오."

흑웅과 백웅이 약속이나 한 듯 소리를 지르며 욕을 했지만, 움직이지도 못하는 판국에 계무시같이 꾀 많은 자의 눈 밖에 나면 무슨 꼴을 당할지 몰라 험한 욕설은 하지 못했다.

계무시는 빙그레 웃으며 두 손을 포개 인사했다.

"그럼 이만."

그가 돌아서서 떠나자, 구경꾼들은 저마다 한마디씩 한 뒤 느릿느릿 흩어졌다.

영호충도 천천히 발걸음을 돌렸다. 뜰 가까이 갔을 때 안에서 킥킥

거리는 웃음소리가 들려왔다. 시선을 돌려보니 은행나무에 또다시 두 사람이 매달려 있었다. 한 사람은 불가불계 전백광이고 다른 한 사람은 불계 화상이었다. 영호충은 더욱더 놀랐다.

'불계 대사는 의림 사매의 아버지고 전백광 역시 의림 사매의 제자인데, 두 사람이 항산파에 나쁜 일을 할 리가 없다. 항산파에 어려움이 생기면 팔 걷어붙이고 나설 사람들인데 어쩌다 저 꼴이 되었을까?'

먼저 봉변을 당한 사람들이 분명히 무슨 음모를 꾸몄으리라 여겼던 확신이 두 사람을 보는 순간 와르르 무너져내리고 새로운 의혹이 고개를 들었다.

'불계 대사는 순진한 분이고 사람들에게 미움 살 일을 한 적도 없는데 나무에 거꾸로 매달아놓은 것을 보면 누군가 장난을 친 것이 분명해. 혼자 힘으로 불계 대사를 붙잡을 수는 없으니 십중팔구 도곡육선이 한 짓이겠지.'

그렇지만 도곡육선이 '음모'라는 글자를 알 리 없다는 계무시의 말도 일리가 있었다.

무럭무럭 이는 의심을 품고 뜰로 들어간 그는 불계 화상과 전백광의 몸을 덮은 누런 띠에 글이 쓰여 있는 것을 발견했다. 불계 화상의 띠에는 '천하에서 제일가는 박정하고 호색한 자'라는 글이, 전백광의 띠에는 '천하에서 제일가는 대담무쌍하고 재주 없는 자'라는 글이 쓰여 있었다. 이를 본 영호충은 고개를 갸웃했다.

'띠가 잘못 걸린 모양이야. 불계 화상이 어째서 호색하다는 것일까? '호색하다'는 말은 전백광에게 써야 옳지. 그리고 '대담무쌍하다'는 전백광보다 불계 화상에게 더 어울리는 말이야. 살인과 비린 것을 금하는 계율을 무시하고, 화상이 되어 여승과 혼인했으니 대담무쌍하지 않고서야 할 수 없는 일이지. 그런데 '재주 없다'는 말은 또 무엇일까?'

누런 띠는 두 사람의 목에 단단히 묶여 있어 서두르다가 서로 바뀐 것 같지는 않았다. 호걸들은 그 띠를 가리키며 우스개로 이런저런 논평을 해댔다.

"전백광이 여자를 좋아하고 색을 밝히는 것은 세상이 아는 사실일세. 호색한 점에 있어 불계가 무슨 수로 전백광을 따르겠나?"

계무시와 조천추 역시 이상함을 느꼈는지 소리 죽여 의논을 하고는, 영호충과 교분이 깊은 두 사람은 일단 구해주기로 결정했다. 계무시가 나무 위로 몸을 날려 두 사람을 묶은 밧줄을 끊고 혈도를 풀어주었는데, 불계 화상과 전백광은 잔뜩 풀이 죽어, 다짜고짜 욕설을 퍼붓던 구송년이나 막북쌍웅 등과는 확연히 반응이 달랐다.

계무시가 나지막이 물었다.

"대사, 어쩌다 이런 사고를 당하셨소?"

불계 화상은 고개를 절레절레 젓더니, 목에 묶인 띠를 풀어 한참 동안 그 글귀를 바라보다가 와락 울음을 터뜨렸다. 갑작스러운 사태에 구경하던 호걸들은 떠들던 것도 멈추고 어리둥절한 눈길로 그를 바라보았다. 불계 화상은 점점 더 슬퍼지는 듯 숫제 두 손으로 가슴을 치며 울부짖었다.

전백광이 그를 달랬다.

"태사부, 너무 슬퍼하지 마십시오. 어쩌다 실수로 당한 것뿐이니 놈을 찾아내면 자근자근 짓밟아주…."

그 말이 끝나기도 전에 불계 화상의 주먹이 날아들어 전백광은 몸을 가누지 못하고 휘청거리며 물러났다. 순식간에 한쪽 뺨이 퉁퉁 부어올랐다.

"이놈! 우리가 저 나무에 매달린 것은 다 그간의 업보 때문이다. 그런데… 그런데 감히 그분을 죽이려 해?"

불계 화상의 꾸중에 전백광은 영문을 몰랐지만, 말투로 보아 자신을 매단 사람이 알아주는 유명인인 것 같아 대거리를 하지 않고 순순히 고개를 끄덕였다.

불계 화상은 한참을 멍하니 생각에 잠겼다가 다시 가슴을 두드리며 울기 시작했다. 그러다가 별안간 전백광에게 주먹을 내질렀지만, 경신술에 능한 전백광은 재빨리 옆으로 피했다.

"어찌 이러십니까, 태사부!"

공격에 실패한 불계 화상은 구태여 그를 쫓지 않고 홱 돌아서서 뜰에 있는 돌의자를 힘껏 내리쳤다. 퍽 하는 소리와 함께 돌가루가 펄펄 날렸다. 그는 양손으로 번갈아 의자를 두드려대며 울부짖었다. 주먹질이 10여 차례나 이어지자 그의 손은 피투성이가 되었고, 돌의자는 여기저기 금이 가기 시작했다. 얼마 후 마침내 견디지 못한 돌의자가 쩌억 소리를 내며 네 동강으로 부서졌다.

모여 있던 호걸들은 가슴이 서늘해져 숨소리조차 제대로 내지 못했다. 사람의 머리가 돌덩이보다 단단할 리 없으니, 분노에 찬 불계 화상이 홧김에 머리에 주먹이라도 휘두르면 끝장이었다. 조천추와 노두자, 계무시 등은 걱정스레 서로를 바라보았지만 끝내 무슨 영문인지 짐작할 수가 없었다.

전백광 역시 안 되겠다 싶었는지 황급히 말했다.

"여러분, 태사부를 보살펴주시오. 내 가서 사부님을 모셔오겠소."

영호충은 흠칫했다.

'아무리 변장을 잘했다손 치더라도 의림 사매는 워낙 눈썰미가 좋아 단번에 변장이라는 것을 알아차릴 거야.'

예전에도 군관이나 시골 농부로 변장한 적이 있지만 둘 다 남자였고, 이렇게 여자로 변장한 것은 처음이었다. 익숙지 않은 역할이라 제대로 속이지 못하고 발각될까 두려웠던 그는 황급히 후원에 있는 땔나무 창고로 몸을 숨겼다.

'계무시와 조천추가 막북쌍웅의 혈도를 풀어주지 않은 것은, 오늘 밤 몰래 그들이 무슨 이야기를 하는지 들어보기 위해서일 거야. 나도 한숨 푹 자고 한밤중에 찾아가 들어봐야겠군.'

불계 화상의 서러운 울음소리는 끊이지 않고 계속 이어졌다. 영호충은 황당하고 놀라우면서도 몹시 우스웠지만, 그 소리를 뒤로하고 설핏 잠이 들었다.

깨어나보니 하늘이 캄캄해져 있었다. 그는 주방으로 가서 식은 밥과 반찬으로 배를 채우고, 한참을 더 기다려 사람 소리가 거의 사라졌을 때에야 뒷산을 돌아 막북쌍웅 일행이 있는 곳으로 다가간 뒤 멀리 떨어진 수풀 속에 숨어 귀를 기울였다.

오래지 않아 주위에서 나지막한 숨소리가 느껴졌다. 부근에 숨어 엿듣는 사람이 적어도 스무 명쯤 되는 것 같았다.

'다른 사람들도 계무시와 비슷한 생각을 했군. 영리한 사람들이 많은걸.'

영호충은 속으로 웃음을 참지 못했다.

'확실히 계무시는 대단해. 거칠고 생각이 얕은 막북쌍웅의 아혈만 풀어주고 다른 사람들은 그대로 두었으니, 저들 일행 가운데 제법 머리가 돌아가는 사람이 있어도 막북쌍웅이 속셈을 털어놓는 것을 제지할 방도가 없겠지.'

백웅은 구시렁구시렁 욕을 주워섬기고 있었다.

"빌어먹을, 모기가 왜 이렇게 많아? 이 어르신의 피를 다 빨아 먹을 셈이냐? 에이, 18대 조상까지 빌어먹을 모기놈들!"

흑웅이 피식 웃었다.

"놈들이 나는 내버려두고 너만 무는데 무엇 때문일까?"

"네놈 피가 워낙 더러우니 모기도 사양하는 모양이지!"

백웅이 분통을 터뜨리자 흑웅은 껄껄 웃었다.

"모기 수백 마리에게 물어뜯기느니 차라리 피가 더러운 게 낫지. 그나저나 모기의 18대 조상도 모기일 텐데 무슨 수로 빌어먹게 할 셈이냐?"

"어미 흘레붙은 놈 같으니라고! 썩 뒈져라, 이놈아!"

백웅은 더욱 분통이 터져 소리소리 질러댔다. 한참 욕을 하고 나자 분이 조금 풀리는지, 백웅이 가라앉은 목소리로 말했다.

"혈도가 풀리면 제일 먼저 야묘자 그놈부터 붙잡아 혈도를 짚고 다리부터 야금야금 뜯어 먹을 테다."

흑웅은 낄낄 웃었다.

"나 같으면 젊은 여승들부터 먹어치울 거야. 하얗고 야들야들한 게 훨씬 맛있거든."

"이놈아, 악 선생은 여승들을 화산으로 잡아오라고 했지 먹으라고
는 하지 않았다."

"여승이 수백 명인데 서너 명쯤 먹어치운들 누가 알겠어?"

그 말을 듣자 영호충은 깜짝 놀랐다.

'사부님께서 그런 명령을 내렸다고? 무엇 때문에 항산파 제자들을
잡아오라고 하셨을까? 그 음모가 바로 이것이었구나. 그런데 저들이
대체 왜 사부님의 명령을 따르는 거지?'

백웅이 소리를 버럭 질렀다.

"이 얼간이 개잡종아!"

"뭐라고? 여승이 그리 싫으면 안 먹으면 그만이지 왜 욕을 하고 그
러느냐?"

"네가 아니라 모기한테 한 말이다."

두 사람이 툭탁거리는 동안 영호충은 풀리지 않는 의혹들로 머리가
복잡했다. 그때 뒤에서 누군가 다가오는 발소리가 들려왔다.

'누가 오는구나. 나를 밟지 말아야 할 텐데…'

그런데 그 사람은 정확히 그를 향해 다가와 뒤에 웅크리더니 슬그
머니 옷자락을 잡아당겼다. 영호충은 흠칫 놀랐다.

'누구지? 나를 알아보았나?'

천천히 고개를 돌리자 몽롱한 달빛 아래 속세의 티가 전혀 묻지 않
은 깨끗한 얼굴이 보였다. 의림이었다. 영호충은 놀랍고도 기뻤다.

'의림 사매는 벌써 눈치를 채고 있었구나. 하긴 나 같은 사람이 여자
로 변장했으니 누가 속겠어?'

의림은 고개를 살짝 돌리며 천천히 몸을 일으키더니, 다른 곳에 가

서 이야기하자는 듯이 그의 옷자락을 잡아당겼다. 영호충은 그녀를 따라나섰다. 수풀을 벗어날 때까지 두 사람은 아무 말도 없이 그저 서쪽으로 걷기만 했다.

좁다란 산길을 따라 통원곡을 벗어나자 이윽고 의림이 입을 열었다.

"소리를 듣지도 못하시는 분이 당장 분쟁이 일어날지도 모르는 곳에 계시면 위험하다고요."

영호충에게 하는 말이 아니라 거의 혼잣말이나 다름없었다. 영호충은 멈칫했다.

'허, 내가 소리를 듣지 못한다고? 일부러 모르는 척하는 것일까, 아니면 정말 모르는 것일까?'

생각해보면 의림은 단 한 번도 그에게 농담을 한 적이 없으니, 아무래도 그를 알아보지 못한 모양이었다. 그녀는 그를 데리고 자요구로 향하는 북쪽 길로 들어섰다가 산언덕을 넘어 조그마한 개울가로 다가갔다.

개울에 이르자 그녀가 다시 말했다.

"언제나처럼 여기서 이야기해요. 제 이야기를 듣는 것이 싫증나신 건 아니죠?"

그러면서 그녀는 생긋 웃었다.

"하긴… 제 말을 들으실 수도 없지요. 벙어리 할머니, 할머니가 소리를 들을 줄 알았다면 애당초 속을 털어놓지도 않았을 거예요."

그녀의 솔직한 말에 영호충은 그녀가 자신을 현공사에서 일하는 귀먹은 벙어리 노파로 여긴다는 것을 깨닫고 불쑥 장난기가 솟았다.

'재미있게 되었는걸! 모르는 척하고 무슨 말을 하는지 들어봐야지.'

의림은 그의 소매를 잡아당겨 커다란 버드나무 아래 바위에 앉혔다. 영호충은 그녀가 이끄는 대로 바위로 다가가 얼굴을 자세히 보지 못하도록 달빛을 등지고 앉았다.

'의림 사매마저 속다니, 내 변장이 아주 그럴싸한 모양이군. 하긴… 날이 깜깜해서 조금만 비슷해도 알아보기 힘들겠지. 영영의 역용술은 역시 대단해.'

의림은 눈썹처럼 휘어진 달을 올려다보며 아련하게 한숨을 쉬었다. 그 모습을 본 영호충은 '젊디젊은 낭자가 무슨 근심 걱정이 그리 많소?' 하고 물어보고 싶은 마음을 꾹 참았다.

의림이 조용히 입을 열었다.

"벙어리 할머니, 할머니는 참 좋은 분이에요. 제가 늘 제멋대로 모셔 와서 속을 털어놓는데도 귀찮아하지도 않으시고 실컷 이야기를 하도록 기다려주시잖아요. 이렇게 귀찮게 하면 안 되는데, 마치 친어머니같이 제게 잘해주시니…. 저는 어머니가 없어요. 만약 어머니가 계셨더라도 지금처럼 마음을 털어놓을 수 있었을지는 모르겠어요."

그 말을 듣자 영호충은 의도치 않게 개인적인 비밀을 듣게 될까 봐 벌떡 일어났다. 의림이 그의 소매를 붙잡았다.

"벙어리 할머니, 가… 가실 거예요?"

실망한 기색이 역력한 목소리였다. 영호충이 돌아보니, 의림은 너무도 쓸쓸한 표정으로 애원하듯 그를 바라보고 있었다. 그 얼굴을 보자 그 역시 마음이 흔들렸다.

'의림 사매는 근심 걱정 때문에 점점 야위어가는데, 털어놓을 곳조차 없으면 큰 병이 날 수도 있어. 차라리 모르는 척하고 들어주자. 내

가 누군지 알아차리지만 않으면 부끄러워할 일도 없을 거야.'

영호충은 어쩔 수 없이 다시 앉았다. 의림이 반갑게 손을 내밀어 그의 목을 끌어안았다.

"벙어리 할머니, 이렇게 같이 있어줘서 정말 고마워요. 제 마음이 얼마나 답답한지 모르실 거예요."

영호충은 말없이 엉뚱한 생각에 잠겼다.

'아무래도 나는 할머니와 인연이 깊은 모양이야. 지난번에는 영영을 할머니로 잘못 알았고, 이제는 의림 사매가 나를 할머니로 여기고 있으니…. 영영에게 할머니, 할머니 하고 불렀더니 이제 내가 할머니 소리를 듣는군. 세상은 참 공평해.'

그러는 동안 의림의 말이 이어졌다.

"오늘 아버지가 나무에 매달려 돌아가실 뻔했어요. 알고 계시죠? 누군가 아버지를 나무에 매달고 '천하에서 제일가는 박정하고 호색한 자'라고 쓴 띠를 둘러놓았어요. 아버지는 평생 어머니 한 사람만 마음에 품고 사신 분인데 세상에서 제일 호색하다니 말이 되지 않아요. 아마 전백광에게 두르려던 것을 아버지께 잘못 두른 걸 거예요. 잘못 걸린 글귀니 서로 바꿔 달면 될 일인데, 아버지는 그 띠에 목을 매달아 자결하려 하셨어요."

영호충은 속으로 깜짝 놀랐지만 한편으로는 우습기도 했다.

'불계 대사가 자결을 하려 했다고? 돌아가실 뻔했다고 했으니 다행히 정말 죽지는 않았나 보군. 그나저나 두 사람에게 두른 띠에는 좋지 않은 말만 쓰여 있었으니 그냥 떼어내면 되지, 구태여 바꿔 달 필요가 있을까? 역시 의림 사매는 세상 물정 모르는 천진난만한 사람이

구나.'

의림은 그의 속도 모르고 계속 이야기를 이어나갔다.

"전백광이 그 소식을 전하러 헐레벌떡 견성봉으로 달려왔는데 하필이면 의화 사저와 마주쳤어요. 사저는 그가 견성봉에 나타나자 불문곡직하고 검을 휘둘러 하마터면 그를 죽일 뻔했답니다. 정말 위험했어요."

영호충은 또 속으로 웃음을 터뜨렸다.

'별원에 머무는 남자 제자들은 내 허락 없이 견성봉에 오르지 말라고 했으니 그럴 만도 하군. 더욱이 전 형은 평이 썩 좋지 않고 의화 사저는 성질이 급하기로 유명하니 그를 보자마자 검을 휘두른 것도 당연해. 하지만 전 형의 무공이 의화 사저보다 훨씬 높아 죽이지는 못했겠지.'

그는 동의하듯 고개를 끄덕이려다가 우뚝 멈췄다.

'아차차, 의림 사매가 하는 말에 동의하든 아니든 절대 고개를 끄덕이거나 흔들어서는 안 돼. 벙어리 할머니는 소리를 듣지 못하는 사람이니까.'

의림은 계속 말했다.

"전백광이 이리저리 피하면서 자초지종을 털어놓았어요. 그사이 의화 사저는 열일곱 번이나 검을 휘두르셨지만 다행히 사정을 봐주셔서 죽이지는 않으셨지요. 저는 듣자마자 통원곡으로 달려갔지만 아버지는 보이지 않았어요. 사람들에게 물으니 아버지께서 한참 동안 울고불고 난리를 피우며 성질을 내시는 바람에 차마 말을 붙이지 못했는데, 나중에 보니 혼자 사라지셨다는 거예요. 저는 통원곡을 샅샅이 뒤지

다가 마침내 뒷산 언덕의 높은 나뭇가지에 대롱대롱 매달려 계신 아버지를 발견했어요. 초조한 마음에 허둥지둥 나무로 올라가보니, 목에 띠를 감아 거의 숨이 끊어질락 말락 하는 상태셨어요. 다행스럽게도 보살님께서 보우하사 사고가 일어나기 전에 제가 발견할 수 있었던 거예요."

의림은 한숨을 쉬며 말을 이었다.

"혼절하신 아버지를 깨우자 아버지는 저를 부둥켜안고 엉엉 우셨어요. 아버지의 목에 감긴 띠를 풀어보니, 바로 '천하에서 제일가는 박정하고 호색한 자'라고 쓴 누런 띠였어요. 저는 아버지를 달랬어요. '아버지, 이 사람은 정말 나쁜 사람이에요. 한 번도 모자라 두 번이나 아버지를 매달다니요. 잘못 쓴 글귀도 바꿔주지 않고 말이에요.' 그랬더니 아버지는 울면서 말씀하셨어요. '그 사람이 한 짓이 아니란다. 나 스스로 매달린 거야. 이 아비는… 아비는 더 살고 싶지 않다.' 저는 계속 달랬지요. '그 사람이 몰래 기습을 했으니 당하실 수도 있지요. 그러니 너무 슬퍼하지 마세요. 그 사람을 찾아 사실대로 따지고, 그래도 옳지 않은 말을 하면 나무에 매달아 이 띠를 둘러주면 되잖아요.' 그러자 아버지는 '그 띠는 이 아비 것인데 남에게 둘러 무엇 하겠느냐? 천하에서 제일가는 박정하고 호색한 자는 바로 이 불계 화상이란다. 나보다 더 박정한 사람이 어디 있겠니? 네가 몰라서 그런 말을 하는 거다'라고 하셨어요. 저는 도무지 그 말씀이 이해가 가지 않았어요. 그래서 물었지요. '아버지, 이 띠가 잘못 걸린 게 아니라고요?' 아버지는 고개를 끄덕이셨지요. '물론이란다. 나는… 나는 네 어미에게 잘못을 했다. 그래서 나무에 목을 매달아 자결하려 했던 거야. 그러니 날 내버려두어라. 정말이지 더는 살고 싶지 않다'라고 하시면서요."

영호충은 불계 화상이 의림의 어머니에게 한눈에 반했고, 여승인 그녀를 만나기 위해 출가했다는 이야기를 그의 입으로 들은 적이 있었다. 화상이 여승을 아내로 맞이한 일은 세상에 둘도 없이 희귀하고 황당한 이야기였다. 그런 그가 의림의 어머니에게 죄를 지었다면 아마도 나중에 마음이 변했다는 뜻일 것이다. '박정하고 호색한 자'라는 말을 인정한 까닭도 그 때문이었다. 영호충은 그제야 점점 이해가 되기 시작했다.

의림이 말했다.

"아버지께서 너무나 슬피 우시기에 저도 그만 따라 울었어요. 아버지는 도리어 저를 위로하셨죠. '애야, 울지 마라, 뚝! 아비가 죽으면 세상에 너 혼자 남는데 누가 널 돌봐줄꼬?' 그 말씀에 저는 더욱더 슬피 울었어요."

이렇게 말하는 그녀의 눈에 눈물이 그렁그렁 맺혔다. 그녀는 몹시 외롭고 슬픈 얼굴로 말을 이었다.

"아버지는 '오냐, 알겠다! 죽지 않으마! 내가 살아 있으면 되지 않겠니? 하지만 네 어미에게 너무 미안하구나'라고 하시더군요. 저는 이렇게 물었어요. '아버지, 대체 어머니께 무슨 잘못을 하셨어요?' 아버지는 한숨을 푹 쉬시며 '네 어미가 여승이었다는 것은 너도 알 거다. 나는 네 어미를 처음 본 순간 미친 듯이 사랑하게 되어 반드시 아내로 맞이하겠다고 결심했지. 네 어미는 그런 마음을 품으면 보살님의 진노를 살 거라며 거절했단다. 나는 보살님의 진노는 나 혼자 받겠노라고 선언했지. 그랬더니 나는 속세 사람이라 아내를 맞이해 아이를 낳는 것이 당연한 일이지만, 자기는 불문 제자로서 육욕을 끊었는데 이제 와서 마음이 바뀌면 보살께서 용서하지 않으실 것이고, 그 결과는 스스로 감당해야 하니 내가 대신할 수 없다고 하더구나. 나는 그 말이 옳다 여겼다. 따지고 보면 내가 네 어미를 아내로 삼겠다 결심한 것이지 네 어미가 내게 시집오겠다고 한 것은 아니지 않으냐? 네 어미가 나 때문에 보살의 노여움을 사서 지옥에 떨어지면 내 마음이 얼마나 불편하겠니? 그래서 나도 화상이 되기로 결심했단다. 보살이 진노하시더라도 나부터 혼내고 지옥에 떨어뜨릴 테니, 지옥에서라도 부부가 함께할 수 있지 않겠니?'라고 하셨어요."

영호충은 속으로 고개를 끄덕였다.

'불계 대사는 정말 다정한 사람이구나. 보살의 노여움을 대신 받으려고 화상이 되다니… 그런 사람이 어쩌다 마음이 변했을까?'

의림이 말했다.

"제가 '결국 어머니와 혼인하셨잖아요?' 하고 물었더니 아버지는 이렇게 말씀하셨어요. '물론 그랬지. 안 그랬으면 어떻게 너를 낳았겠니? 그런데 네가 태어난 지 석 달이 되던 날이었다. 나는 너를 안고 문가로 나가 햇볕을 쬐고 있었단다. 절대로 그러지 말았어야 했는데!' 저는 의아해서 물었어요. '햇볕을 쬐는 것이 나쁜 일도 아닌데, 왜 그런 말씀을 하세요?' 그러자 아버지는 '그야 그렇지만, 참 공교롭게도 그때 어여쁜 젊은 부인이 말을 타고 지나가다가 여자아이를 안고 있는 중이 이상하게 보였는지 우리 쪽을 흘끔거리더구나. 그러다가 참 예쁜 아이라고 칭찬을 하기에, 그저 기분이 좋아져서 나도 좋은 말을 해주어야겠다 싶어 당신도 참 예쁘다고 칭찬했지. 그 부인은 눈을 흘기며 아기를 어디서 훔쳐왔느냐고 물었고, 나는 훔친 것이 아니라 내가 낳았다고 말해주었단다. 그러자 그 부인은 갑자기 화를 내며, 어째서 자꾸만 자신을 희롱하느냐, 죽고 싶으냐고 소리를 지르더구나. 나는 그저 어리둥절해서 희롱하는 것이 아니라고 해명했지. 화상도 사람인데 아이를 낳지 못할 이유가 어디 있느냐며, 못 믿겠으면 직접 보여주겠다고 했더니, 그 부인은 다짜고짜 검을 뽑아 나를 찔렀단다. 참 말이 통하지 않는 사람이었지'라고요."

영호충은 속으로 피식 웃었다.

'불계 대사는 너무 솔직해서 탈이야. 사실은 사실이지만 다른 사람 귀에는 농담처럼 들릴 수밖에. 혼례를 올리고 딸까지 낳았으면 환속하면 그뿐인데 구태여 화상으로 남아 아이를 어르고 있었으니 누군들 이상하게 보지 않았겠어?'

의림은 이야기를 계속했다.

"저는 '정말 포악한 분이군요. 아버지가 저를 낳으신 건 사실인데 어째서 검을 뽑았을까요?'라고 말했어요. 아버지는 고개를 끄덕이며 말씀하셨어요. '그러게 말이다.' 나는 훌쩍 피하면서 왜 자초지종도 모르면서 검을 휘두르느냐고 따졌지. 이 아이가 내가 낳은 아이가 아니면 당신이 낳은 아이요? 하고 물으면서 말이야. 그랬더니 그 부인은 펄펄 뛰며 잇달아 세 번이나 나를 찌르더구나. 단번에 나를 죽이지 못하자 검은 더욱더 빨라졌단다. 물론 나야 겁날 게 없었지만 네가 다칠까 봐 검이 여덟 번째로 날아들었을 때 비각을 날려 그 부인을 걷어찰 수밖에 없었다. 그랬더니 그 부인은 엉큼한 화상이 부녀자를 희롱한다며 고래고래 소리를 질렀지. 그때 빨래를 마치고 돌아오던 네 어미가

121

그 말을 듣고 말았단다. 그 부인은 욕을 퍼붓고는 떨어진 검을 주울 생각도 없이 씩씩거리며 사라졌고, 나는 네 어미를 돌아보며 설명했지. 그런데 네 어미는 한마디 대답도 없이 흐느껴 울기만 했단다. 대체 무슨 일이냐고 물어도 내게는 눈길조차 주지 않더구나. 이튿날 아침 일어나보니 네 어미는 어디론가 사라지고, 탁자에는 글을 써놓은 종잇조각이 놓여 있었단다. 그 종이에 뭐라고 쓰여 있었겠니? 바로 '박정하고 호색한 자'라는 글이었단다. 나는 너를 안고 사방으로 네 어미를 찾아다녔지만 여태껏 찾아내지 못했다.' 저는 그제야 알았어요. '어머니는 그 부인의 말을 듣고, 아버지가 정말 다른 여자를 희롱했다고 생각하셨군요.' 그랬더니 아버지는 슬픈 목소리로 말씀하셨어요. '그래, 참으로 억울한 일이 아니냐? 하지만 나중에 생각해보니 그리 억울한 일도 아니었어. 사실 그때 그 부인을 보고 참 고운 여자라고 생각했으니까. 생각해보아라. 네 어미와 혼례를 올려놓고 다른 여자의 외모를 칭찬하다니, 될 법한 말이냐? 속으로 생각한 것도 아니고 입 밖으로 내기까지 했으니, 내가 박정하고 호색한 사람이 아니면 무엇이겠니?'라고요."

영호충은 속으로 고개를 설레설레 저었다.

'의림 사매의 어머니는 질투가 이만저만하지 않았구나. 오해가 있어도 확실히 물어서 풀었으면 될 일인데 말없이 떠나버리다니…'

의림이 말했다.

"제가 나중에라도 어머니를 찾으셨느냐고 물었더니 아버지는 고개를 저으셨어요. '사방으로 찾아다녔지만 도무지 어디로 갔는지 모르겠더구나. 어쨌거나 여승이니 비구니 암자로 갔으리라 싶어 세상천지의 암자를 샅샅이 뒤졌단다. 하루는 너를 안고 항산 백운암에 올랐는데, 네 사부인 정일 사태가 너를 몹시 귀여워했지. 마침 네가 병을 앓고 있어서, 정일 사태는 계속 너를 데리고 다니면 목숨을 잃을지도 모르니 암자에 맡기라고 하더구나.'"

정일 사태 이야기가 나오자 의림은 또다시 슬퍼지는지 눈시울을 빨갛게 물들였다.

"저는 어려서부터 어머니가 안 계셨기 때문에 사부님 손에 자랐어요. 그런 사부님께서 불의의 사고로 돌아가셨는데 사부님을 해친 사람이 영호 사형의 사부라니 어쩜 이런 불행이 있을 수 있을까요? 영호 사형도 저처럼 어려서부터 어머니가 계시지 않아 그 사부의 손에 자랐대요. 영호 사형은 저보다 더 가엾어요. 어머니뿐만 아니라 아버지도 계시지 않았으니까요. 그래서 자연히 그 사부만 우러러보며 살아왔는데, 제가 사부님의 복수를 위해 그 사부를 죽이면 영호 사형의 상심이 얼마나 크실까요? 아무튼 아버지는 저를 백운암에 맡기고 곳곳의 비구니 암자를 돌아다니셨대요. 몽고와 서장, 관외, 그리고 서역까지 세상 구석구석을 뒤졌지만 끝내 어머니 소식은 듣지 못하셨어요. 생각해보면 어머니는 아버지가 다른 여자를 희롱한 사실이 괴로워 이튿날 자결하셨는지도 몰라요. 벙어리 할머니, 어머니는 출가하시면서 보살님 앞에서 불문에 들어가면 다시는 속세의 인연에 미련을 갖지 않겠다고 맹세하셨대요. 그런데 끝내 아버지의 구혼을 뿌리치지 못하고 시집을 가셨는데, 저를 낳은 지 얼마 되지 않아 아버지가 다른 여자를 희롱하셨으니 화가 나실 만도 해요. 어머니는 강경한 성품이라 잘못을 깨닫자 참지 못하고 자결을 하셨을 거예요."

그녀는 길게 탄식했다.

"아버지의 이야기를 듣고 나자 아버지가 '천하에서 제일가는 박정하고 호색한 자'라는 글귀에 왜 그리 슬퍼하셨는지 이해가 되었어요. 저는 이렇게 물었지요. '어머니가 남기신 글귀를 다른 사람에게 보여주셨어요? 그러니 남들도 알고 있는 것 아니겠어요?' 그랬더니 아버지는 손사래를 치셨어요. '그럴 리가 있겠니? 아무에게도 말한 적이 없단다. 무슨 자랑이라고 그런 말을 떠들겠느냐? 아무래도 네 어미의 귀신이 복수를 하러 나를 찾아온 모양이구나. 내가 네 어미의 순결을 더럽히고 다른 여자를 희롱한 것이 도저히 견딜 수가 없었던 거야. 그렇지 않고서야 다른 글귀도 아니고 하필이면 그 글귀를 써놓았을 리가 없다. 네 어미가 이토록 내 목숨을 원하는데 망설일 것이 어디 있겠느냐? 내 꼭 그 뒤를 따라갈 거다.' 아버지는 한숨을 쉬며 말씀하셨어요. '어차피 이 세상에서 네 어미를 찾을 수가 없으니 저세상에 가서 만날 수 있다면 더 바랄 것이 없다. 하지만 내가 너무 무거워서 자꾸만 밧줄이 끊어지지 뭐냐? 두 번 세 번 매달렸지만 성공하지 못해서 아예 칼로 목을 베려 했지만, 분명히 옆에 있던 칼이 어디론가 사라졌더구나. 죽는다는 것도 참 쉬운 일이 아니야.' 그 말에 저는 이렇게 위로했어요. '아버지, 보살님께서 아버지가 자결하시는 것을 원치 않으셔서 밧줄이 끊어지고 칼이 사라진 거예요. 그렇지 않았다면 제가 도착했을 때 벌써 돌아가셨을지도 몰라요.' 아버지는 고개를 끄덕이셨어요. '하긴 그렇구나. 보살님께서 내가 저세상에 가서 네 어미를 만나지 못하도록 이 세상에 살려두시려는 거로구나.' 저는 이렇게 말했어요. '저도 처음에는 전백광에게 걸어야 할 띠를 아버지께 잘못 걸어서 그토록 화를 내시는 줄 알았어요.' 아버지는 고개를 저으셨죠. '그럴 리가 있느냐? 불가불계는 한때 네게 무례한 짓을 했으니 대담무쌍하다는 말이 꼭 들어맞고, 또 내가 너를 영호충에게 시집보내라는 명을 내렸는데도 이런저런 핑계로 미루기만 하니 재주가 없다는 평도 틀리지 않단다. 그러니 그 띠는 불가불계에게 딱 어울리는 것이야.' 저는 '아버지, 전백광에게 자꾸 그런 이상한 말씀을 하시면 저도 화를 낼 거예요. 영호 사형은 처음에는 화산파의 소사매를 좋아했고, 지금은 마교의 임 대소저를 좋아해요. 제게 잘해주긴 하지만 한 번도 저를 좋아한 적이 없단 말이에요'라고 설명했어요."

그 말을 듣자 영호충은 몹시 미안했다. 처음에는 그녀가 자신에게 어떤 마음을 품고 있는지 몰랐다가 시간이 지날수록 차츰 눈치를 채게 되었다. 하지만 그녀의 말대로 그는 악영산에게 마음을 주었다가 지금은 영영에게 정을 쏟게 되었고, 강호를 떠도느라 의림에 대해서는 거의 생각하지 못했던 것이다.

의림은 조용히 말을 이었다.

"아버지는 제 말을 듣고 버럭 화를 내시며 영호 사형을 비난하셨어요. '영호충 그놈은 눈알이 삐었다. 불가불계만도 못한 놈이야! 그래도 불가불계는 내 딸이 아름답다는 것을 아는데 영호충이라는 놈은 천하에서 제일가는 멍청이란 말이다!' 어찌나 거친 말씀을 하시는지 차마 듣고 있기가 힘들었어요. 아버지는 '천하제일의 장님은 말이야, 좌냉선이 아니라 영호충이다. 좌냉선은 침에 찔려 장님이 되었지만 영호충은 그놈보다 훨씬 전부터 앞 못 보는 장님이었어!'라고 하셨어요. 벙어리 할머니, 할머니도 아시다시피 그건 잘못된 말이에요. 영호 사형을 나무랄 일이 아니잖아요. 그래서 저는 '아버지, 악 낭자와 임 대소저는 저보다 백배는 더 아름다워요. 어떻게 그분들과 비할 수 있겠어요? 더구나 저는 이미 불문에 몸을 담았으니, 목숨을 걸고 구해준 은혜와 사부님께 베푼 호의에 감사하며 항상 마음속에 그릴 뿐이에요. 어머니 말씀이 맞아요. 불문에 들어온 이상 육욕을 끊어야지, 자꾸만 속세의 인연에 눈길을 주면 보살님이 노하실 거예요'라고 했지요. 그러자 아버지는 '불문에 몸을 담았다고 시집을 가지 못한다는 법이 어디 있느냐? 만약에 세상 여자들이 모두 불문에 들어가 아이를 낳지 못하게 되면 이 세상에는 사람이 깡그리 사라지고 말 거야. 네 어미는 여승이었지만 내게 시집와서 너를 낳지 않았니?'라고 하셨어요. 저는 고개를 저으며 말했지요. '아버지, 그런 이야기는 그만해요. 저는… 저는 차라리 어머니가 저를 낳지 않았으면 좋았을 거라고 생각해요.'"

이렇게 말하는 그녀의 목소리가 울음으로 꽉 잠겼다.

한참 후 그녀가 다시 입을 열었다.

"아버지는 반드시 저를 영호 사형에게 시집보내겠다고 하셨어요. 저는 너무 놀라 영호 사형에게 그런 말씀을 하면 영원히 아버지를 모른 척하겠다고, 견성봉에 오셔도 만나지 않겠다고 했지요. 전백광이 영호 사형에게 그런 부끄러운 말을 꺼낸다면, 의화 사저와 의청 사저께 말씀드려 평생 견성봉에 한 발짝도 들이지 못하게 만들 거라고요. 제가 한다면 하는 성격이라는 것을 잘 아시는 아버지는 넋이 나간 듯이 한숨을 푹푹 쉬시더니 눈물을 닦고 말없이 떠나가셨어요. 벙어리 할머니, 그렇게 떠나신 아버지가 언제 다시 저를 보러 오실지 모르겠어요. 설마 또 자결하려 하시지는 않겠죠? 아버지가 마음에 걸려 도무지 잠이 오지 않아요. 그래서 전백광에게 아버지를 쫓아가 잘 보살펴 달라고 했어요. 그 말을 전하고 돌아오는데, 사람들이 슬금슬금 통원 곡에서 나가 수풀 속에 몸을 숨기는 것이 보였어요. 무슨 일인가 싶어 살그머니 뒤를 밟았다가 할머니를 발견한 거예요. 벙어리 할머니, 할머니는 무공도 모르고 소리도 듣지 못하니 그런 곳에 있다가 발각되면 무슨 일을 당할지 몰라요. 그러니 앞으로 다시는 그런 곳에 가지 마세요. 그 사람들은 숨바꼭질을 하는 게 아니라고요.”

영호충은 하마터면 웃음을 터뜨릴 뻔했다.

‘의림 사매는 정말 어린아이로구나. 다른 사람들도 자기처럼 어린아이 같다고 생각하고 있으니….’

의림이 말했다.

“요 며칠 의화 사저와 의청 사저는 늘 제가 연검하는 것을 지켜보고 계세요. 진견 사매가 대사저들이 나누는 이야기를 들었는데, 영호 사형은 항산파의 장문인을 오래 맡지 않을 거래요. 그리고 사존들을 해친 원수가 악불군이니 우리가 오악파에 들어가 그를 장문인으로 모실 일도 없고요. 그 때문에 사저들은 저를 장문인으로 세우려고 한대요. 벙어리 할머니, 저는 도저히 믿을 수가 없어요. 그렇지만 진 사매는 분명히 그런 말을 들었다고 맹세까지 했어요. 사저들은 우리 항산파의 ‘의’ 자 항렬 제자 가운데 영호 사형이 가장 아끼는 사람이 저라서, 저를 장문인으로 세워야 영호 사형이 기뻐할 거라고 하셨대요. 모두들 영호 사형을 위해서 저를 추천한 거예요. 제가 훌륭한 검술을 익혀 악불군을 죽이기를 바라나 봐요. 만약 제 힘으로 악불군을 꺾지 못하면 다 함께 검진을 만들어 그를 포위하고 제 손으로 악불군을 죽이게 할 거래요. 그런 다음 항산파 장문인이 되면 아무도 반대하지 않을 거라고요. 그 말을 들으니 저도 농담이 아니라는 것을 알겠어요. 하지만 제가 무슨 수로 항산파 장문인이 되겠어요? 제 검법은 앞으로 10년을 더 익혀도 의화 사저나 의청 사저에게 미치지 못할 텐데, 그런 제가 악불군을 죽이다니 가당키나 한 일이겠어요? 그러잖아도 심사가 복잡한데 이 일까지 겹쳐 정말이지 정신을 차릴 수가 없어요. 벙어리 할머니, 저는 어쩌면 좋을까요?"

영호충은 그제야 모든 것이 명확해졌다.

'의화와 의청이 밤낮 의림을 독촉한 것도 훗날 의림이 내 뒤를 이어 항산파의 장문인이 되기를 바라서였구나. 내게 그렇게나 마음을 써주다니…'

의림이 아련한 목소리로 말했다.

"벙어리 할머니, 늘 말씀드렸듯이 저는 낮이고 밤이고 한결같이 영호 사형 생각만 해요. 꿈에서도 영호 사형을 보고요. 저를 구하기 위해 목숨까지 내던지던 모습도, 그분이 다쳤을 때 안고 달리던 느낌도, 제게 농을 하며 재미있는 이야기를 해달라고 조르던 모습도, 형산의 군옥원에서 저와… 저와… 침상에 누워 한 이불을 덮었던 일도 자꾸만 생각이 나요. 벙어리 할머니, 할머니가 아무것도 듣지 못한다는 것을 아니까 이런 말을 해도 부끄럽지 않아요. 말을 않고 마음에만 묻어두면 정말 미칠 것 같아요. 할머니에게 모두 털어놓고 영호 사형의 이름을 부르고 나면 며칠 동안은 마음이 편해져요."

그녀는 잠시 입을 다물었다가 조용히 외쳤다.

"영호 사형! 영호 사형!"

두 번에 걸친 그 외침에는 뜨거운 정이 끈적끈적하게 묻어 있었다. 뼛속에 새겨질 만큼 깊디깊은 그리움이 담긴 그 목소리에 영호충은 저도 모르게 몸을 부르르 떨었다. 이 어린 사매가 자신에게 좋은 감정을 가지고 있다는 것은 일찍이 알고 있었지만, 저 맑고도 조그마한 마음속에 이토록 깊은 정을 품었으리라고는 생각조차 하지 못했다. 그 뜨겁고 깊은 마음은 그의 영혼마저 뒤흔들 만큼 놀랍고 절절했다.

'의림 사매가 이렇게까지 나를 생각하고 있었다니… 아아, 어떻게 해야 저 마음에 보답할 수 있을까?'

의림은 가만히 한숨을 쉬고는 다시 말했다.

"벙어리 할머니, 아버지는 저를 잘 몰라요. 의화 사저나 의청 사저도 마찬가지예요. 영호 사형을 잊지 못하고 이토록 그리워하면 안 된다는 것을 저도 잘 알아요. 불문에 몸담은 여승이 어떤 남자를 마음에 품어 밤낮으로 그리워하는 것이 어찌 옳은 일이겠어요? 더구나 그 남자가 본 파의 장문인이라니…. 매일같이 보살님께 영호 사형을 잊게 해달라고 빌고 또 빌어요. 오늘 아침에는 새벽부터 경을 읽었어요. 대자대비하신 관세음보살님을 부르며, 영호 사형에게 나쁜 일이 일어나지 않기를, 흉한 일이 생겨도 길한 일로 바뀌기를, 임 대소저와 아름다운 인연을 맺어 백년해로하며 평생 행복하게 살기를 빌었어요. 그러다가 문득 정신이 들었지요. 제가 이랬다저랬다 자꾸 말을 바꾸니 보살님께서 얼마나 성가실까요? 앞으로는 그저 영호 사형의 행복만 빌어야겠어요. 영호 사형은 얽매이는 곳 없이 자유롭고 즐겁게 사는 것을 가장 좋아하니, 임 대소저가 영호 사형을 너무 옭아매지 않았으면 좋겠어요."

말을 마친 의림은 넋이 나간 듯 멍한 표정으로 속삭이듯 읊었다.

"나무관세음보살… 나무관세음보살…."

그렇게 10여 번을 왼 다음 그녀는 고개를 들어 달을 바라보았다.

"이제 가야겠어요. 할머니도 그만 돌아가세요."

그녀는 품에서 만두 두 개를 꺼내 영호충의 손에 쥐여주며 물었다.

"벙어리 할머니, 오늘은 저를 쳐다보지도 않으시는군요. 어디 불편하세요?"

한참을 기다려도 대답이 없자 그녀는 피식 웃으며 혼잣말을 했다.

"나 좀 봐, 듣지도 못하는 할머니께 질문을 하다니… 정말 바보 같다니까."

그러고는 천천히 돌아서서 걸음을 옮겼다.

영호충은 바위 위에 앉아 어둠 속으로 사라지는 그녀의 뒷모습을 바라보았다. 방금 그녀의 입에서 나온 말들이 마디마디 가슴을 울렸다. 가슴 뭉클하게 만드는 그녀의 절절한 마음을 떠올리니 끓어오르는 감정을 주체할 수가 없었다.

얼마나 그렇게 앉아 있었을까. 무의식중에 개울을 들여다보던 그는 깜짝 놀라 그 자리에 뻣뻣하게 굳었다. 수면에는 바위에 앉은 두 사람의 모습이 또렷하게 비치고 있었다. 수면이 물결치고 눈앞이 어지러워 잘못 보았나 싶어 다시금 시선을 집중했지만, 확실히 두 사람이었다. 순간 등골이 서늘해져 돌아볼 용기마저 씻은 듯 사라졌다.

개울에 비친 그림자는 그의 뒤로 두 자가량 떨어진 곳에 서 있었다. 손을 내밀기만 하면 그의 목숨을 앗을 수 있는 위치였지만, 그는 너무 놀란 나머지 앞으로 피할 생각조차 하지 못했다. 뒤에 바짝 다가올 때까지 기척을 느끼지 못했으니 실로 헤아릴 수 없을 만큼 높은 무공을 지닌 자가 분명했다. 아니, 사람이 아니라 귀신일지도 몰랐다. '귀신'이라는 단어가 떠오르자 가슴이 서늘하게 식고 눈앞이 까매졌다.

그는 한참 동안 멍하니 있다가 겨우 정신을 차리고 다시 개울을 들여다보았다. 동심원을 그리며 출렁출렁 흔들리는 물 위로 희미한 달빛이 비춰 정확히 볼 수는 없었지만, 두 그림자는 소매가 널찍한 여자 옷을 입고 머리에 싸리나무 비녀를 꽂아 구분할 수 없을 만큼 똑같았다. 마치 그의 분신이라도 나타난 것 같았다. 영호충은 더욱더 놀라 가슴이 쿵쿵 뛰었지만, 갑자기 어디서 용기가 났는지 홱 고개를 돌려 그 귀신을 마주 보았다.

그 얼굴을 똑바로 마주 본 순간, 영호충은 저도 모르게 '헉' 하고 찬숨을 들이쉬었다. 이제 보니 그 사람은 중년의 여인으로, 현공사에서 일하는 귀머거리에 벙어리인 노파였다. 평범한 노파가 가까이 올 때까지 눈치조차 채지 못하다니, 정말 귀신이 곡할 노릇이었다. 영호충은 겨우 두려움이 가셨지만 그 의혹이 풀리지 않아 여전히 기분이 찜찜했다.

"할… 할머니, 할머니셨군요. 깜… 깜짝 놀랐습니다."

자신이 듣기에도 겁을 먹은 듯 덜덜 떨리고 꽉 잠긴 목소리였다. 싸리나무 비녀를 꽂고 하늘색 베옷을 걸친 벙어리 노파의 모습은 그 자신과 빼다 박은 듯이 똑같았다. 영호충은 정신을 가다듬고 억지웃음을 지어 보였다.

"화내지는 마십시오. 임 대소저가 어찌나 기억력이 좋은지 저를 할머니와 똑같이 꾸며주었군요. 누가 보면 쌍둥이라고 하겠습니다, 하하하."

노파는 무슨 생각을 하는지 화난 표정도, 기쁜 표정도 아니었다.

'참 괴상한 분이군. 어쨌거나 똑같이 차린 모습을 들켰으니 빨리 이 자리를 피하는 것이 좋겠어.'

그는 바위에서 일어나 벙어리 노파에게 읍했다.

"밤이 깊었으니 이만 가보겠습니다."

몸을 돌려 길 쪽으로 걸어가는데, 일고여덟 걸음도 못 가 누군가 쓱 하고 앞을 가로막았다. 바로 벙어리 노파였다. 무슨 신법을 썼는지 기척은 물론이고 소리조차 나지 않았다. 동방불패 역시 움직임이 번개처럼 빠르고 신출귀몰했지만 필경 기척은 있었는데, 이 노파는 마치 땅속에서 불쑥 솟아난 것만 같았다. 동방불패만큼 빠르지는 않았지만, 소리 없이 움직이는 신법만큼은 사람의 것이라고 믿을 수 없을 정도였다.

영호충은 오늘 제대로 임자를 만났구나 싶어 가슴이 철렁했다. 다른 사람도 아니고 하필이면 이 노파로 변장해 노여움을 샀으니 우연도 이런 우연이 없었다. 그는 다시 한번 공손하게 읍하며 말했다.

"할머니, 제가 할머니의 위엄을 범했으니 사과드립니다. 당장 가서 옷을 갈아입고 현공사로 찾아가 사죄드리겠습니다."

벙어리 노파는 여전히 무뚝뚝한 얼굴로 그를 빤히 바라볼 뿐이었다.

"참, 할머니는 제 말을 못 들으시는군요."

영호충은 재빨리 허리를 숙이고 땅에 글을 썼다.

'죄송합니다. 앞으로 다시는 이러지 않겠습니다.'

그렇지만 노파는 굳은 듯이 그 자리에 서서 바닥을 내려다볼 생각조차 하지 않았다. 영호충이 바닥에 쓴 글을 가리키며 큰 소리로 말했다.

"죄송합니다! 앞으로는 이러지 않겠습니다!"

하지만 노파는 요지부동이었다. 영호충이 연신 읍하고 손짓 발짓으로 변장을 푸는 흉내를 내며 사죄했지만, 노파는 꿈쩍도 하지 않았다. 영호충은 하는 수 없이 노파의 옆으로 돌아섰다.

그러나 발을 옮기기 무섭게 노파의 몸이 흔들 하더니 다시 그의 앞을 막아섰다. 영호충은 속으로 한숨을 푹 쉬며 말했다.

"어쩔 수 없군요, 실례하겠습니다!"

그는 오른쪽으로 걸음을 옮겼다가 홱 방향을 틀어 왼쪽으로 빠져나갔다. 그러나 왼발이 땅에 닿기 무섭게 노파가 또다시 앞을 가로막았다. 그는 몇 차례나 몸을 틀며 점점 더 빠르게 움직였지만 끝내 노파를 떨쳐낼 수가 없었다. 마음이 급해진 그가 왼손으로 노파를 밀치자 노파는 오른손을 휘둘러 그의 손목을 힘껏 내리쳤다.

놀란 영호충은 재빨리 손을 움츠렸다. 잘못한 사람은 자신이니 이런 일로 노파와 싸우고 싶지는 않았던 것이다. 그저 어서 빨리 벗어나고 싶은 마음에 고개를 숙이고 옆으로 빠져나가려 했지만, 움직이기 무섭게 노파의 손이 바람을 일으키며 머리 위로 떨어져내렸다. 영호충은 슬쩍 옆으로 피했지만, 노파의 움직임이 워낙 빨라 퍽 하고 어깨를 두드려맞고 말았다.

그 순간, 노파가 흠칫하며 뒤로 물러났다. 영호충의 흡성대법이 발동해 그녀의 장력을 빨아들였기 때문이었다. 노파가 와락 손을 뻗어 새 발처럼 뾰족하고 가느다란 손가락으로 그의 눈을 찔렀다.

영호충은 화들짝 놀라 황급히 고개를 숙였지만, 그 순간 등 쪽에 커다란 허점이 드러났다. 다행히 노파는 그의 흡성대법이 두려운지 허점을 공격하지 않고 오른손을 갈고리처럼 구부려 또다시 눈을 찔렀다. 보아하니 눈만 공격하기로 마음먹은 모양이었다.

흡성대법이 아무리 대단해도 손가락으로 눈을 찌르면 연약한 눈동자가 그 공력을 흡수할 수 있을 턱이 없었다. 영호충은 팔을 들어 막았지만, 노파는 빠르게 손을 뒤집으며 왼쪽 눈을 찔렀다. 영호충이 왼손으로 틀어막자 이번에는 노파의 손가락이 오른쪽 귀를 낚아챘다. 토끼를 쫓는 매처럼 신속하기 짝이 없는 움직임이었다. 초식 하나하나는 마치 동네 아주머니가 마당을 비질하듯 괴상야릇해도, 몹시 빠르고 음험해서 영호충은 저도 모르는 사이에 한 걸음 한 걸음 뒷걸음질치고 있었다.

기실 노파의 무공은 아주 높지는 않았지만, 소리 없는 움직임과 날렵한 기습 솜씨는 제법 훌륭했다. 무공만으로 따지면 악불군이나 좌냉선은 물론이고 영영에게도 한참 못 미쳤으나, 영호충의 권각술이 워낙 형편없어 수세에 몰릴 수밖에 없었다. 만약 노파가 흡성대법이 두려워 그의 몸을 건드리지 않으려 하지만 않았다면, 일찌감치 장력에 맞아 쓰러졌을 것이다.

또다시 몇 초가 지나자 영호충은 검을 쓰지 않는 이상 이 자리에서 빠져나갈 수 없다는 것을 깨닫고 품에 넣어둔 단검을 찾았다. 그의 오른손이 검자루를 쥐는 순간, 노파가 번개처럼 공격을 쏟아부어 이리저리 막느라 검을 꺼낼 틈이 없었다. 노파의 초식은 점점 더 빠르고 악독해졌다. 그저 모습을 흉내 냈을 뿐 사무치는 원한이 있는 것도 아닌데 반드시 그의 눈알을 뽑아내리라 마음먹은 사람 같았다. 영호충은 대갈을 터뜨리며 왼손으로 눈앞을 가로막으면서 오른손으로 품을 뒤졌다. 설령 한 대 얻어맞더라도 단검을 꺼낼 생각이었다.

바로 그때, 머리가 홱 당기는 느낌이 들더니 두 발이 땅에서 둥실 떠올랐다. 곧이어 몸이 빙글빙글 빠르게 돌기 시작했다. 노파가 그의 머리채를 낚아채 멀리 집어던질 것처럼 뱅뱅 돌리고 있었던 것이다. 돌리는 속도가 점점 빨라지자 영호충은 비명을 질렀다.

"어이쿠, 대체 왜 이러십니까?"

허공에 대고 팔을 허우적거리며 노파의 손을 붙잡아보려 했지만, 별안간 양쪽 겨드랑이가 뻐근해지고, 곧이어 등과 허리, 가슴, 목 등 몇 군데의 혈도가 차례차례 막혀 꼼짝할 수 없게 되었다. 노파는 그래도 멈추지 않고 그를 뱅글뱅글 돌렸다. 귓가에서 윙윙거리는 바람 소리를 느끼며 영호충은 속으로 한숨을 쉬었다.

'평생 별별 일을 다 겪었지만, 팽이처럼 뱅뱅 돌며 놀아나는 일은 처음이군. 참 재수 없는 날이다.'

노파는 눈앞에 별이 반짝반짝하면서 까무룩 정신을 잃을 때까지 그를 흔들어대다가 마침내 팔을 멈추고 바닥에 힘껏 내동댕이쳤다. 노파에게 아무런 적의도 없었던 영호충이지만, 반죽음이 되도록 혼쭐이 난 지금은 화가 머리끝까지 치밀어 욕설을 쏟아냈다.

"이 못된 할망구야! 내가 처음부터 검을 뽑았다면 벌써 몸에 구멍이 숭숭 뚫렸을 것이다!"

노파는 차가운 눈길로 그를 쏘아볼 뿐 여전히 무표정했다.

'이왕 이렇게 되었으니 속 시원하게 욕이라도 하자! 하지만 내가 욕

을 하는 것을 알면 이 할망구가 더 괴롭히겠지?'

이렇게 생각한 그는 히죽히죽 웃으면서 욕을 하기 시작했다.

"더러운 할망구야, 하늘도 네 더러운 심보를 알아보고 나면서부터 귀머거리에 벙어리로 만든 것이다! 바보 천치같이 멍한 얼굴로 누가 뭐라든 웃지도 울지도 못하는 네 꼴을 보아라! 개돼지도 너보다는 나을 거다!"

욕이 구수해질수록 그의 얼굴에는 더욱더 환한 미소가 떠올랐다. 노파가 욕하는 것을 모르도록 가짜로 짓는 웃음이었지만, 한참 욕을 해도 반응이 없자 계획이 성공했다는 기쁨에 점차 진짜 웃음으로 변해갔다. 노파는 껄껄 웃어대는 그에게 다가와 다시 머리채를 휘어잡더니 질질 끌기 시작했다. 어디로 향하는지 걸음걸이가 점점 빨라졌다. 비록 혈도는 막혔지만 감각이 사라진 것은 아니었기 때문에 몸이 땅바닥의 돌멩이에 마구 쓸리면서 엄청난 고통이 고스란히 전해졌다. 영호충은 쉬지 않고 욕을 퍼부었다. 이번에는 웃으려 해도 웃음조차 나오지 않았다.

노파는 곧장 산꼭대기로 그를 끌고 갔다. 주변의 지형으로 보아 서쪽 현공사로 향하는 듯했다. 그때쯤 영호충도 불계 화상과 전백광, 막북쌍웅, 구송년 등을 혼내준 사람이 이 노파라는 것을 짐작했다. 그 많은 고수들을 귀신도 모르게 붙잡아 혈도를 짚을 만한 사람은 신비하고 괴상한 신법을 지닌 이 노파 외에는 달리 떠오르는 사람이 없던 것이다.

현공사에 몇 번이나 올라 노파를 보았는데도 이런 사람인 줄 전혀 알아차리지 못한 자신의 멍청함에 영호충은 절로 한숨이 나왔다. 물론 방증 대사나 충허 도인, 영영, 상관운 등의 고수들도 그녀에게 아무런 의심을 품지 않았을 정도였으니, 벙어리 노파의 위장 솜씨가 여간 놀랍지 않았다.

'이 노파가 통원곡의 은행나무에 나를 매달고 천하에서 제일가는 색마라느니 뭐니 하는 글귀를 써놓기라도 하면 큰일인걸. 항산파 장문인이라는 사람이 여장을 하고 다닌다는 소문이 퍼지면 체면이 어찌 되겠어? 그나마 현공사로 가고 있으니 다행이야. 그곳에 매달아놓으면 남들 눈에는 띄지 않겠지.'

재수 없는 일이지만 항산별원의 뜰에 매달아놓지 않은 것만 해도 불행 중 다행이었다.

'혹시 내가 누군지 알고 있을까? 항산파 장문인이라서 약간이나마 배려해준 것이 아닐까?'

산길을 질질 끌려가는 동안 돌부리와 자갈들이 그의 피부에 수없이 상처를 냈지만, 다행히도 똑바로 누워 있어 얼굴은 무사했다.

현공사에 도착하자, 노파는 그를 절벽에 아슬아슬하게 기대선 영귀 각으로 끌고 가 가장 높은 곳으로 올라갔다. 영호충은 속으로 비명을 질렀다.

'어이쿠, 큰일이다!'

영귀각 밖으로 이어지는 현수교 아래에는 만길 낭떠러지가 펼쳐져 있었다. 노파가 자신을 현수교에 매달 것이라고 생각하자 쭈뼛 소름이 끼쳤다. 현공사는 찾아오는 사람이 드물어, 열흘이나 보름에 한 번 사람이 올까 말까 했으니 저런 곳에 매달리면 꼼짝없이 굶어 죽는 수밖에 없었다. 산 채로 매달려 하루하루 허기에 시들어가는 기분이 어떨지는 상상만 해도 끔찍했다.

노파는 그를 누각 안에 던져넣고 홀로 내려갔다. 영호충은 바닥에 널브러진 채 저 못된 노파가 대체 누굴까 하고 곰곰이 생각해보았지만 아무런 실마리도 찾아내지 못했다. 십중팔구 우씨같이 항산파에 오래 몸담은 선배로, 정정 사태나 정한 사태의 사부님을 모셨던 사람일 것이다. 이런 추측이 그의 마음을 훨씬 가볍게 해주었다.

'나는 항산파의 장문인이니 따지고 보면 동문이야. 그러니 너무 과하게 대우하지는 않겠지.'

하지만 그것도 잠시, 다시 더럭 겁이 났다.

'이런 꼴로 변장을 하고 있으니 내가 장문인이라는 것을 알아보지 못할지도 몰라. 일부러 이런 모습을 하고 항산파에 나쁜 짓을 하러 숨어든 사람이라고 생각하면 어떻게든 나를 괴롭히려 할 텐데, 정말 큰일이군.'

그때 노파가 발소리도 없이 다시 나타났다. 그녀는 가져온 밧줄로 영호충의 손발을 꽁꽁 묶고 품에서 기다란 누런 띠를 꺼내 그의 목에 둘렀다. 영호충은 그 띠에 뭐라고 쓰여 있는지 몹시 궁금했지만, 노파가 검은 천으로 눈을 가리는 바람에 아무것도 볼 수가 없었다.

'내가 글귀를 궁금해하는 줄 알고 눈을 막아버리다니, 눈치도 빠르군. 하긴… 이 영호충이 품행 나쁜 방탕아라는 것을 세상이 다 아는데, 보나마나 좋은 말은 아닐 거야.'

순간 밧줄로 묶인 손발이 팽팽하게 당겨지더니 그의 몸이 대들보에 높이 매달렸다. 영호충은 노기충천해 대뜸 욕설을 퍼부으려 했지만, 제멋대로기는 해도 상황을 헤아리는 재주가 있어 재빨리 입을 다

물었다.

'아무리 욕을 한들 빠져나갈 수 있는 것은 아니야. 차라리 천천히 운기행공을 해서 혈도를 풀고 검을 뽑아 할망구를 제압하는 것이 낫지. 그래! 저 할망구를 잡아 높이 매달고, 똑같이 누런 띠를 둘러줘야지. 띠에는 뭐라고 쓰는 것이 좋을까? 천하에서 제일가는 악독한 할망구? 아니야, 천하에서 제일간다고 하면 저 못된 할망구가 도리어 좋아할지도 몰라. 천하에서 열여덟 번째 가는 악독한 할망구라고 써놓으면, 아마 자기보다 앞에 있는 열일곱 명이 누군지 몰라 머리를 쥐어뜯으며 고민에 빠질 거야.'

그렇게 생각하며 귀를 기울여보니, 노파는 이미 떠났는지 아무 소리도 들리지 않았다.

그렇게 두 시진가량 지나자 배에서 꼬르륵 소리가 나기 시작했지만, 운기행공을 한 덕분에 혈도가 점점 풀리고 있었다. 그가 히죽거리며 기뻐하는데 별안간 몸이 아래로 뚝 떨어지더니 힘차게 바닥에 곤두박질쳤다. 노파가 묶은 밧줄을 끊어버린 탓이었다. 이번에도 그는 노파가 다시 올라왔다는 사실을 전혀 눈치채지 못했다.

노파는 그의 눈을 가린 천을 벗겨냈다. 하지만 목의 혈도가 아직 풀리지 않았기 때문에 영호충은 고개를 숙일 수가 없어, 띠 끝부분에 쓰여 있는 '할' 자만 겨우 볼 수 있었다.

"이런…!"

그는 비명을 질렀다. '할' 자를 썼다는 말은 노파가 자신을 할머니로 여기고 있다는 의미가 분명했다. 음적이니 방탕아니 하는 말은 아무렇지도 않았지만, 여자로 여기고 있다면 정말이지 끝장이었다.

그러는 사이 노파가 탁자 위에 놓아둔 그릇을 들고 다가왔다.

'물을 먹이려는 건가? 아니면 탕인가? 술이면 좋을 텐데!'

그 생각과는 달리 별안간 머리가 후끈하게 뜨거워졌다.

"으악!"

그릇에 담겼던 뜨거운 물이 그의 머리를 흠뻑 적셨다.

영호충은 견디지 못하고 소리소리 질렀다.

"이 못된 할망구야, 무슨 짓이냐?"

노파가 말없이 품에서 체도剃刀를 꺼내드는 것을 보고 영호충은 흠 칫 놀랐다. 곧이어 쓱싹쓱싹하는 소리가 들리고 두피가 따끔따끔해졌 다. 노파가 그의 머리를 깎기 시작한 것이었다. 영호충은 뜻밖의 사태 에 깜짝 놀라면서도 분이 치밀었다.

얼마 지나지 않아 그의 머리는 깨끗이 깎여 반들반들해졌다.

'그래, 이 영호충이 이렇게 화상이 되는구나. 아니지, 여장을 하고 있으니 화상이 아니라 여승이 되었겠군!'

문득 가슴 한구석이 서늘해졌다.

'영영이 장난삼아 여승으로 변장시켜주겠다고 했는데 그 말대로 되 었구나. 큰일이군. 이 못된 할망구가 내 정체를 알고 있는 모양이다. 남자가 항산파 장문인이 되는 것이 옳지 않다는 생각에 이렇게 머리 를 깎고 불가불계처럼 거… 거세를 해서 불문 성지를 더럽히지 않게 하려는 것인지도 몰라. 못된 할망구 같으니! 항산파를 지키는 데 골몰 한 나머지 미치광이 짓도 서슴지 않다니! 아, 이 영호충이 이런 꼴을 당할 줄이야! 〈벽사검보〉에는 무림을 쟁패하려면 검을 휘둘러 스스로 생식기를 잘라야 한다는 구결이 있다던데, 억지로 벽사검법을 익히게

되었군!'

머리를 다 깎은 노파는 바닥에 떨어진 머리칼을 깨끗이 쓸었다. 영호충은 사태가 급박해지는 것을 깨닫고 허둥지둥 진기를 끌어올려 막힌 혈도를 힘껏 때렸다. 혈도가 천천히 풀리는가 싶었지만, 뜻밖에도 노파의 손이 날아들어 등과 허리, 어깨에 있는 혈도를 다시 막았다. 영호충은 기운이 쭉 빠져 '못된 할망구'라는 욕조차 나오지 않았다.

노파가 그의 목에 두른 띠를 벗겨 옆에 내려놓자 영호충은 그제야 글귀를 볼 수 있었다. 띠에는 '천하에서 제일가는 장님이자 남자도 여자도 아닌 못된 할망구'라고 쓰여 있었다. 그 글귀를 보는 순간 영호충은 속으로 비명을 질렀다.

'이제 보니 이 할망구가 귀머거리도 벙어리도 아니었구나. 불계 대사가 나더러 천하에서 제일가는 눈먼 장님이라고 했다는 이야기를 듣지 않고서야 저런 말을 썼을 리 없지! 불계 대사와 딸이 나누는 대화를 들었거나, 의림 사매가 내게 이야기할 때 몰래 숨어서 엿들었을 거야. 어쩌면 두 번 다 들었을지도….'

그는 화를 참지 못하고 버럭 소리를 질렀다.

"이제 연극은 그만하시지! 당신은 벙어리가 아니야!"

그러나 노파는 아는 척도 하지 않고 말없이 그의 옷을 벗겼다. 영호충은 식은땀이 솟았다.

"대체 무슨 짓을 하려는 거냐?"

그의 외침이 끝나기도 전에 노파가 그가 입은 여자 옷을 쫙 찢어발겼다. 영호충은 화들짝 놀랐다.

"감히 내 털끝 하나라도 건드리면 잘게 다진 고기로 만들어줄 테다!"

입에서 나오는 대로 소리를 질렀지만, 문득 '저 할망구가 내 머리칼을 싹 깎아버렸으니 벌써 털끝 하나는 건드린 셈이군' 하고 엉뚱한 생각이 들었다.

노파는 조그마한 숫돌을 가져와 물을 붓고 체도를 갈았다. 그런 다음 손가락을 살짝 대보더니 만족스러운 듯 고개를 끄덕이며 옆에 내려놓고, 품에서 도자기병을 꺼냈다. 병에는 '천향단속교'라고 쓰여 있었다. 수차례 상처를 입어 항산파 영약의 도움을 받았던 영호충은 그 글자가 없더라도 도자기병을 보는 순간 그 약임을 알아보았다. 항산파에는 천향단속교 외에도 백운웅담환이라는 내복약이 있었는데, 과연 노파는 품에서 백운웅담환이 들었음직한 도자기병을 꺼냈다. 상처를 싸맬 때 쓰는 하얀 천 몇 자락과 함께였다. 영호충은 숭산에서 입은 상처가 거의 나았고 요 며칠간 다친 적도 없는데 노파가 약과 천을 준비해온 것으로 보아, 그의 몸에 새로운 상처를 내기로 마음먹은 것이 분명했다.

영호충이 속으로 비명을 질러대는 동안 준비를 마친 노파는 그를 뚫어져라 응시하더니, 그를 들어올려 널찍한 탁자 위에 내려놓고 무표정한 얼굴로 바라보았다. 온갖 시련을 겪은 영호충은 중상을 입거나 강적에게 둘러싸여도 쉽사리 두려움을 느끼지 않았지만, 이 괴상한 노파 앞에서는 참을 수 없는 두려움이 밀려들었다.

노파는 느릿느릿 체도를 주워들어 촛불에 이리저리 비춰보았다. 서늘하게 날이 선 칼에서 빛이 어지럽게 부서지고, 영호충의 이마에서는 식은땀이 방울방울 맺혀 옷자락으로 뚝뚝 떨어졌다.

바로 그 순간, 그의 머릿속에 뭔가가 번쩍 떠올랐다. 그는 앞뒤 가리지 않고 버럭 소리쳤다.

"당신이 바로 불계 화상의 부인이군!"

노파는 흠칫 몸을 떨며 한 걸음 물러섰다.

"어, 떻, 게… 알, 았, 지?"

목소리가 까슬까슬하고 한 글자 한 글자 뚝뚝 끊어 말하는 품이 갓 말을 배운 어린아이 같았다.

깊이 생각지 않고 말을 꺼낸 영호충은 그 말을 듣고서야 똑같은 질문이 떠올랐지만, 겉으로는 냉소를 하며 말했다.

"흥, 당연히 알지! 일찍부터 알고 있었소."

그러면서 재빨리 머리를 굴렸다.

'어떻게 알았을까? 왜 갑자기 그런 생각이 들었지? 그렇군, 불계 대사를 매달았던 사람은 그에게 '천하에서 제일가는 박정하고 호색한 자'라는 글귀가 적힌 띠를 둘렀는데, '박정하고 호색한 자'라는 말은 불계 대사 자신을 제외하면 그 부인만이 아는 내용이었어.'

이렇게 생각한 그는 큰 소리로 덧붙였다.

"사실은 그 박정하고 호색한 자를 끝내 잊지 못했던 게 아니오? 그런 것이 아니라면 어째서 그가 목을 매단 밧줄을 자르고 몰래 칼까지 숨겼소? 그렇게 박정하고 호색한 자가 알아서 죽어주면 깔끔하고 좋지 않소?"

노파는 싸늘하게 대답했다.

"그자를 그리, 쉽게 죽도록 놓아두면, 분이, 풀리지 않는다."

"허, 불계 대사는 십수 년 동안 애타는 마음으로 관외에서 서장, 막북, 서역에 있는 비구니 암자를 두루 돌아다니며 당신을 찾아헤맸는데, 당신은 이곳에 숨어 편안하게 생활하고 있었지. 그 정도면 충분히 분이 풀리지 않았소?"

"마땅히, 치러야 할, 죗값이다. 나와 혼인을 해놓고, 어찌 다른 여자를 희롱하느냐?"

"그가 다른 여자를 희롱했다고 누가 그랬소? 그 여자가 당신 딸을 바라보니 그도 그 여자를 바라보았을 뿐인데, 무엇이 잘못되었다는 것이오?"

"아내가 있는 남자가, 다른 여자를 보면, 잘못이다."

영호충은 억지스러운 노파의 주장에 혀를 찼다.

"당신도 남편이 있는데 어째서 다른 남자를 쳐다보는 거요?"

노파는 버럭 화를 냈다.

"내가, 언제 다른 남자를 보았느냐? 헛소리!"

"지금 나를 보고 있지 않소? 설마하니 내가 남자가 아니라는 말이오? 불계 대사는 여자를 쳐다보기만 했을 뿐이지만, 당신은 내 머리를 만지기까지 했소. 남녀칠세부동석이라고 했으니, 당신이 내 몸에 손을 대기만 해도 계율을 어긴 것이오. 머리가 아니라 얼굴에 손을 댔더라면 관세음보살께서 절대 용서하지 않았을 거요."

바깥 생활을 거의 하지 않은 노파가 세상 물정을 잘 모른다는 것을 알아차린 영호충은, 그녀가 함부로 체도를 휘둘러 자신을 벽사검법을 익혀야 하는 몸으로 만들어버리지 못하게 하려고 짐짓 겁을 주었다.

노파가 싸늘하게 말했다.

"네놈 몸에, 손을 대지 않아도, 손발이나 머리를 자를 수, 있다."

"머리를 자르려거든 마음대로 하시오."

그의 대구에 노파는 냉소를 지었다.

"그리 쉽게, 죽여줄 줄 아느냐? 네게는, 두 가지 선택권이 있다. 하나는 한시라도 빨리 의림을 처로 맞아들이는 것이다. 그러지 않으면, 그 애는 슬퍼서 죽을 것이다. 자꾸만 잘난 체하고 뻗대면, 네 생식기를 잘라 남자도 여자도 아닌 괴물로 만들어놓겠다. 의림과 혼인하지 않으면, 그 어떤 뻔뻔하고 못된 계집도 절대 네놈과 혼인하지 못한다."

10년이 넘도록 벙어리 행세를 하며 입을 열지 않아 혀가 굳었지만, 몇 마디 이야기를 하다 보니 차차 풀리는지 노파의 말솜씨는 점점 유려해졌다.

영호충이 웃으며 말했다.

"의림 사매는 분명히 좋은 낭자요. 그렇다고 의림을 제외한 이 세상 여자들이 모두 뻔뻔하고 못됐다는 말이오?"

"거의 그렇지. 좋아봤자 얼마나 좋은 계집들이겠느냐? 무엇을 선택할지 빨리 말하지 못하겠느냐?"

"의림 사매는 나와 좋은 친구 사이요. 당신이 이렇게 나를 핍박하는 것을 알면 의림 사매도 분명 화를 낼 거요."

"네가 그 아이를 맞아들이면 기뻐서 화도 싹 식어버릴 것이다."

"누구에게도 시집가지 않겠다고 맹세한 출가인이 그런 속마음을 가지면 보살께서 진노하실 거요."

"네가 화상이 되면 보살께서 그 아이만 탓하지는 않으실 거다. 내가 무엇 하러 네 머리를 깎았다고 생각하느냐?"

영호충은 참지 못하고 폭소를 터뜨렸다.

"이제 보니 나를 화상으로 만든 다음 여승을 아내로 맞이하게 하려고 했군. 당신 남편이 한 일을 똑같이 할 참이오?"

"그렇다."

영호충은 웃으며 말했다.

"세상에는 대머리가 한둘이 아니라오. 머리를 깎았다고 모두 화상이 되는 것은 아니지."

"화상으로 만드는 것이 어렵지는 않다. 네 머리를 향으로 지져 계인戒印(불교에 귀의해 그 계율을 지키겠다는 의미로 타는 향을 몸에 찍어 만드는 흉터)을 만들면 되지 않느냐? 대머리라고 모두 화상은 아니지만, 대머리에 계인까지 찍으면 분명히 화상이지."

노파가 말하며 다가오자 영호충은 황급히 소리쳤다.

"잠깐, 잠깐! 화상이 되더라도 스스로 원해야 하는데, 이렇게 억지로 하는 법이 어디 있소?"

"화상이 되기 싫으면 태감이 되면 된다."

영호충은 기가 찼다.

'이 할망구가 완전히 미쳐서 무슨 짓이든 하고야 말겠구나. 일단 달래놓고 봐야겠다.'

그는 재빨리 말투를 부드럽게 했다.

"나를 태감으로 만들었다가 갑자기 내 마음이 변해 의림 사매를 아내로 맞아들이고 싶어지면 어떻게 되오? 나와 의림 사매가 평생을 망치기를 바라오?"

노파는 버럭 화를 냈다.

"네놈도 무학을 익힌 자니 좋으면 좋다, 싫으면 싫다 시원시원하게 밝혀야지, 어찌 이리도 끙끙거리며 이랬다저랬다 하느냐? 화상이 될지 태감이 될지, 어서 빨리 결정해라! 남아대장부가 무슨 말이 그리 많으냐?"

영호충은 히죽 웃으며 말했다.

"태감이 되면 남아대장부가 아니지 않소."

노파는 더욱 화가 나 펄펄 뛰었다.

"이렇게 중요한 이야기를 하는데 감히 농을 해?"

영호충은 속으로 한숨을 쉬었다.

'의림 사매는 마음씨도 곱고 아름다운 데다 내게 정도 깊다. 하지만 내 마음은 이미 영영에게 주었으니 그녀를 저버릴 수는 없어. 저 할망구는 말이 통하지 않으니 차라리 목숨을 내놓고 말겠다.'

그는 조용히 물었다.

"이보시오, 하나 묻겠소. 박정하고 호색한 남자는 착한 자요, 나쁜 자요?"

"물을 필요가 있는 말이냐? 그런 자는 개돼지보다 못하니 사람이라고 할 수도 없다."

"옳은 말이오. 의림 사매는 아름답고 내게도 몹시 잘해주는데 내가 왜 그녀를 싫어하겠소? 하지만 나는 이미 다른 낭자와 혼약을 했소. 그 낭자는 내게 태산 같은 은혜를 베풀었으니 설령 내 살을 조각조각 저며내더라도 결코 그녀를 저버릴 수 없소. 내가 그녀를 저버리면 그야말로 천하에서 제일가는 박정하고 호색한 자가 아니겠소? 불계 대사에게 둘렀던 그 띠도 이 영호충에게 양보해야 할 거요."

"네가 말한 낭자는 바로 마교의 임 대소저가 아니냐? 지난번에 마교가 이곳에서 너를 포위 공격했을 때 구해준 낭자 말이다, 아니냐?"

"그렇소, 당신도 그녀를 보았지."

"그 문제는 쉽게 처리할 수 있다. 임 대소저가 너를 저버리게 만들면 박정한 사람은 그녀가 되는 것이다."

"그녀는 결코 나를 저버리지 않을 것이오. 그녀는 나를 위해 목숨까지 던졌고, 나 또한 기꺼이 그럴 수 있소. 내가 그녀를 저버릴 리 없듯, 그녀 역시 나를 저버리지 않을 것이오."

"그야 모를 일이지. 항산별원에 추악한 남정네들이 그득하니 그중 아무나 골라 임 대소저의 남편으로 만들어주겠다."

"허튼소리는 집어치우시오!"

영호충이 화가 나서 소리를 지르자 노파는 냉랭하게 말했다.

"내가 못할 것 같으냐?"

그녀가 밖으로 나가더니 건넌방의 문을 여는 소리가 들려왔다.

잠시 후 다시 돌아온 노파의 손에는 손발이 꽁꽁 묶인 여자가 붙잡혀 있었는데, 다름 아닌 영영이었다.

영영마저 노파의 손에 붙잡혔을 줄은 상상도 못한 영호충이 깜짝 놀라 눈을 휘둥그레 떴다. 다행히 그녀는 다친 곳은 없어 보였다.

"영영, 당신도 왔구려."

그가 안심한 목소리로 말하자 영영은 생긋 웃었다.

"두 사람의 이야기를 모두 들었어요. 절대로 나를 저버리지 않겠다는 말, 정말 기뻐요."

노파가 버럭 소리를 질렀다.

"내 앞에서 그런 더럽고 수치스러운 말을 하지 마라! 낭자, 저자가 화상이 되면 좋겠느냐, 태감이 되면 좋겠느냐?"

영영은 얼굴을 붉혔다.

"당신이 하는 말이 훨씬 더 더럽고 수치스럽군요."

"흥, 가만히 생각해보니 영호충 저놈이 너를 저버리고 의림을 맞아들일 것 같지는 않구나."

"훌륭하오! 지금껏 한 말 중에 가장 옳은 말이었소."

영호충이 갈채를 보내자 노파는 그를 흘기며 말을 이었다.

"오냐, 이번만은 한발 양보할 테니 두 여자를 모두 맞아들이도록 해라. 태감이 되면 아무하고도 혼인할 수 없으니 화상이 되는 것이 낫겠지. 하지만 혼례를 올린 뒤에 내 귀여운 딸을 박대하면 절대 안 된다! 첫째 부인, 둘째 부인도 나누지 말고 평등하게 하되, 네 나이가 더 많으니 의림더러 언니라고 부르라고 하마."

"그런…."

영호충이 입을 열었지만 말을 하기도 전에 아혈이 탁 막혔다. 노파는 곧바로 영영의 아혈까지 막은 뒤 말했다.

"내가 결정한 일에 이것저것 토 달지 마라. 너같이 별 볼일 없는 화상에게 꽃같이 고운 마누라가 둘이나 생기는데 무엇이 문제라는 거냐? 흥! 불계, 이 쓸모없는 멍청이. 딸이 상사병으로 다 죽어가는데 발만 동동 구르고 있으니… 역시 내가 나서는 수밖에 없다니까."

노파가 중얼거리며 훌쩍 방을 나가자 영호충과 영영은 쓴웃음을 지으며 서로를 바라보았다. 말을 할 수도 없고 손짓을 할 수도 없어 그저 물끄러미 바라보는 것이 전부였다. 마침 아침 해가 서서히 떠올라 창틈으로 불그스름한 햇살이 새어들어오고, 탁자 위에 놓인 빨간 촛불이 아른아른 떨리며 백옥같이 고운 영영의 얼굴 위로 희미한 연기를 흩뿌렸다. 그녀의 모습은 눈부시게 아름다웠다.

그녀의 시선이 바닥에 떨어진 체도에 잠시 머물렀다가 다시 의자 위에 놓인 약병과 누런 띠로 향하더니, 장난스러운 미소를 지었다. 마치 '당신, 아주 위험했군요!' 하고 놀리는 것 같았다. 그러나 그것도 잠시, 재빨리 눈동자를 굴려 바닥을 내려다보며 고운 뺨에 홍조를 띠었다. 그런 이야기를 하는 것은 물론이고 생각만 해도 부끄러운 모양이었다.

부끄러운 짓을 하다가 들킨 사람처럼 수줍어하며 살며시 고개를 숙이는 그녀를 보자 영호충은 가슴이 뜨겁게 달아올랐다.

'몸이 자유롭기만 했다면 당장 영영을 끌어안고 입맞춤을 해줄 텐데…'

영영의 시선이 천천히 올라와 뜨겁게 응시하는 영호충의 눈동자와 딱 마주쳤다. 순간 그녀는 깜짝 놀라며 시선을 피했고, 차차 가시던 두 뺨의 홍조가 다시 얼굴을 붉게 물들이고 귀까지 빨개졌다.

'반드시 영영에게 지조를 지켜야 해. 그 못된 할망구가 의림 사매와 혼인하라고 윽박지르니 어쩔 수 없이 잠시 따르는 척했지만, 혈도가 풀리고 검을 들 수 있게 되면 두려워할 필요도 없어. 할망구가 권각술은 제법이지만, 좌냉선이나 임 교주에 비하면 아직 한참 멀었고 특히 검술은 내 상대가 되지 못해. 소리 없이 움직이며 기습하는 바람에 막을 틈이 없었던 것이지, 정말 마음먹고 싸운다면 불계 대사는 말할 것도 없고 영영도 그 할망구를 쉽게 꺾을 수 있을 거야.'

멍하니 이런 생각을 하다가 무심코 돌아보니 영영이 다시 그를 쳐다보고 있었다. 이번에는 부끄러워하지 않는 것을 보아 태감에 관한 일은 이미 잊어버린 모양이었다. 눈동자를 살짝 추켜올리고 입가에 미소를 띤 채 영호충의 민머리를 바라보는 품이 화상이 된 그를 상상하는 것 같았다.

영호충은 껄껄 웃었지만, 아혈이 막혀 소리는 나오지 않았다. 영영도 더욱 즐거워하는 눈빛이었다. 별안간 그녀가 눈동자를 또르르 굴리더니, 약은 얼굴로 왼쪽 눈을 두 번 찡긋해 보였다. 처음에는 무슨 생각인지 짐작이 가지 않던 영호충도 곧 깨닫고 피식 웃음을 지었다.

'눈을 두 번 찡긋하는 것은 내가 아내를 둘이나 맞게 된 것을 비웃는 거야.'

그는 한 번만 눈을 찡긋하고는 웃음을 거두고 진지한 표정을 지었다. 즉, '나는 오로지 당신하고만 혼인하겠소. 결코 두 마음은 없소'라는 뜻이었다.

영영은 살며시 고개를 젓고는 다시 왼쪽 눈을 두 번 찡긋했다. '둘이면 또 어때요'라는 뜻 같았다.

영호충은 또다시 고개를 절레절레 흔들고 한 번만 눈을 찡긋했다. 고개를 힘껏 흔들어 굳은 결심을 보여주고 싶었지만 혈도가 막혀 아무리 애를 써도 자유롭게 움직일 수 없었기 때문에, 어쩔 수 없이 얼굴에만 더욱 진지한 표정을 지어 보였다. 영영은 살짝 고개를 끄덕이고는 다시 바닥에 떨어진 체도를 바라보며 살래살래 고개를 저었다. 영호충은 뚫어져라 그녀를 응시했다. 영영의 시선이 천천히 움직여 그를 마주 보았다.

두 사람은 한 장 정도 떨어져 있었지만 눈이 마주치는 순간 두 마음이 하나로 합쳐져, 말을 하지 않아도 서로의 마음을 똑똑히 알 수 있었다. 의림과 혼인하느냐 아니냐는 이제 두 사람에게는 아무런 의미도 없었다. 화상이 되느냐, 태감이 되느냐도 중요하지 않았다. 이대로 죽어도 좋고 살아도 상관없었다. 두 마음이 하나가 된 지금, 날아갈 듯한 만족감이 두 사람의 영혼을 가득 채웠다. 지금 이 순간은 하늘이 무너지고 땅이 갈라져도 사라지지 않는, 그 누구도 빼앗아갈 수 없는 영원한 순간이었다.

두 사람은 정이 듬뿍 담긴 눈으로 서로의 눈동자를 들여다보느라 시간 가는 줄도 몰랐다. 문득 계단에서 누군가 올라오는 발소리가 들리자 그제야 애정의 파도가 물결치는 영혼의 세계에서 겨우 깨어났다.

소녀의 맑은 음성이 울렸다.

"벙어리 할머니, 무슨 일로 저를 여기까지 데려오셨어요?"

의림이었다.

그녀가 건넌방으로 들어와 앉는 소리가 들렸다. 노파도 함께 있는 것이 분명했지만 그녀의 기척은 전혀 느껴지지 않았다.

얼마 후, 노파가 천천히 말했다.

"이제 벙어리 할머니라고 부르지 말아라. 나는 벙어리가 아니야."

의림이 새된 비명을 질렀다.

"버… 버… 벙어리가 아니라고요? 나… 나으신 거예요?"

어찌나 놀랐는지 목소리마저 덜덜 떨렸다.

"나는 원래부터 벙어리가 아니었다."

"원… 원래부터… 그… 그럼 제가… 제가 한 말을 모두… 모두 들으셨군요?"

놀라움과 공포에 젖은 목소리였다.

"얘야, 무엇 때문에 그리 두려워하느냐? 내가 네 이야기를 들었다고 해서 나쁠 것이 어디 있니?"

친딸 앞에서는 자애로운 어머니가 될 수밖에 없는지, 노파의 목소리는 몹시 자상했고 절절한 관심까지 묻어 있었다. 그러나 의림은 당황하고 놀란 나머지 떨리는 목소리로 외쳤다.

"아니요, 아니에요! 전 갈래요!"

"가지 마라. 네게 긴히 할 말이 있단다."

"싫어요, 저는… 저는… 듣고 싶지 않아요. 저를 속이셨군요. 할머니가 듣지 못하시는 줄만 알고… 그래서 속마음을 털어놓았는데, 완전히 속았어요!"

울음이 터질 것처럼 목이 잔뜩 잠겨 있었다.

노파는 그녀의 어깨를 다독이며 부드럽게 말했다.

"얘야, 걱정 말아라. 너를 속인 것이 아니란다. 그저 네가 속이 답답해서 병이라도 날까 봐 실컷 말할 수 있게 해준 것뿐이야. 항산에 온후로 줄곧 귀머거리에 벙어리 흉내를 냈기 때문에 내가 정상적으로 듣고 말할 수 있다는 걸 아는 사람은 아무도 없단다. 일부러 너를 속인 게 아니야."

의림은 훌쩍훌쩍 울기 시작했다.

노파가 또다시 부드럽게 달랬다.

"네게 꼭 해줄 말이 있단다. 듣고 나면 기분이 아주 좋아질 거야."

"아버지 이야기인가요?"

의림이 훌쩍이며 물었다.

"아버지? 흥, 그자가 어찌 되든 무슨 상관이냐? 바로 네 영호 사형 이야기를 하려는 거다."

의림은 떨리는 목소리로 거절했다.

"그… 그 이야기는 하지 마세요. 이제 다시는… 다시는 할머니에게 그분 이야기를 꺼내지 않을 거예요. 경을 읽으러 갈래요!"

"아니야, 내 말을 다 듣고 가렴. 그 영호 사형이 내게 털어놓았단다. 사실 자신은 너를 몹시 사랑하고 있다고, 마교의 임 대소저보다 열 배는 더 사랑한다고 말하더구나."

영호충과 영영은 어이없어하는 눈빛으로 서로를 바라보았다.

'저 할망구가 가짓부리를 늘어놓는군!'

의림은 한숨을 푹 쉬었다.

"달래주시지 않아도 돼요. 영호 사형을 처음 만났을 때, 영호 사형은 소사매를 목숨처럼 아꼈어요. 그 마음속에는 오로지 소사매밖에 없었지요. 그 소사매가 영호 사형을 버리고 다른 사람에게 시집가자, 영호 사형은 임 대소저를 사랑하게 되었어요. 역시 목숨처럼 그녀를 아끼고 마음속에도 오로지 그녀 한 사람만 품고 있어요."

영호충과 영영은 달콤한 기분에 젖어 눈빛을 주고받았다.

노파가 끈질기게 말했다.

"하지만 사실은 남몰래 너를 쭉 좋아하고 있었단다. 단지 네가 출가인이고 자신은 항산파 장문인이라 드러내지 못했던 것뿐이야. 하지만 이제 그간의 바람대로 너를 맞아들이기 위해 큰 결심을 했단다. 머리를 깎고 화상이 되기로 말이다."

의림은 또다시 비명을 질렀다.

"그… 그럴 리가 없어요. 그래서는 안 돼요! 제발… 제발 화상이 되지 말라고 해주세요."

"늦었다. 벌써 화상이 되었으니까. 그는 무슨 일이 있어도 반드시 너를 아내로 맞겠다고 했어. 그러지 못하면 자결하거나 태감이 되겠다는구나."

"태감이라고요? 사부님께서 그 말은 시정잡배들이 쓰는 비속어니 출가인이 입에 담아서는 안 된다고 하셨는데…."

"태감이 무슨 비속어라는 거냐? 태감이란 황제와 황후를 시중드는 사람들이다."

"영호 사형은 자부심이 높고 얽매이는 것을 가장 싫어해요. 그런 분이 황제나 황후의 시중을 들겠다고 했을 리 없어요. 황제를 하라고 해도 마다할 분인데 황제의 시중을 들겠다니요? 그러니 결코 태감이 되지는 않을 거예요."

"태감이 된다고 해서 꼭 황제나 황후의 시중을 드는 것은 아니야. 예를 들자면 그렇다는 것이지. 태감이 된다는 것은 아이를 낳지 못한다는 뜻이란다."

"믿을 수 없어요. 영호 사형은 임 대소저와 혼인해서 귀여운 아이들을 여럿 낳으실 거예요. 그처럼 헌걸차고 아름다운 두 분이 낳은 아이들이라면 정말 사랑스러울 거예요."

영호충이 흘끗 돌아보자 예상대로 영영은 두 뺨을 발갛게 물들이고 수줍은 듯 고개를 숙이고 있었지만 살짝 휘어진 입술에는 기쁨이 아로새겨져 있었다.

노파는 짜증이 나는지 큰 소리로 말했다.

"내가 아니라고 하면 아닌 거야. 아이를 낳는 것은 고사하고 아내도 맞을 수 없다. 그가 그렇게 맹세했으니 반드시 너를 아내로 맞이하게 될 거다."

"영호 사형의 마음속에는 임 대소저 한 사람뿐인걸요."

"임 대소저도 아내로 삼고 너도 아내로 삼겠다는 거다, 알겠니? 아내가 둘이 되는 셈이지. 이 세상에는 삼처사첩을 거느리는 남자가 수두룩한데 두 명쯤이야 대수롭지도 않지."

"그럴 리 없어요. 누군가를 사랑하게 되면 그 사람만 생각하게 돼요. 밤이고 낮이고, 밥을 먹을 때도 잠을 잘 때도 항상 그 사람 생각뿐인데 어떻게 다른 사람이 눈에 들어오겠어요? 우리 아버지도 어머니가 떠나시자 다시 찾기 위해 세상을 두루 뒤지셨어요. 세상에 여자들이 많고 많은데, 정말 두 여자를 아내로 삼을 수 있다면 아버지는 어째서 다른 사람과 혼인하지 않으셨겠어요?"

노파는 묵묵히 있다가 한참 만에야 한숨을 푹 쉬며 말했다.

"그… 그자는 잘못을 저질렀으니… 아무래도 후회가 되었겠지."

"그만 가겠어요. 할머니, 영호 사형이 저를… 저를 아내로 맞이한다는 둥 하는 이야기를 다른 사람에게 하시면 저는 죽어버릴 거예요."

"그게 무슨 말이냐? 그자가 너를 아내로 맞겠다는데 기쁘지 않니?"

"아니요, 그렇지 않아요! 제가 매일매일 그분을 그리워하고 보살님께 비는 것은 오로지 영호 사형이 아무 탈 없이 자유롭게 살면서 바람대로 임 대소저와 혼인하기를 기원하기 때문이에요. 할머니, 저는 그저 그분이 즐겁고 행복했으면 좋겠어요. 저를… 아내로 맞아주기를 바란 적은 한 번도 없어요."

"너를 아내로 삼지 못하면 그자는 절대 즐겁고 행복하지 못할 거야. 아마 살고 싶지도 않을 것이다."

"모두 제 잘못이에요. 할머니가 듣지 못하시는 줄 알고 영호 사형 이야기를 해버렸으니까요. 영호 사형은 당세의 대영웅이자 호걸이고, 저는 세상 물정 모르고 할 줄 아는 것도 없는 여승일 따름이에요. 영호 사형은 여승을 만나면 재수가 옴 붙어 노름에서 반드시 진다고 했어요. 저를 보기만 해도 재수가 없는데 아내로 맞다니요? 저는 불문에 귀의한 몸이니 마음을 호수처럼 평안하게 하고 다시는 그런 생각을 하지 않아야 마땅해요. 할머니, 더는 그런 말씀 마세요. 이제… 이제 다시는 할머니를 만나지 않겠어요."

노파는 초조한 목소리로 외쳤다.

"참 알다가도 모를 아이로구나. 영호충은 벌써 화상이 되어 너를 아내로 맞이하겠다고 맹세했다지 않니? 보살께서 탓하시더라도 그자를 먼저 탓할 거야."

의림은 가볍게 탄식했다.

"영호 사형이 아버지처럼 하시겠다고요? 말이 되지 않아요. 어머니는 총명하고 아름다우셨고, 또 성품도 온순하여 누구에게나 아낌없이 베푸는 분이셨어요. 세상에서 제일 훌륭한 여자였지요. 아버지가 어머니를 위해 화상이 된 것은 당연한 일이에요. 하지만 저는… 저는 어머니의 반도 따라가지 못하는걸요."

듣고 있던 영호충은 속으로 실소를 터뜨렸다.

'당신 어머니는 총명하고 아름답기는 고사하고 온순하고 베풀 줄 아는 사람도 아니오. 당신에게 비하면 발끝에도 못 미치는 사람이지.'

157

37. 억지 장가

노파도 당황한 듯 물었다.

"그것을… 네가 어찌 알지?"

"아버지는 저를 만날 때마다 어머니 이야기를 하셨어요. 어머니는 온순하고 우아해서 한 번도 남의 흉을 본 적이 없고 성질을 부리신 적도 없대요. 게다가 평생 개미 한 마리도 밟아 죽이지 못할 만큼 자비로우셨지요. 세상의 훌륭한 여자들을 모두 합쳐도 어머니에게는 당하지 못할 거예요."

"그… 그자가 진심으로 그리 말했니? 공연히… 공연히 해본 소리는 아니겠지?"

크게 동요한 듯 목소리마저 떨리고 있었다. 의림이 당차게 말했다.

"당연히 사실이지요! 분명히 그렇게 말씀하셨어요. 설마 딸에게 거짓말을 하셨겠어요?"

한동안 영귀각은 깊은 침묵에 빠졌다. 노파가 생각에 잠긴 것 같았다.

의림이 입을 열었다.

"할머니, 이만 가볼게요. 앞으로 다시는 영호 사형을 만나지 않을 거예요. 그저 그분을 보우해달라고 매일매일 관세음보살께 기도하겠어요."

그녀가 계단을 내려가는 가벼운 발소리가 들려왔다.

그리고 아주아주 오랜 시간이 흐른 뒤, 마침내 꿈에서 깨어난 듯한 노파가 나지막이 혼잣말로 중얼거렸다.

"나를 세상에서 가장 훌륭한 여자라고 했다고…? 나를 찾기 위해 세상 끝까지 뒤졌다고…? 그렇다면… 그 사람은 박정하고 호색한 자가 아니야…."

별안간 그녀가 목청을 높여 외쳤다.

"의림! 의림, 어디 있니?"

하지만 의림은 이미 멀리 떠난 후였다. 노파는 몇 번 더 소리를 질렀지만 대답이 없자 황급히 누각을 뛰어내려갔다. 서두르는 중이었는데도 마치 사뿐사뿐 걷는 고양이처럼 발소리조차 거의 들리지 않았다.

섬멸

38

좌냉선은 눈이 멀었지만 임기응변은 몹시 빨라 이악용문을 펼쳐 빠르게 뒤로
물러났다. 입에서 온갖 욕설이 쏟아졌다.
영영은 허리를 숙여 바닥에 떨어진 검 한 자루를 주워 들었다.

영호충과 영영은 만감이 교차하는 얼굴로 서로를 바라보았다. 창문으로 들어오는 햇살에 바닥에 떨어진 체도가 반짝반짝 빛을 발했다.

영호충은 속으로 안도의 숨을 내쉬었다.

'이렇게 위기에서 벗어날 줄이야…'

그때 현공사 아래쪽에서 어렴풋한 말소리가 들려왔다. 거리가 무척 멀어 정확히 무슨 말인지는 알아들을 수 없었지만, 얼마 후 누군가 절로 들어서는 기척이 났다.

"누가 오는군!"

무의식적으로 이렇게 외친 그는 그제야 아혈이 풀린 것을 알았다. 아혈은 사람 몸에서 가장 얕은 혈도여서 쉽게 풀리는 편이었고, 그의 내공이 영영보다 깊어 좀 더 빨리 풀린 것이었다. 영영이 알겠다는 듯 고개를 끄덕였다. 영호충은 일어나려고 손발을 뻗어보았지만 여전히 마음대로 움직일 수가 없었다. 일고여덟 명이 이야기를 나누며 현공사로 들어와 영귀각의 계단에 올라섰다.

누군가 거칠게 말했다.

"현공사에는 쥐새끼 한 마리도 없는데 무얼 살피라는 거요? 참 소심한 양반이란 말이야."

두타 구송년의 목소리였다. 그 말에 서보 화상이 대답했다.

"위에서 시킨 일인데 따르는 수밖에 더 있나?"

영호충은 황급히 진기를 끌어올려 혈도를 때렸다. 하지만 그의 진기는 대부분 남의 몸에서 얻은 것이라 내공은 깊어도 마음대로 다루기가 쉽지 않았다. 서두르면 서두를수록 혈도를 푸는 일은 점점 어려워지고 있었다.

엄삼성이 말했다.

"악 선생은 이번 일이 성공하면 벽사검법을 전수하겠다고 약속했지만, 아무래도 믿을 말이 못 돼. 우리가 항산에서 큰 공을 세우기는 했으나, 나선 사람이 한두 명도 아니고 별달리 힘을 들인 것도 아닌데 무엇 때문에 그 비기를 전수해주겠어?"

그 말과 함께 계단을 모두 오른 그들이 누각 문을 벌컥 열었다. 누각 안에 영호충과 영영이 손발이 결박된 채 탁자 위와 바닥에 널브러져 있는 것을 보자 그들 역시 뜻밖이었는지 비명을 질렀다.

활불유수 유신이 눈을 휘둥그레 뜨고 물었다.

"임 대소저가 여기엔 어쩐 일이십니까? 아니, 화상도 있군."

"누가 감히 임 대소저께 이런 무례한 짓을 했느냐?"

장 부인이 소리치며 다가가 포박을 풀어주려고 하자 유신이 손을 내저었다.

"장 부인, 잠깐! 잠깐 기다리십시오!"

"기다리라니?"

"무언가 이상합니다!"

주변을 살피던 옥령 도인이 소리를 질렀다.

"어이쿠, 저자는 화상이 아니라 영… 영호 장문이오!"

그들이 일제히 고개를 돌려 영호충을 바라보았다. 머리를 싹 밀었지만 영호충이라는 것은 누구나 알아볼 수 있었다. 항상 영영을 경외해마지않았고 영호충의 무공에 두려움을 가지고 있던 그들은 두 사람이 꼼짝없이 잡혀 있는 것을 보자 어찌할 바를 몰라 멍하니 서로를 바라보기만 했다.

잠시 후 엄삼성과 구송년이 입을 모아 외쳤다.

"호박이 넝쿨째 굴러들어왔군!"

옥령 도인도 맞장구를 쳤다.

"옳소. 비구니 몇 명 잡아봐야 무슨 소용이 있겠소만, 항산파의 장문인을 붙잡으면 그야말로 큰 공을 세운 셈이오. 이제는 악 선생도 벽사검법을 전수하지 않고는 못 배길 것이오."

"그래서 어쩌자는 것이냐?"

장 부인이 날카롭게 묻자 일행은 똑같은 고민에 빠졌다.

'임 대소저를 풀어주면 영호충을 잡아가기는커녕 당장 목숨조차 부지하지 못하겠지. 이를 어쩐다?'

하지만 위세가 어마어마한 영영 앞에서 풀어주지 말자는 말은 도저히 입 밖으로 낼 용기가 없었다.

유신이 사람 좋게 웃으며 말했다.

"옛말이 꼭 맞습니다. 속이 좁으면 군자가 아니요, 독하지 않으면 장부가 아니라고 하지 않습니까? 언감생심 군자가 될 마음은 없지만 대장부도 되지 못하면 얼마나 안타까운 일입니까? 안타깝고말고요."

"이 틈에 죽여서 입을 막자는 말인가?"

옥령 도인이 묻자 유신은 휘이휘이 손을 내저었다.

"저는 그런 말을 하지 않았습니다. 도장께서 한 말이지요."

장 부인이 무서운 목소리로 외쳤다.

"성고께서는 우리에게 크나큰 은혜를 베푸셨다. 누구든 성고께 불경한 짓을 하면 제일 먼저 내가 가만두지 않겠다."

"이제 와서 그녀를 풀어준들 나중에 그녀가 보답을 할 것 같으냐? 우리가 영호충을 데려가도록 가만두지도 않을 것이다!"

구송년의 말이었다.

"어쨌든 우리는 이미 항산파 문하가 되었다. 사문을 배신하는 것은 결코 의로운 행동이라 할 수 없다."

장 부인이 이렇게 말하며 영영의 밧줄에 손을 대자 구송년이 버럭 소리를 질렀다.

"멈춰라!"

장 부인이 노여운 눈길로 그를 노려보았다.

"누가 들으면 어쩌려고 큰 소리냐?"

구송년은 다짜고짜 칼을 뽑아 들었다. 장 부인 역시 동작이 몹시 빨라 삽시간에 단도를 휘둘러 영영의 손발을 묶은 밧줄을 끊었다. 그녀의 무공이 높아, 밧줄만 풀리면 일곱 명이 동시에 달려들어도 두려워할 필요가 없다고 생각한 것이었다.

칼빛이 번쩍번쩍하며 구송년의 계도가 장 부인을 내리쬈었다. 장 부인이 탱탱탱 하고 단도를 세 번 휘두르자 구송년은 어쩔 수 없이 두 걸음 물러났다.

영영의 포박이 풀리자 나머지 일행은 심장이 덜컥 내려앉아 달아나려고 허둥지둥 문 쪽으로 달려갔지만 영영은 여전히 꼼짝도 하지 않았다. 그제야 그녀의 혈도가 막혔다는 것을 알아차린 일행이 다시 슬금슬금 안으로 들어왔다.

유신이 빙긋빙긋 웃으며 말했다.

"오래 알고 지낸 친구 사이에 구태여 칼을 휘두르실 까닭이 어디 있습니까? 그러다가 사이만 나빠지면 어쩌시려고요?"

"임 대소저의 혈도가 풀리면 우리가 살아날 것 같으냐?"

구송년이 버럭 소리를 지르며 장 부인을 덮쳐갔다. 계도와 단도가 격렬하게 부딪쳤다. 구송년은 몸집이 크고 계도 또한 육중한 무기였지만, 장 부인이 바짝 붙어서 육박전을 벌이자 힘을 쓸 수가 없었다.

유신이 히죽거리며 나섰다.

"싸우지 마십시오, 제발 그만두십시오! 천천히 말로 합시다."

그가 접선을 들고 다가와 권했지만 구송년은 버럭 화를 냈다.

"방해하지 말고 썩 비켜라!"

"예, 예!"

유신은 웃으면서 몸을 돌리는가 싶더니, 별안간 오른손을 쑥 뻗었다. 곧이어 장 부인이 날카로운 비명을 질렀다. 강철 손잡이가 달린 접선이 장 부인의 목을 꿰뚫은 것이었다.

"모두 한마음으로 왔는데 그리 싸우지 말라, 싸우지 말라 권해도 듣지 않으니 너무하지 않습니까?"

유신이 히죽거리며 접선을 잡아당기자 장 부인의 목에서 새빨간 피가 분수처럼 쏟아졌다. 뜻밖의 광경에 일행은 멍한 얼굴로 그 모습을 바라보았고, 구송년은 흠칫 뒤로 물러나며 욕설을 내뱉었다.

"이런 빌어먹을, 저 제기랄 놈이 나를 도왔구나."

"당연하지 않습니까?"

유신은 홱 몸을 돌려 영영을 바라보았다.

"임 대소저, 소저는 임 교주의 금지옥엽 외동딸이라 아버지의 낯을 보아 지금껏 떠받들어주었습니다. 하지만 우리가 당신을 존중하고 두려워한 까닭은 오로지 당신 손에 삼시뇌신단의 해약이 있어서였지요. 해약만 얻으면 성고나 심부름꾼 계집이나 다를 것이 없지요."

나머지 여섯 명도 고개를 끄덕였다.

"아무렴, 어서 해약을 빼앗고 죽이자."

옥령 도인이 나섰다.

"그보다 먼저 다 함께 맹세를 하세. 이 일을 다른 사람에게 한마디라도 하면 몸속의 시충이 발작하여 즉사할 것이라고 말일세."

영영을 죽이기로 결심했지만 임아행을 떠올리기만 해도 오금이 저려 덜덜 떠는 사람들이었다. 영영을 죽였다는 소문이 새나가는 순간, 넓디넓은 강호에 몸 하나 숨길 곳이 없다는 것을 잘 아는 그들은 즉시 손을 들고 맹세했다.

그들의 맹세가 끝나면 영영을 베어버릴 것이 자명했기 때문에 영호충은 더욱 마음이 급해졌다. 그러나 아무리 진기를 끌어올려 혈도를 뚫으려 해도 아무런 효과가 없었다. 당황한 눈길로 영영을 바라보니, 그녀 역시 고운 눈동자로 자신을 바라보고 있었다. 그 눈동자에 아무런 두려움도 담겨 있지 않은 것을 보자 그는 곧 마음이 놓였다.

'그래, 어차피 죽을 운명이라면… 한날한시에 죽을 수 있다니 얼마나 좋은 일이야?'

그때 구송년이 유신에게 말했다.

"자, 이제 죽여라."

유신은 슬그머니 꽁무니를 뺐다.

"시원시원하고 영웅호걸다운 두타께서 계시니 역시 두타께서 해결하셔야지요."

"빨리 죽이지 않으면 네놈부터 베겠다."

구송년이 으름장을 놓았지만 유신은 능글맞게 웃으며 물러서지 않았다.

"구 형께서 용기가 없으시다면 엄 형께서 하시겠습니까?"

"빌어먹을 놈, 내가 용기가 없다니? 오늘은 사람을 죽일 기분이 아니어서 그럴 뿐이다."

"누가 죽여도 똑같다네. 어차피 소문을 퍼뜨리지 않겠다고 서로 맹세하지 않았나?"

옥령 도인이 말하자 서보 화상이 퉁명스레 내뱉었다.

"누가 죽여도 똑같다면 도장께서 하시오."

엄삼성이 혀를 차며 나섰다.

"자꾸만 미룬들 뾰족한 수가 생기겠느냐? 터놓고 말해서 어차피 서로 믿지 못하니, 차라리 다 같이 무기를 뽑아 동시에 임 대소저를 내리치도록 하자!"

흉악하고 의리 없는 악당들이지만, 영영을 죽이기로 합의하고서도 차마 모욕적인 언사는 입에 담지 못해 여전히 '임 대소저'라고 불렀다.

유신이 손을 들었다.

"잠깐 기다리시지요. 제가 해약부터 찾아보겠습니다."

"어째서 네놈이 하겠다는 거냐? 네놈 손에 해약이 들어가면 우리를 협박하려 들 테니 내가 찾겠다.”

“구 형께서 해약을 얻으면 협박하지 않는다는 보장이 있을까요?”

“시간 낭비 말게! 임 대소저의 혈도가 풀리면 끝장일세. 일단 죽이고 해약은 나중에 찾게.”

옥령 도인이 외치며 검을 뽑았다. 나머지 사람들도 차례차례 무기를 뽑아 들고 영영을 에워쌌다.

끝이 다가왔다는 것을 깨달은 영영은 눈 한 번 깜빡이지 않고 영호충을 바라보았다. 그와 함께 보낸 달콤했던 나날들을 떠올리자 입가에 저절로 부드러운 미소가 떠올랐다.

엄삼성이 외쳤다.

“내가 셋까지 외칠 때니, 셋에 한꺼번에 내리치는 걸세. 하나, 둘, 셋!”

순간 일곱 개의 무기가 동시에 영영에게 날아들었다. 그러나 그것들은 마치 약속이나 한 듯 영영의 몸에서 반 자 정도 떨어진 곳에서 우뚝 멈췄다.

구송년이 투덜거렸다.

“이런 겁쟁이들! 왜들 멈추는 거냐? 직접 찌르지 않는다고 해서 죄가 없어질 것 같으냐?”

서보 화상이 퉁명스레 대꾸했다.

“구 형은 얼마나 대담하시기에 그런 말을 하시오? 구 형의 계도도 멈추지 않았소?”

그들 일곱 사람은 하나같이 다른 사람이 먼저 영영을 죽여 자신의 무기에 피를 묻히지 않기를 바라고 있었다. 오랫동안 존경하고 두려워하던 사람을 죽이는 일은 아무래도 쉽지가 않았던 것이다.

구송년이 소리소리 질렀다.

"다시 하자! 또 멈추는 놈은 얼간이 개뼈다귀요, 개돼지만도 못한 놈이다! 자, 세겠다. 하나, 둘…!"

그가 '셋'을 외치기 전에 영호충이 재빨리 소리쳤다.

"벽사검법!"

그 순간 일곱 사람이 홱 고개를 돌렸고, 개중 서너 명이 동시에 외쳤다.

"뭐라고?"

악불군이 숭산 봉선대에서 벽사검법으로 좌냉선의 눈을 찌른 이야기는 무림에 떠들썩하게 퍼져나갔고, 이들 일곱 사람은 그 놀라운 검술에 경도되어 밤낮으로 〈벽사검보〉 생각뿐이었다. 그런 마당에 영호충이 그렇게 외치자 귀가 솔깃한 것은 당연했다.

영호충은 보란 듯이 읊었다.

"벽사검법은 검술의 지존이니, 검기劍氣를 먼저 익히고 그다음 검신劍神을 익혀야 한다. 기와 신의 주춧돌을 착실히 쌓으면 검법은 자연히 정묘해지리니. 그렇다면 검기는 어찌 키울 것이며, 검신은 어찌 만들 것인가? 기공奇功과 비결秘訣은 모두 그 속에서 찾아낼 수 있노라."

한 마디 할 때마다 일곱 사람이 슬금슬금 다가와 열 마디쯤 뱉은 후에는 영영에게서 완전히 떨어져 영호충을 에워싸고 있었다.

영호충이 입을 다물자 구송년이 물었다.

"그… 그것이 〈벽사검보〉에 있는 내용이냐?"

"〈벽사검보〉가 아니면 〈사피검보〉겠소?"

"계속 읊어보아라."

영호충은 낭랑하게 읊었다.

"기를 수련하는 방법에서 가장 중요한 것은 정성이니, 생각을 한데 모으고 마음속의 잡념을 떨쳐야 하느니…"

그가 다시 입을 다물자 이번에는 서보 화상이 재촉했다.

"계속 읊어보시오, 계속!"

옥령 도인은 한마디도 없이 그저 영호충이 한 말을 되뇌며 머리에 꼭꼭 새겼다.

'기를 수련하는 방법에서 가장 중요한 것은 정성이다. 생각을 한데 모으고 마음속의 잡념을 떨쳐야 한다…'

기실 영호충은 한 번도 〈벽사검보〉를 본 적이 없었다. 그가 읊는 것은 화산파 검법의 암송 구결로, '화산의 검은 가볍고 영활하니'라는 글귀를 '벽사검법은 검술의 지존이니'라고 바꾼 것뿐이었다. 악불군이 전수해준 화산파 기종의 구결이기 때문에 '검기를 먼저 익히고 그다음 검신을 익힌다'는 구절이 포함된 것도 당연한 일이었다. 그렇지 않고서야 글공부를 많이 하지 않은 영호충이 무슨 수로 창졸간에 그럴싸한 구절을 술술 지어낼 수 있었겠는가?

하지만 구송년 일행은 화산파 검법의 암송 구결을 들어본 적이 없었고 오로지 벽사검법에만 정신이 팔려, 영호충이 벽사검법이라고 하자 마치 귀신에 홀린 듯 넋이 나가 진짜인지 가짜인지 알아볼 생각조차 하지 못했다.

영호충은 계속 읊었다.

"끊어지지 않고 꾸준히 이어지는 검기가 충만하게 차오르면, 벽사검이 솟아나 적을 깨끗이 물리치나니…"

여기서 '적을 깨끗이 물리친다'는 그가 아무렇게나 지어낸 것이고, 본래 구결은 '화산검이 솟아나 기가 모이고 마음이 차분해지나니'였다. 그는 여기까지 읊은 뒤 혼잣말처럼 중얼거렸다.

"어디 보자, 그다음이 무엇이더라… 적을 깨끗이 물리치지 못하면 검법은 영활하지 못하게 되고'였던가? 그런 것 같기도 하고 아닌 것 같기도 한데… 확실히 기억이 나지 않는군."

구송년 일행이 다급히 물었다.

"검보는 어디 있느냐?"

"검보는… 절대로 내가 가지고 있지 않소."

영호충은 그렇게 말하며 흘끔 자기 배를 쳐다보았다. 그 동작은 마치 '이 안에는 은자 300냥이 없소' 하고 떠들어대는 것이나 다름없었다. 그의 말이 떨어지기 무섭게 손 두 개가 그의 품으로 쑥 들어왔다. 하나는 서보 화상의 손이었고 다른 하나는 구송년의 손이었다. 그러나 바로 그 순간 두 사람은 처절한 비명을 터뜨렸다. 서보 화상은 뇌수가 터져 쓰러졌고, 구송년은 등이 검에 꿰뚫린 채 휘청거렸다. 엄삼성과 옥령 도인이 독수를 쓴 것이었다.

엄삼성이 냉소를 터뜨렸다.

"우리가 〈벽사검보〉를 찾으려고 온갖 고생도 마다 않고 여기까지 왔는데, 발견하자마자 저 못된 놈들이 독식을 하려 드는군. 세상에 이런 법은 없지."

그는 쓰러진 두 사람의 시체를 걷어차 문가로 날려보냈다.

영호충이 가짜 〈벽사검보〉를 암송한 것은 영영의 목숨이 위험해지자 급한 김에 그들의 시선을 끌기 위해서였다. 그 덕에 조금이라도 시간을 벌어 자신이나 영영의 혈도가 풀리기를 바랐을 뿐인데, 뜻밖에도 계략이 잘 먹혀들어 악당들의 시선을 돌려놓은 것은 물론이고 서로 죽이게끔 만든 것이었다. 함께 왔던 여덟 명 중 다섯 명만 남자 영호충은 속으로 회심의 미소를 지었다.

유신이 신중하게 말했다.

〈벽사검보〉가 정말 영호충에게 있는지는 확실하지 않습니다. 그런데 우리끼리 죽고 죽이다니, 너무 서두르신 것은 아닌지….

그가 말을 마치기도 전에 엄삼성이 눈을 하얗게 뒤집으며 그를 노려보았다.

우리가 서둘러서 마음에 안 든다, 이 말이냐? 네놈도 검보를 독차지할 심산이지?

유신은 황급히 손을 내저었다.

그럴 리가 있겠습니까? 그러다가 저 화상처럼 머리가 으깨지면 좋을 것이 없지요. 하지만 그 검보가 워낙 유명해서 안목이라도 높여볼까 하는 생각은 있습니다.

동백쌍기가 입을 모아 말했다.

그렇소. 아무도 독차지해서는 안 되니 보려면 다 같이 봅시다.

엄삼성이 고개를 끄덕이며 유신에게 말했다.

좋다, 그럼 네놈이 품을 뒤져 검보를 꺼내오너라.

유신은 고개를 설레설레 저으며 웃었다.

저는 검보를 독차지할 마음도 없고, 제일 먼저 보고픈 생각도 없습니다. 저야 엄 형께서 꺼내오시면 옆에서 잠깐 구경하는 것으로 만족하지요.

엄삼성은 옥령 도인을 바라보았다.

"그럼 도장이 꺼내오시오!"

"아무래도 엄 형이 하시는 것이 좋겠소."

옥령 도인이 사양하자 엄삼성은 동백쌍기에게 시선을 던졌다. 두 사람 역시 고개를 젓자 엄삼성은 버럭 화를 냈다.

"이 못된 놈들, 내가 네놈들 속을 모를 줄 아느냐? 내가 검보를 꺼내는 사이 뒤에서 쳐죽일 생각이 아니냐? 흥, 이 어르신이 속아넘어갈 줄 알고?"

다섯 사람은 서로를 흘끔흘끔 바라보며 그 자리에 굳은 듯 서 있었다.

영호충은 그들이 또다시 영영을 해치려 할까 봐 재빨리 입을 열었다.

"그리 서두를 것 없소. 좀 더 기억을 더듬어보겠소. 그러니까… 벽사검이 솟아나 적들을 깨끗이 물리치나니. 적을 깨끗이 물리치지 못하면 검법이 영활하지 못하여…. 아니지, 아니야. '검법이 영활하지 못하면 어찌 독식하려는가'였던가? 어이쿠, 정말 큰일이군. 워낙 오묘하기 짝이 없는 구결이라 똑바로 생각이 나지 않는구려."

오로지 검보를 얻는 데만 혈안이 된 악당들은 그 해괴하고 조잡한 구결이 이상하다는 생각조차 하지 못했다. 오히려 이해하기 쉽게 귀에 쏙쏙 들어와 좀 더 알고 싶어 감질이 날 정도였다. 엄삼성이 칼을 휘두르며 소리쳤다.

"오냐, 내가 저놈 몸에서 검보를 꺼내겠다. 대신 너희는 이상한 짓을 하지 못하도록 문밖으로 물러나거라. 그러지 않으면 내가 돌아서는 순간 등을 찌를 것이 아니냐?"

동백쌍기는 한마디도 없이 문밖으로 나갔고, 유신은 히죽거리며 물러섰다. 옥령 도인은 잠시 망설였지만 어쩔 수 없이 몇 걸음 뒤로 물러섰다. 엄삼성은 버럭 화를 냈다.

"문지방 밖으로 나가라고 하지 않았소!"

옥령 도인은 고개를 저었다.

"왜 그리 소리를 지르시오? 나가거나 말거나 내 마음인데 엄 형이 무슨 자격으로 이래라저래라 하는 것이오?"

말은 그렇게 하면서도 그 역시 문밖으로 걸어나갔다. 네 사람은 눈 하나 깜빡이지 않고 엄삼성을 감시했다. 영귀각은 절벽 위에 세워진 누각이라 빠져나가려면 반드시 계단을 지나야만 했으므로, 엄삼성이 날개가 돋아 날아가지 않는 한 검보를 훔쳐 달아날 걱정은 없었다.

엄삼성은 영호충을 등진 채 문밖에 있는 네 사람을 노려보며 슬금슬금 뒷걸음질쳤다. 혹시라도 그들이 느닷없이 달려들까 봐 두려워서였다. 왼손을 등 뒤로 돌려 영호충의 품을 더듬더듬 뒤져보았지만 아무리 뒤져도 서책 같은 것은 잡히지 않았다. 그는 어쩔 수 없이 칼을 입에 물고, 왼손으로 영호충의 가슴을 꽉 누르면서 오른손으로 샅샅이 뒤졌다. 그런데 왼손에 힘을 주는 순간 갑자기 진기가 밖으로 콸콸 쏟아져나가기 시작했다. 깜짝 놀란 그는 황급히 손을 거뒀지만, 그 손은 영호충의 피부에 딱 달라붙은 듯 꼼짝도 하지 않았다. 기겁해 저도 모르게 운기행공했으나 기운을 쓰면 쓸수록 진기가 흘러나가는 속도는 더욱더 빨라졌다. 그는 필사적으로 발버둥쳤고, 그러는 동안 진기는 둑이 터진 강물처럼 흘러나갔다.

이 위험한 순간에 적의 진기가 흘러들어오자 영호충은 몹시 기뻤지만 내색하지 않고 말했다.

"구태여 심맥까지 제압할 필요가 어디 있소? 자, 내가 구결을 모두 들려주겠소."

그러면서 소리 없이 입술을 달싹이자, 문밖에 있던 네 사람은 그가 진짜 구결을 암송하는 줄 알고 한 구절이라도 놓칠까 봐 황급히 방 안으로 달려들었다.

영호충이 들으라는 듯 말했다.

"이제 찾았군. 그렇소, 그게 바로 〈벽사검보〉요. 이제 사람들에게 보여주시오!"

그러나 엄삼성의 왼손은 그의 몸에 달라붙어 있어 도무지 떼어낼 수가 없었다.

옥령 도인은 엄삼성이 검보를 움켜쥐고 꺼내려 하지 않는 것 같자 그가 혼자 독차지할 생각인 줄 알고 다짜고짜 자신의 손을 밀어넣었다. 그러나 영호충의 몸에 닿는 순간 송진이라도 칠한 듯 찰싹 달라붙으며 진기가 술술 빠져나가기 시작했다.

영호충이 외쳤다.

"싸우지 마시오! 그렇게 잡아당기면 검보가 찢어져 아무도 볼 수 없지 않소?"

동백쌍기가 서로 눈짓을 주고받았다. 황금 괴장 두 개가 번쩍번쩍 방 안을 수놓으며 날아들더니, 엄삼성과 옥령 도인이 뇌수를 쏟으며 쓰러졌다. 두 사람이 죽자 진기도 사라져 영호충의 몸에 붙었던 손도 스르르 떨어져나갔다.

뜻하지 않게 쏟아져들어온 두 사람의 진기는 막힌 혈도 밖에 있었기 때문에 자연스레 안으로 충격을 가했고, 덕분에 막힌 혈도가 뻥 뚫렸다. 내공이 깊은 영호충이 살짝 힘을 주자 손을 묶었던 밧줄이 툭 끊겨나갔다. 그는 품에 손을 넣어 숨겨둔 단검을 쥐며 말했다.

"검보는 여기 있소. 와서 받아가시오."

단순하고 우둔한 동백쌍기는 그의 손이 자유로워졌다는 것은 까맣게 잊은 채 그저 검보를 준다는 말에 기뻐하며 일제히 손을 내밀었다. 그때, 새하얀 빛이 눈앞을 어지럽게 채우더니 두 사람의 오른손이 싹둑 잘려 바닥에 떨어졌다. 두 사람은 고통스럽게 비명을 지르며 뒤로 펄쩍 뛰어 물러났다. 영호충은 다리를 묶은 밧줄도 끊고 영영에게 날아가 그 앞을 가로막으며 유신에게 말했다.

"검법이 영활해지면 적을 깨끗이 물리치나니! 유 형, 이 검보를 갖고 싶지 않소?"

교활하고 노련하기 짝이 없는 유신이지만 이 순간에는 얼굴이 흙빛이 되어 덜덜 떨었다.

"마… 마음은 고맙습니다만, 괜… 괜찮습니다."

영호충은 빙그레 웃었다.

"사양할 것 없소. 한번 보는 것쯤이야 뭐 어떻겠소?"

그는 왼손을 뒤로 뻗어 영영의 등과 허리를 탁탁 때려서 막힌 혈도를 풀어주었다.

유신은 사시나무처럼 바들바들 떨며 말했다.

"영호 공… 공자, 아니, 대… 대협, 제발… 제… 제발…."

그러더니 바닥에 털썩 무릎을 꿇었다.

"소… 소인이 죽을죄를 지었습니다. 무… 무슨 말을 한들 소용이 있겠습니까만은… 성… 성고와 장문인께서 명… 명령만 하신다면 불속이든 물속이든… 망설이지 않고 뛰어들겠습니다…."

영호충은 웃으며 말했다.

"벽사검법을 익히려면 제일 먼저 해야 할 일이 있는데, 그것이 아주 재미있소. 한번 해보시오!"

유신은 연신 바닥에 머리를 조아렸다.

"성고와 장문인께서 하해와 같이 넓은 마음을 품으셨다는 것을 무림에 모르는 사람이 없습니다. 소인에게… 소인에게 공을 세워 죄를 씻을 기회를 주신다면 강호에 나아가 두 분의 성덕을 노래하고… 아… 아니… 그게 아니라…."

말을 하자마자, 남들이 뒤에서 자신과 영호충의 이야기를 하는 것을 제일 싫어하는 영영의 성품이 떠올라 어떻게든 수습해보려 했지만 이미 늦은 후였다.

영영은 나란히 서 있는 동백쌍기를 바라보았다. 잘린 손목에서 피가 뚝뚝 떨어지는데도 두려운 기색조차 없는 그들을 보고 그녀가 물었다.

"너희는 부부냐?"

동백쌍기 가운데 남자는 주고동周孤桐이라 했고, 여자는 오백영吳柏英이라 했다. 주고동이 말했다.

"어차피 이렇게 되었으니 죽이든 살리든 눈 하나 깜짝하지 않을 테니 마음대로 하시오. 무엇 하러 그런 쓸데없는 말을 물으시오?"

영영은 그 오기가 마음에 들었지만 더욱 쌀쌀하게 말했다.

"묻지 않느냐? 너희는 부부냐?"

이번에는 오백영이 대답했다.

"이 사람과 저는 정식 부부는 아니지만, 20년간 정식 부부보다 더욱 다정하게 지내왔소."

"좋다, 너희 두 사람 중 단 한 사람만 살 수 있다. 너희 둘 다 손을 하나씩 잃었고, 눈도….."

이렇게 말하던 영영은 아버지도 그들처럼 눈 한쪽을 잃었다는 데 생각이 미쳐 잠시 망설이다가 말을 돌렸다.

"너희 두 사람이 동시에 서로를 공격해 둘 중 살아남은 자만 이곳을 떠날 수 있다."

"좋소!"

동백쌍기는 입을 모아 외치더니, 동시에 황금 괴장을 높이 쳐들어 자기 머리를 내리쳤다.

"잠깐!"

영영이 외치며 양손에 든 검을 휘둘러 두 사람의 괴장을 가로막았다. 쩡쩡하는 소리와 함께 팔이 부르르 떨려 하마터면 쌍검을 놓칠 뻔했으나 겨우 괴장을 막을 수는 있었다. 아무래도 왼팔에는 힘이 덜 들어가 오백영의 괴장은 그녀의 이마를 살짝 스쳐 피가 흐르고 있었다.

주고동이 외쳤다.

"내가 자결하겠소! 성고께서는 한 번 하신 말씀을 반드시 지키시는 분이니 당신을 놓아주실 것이오."

오백영은 고개를 저었다.

"당연히 내가 죽고 당신이 살아야지요! 다툴 일이 아니라고요!"

듣고 있던 영영이 고개를 끄덕이며 말했다.

"좋다, 너희의 깊은 정은 존경할 만하구나. 그 마음을 보아 두 사람다 살려주겠다. 어서 지혈해라!"

두 사람은 몹시 기뻐하며 괴장을 놓고 서로의 상처를 싸매주었다.

영영이 계속 말했다.

"하지만 내 명을 따라야 한다."

두 사람이 일제히 그러겠다고 대답하자 영영이 말했다.

"산을 내려가면 곧바로 혼례를 올려라. 부부도 아니면서 이렇게 함께 다니면 아무래도…."

'아무래도 위신이 서지 않는다'라고 말하고 싶었지만, 혼례를 올리지 않은 채 영호충과 함께 다니는 자신의 처지가 떠올라 말을 맺지 못하고 얼굴을 빨갛게 물들였다. 동백쌍기는 그 마음도 모른 채 서로를 바라보다가 허리를 숙여 절하며 감사 인사를 했다. 영영은 주고동에게 장포를 벗어 영호충에게 주라고 명했고, 영호충은 입고 있던 여자 옷을 벗어던지고 장포로 갈아입었다.

유신이 말했다.

"성고께서는 역시 대은대덕하십니다. 목숨을 살려주셨을 뿐 아니라 두 분의 종신대사까지 보살펴주시지 않았습니까? 두 분은 참 복도 많으시군요. 사실 저도 성고께서 부하들에게 얼마나 잘해주시는지 익히 알고 있었습니다."

영영이 그를 무시하고 물었다.

"누구의 명을 받고 항산에 왔느냐? 무슨 음모를 꾸미고 있었지?"

유신이 공손하게 대답했다.

"소인은 악불군 그 못된 놈에게 속았을 뿐입니다. 그놈이 흑목령을 가져와 임 교주의 명이라며 항산파의 여승들을 모조리 흑목애로 잡아

오라고 했지요."

"악불군에게 흑목령이 있다고?"

"예, 예, 그렇습니다! 소인이 자세히 살펴보았는데 진짜 일월신교의 흑목령이었습니다. 그렇지 않았다면 교주님과 성고께 충성을 바치는 저희가 무엇 때문에 그 못된 악불군의 말을 들었겠습니까?"

영영은 눈살을 찌푸렸다.

'악불군이 어떻게 본 교의 흑목령을 손에 넣었을까? 그렇구나, 그 자에게 삼시뇌신단을 먹였으니 아버지의 명을 듣는 것은 당연한 일이야. 아버지께서 흑목령을 주신 거야.'

이렇게 생각한 그녀가 다시 물었다.

"악불군이 이번 일을 성공시키면 벽사검법을 전수해주겠다고 했느냐?"

유신은 고개를 주억거렸다.

"악불군 그 못된 놈이 저희를 속였습니다. 그 말이 사실이라고 믿은 사람은 아무도 없습니다."

"항산에 와서 큰 공을 세웠다고 하던데, 그것은 무슨 뜻이냐?"

"누군가 항산 우물에 미약을 풀어 항산파의 스님들께서 모두 쓰러지셨습니다. 별원에 있는 형제들 중에서도 사정을 모르는 사람들은 죄다 당했지요. 지금쯤 흑목애로 출발했을 겁니다."

영호충이 황급히 물었다.

"혹시 죽거나 다친 사람은 없소?"

"여덟아홉 명 정도가 죽었는데 모두 별원에 있던 사람들입니다. 미약에 쓰러지지 않고 반항하다가 살해되었지요."

"그 사람들이 누구요?"

"소인도 이름은 모릅니다. 영호 대협의 친… 친구분들은 아닙니다."

영호충은 겨우 안심한 듯 고개를 끄덕였다.

영영이 그를 향해 말했다.

"우리도 그만 내려가요."

"알겠소."

영호충은 서보 화상이 떨어뜨린 검을 주워들고 싱긋 웃었다.

"그 못된 할망구를 만나면 혼쭐을 내줘야지."

유신이 머리를 조아리며 말했다.

"소인의 목숨을 살려주신 성고와 영호 장문의 은혜에 감사드립니다."

영영은 생긋 웃었다.

"고마워할 것 없다."

그녀가 왼손을 떨치자 들고 있던 단검이 쐐액 날아가 퍽 소리를 내며 유신의 가슴팍에 꽂혔다. 교활한 술수로 미꾸라지처럼 위기를 빠져나가 활불유수라고 불리던 유신은 그 자리에서 숨이 끊어지고 말았다.

영호충과 영영은 그들을 뒤로하고 나란히 계단을 내려갔다. 텅 빈 산은 고요하게 가라앉아 이따금씩 들려오는 새들의 우짖음 말고는 아무 소리도 나지 않았다.

영영은 영호충을 흘끗 보더니 참지 못하고 푸하하 웃음을 터뜨렸다. 영호충이 한숨을 폭 쉬며 말했다.

"이 영호충은 삭발하고 승려가 되었으니 이제 불문으로 들어가려 하오. 여시주, 여기서 이만 헤어집시다."

영영은 그가 농을 한다는 것을 뻔히 알면서도 워낙 그에게 빠져 있어 저도 모르게 파르르 떨며 그의 팔을 붙잡았다.

"충 오라버니, 그런… 농이라도 그런 농은 하지 말아요. 나는… 나는 정말…."

유신을 죽일 때는 눈도 깜빡하지 않던 그녀였지만, 지금은 정말 그가 떠나갈까 봐 몹시 두려운 것 같았다. 영호충은 감격에 겨워 터럭 한 올 남지 않은 자기 머리에 꿀밤을 먹이며 말했다.

"이토록 꽃같이 아름다운 낭자가 곁에 있는데 어느 화상인들 환속하지 않고 배기겠소?"

영영은 그제야 활짝 웃었다.

"유신을 죽이면 능청 떠는 미꾸라지 같은 사람이 없어져 귀가 깨끗해질 줄 알았는데… 후훗!"

영호충도 웃으며 말했다.

"이 대머리를 좀 만져보시오. 미끌미끌한 것이 꼭 미꾸라지 같지 않소?"

영영은 얼굴을 붉히며 입을 삐죽였다.

"농은 그만해요. 항산파 제자들이 흑목애로 잡혀간 다음에는 구하려고 해도 늦어요. 자칫하면 아버지와 사이가 틀어질 수도 있고…."

"하긴… 장인어른과 사이가 나빠지면 안 되지."

영영은 그를 흘겨보았지만 달콤한 기분을 감출 수는 없었다.

"지체할 일이 아니오. 어서 쫓아가 구합시다."

"관련된 자는 모조리 죽여 아버지가 모르게 해야 해요."

그렇게 말하고 걸음을 옮기던 영영이 무슨 생각을 했는지 한숨을 푹 쉬었다.

영호충도 그 마음을 모르는 것은 아니었다. 임아행 모르게 그렇게 큰일을 하기란 말처럼 쉬운 일이 아니었다. 그러나 영호충은 항산파 장문인으로서 문인들이 잡혀가는 것을 두 손 놓고 보고 있을 수만은 없었고, 영영은 그를 위해 기꺼이 아버지를 거역하려는 것이었다. 여기까지 생각이 미치자 영호충은 마음의 결단을 내리고 그녀의 오른손을 꽉 잡았다. 영영은 흠칫하며 살짝 뿌리치다가 주변에 아무도 없는 것을 확인하고는 곧 그의 손을 살며시 마주 잡았다.

영호충이 말했다.

"영영, 당신 마음은 잘 아오. 이 일로 당신과 아버지 사이가 틀어질 것을 생각하면 내 마음도 편치 않소."

영영은 살래살래 고개를 저었다.

"아버지께서 나를 생각하셨다면 항산파 제자들에게 손을 대지는 않으셨겠지요. 하지만 당신에게 악의가 있어서 그런 건 아닐 거예요."

영호충이 무릎을 탁 쳤다.

"그렇군! 당신 아버지는 항산파 제자들을 포로로 삼아 일월신교에 들어오라고 나를 협박하려는 거요."

"맞아요. 사실 아버지는 당신을 무척 좋아해요. 더군다나 당신은 흡성대법의 유일한 전인이잖아요."

"나도 사실 당신 아버지를 무척 존경하고, 마음이 잘 통한다고 느끼오. 더군다나 당신 아버지는 내 할머니의 아버지시니 3대나 높은 분이잖소. 그렇지만 신교에 들어가는 것은 정말이지 내키지 않소. '천추만재, 일통강호'니 '문무쌍전, 인의영명'이니 하는 낯간지러운 말은 듣기만 해도 구역질이 나오.”

“알아요. 그래서 지금까지 권유하지 않은 거예요. 당신이 신교에 들어와 훗날 교주 자리에 앉으면 아침부터 밤까지 아첨으로 가득한 말을 들어야 할 텐데, 그리되면… 지금과는 많이 달라질 거예요. 휴… 아버지도 흑목애에 돌아오신 뒤로 성격이 변하셨지요.”

“하지만 당신 아버지에게 잘못을 저지를 수는 없지 않소?”

영호충은 다른 한 손으로 영영의 왼손을 꼭 쥐어 양손을 맞잡고 말했다.

“영영, 항산파 제자들을 구한 뒤에 나와 혼인합시다. 종신대사는 부모의 명령을 따라야 한다느니, 중매인을 세워야 한다느니 하는 허울 따위는 신경 쓸 필요 없소. 검을 버리고 무림에서 은퇴한 뒤 조용한 곳에 보금자리를 만들어, 세상일에 관심을 끊고 아이만 낳으며 사는 거요.”

그를 만난 이후 처음으로 이렇게 진지한 말을 들은 영영은 두 뺨을 빨갛게 물들이며 고개를 끄덕이다가 마지막 한마디에 흠칫 놀라며 그의 양손을 뿌리쳤다.

영호충이 빙긋 웃었다.

“부부가 되어서 아이도 낳지 않을 셈이오?”

영영은 토라진 듯 말했다.

“이상한 소리 말아요. 자꾸 그러면 사흘 동안 말을 하지 않을 거예요.”

영영이 한 번 하겠다 하면 반드시 하는 사람임을 잘 아는 영호충은 혀를 쏙 내밀며 웃고는 고개를 끄덕였다.

“알았소, 알았소. 농은 그만하고 중요한 일부터 합시다. 우선 견성봉을 살펴보는 것이 좋겠소."

두 사람은 경공을 펼쳐 견성봉으로 올라갔다. 무색암은 텅 비어 있었고, 제자들이 머무는 곳의 빈방에는 옷가지가 아무렇게나 널브러지고 칼과 검이 나뒹굴고 있었다. 다행히 다친 사람은 없는지 핏자국은 보이지 않았다. 두 사람은 통원곡의 별원으로 달려갔지만 사람이 없기는 매한가지였다. 탁자 위에 쏟아진 술과 안주를 보자 영호충은 술 생각이 간절했지만 미약이 들었을까 봐 함부로 마실 수가 없었다.

"이러다가는 배가 등에 달라붙겠소. 어서 마을로 내려가 술과 밥으로 배를 채웁시다."

영영이 영호충의 옷자락을 찢어내 그의 머리에 둘둘 말아주자 영호충은 웃음을 터뜨렸다.

"하긴 그렇구려. 그냥 나가면 화상이 양가 부녀자를 납치한 것처럼 보일 테니 체통이 뭐가 되겠소?"

두 사람이 산기슭으로 내려왔을 때는 미시가 다가오고 있었다. 그들은 어렵사리 조그마한 가게를 찾아 안으로 들어가서 배불리 먹은 다음, 흑목애로 향하는 길을 따라 바람처럼 달렸다. 한 시진가량 달렸더니 어디선가 아웅다웅하는 말다툼 소리가 들려왔다. 그쪽으로 다가가자 소리가 점점 또렷해졌는데, 예상대로 도곡육선의 목소리였다.

영영이 소리 죽여 말했다.

"저 괴짜들이 누구와 다투고 있을까요?"

살금살금 언덕을 돌아 나무 뒤에 몸을 숨기고 살펴보니, 도곡육선이 누군가를 에워싸고 소리소리 지르며 격렬하게 언쟁을 벌이고 있었다. 포위된 사람은 토끼처럼 빠르게 이리 뛰고 저리 뛰며 여섯 형제 사이를 왔다갔다 했는데, 자세히 보니 의림의 어머니이자 귀먹고 말 못하는 척하며 현공사에서 일해온 노파였다. 철썩철썩하는 시원한 마찰음이 들리고 도근선과 도실선이 질세라 비명을 질러댔다. 노파에게 차례로 따귀를 얻어맞은 것이었다. 영호충은 슬며시 웃음이 났다.

"눈에는 눈, 이에는 이라고 했으니 나도 저 할망구의 머리를 박박 깎아주어야겠군."

그는 이렇게 속삭이며 검자루에 손을 가져갔다. 도곡육선이 노파를 당해내지 못하면 당장 뛰쳐나가 복수를 할 작정이었다.

철썩이는 마찰음은 끊임없이 이어졌고, 도곡육선은 골고루 수차례나 뺨을 얻어맞았다. 노발대발한 여섯 형제가 노파의 팔다리를 붙잡아 네 갈래로 찢어발기려고 눈에 불을 켜고 달려들었지만, 노파의 움직임이 어찌나 귀신같은지, 거의 잡았다 싶었을 때 손아귀에서 쏙 빠져나가면서 여유롭게 따귀를 올려붙이곤 했다. 그러나 노파 역시 도곡육선의 무서움을 아는지 전력을 다해 공격하려고 하지는 않았다. 한두 명을 쓰러뜨리기 위해 힘을 쓰다가 남은 네 명이 달려들면 붙잡힐 수 있기 때문이었다.

지루한 싸움이 이어지자 이기기 쉽지 않다는 것을 깨달은 노파는 쌍장을 휘둘러 네 명의 뺨을 차례로 올려붙인 뒤 갑작스레 뒤로 훌쩍 물러나 달아났다. 달아나는 움직임도 번개 같아서 눈 깜짝할 사이에 몇 장이나 거리가 벌어졌다. 도곡육선이 마구 소리를 지르며 뒤쫓았다.

영호충은 기다렸다는 듯이 검을 뽑아 들고 외쳤다.

"달아날 생각 마라!"

허연 빛이 허공을 가르며 노파의 목으로 날아들었다. 갑작스럽게 급소를 찔러오는 검에 노파는 화들짝 놀라 허둥지둥 목을 움츠렸다. 영호충의 검이 오른쪽 어깨를 파고들자 노파는 피하지 못하고 다급히 뒤로 물러섰다. 영호충은 때를 놓치지 않고 바짝 몰아붙여 한 걸음 더 물러나게 만들었다. 그의 손에 검이 있는데 노파가 무슨 수로 당해낼 수 있겠는가?

검을 세 번 쉭쉭쉭 찌르자 노파는 연신 다섯 걸음을 물러났다. 영호충이 노파의 목숨을 취할 생각이었다면 이미 절명하고도 남았을 것이다.

도곡육선이 질러대는 환호성 속에서 영호충의 검이 노파의 가슴을 겨눴다. 도근선 등 네 사람이 달려들어 노파의 사지를 잡고 들어올리자 영호충은 재빨리 소리쳤다.

"해치지 마시오!"

도화선이 다짜고짜 노파의 뺨을 후려쳤다.

"일단 묶어놓고 말합시다!"

"좋아. 밧줄을 가져와, 어서!"

도근선이 말했지만 여섯 형제 중 누구도 밧줄을 가진 사람이 없었고, 황량한 들판에는 밧줄로 삼을 만한 것도 없었다. 도화선과 도간선이 목을 빼고 이리저리 살피는 동안 손에서 힘이 빠지자, 노파는 재빨리 그들에게서 벗어나 바닥을 데구루루 구르더니 곧장 달아나려 했다. 그러나 그들에게서 멀어지기도 전에 등이 따끔했다.

"일어나시지!"

영호충이 웃으며 말했다.

검끝이 노파의 피부를 살짝 찌르자, 노파는 안색이 싹 변한 채 꼼짝도 하지 못했다.

도곡육선이 동시에 달려들어 여섯 개의 손가락이 노파의 혈도 여섯 군데를 짚었다. 도간선이 노파에게 맞아 퉁퉁 부어오른 뺨을 어루만지다가 복수를 하려는 듯 손을 치켜들자, 영호충은 의림의 어머니라는 사실을 떠올리고 재빨리 만류했다.

"잠깐! 일단 높이 매달아놓고 심문하는 것이 좋겠소."

도곡육선은 높이 매달자는 말에 입이 찢어지도록 좋아하며, 나무껍질을 벗겨 배배꼬아서 새끼줄을 만들기 시작했다.

영호충은 그들에게 노파와 싸우게 된 경위를 물었다. 도지선이 대답했다.

"우리 형제들은 여기서 똥을 누던 중이었어. 한창 신나게 싸고 있는데 갑자기 저 할망구가 나타나 '너희, 어린 여승 하나 보지 못했느냐?' 하고 묻지 않겠어? 말투도 무례한 데다 똥 싸는 즐거움마저 빼앗아가다니…."

영영은 그 지저분한 이야기를 듣다못해 눈을 찌푸리며 멀찍이 떨어졌다. 영호충이 웃으며 말했다.

"그렇구려. 저 할망구가 세상 물정을 잘 모르나 보오."

도엽선이 말을 받았다.

"그래서 우리도 모른 척하고 썩 꺼지라고 해주었지. 그랬더니 저 할망구가 다짜고짜 공격을 하는 바람에 싸움이 벌어진 거야. 물론 우리가 충분히 제압할 수 있었지만, 볼일을 본 뒤 엉덩이를 제대로 닦지 못해 찜찜하고 불편해서 견딜 수가 있어야지. 영호 형제가 때맞춰 나타나지 않았으면 놓쳐버렸을 거야."

도화선이 고개를 저으며 끼어들었다.

"그렇지는 않아. 일부러 달아나게 내버려두었다가 기분 좋아라 할 때쯤 쫓아가서 잡으려고 했던 거야."

"도곡육선의 손아귀에서 달아날 사람은 없어. 반드시 잡아오거든."

"고양이가 쥐를 잡을 때는 말이야, 몇 차례 놓아주고 실컷 가지고 논 다음에 잡는 법이라고."

도곡육선이 허풍을 떨어대자 영호충은 빙그레 웃었다.

"고양이 한 마리가 쥐 여섯 마리를 잡는데, 고양이 여섯 마리가 쥐 한 마리를 못 잡을 리가 있소? 쉽사리 붙잡았겠지."

그가 맞장구를 쳐주자 도곡육선은 몹시 기뻐했다.

그러는 동안 새끼줄이 완성되자 그들은 노파의 손발을 꽁꽁 묶고 높은 나뭇가지에 매달았다.

영호충은 검으로 나뭇가지를 일고여덟 자 길이로 잘라내, 그 위에 '천하에서 제일가는 질투 덩어리'라고 커다랗게 새겼다.

도근선이 물었다.

"저 할망구가 천하에서 제일가는 질투 덩어리라고? 정말 그 질투라는 덩어리가 그렇게 커? 못 믿겠으니 내려놔봐. 나랑 한번 붙어보자고."

영호충은 웃음을 터뜨렸다.

"질투 덩어리라는 말은 욕이오. 도곡육선은 천하무적의 영웅이오, 하늘을 찌르는 의기에 문무를 겸비해 모두들 우러르는 호걸이자, 방증 대사도 한참 못 미치고 좌냉선이 한 수 양보하는 분들인데, 이 악독한 할망구와 어찌 비교할 수 있겠소? 구태여 겨룰 필요도 없소."

도곡육선은 입이 헤벌어졌다.

"맞아, 맞아!"

영호충이 그들에게 물었다.

"그나저나 의림 사매를 보지 못했소?"

"항산파의 예쁘장한 꼬마 여승 말이야? 꼬마 여승은 못 봤지만 다른 큰 화상 둘은 봤지."

도지선이 대답하자 도간선이 덧붙였다.

"한 사람은 꼬마 여승의 아빠였고, 또 한 사람은 꼬마 여승의 제자였어."

"어디로 갔소?"

이번에는 도엽선이 대답했다.

"벌써 한 시진 전에 지나갔어. 저 앞마을에서 만나 같이 술을 마시자고 하기에 똥을 누고 가겠다고 했는데, 저 악독한 할망구가 나타난 거야."

영호충은 겨우 안도했다.

"알겠소, 내가 먼저 갈 테니 볼일 보고 천천히 오시오. 영웅은 본래 붙잡힌 사람을 괴롭히지 않는다고 했으니, 저 악독한 할망구의 따귀를 때리면 영웅 도곡육선의 명예에 생채기가 날 거요."

도곡육선은 영웅이라는 칭찬에 좋아라 고개를 끄덕였고, 영호충은 영영과 함께 곧바로 그곳을 떠났다.

영영이 웃으며 말했다.

"노파의 머리를 박박 밀어주겠다더니, 결국 의림 사매 생각에 반만 복수를 했군요."

10여 리를 달리자 커다란 마을이 나타났고, 두 번째 주루에서 불계 화상과 전백광을 발견했다. 영호충과 영영을 본 두 사람은 환호성까지 내지르며 몹시 반가워했다. 불계 화상은 술과 안주를 더 주문했다.

　자리를 잡고 앉은 영호충은 무슨 일이라도 있느냐고 물었다. 전백 광이 그간의 이야기를 들려준 뒤 말했다.

　"항산에서 그런 부끄러운 꼴을 당했는데 무슨 낯으로 남아 있겠소? 그래서 태사부께 부탁을 드려 이렇게 떠나온 거요. 다시는 통원곡으로 돌아가지 못할 것 같소."

　그들이 항산파 제자들이 잡혀간 일을 전혀 모르는 것 같자 영호충 이 불계 화상에게 말했다.

　"대사님, 한 가지 부탁드릴 것이 있는데 들어주시겠습니까?"

　"그야 물론이지. 못 들어줄 까닭이 어디 있나?"

　"하지만 아주 비밀스러운 일이니 사손은 이번 일에 함께할 수 없습 니다."

　"어려울 것도 없지. 이 녀석이 방해하지 못하게 멀리 쫓아버리겠네."

　불계 화상이 이렇게 말하자 영호충은 그제야 설명하기 시작했다.

　"이곳에서 동남쪽으로 10여 리쯤 가면 누군가 꽁꽁 묶여 나무에 매 달려 있을 겁니다. 아주 높은 나무지요…."

　"으음…?"

　불계 화상은 괴상한 표정을 지으며 몸을 부르르 떨었다. 영호충이 말을 이었다.

　"제 친구인데, 대사께서 친히 구해주셨으면 합니다."

　"그게 무에 어렵나? 그런데 어째서 자네가 가지 않고?"

"솔직히 말하면… 그 사람은 여자입니다."

그는 영영 쪽으로 눈짓을 하며 말을 이었다.

"임 대소저와 함께 있으니 아무래도 불편하지요."

불계 화상은 너털웃음을 터뜨렸다.

"알겠네. 임 대소저가 질투를 할까 봐 겁이 나겠군."

영영이 두 사람을 향해 살며시 눈을 흘겼다.

영호충도 웃으며 말했다.

"그 여자는 질투가 굉장합니다. 오래전에 남편이 다른 여자에게 눈길을 주고 미모를 칭찬했더니 휑하니 떠나버렸지요. 덕분에 그 남편은 10여 년 동안 세상 방방곡곡으로 그녀를 찾아다녔습니다."

불계 화상의 눈이 휘둥그레졌다.

"그… 그… 그것은…."

숨소리가 점점 거칠어지기 시작했지만, 영호충은 모르는 척하고 계속 말했다.

"듣자니 그 남편은 여태껏 그녀의 행방을 찾지 못했다고 합니다."

여기까지 말했을 때 도곡육선이 와자그르르 웃으며 주루로 올라왔다. 불계 화상은 그들에게는 눈길도 주지 않은 채 영호충의 팔을 꽉 붙잡고 물었다.

"정… 정말인가?"

"그녀는 이렇게 말하더군요. 남편이 자신을 찾아내 무릎을 꿇고 애원해도 결단코 마음을 돌리지 않겠다고요. 그러니 그 여자를 풀어주면 곧장 달아날 겁니다. 그 여자는 신법이 아주 빨라 눈 깜짝할 사이에 사라지고 말 겁니다."

"내 절대 눈을 깜짝이지 않겠네, 절대로."

"도대체 왜 남편을 피해다니는지도 물어보았습니다. 그랬더니 남편은 천하에서 제일가는 박정하고 호색한 자라며, 다시 기회를 줘봤자 헛수고라고 하더군요."

불계 화상이 당장이라도 달려나갈 듯 벌떡 일어섰지만 영호충은 재빨리 그를 붙잡고 귓가에 속삭였다.

"그녀가 절대 달아나지 못할 비결을 알려드리겠습니다."

그 말에 불계 화상은 얼굴에 희색을 띠며 그 앞에 털썩 무릎을 꿇고 바닥에 쿵쿵 머리를 찧으며 외쳤다.

"영호 형제, 아, 아니지, 영호 장문! 영호 나으리! 영호 사부! 어서 빨리 그 비결을 알려주십시오. 그 비결만 알려주시면 사부로 모시겠습니다!"

영호충은 참지 못하고 웃음을 터뜨렸다.

"이러지 마십시오. 그게 무슨 말씀입니까? 자, 어서 일어나시지요."

그는 불계 화상을 일으켜 세운 뒤 나지막이 말했다.

"그녀를 나무에서 내려주되 밧줄을 풀어주지 마십시오. 혈도도 풀어주어선 안 됩니다. 그런 다음 그녀를 안고 객잔으로 가서 방을 얻는 겁니다. 잘 생각해보십시오, 여인을 방에서 달아나지 못하게 하려면 어떻게 해야 할까요?"

불계 화상은 머리를 긁적이며 우물우물했다.

"그… 그건… 잘 모르겠는걸…."

영호충은 더욱 목소리를 낮췄다.

"일단 옷을 싹 벗기고 옷가지를 멀리 치워버리십시오. 그런 뒤에 혈도를 풀어주면 됩니다. 세상에 나신으로 객잔을 나갈 여자가 어디 있겠습니까?"

"그렇구먼! 참으로 묘계일세! 영호 사부, 내 이 크나큰 은혜는 절대로…."

불계 화상은 말을 채 끝맺지도 못하고 창문을 뛰어넘어 쌩 달려가 버렸다.

도근선이 어리둥절한 눈빛으로 그쪽을 쳐다보았다.

"아니, 저 화상이 무얼 하러 가는 거지?"

"소변이 마려운 거야."

도지선이 대꾸하자 도엽선이 물었다.

"그런데 왜 영호 형제에게 머리를 조아리고 사부라고 부르는 거지? 나이를 저렇게 먹고도 소변 보는 법을 모르는 거야?"

도화선이 퉁을 주었다.

"소변을 보는 것은 나이랑 아무 관계가 없어. 설마하니 세 살짜리 어린아이는 소변 보는 법을 모를까 봐?"

영영은 그들이 또 한참 동안 입씨름할 것을 알고 영호충에게 내려가자는 눈짓을 보냈다. 영호충이 말했다.

"이보시오, 도곡육선. 여섯 분의 주량은 바다같이 넓어 세상에 대적할 자가 없다고 들었소. 이 영호충은 주량이 형편없어서 먼저 일어나야겠소."

주량을 칭찬하는 말을 듣자 도곡육선은 절로 어깨가 으쓱해져, 그 명성에 맞게 당장 술 몇 단지를 비워줘야겠다고 생각했다.

"어이, 점소이! 술 여섯 단지 가져와!"

"네 주량이 우리보다 훨씬 떨어지는 건 당연해."

"먼저 가봐. 우리가 취할 때까지 마시려면 아마 내일쯤 되어야 할 거야."

단 한마디로 도곡육선을 떼어놓은 영호충은 영영과 함께 주루를 내려갔다. 영영이 샐쭉하게 웃으며 말했다.

"부부를 다시 맺어주었으니 어마어마한 공을 세웠군요. 하지만 불계 대사에게 알려준 비결은 너무… 너무…."

그녀는 말하다 말고 뺨을 발그레 물들이며 고개를 돌렸다. 영호충은 아무 말 없이 히죽거리며 그녀를 바라보기만 했다.

마을을 떠나 한참을 걸었는데도 영호충이 계속 히죽거리며 쳐다보자 영영은 골을 냈다.

"왜 자꾸 보는 거예요?"

영호충이 웃으며 말했다.

"그 악독한 할망구를 생각하고 있었소. 그 여자가 나를 대들보에 매달아놓았으니 똑같이 나무에 매달아 갚아주었고, 내 머리를 민 보답으로 남편을 시켜 옷을 싹 벗겨버렸으니 똑같이 복수를 해준 셈 아니오?"

영영도 피식 웃었다.

"조심하세요. 다음번에 그 악독한 할망구를 만나면 큰코다칠지도 몰라요."

"부부를 화해시켜주었는데 감사는 못할망정 무슨 짓을 하겠소?"

영호충은 그렇게 말하고는 영영을 힐끔거리며 괴상한 표정으로 히죽히죽 웃었다.

"왜 또 쳐다보는 거예요?"

영영은 그렇게 묻다가 영호충의 속을 알아차렸다. 이 방탕아가 불계 화상이 객잔에서 부인의 옷을 싹 벗겨내는 상상을 하면서 자신을 쳐다보는 것은 필시 불측한 마음을 품었기 때문이었다. 그녀는 얼굴이 새빨개진 채 매섭게 손을 휘둘렀다.

영호충이 옆으로 훌쩍 피하며 말했다.

"남편을 때리면 악독한 할망구라는 말을 듣소!"

그때 멀리서 삐이익 하는 높은 휘파람 소리가 들려왔다. 일월신교가 소식을 주고받을 때 사용하는 소리임을 알아들은 영영이 조용히 하라는 듯 둘째 손가락을 입에 가져가며 휘파람 소리가 난 곳으로 달려갔다.

수십 장쯤 달리자 한 여자가 빠른 속도로 동쪽을 향해 달려가는 것이 보였다. 사방이 탁 트인 평지라서 몸을 숨길 곳이 없었던 그녀는 영영을 발견하고 놀란 듯 멈칫하더니 황급히 다가와 예를 차렸다.

"일월신교 천풍당 향주 상삼랑이 성고께 인사 올립니다. 교주님, 천추만재, 일통강호!"

영영은 가볍게 고개를 끄덕였다. 곧이어 동쪽에서 작고 통통한 노인이 나타나 영영에게 인사했다.

"왕성王誠이 성고께 인사 올립니다. 교주님, 중흥성교, 택피창생!"

영영이 노인을 향해 말했다.

"왕 장로도 여기 있었군."

"예! 소인은 교주님의 명을 받들어 이 근방에서 소식을 탐문하던 중입니다. 상 향주, 무슨 소식이라도 있었나?"

상삼랑이 공손히 대답했다.

"성고와 왕 장로께 아룁니다. 오늘 아침 일찍 임풍역臨風驛에서 숭산파 제자 60~70명이 일제히 화산으로 향하는 것을 목격했습니다."

"역시 화산으로 가는군!"

왕성이 고개를 끄덕이며 중얼거렸다.

영영이 그에게 물었다.

"숭산파 사람들이 무슨 일로 화산에 가는 것이오?"

"교주님께서 들으신 소식에 따르면, 화산파 악불군이 오악파 장문 인이 된 후 본 교를 쓰러뜨릴 욕심으로, 요 근래 오악파 문인들을 화산 으로 불러모으고 있다 합니다. 아무래도 흑목애를 대거 공격할 심산인 가 봅니다."

"그런 일이 있었소?"

영영은 그렇게 말하면서 가만히 그를 살폈다.

'왕성은 늙은 여우처럼 교활한 자야. 항산파 제자들을 잡아간 것도 이자가 아버지의 명을 받아 주관했을 텐데 시치미를 뚝 떼는구나. 상 삼랑의 말이 거짓인 것 같지는 않으니 분명 다른 속사정이 있겠지.'

이렇게 생각한 그녀가 말했다.

"영호 공자는 항산파 장문인인데 그 일은 전혀 모르고 있소. 참 이 상한 일이군."

"제가 조사해보니 태산파와 형산파의 제자들도 속속 화산으로 가 고 있는데 항산파만 조용했습니다. 어제 상 좌사로부터 포대초 장로 가 부하들을 이끌고 항산별원의 동정을 살피러 갔으니 연락을 취해보 라는 명이 내려와, 소인은 이곳에서 포 장로의 소식을 기다리고 있었습니다."

영영과 영호충은 같은 생각을 하며 서로를 바라보았다.

'포대초가 항산별원에 섞여든 것은 사실이야. 그 기밀을 털어놓다니, 이자가 하는 말이 정녕 사실일까?'

왕성은 영호충을 향해 허리를 숙이며 말했다.

"소인은 그저 명을 받들 뿐이니, 부디 영호 장문께서 관대히 보아주시기 바랍니다."

영호충도 포권을 하며 반례를 갖췄다.

"나와 임 대소저는 조만간 혼례를 올릴 사이라오…."

영영은 탄성을 지르며 얼굴을 붉혔지만 부인하지는 않았다.

영호충이 말을 이었다.

"왕 장로께서 장인어른의 명을 수행하는데 아랫사람으로서 당연히 따라야 하지 않겠소?"

"진심으로 경하드립니다."

왕성과 상삼랑이 만면에 환한 웃음을 띠며 축하했다.

영영이 돌아서서 떠나려 하자 왕성이 말했다.

"상 좌사께서는 포 장로와 소인에게 무슨 일이 있어도 항산파 제자들을 괴롭히지 말 것이며, 폭력을 쓰지 말고 정탐만 하라고 재삼 당부하셨습니다. 소인은 응당 그 명을 따를 것입니다."

그때 그의 뒤로 깔깔거리는 여자의 웃음소리가 들려왔다.

"영호 공자의 검법은 천하무적이랍니다. 상 좌사께서 폭력을 쓰지말라 당부하신 것은 당신들을 걱정했기 때문이지요."

영호충이 그쪽을 바라보니, 숲 속에서 아리따운 여자가 사뿐사뿐 걸어나왔다. 바로 오선교 교주 남봉황이었다.

영호충은 웃으며 인사를 건넸다.

"누이, 잘 있었어?"

남봉황도 그에게 시선을 던지며 생긋 웃었다.

"오라버니, 잘 지내셨나요?"

그녀는 왕성을 향해 물었다.

"내게 인사도 하지 않고 무엇 때문에 그렇게 눈살을 찌푸리는 거죠?"

"그럴 리가 있소?"

왕성이 손을 내저었다. 그는 온갖 독물을 몸에 지닌 그녀를 상대하기가 까다롭다는 것을 잘 알고 재빨리 영영에게 다가가 말했다.

"앞으로 어찌할지 성고께서 명을 내려주십시오."

"교주님의 명대로 처리하시오."

영영이 말하자 왕성은 깊이 허리를 숙였다.

"예, 분부대로 하겠습니다."

그와 상삼랑은 영영 일행에게 인사한 후 물러갔다.

남봉황은 그들이 멀리 사라진 것을 확인한 뒤 말했다.

"항산파의 여승들이 모두 잡혀갔는데 어서 가서 구하지 않고 뭐 하세요?"

"항산에서 여기까지 쫓아왔지만 아직 종적을 발견하지 못했어."

"이쪽은 화산으로 가는 길이 아니니 당연해요. 길을 잘못 짚으셨어요."

영호충의 눈이 휘둥그레졌다.

"화산이라고? 그들이 화산으로 잡혀갔다는 말이야? 직접 봤어?"

"어제 아침 일찍 항산별원에서 차를 마시려다 무언가 이상한 것을 느꼈어요. 하지만 모르는 체하고 있다가 사람들이 차례차례 쓰러지는 것을 보고 똑같이 미약에 쓰러진 척했지요."

영호충은 웃음을 터뜨렸다.

"오선교 남 교주에게 미약을 쓰다니, 제 발등을 찍은 격이지."

남봉황도 까르르 웃으며 말했다.

"그런 얼간이들이 뭘 알겠어요?"

"그래서 독약으로 보답해줬겠군?"

"말할 필요도 없지요. 얼간이 두 명이 제가 정말 쓰러진 줄 알고 어찌해보려 왔다가 독에 당해 죽어버렸죠. 나머지 놈들은 더럭 겁을 먹고, 나 같은 여자는 죽어도 몸에 극독이 남아 있어서 건드릴 수가 없다고 쑥덕거리더군요."

남봉황은 가소로운 듯이 쿡쿡 웃었다.

영호충이 물었다.

"그다음에는 어떻게 되었지?"

"그자들이 무슨 짓을 하나 보려고 내내 기절한 척했지요. 얼마 후에 그 얼간이들이 견성봉에서 어린 여승들을 붙잡아 내려오더군요. 앞장선 사람은 바로 오라버니의 사부인 악 선생이었어요. 오라버니, 악 선생이 왜 그리 예의 없는 짓을 하는지 모르겠어요. 오라버니가 항산파 장문인인데, 부하들을 데려와 오라버니의 친구들과 여승들을 죄다 잡아들이다니, 오라버니를 쓰러뜨릴 생각이 아니고서야 어떻게 그런 짓을 하겠어요?"

영호충은 아무 말도 하지 않았다. 남봉황의 이야기가 이어졌다.

"나는 너무 화가 나 그 자리에서 그자를 죽여버릴까 생각했지요. 하지만 곰곰이 생각해보니 오라버니에게 묻지도 않고 서둘러 죽일 필요는 없겠다 싶었답니다."

"그렇게까지 내 생각을 해주다니, 정말 고마워."

"뭘요. 아무튼 그들은 오라버니가 항산에 계시지 않는 동안 재빨리 움직여야 한다고 했어요. 어떤 자는 오라버니가 운이 좋았다고 하더군요. 이곳에 있었으면 함께 잡아들여 후환을 없앴을 거라나, 흥!"

"우리 훌륭하신 누이가 있으니 나를 붙잡기가 말처럼 쉽지는 않았을 텐데."

남봉황은 그 말이 만족스러운 듯 생긋 웃었다.

"맞아요, 그자들이 운이 좋았던 거예요. 감히 오라버니의 털끝 하나라도 건드렸다면 백이면 백, 이백이면 이백 모두 독살해버렸을 테니까요."

그녀는 웃으면서 영영을 바라보았다.

"임 대소저, 질투하지는 마세요. 저는 정말로 저분을 친오라버니처럼 여긴답니다."

영영은 홍조를 띠며 미소를 지었다.

"영호 공자도 내 앞에서 교주의 이야기를 종종 하오. 아주 좋은 사람이라고 말이오."

남봉황은 뛸 듯이 기뻐했다.

"아아, 그럼 정말 다행이에요! 오라버니가 임 대소저 앞에서는 내 이름조차 꺼내지 못할까 봐 잔뜩 걱정했다고요."

영영이 물었다.

"미혼약에 쓰러진 척했다면 어떻게 여기까지 왔소?"

"그 얼간이들은 제 몸에 있는 독이 두려워 감히 저를 건드리지 못했어요. 단칼에 죽여버리자느니, 암기를 던지자느니 하는 말들이 있었지만, 입만 살아서 진짜 공격하는 자는 없더군요. 그러곤 벌떼처럼 우르르 사라져버렸어요. 저는 그 뒤를 밟아 화산으로 가는 것을 확인한 다음 이 소식을 전하려고 오라버니를 찾아다니던 중이었어요."

"정말 고맙구나. 착한 누이가 아니었다면 흑목애로 가서 크게 허탕을 쳤을 거야. 그때쯤이면 젊은 여승이건 늙은 여승이건 큰 화를 입었겠지. 자, 어서 화산으로 갑시다."

세 사람은 서쪽으로 방향을 틀어 길을 재촉했다. 가는 동안 이곳저곳에서 소식을 탐문해보았지만, 실마리조차 찾을 수 없었다. 영호충과 영영은 도무지 마음이 놓이지 않았다.

'수백 명이나 되는 사람들이 길을 가는데 아무도 본 사람이 없고, 식당이나 객점에 들른 흔적도 없다니… 이 길이 아니라 다른 길로 간 것일까?'

사흘째 되는 날, 그들은 조그마한 식당에서 형산파 제자들과 마주쳤다. 영호충 일행은 미리 변장을 했기 때문에 아무도 그들을 알아보지 못했다. 영호충은 몰래 형산파 제자들을 뒤쫓으며 이야기를 엿들었는데, 예상대로 목적지는 화산이었다. 신바람이 나서 즐겁게 길을 가는 품이 마치 화산에 아무나 가져갈 수 있는 금은보화가 잔뜩 널려 있기라도 한 것 같았다.

그중 한 사람이 말했다.

"다행히 황 사형이 일찍 소식을 알려주었고 마침 산서에 있었던 덕분에 때맞춰 갈 수 있겠군요. 형산에 있는 사형제들은 좋은 기회를 놓쳤습니다."

다른 사람이 말했다.

"그래도 서두르는 것이 좋겠네. 이런 일은 시시각각 상황이 달라지는 법이니."

영호충은 그들이 서둘러 화산으로 가려는 연유와 저변에 깔린 음모가 몹시 궁금했지만, 형산파 제자들은 거기에 대해서는 한마디도 하지 않았다. 남봉황이 그의 마음을 읽고 물었다.

"저자들을 쓰러뜨려 심문해볼까요?"

그러나 영호충은 형산파 장문인 막대 선생이 베푼 은혜 때문에 그 문하 제자를 괴롭히고 싶은 마음이 없었다.

"서둘러 화산으로 가야겠다. 가보면 알게 될 테니 공연히 조무래기들을 건드릴 필요가 없지."

며칠 후, 세 사람이 화산 기슭에 당도했을 때는 이미 황혼이 내리고 있었다. 어려서부터 화산에서 자란 영호충은 주변 지세를 손바닥 들여다보듯 훤히 알고 있었다.

"뒷산 오솔길을 통해 올라가면 아무도 만나지 않고 정상으로 갈 수 있소."

화산은 오악 중에서도 험하기로 유명했는데, 특히 뒷산의 오솔길은 깎아지른 것처럼 가파르고 대부분은 길이라고도 할 수 없는 험지였다. 다행히 세 사람 모두 무공이 높아 험한 봉우리와 가파른 경사도 힘들이지 않고 오를 수 있었다. 그렇다고는 해도 화산 꼭대기에 도착했을 때는 거의 사경四更(1~3시)이 되어 있었다.

영호충은 영영, 남봉황과 함께 정기당으로 향했다. 정기당 안은 등불이 꺼져 어두컴컴했고, 창가에 몸을 숙이고 귀를 기울여봐도 아무 소리도 나지 않았다. 그는 제자들의 거처까지 하나하나 살폈지만 역시 쥐죽은 듯 고요했다. 창문을 통해 안으로 들어가 화접자를 켜보았더니 방은 텅텅 비어 있고 탁자에는 먼지가 뽀얗게 앉아 있었다. 다른 방들도 마찬가지인 것을 보면 화산파 제자들이 아직 돌아오지 않은 것이 분명했다.

남봉황은 심상치 않은 것을 깨닫고 중얼거렸다.

"설마 내가 그 얼간이들에게 속았을까? 화산으로 간다고 해놓고 다른 곳으로 간 것일까?"

영호충도 무럭무럭 의심이 일었다. 지난날 소림사를 공격했을 때 소림사는 텅 비어 있었고 나중에야 큰 위험에 봉착했다. 혹시 악불군이 똑같은 계략을 쓴 것이 아닐까 싶었다. 이번에는 고작 세 사람뿐이니 포위당하더라도 빠져나가기는 쉬웠지만, 지체하는 동안 적들이 항산파 제자들을 은밀한 곳에 가둬 다시는 찾아낼 수 없게 되는 것이 아닐까 불안했다.

세 사람은 정신을 집중해 귀를 기울였지만, 쏴아아 하는 솔바람 소리만 들릴 뿐 화산 전체가 이상하리만치 고요했다.

남봉황이 말했다.

"길을 나누어 찾아보다가 한 시진 후 여기서 만나요."

"좋소!"

영호충은 남봉황 같은 독의 고수를 아무도 해치지 못할 것이라 믿으면서도 걱정스레 당부했다.

"누이, 다른 사람은 몰라도 사부님을 만나면 조심해. 그분의 검법이 몹시 괴이해서 정신 바짝 차려야 해!"

남봉황은 진심에서 우러나오는 그의 목소리와 흐릿한 등불에 비친 걱정스러운 얼굴을 보고 마음 깊이 감동했다.

"그럴게요, 오라버니. 걱정 마세요."

그녀가 문을 열고 나가자 영호충은 영영과 함께 다른 곳을 뒤지기 시작했다. 천성협에 있는 악불군 부부의 거처까지 살펴보았지만 어디에도 사람 그림자는 보이지 않았다.

"정말 이상한 일이오. 예전에는 제자들을 데리고 하산하실 때도 청소를 하면서 처소를 지킬 사람은 남겨두셨는데, 어째서 아무도 보이지 않는지 모르겠구려."

영호충이 고개를 설레설레 저으며 말했다.

마지막으로 찾아간 곳은 악영산의 거처였다. 그곳은 천성협에 있는 악불군 부부의 거처에서 별로 떨어져 있지 않았다. 그 문 앞에 서는 순간, 아련한 지난 추억들이 영호충의 머릿속을 채웠다. 매일처럼 이곳을 찾아와 소사매와 놀러 가거나 연검을 했는데 이제는 아무것도 남아 있지 않다고 생각하자 눈시울이 뜨끈뜨끈했다. 문을 슬쩍 밀어보았지만 빗장이 걸려 있었다. 그가 주저하며 망설이자 영영이 창문으로 들어가 빗장을 벗기고 문을 열어주었다.

두 사람은 안으로 들어가 탁자에 놓인 촛불을 켰다. 침상과 탁자에는 먼지가 쌓이고 사방은 텅 비어 있었다. 젊은 여자가 쓰는 화장대조차 없었다.

'소사매가 임 사제와 혼인한 뒤로 다른 곳에 신방을 차렸나 보구나.

이곳에 올 일이 없어 일상 용품을 모두 가져갔을 거야.'

영호충은 그렇게 생각하며 서랍을 열어보았다. 안에는 조그만 죽롱竹籠이며 석탄자, 헝겊인형, 목마 같은 장난감들이 들어 있었다. 모두 영호충이 만들어주었거나 오래전 함께 가지고 놀던 것들인데, 뜻밖에도 가지런히 모아두었던 것이다. 영호충은 심장을 옥죄는 것 같은 고통에 참지 못하고 눈물을 흘렸다. 영영은 조용히 밖으로 나가 살며시 문을 닫아주었다.

영호충은 악영산의 방에서 한참 동안 머물며 추억을 더듬다가 마음을 굳게 먹고 촛불을 끈 뒤 밖으로 나왔다.

영영이 부드럽게 말했다.

"충 오라버니, 이 화산에 오라버니에게 큰 의미가 있는 곳이 있다고 했지요? 그곳을 좀 보여주세요."

"아, 사과애 말이군. 좋소, 같이 가봅시다."

영호충은 그렇게 대답하다가 생각난 듯 덧붙였다.

"풍 태사숙께서 아직 그곳에 계실지 모르겠구려."

그는 익숙한 길을 더듬어 사과애로 올라갔다. 워낙 몸에 익은 곳이라 제법 멀었지만 금방 도착할 수 있었다.

절벽을 오르면서 영호충이 말했다.

"나는 말이오, 이곳 동굴에서…"

그때 동굴 안에서 챙챙챙 하고 무기 부딪치는 소리가 들려왔다. 깜짝 놀란 두 사람이 황급히 다가가는데, 누군가 상처를 입었는지 처절한 비명 소리가 울려퍼졌다. 영호충은 검을 뽑아 들고 앞장섰다.

그가 떠날 때 잘 막아두었던 안쪽 동굴 입구가 활짝 열려 있고 안에서는 빛이 새어나오고 있었다.

영호충과 영영은 몸을 날려 그곳으로 들어갔다. 놀랍게도 동굴 안은 횃불 수십 개로 휘황찬란하게 밝았고, 줄잡아 200명은 됨직한 사람들이 그득하게 들어서서 동굴 벽에 새겨진 검법과 무공을 넋 놓고 바라보고 있었다. 벽화에 너무 심취한 나머지 그렇게 많은 사람들이 있는데도 동굴 안은 몹시 고요했다. 비명 소리를 듣고 동굴 안에서 피가 낭자하는 혈투가 벌어졌으리라 여기고 달려온 영호충과 영영에게는 실로 뜻밖의 광경이었다. 안쪽 동굴은 공간이 널찍해서 200명이 들어가도 붐비거나 복잡하지 않았지만, 그 많은 사람들이 강시처럼 찍 소리도 내지 않고 홀린 듯 서 있는 괴이한 장면을 보자 흠칫 놀라지 않을 수 없었다.

영영이 살짝 몸을 기울여 영호충의 어깨에 기댔다. 영호충이 고개를 돌려보니, 얼굴이 눈처럼 새하얗게 질리고 눈동자에는 두려움이 잔뜩 담겨 있었다. 그는 두려움을 없애주기 위해 왼손으로 그녀의 허리를 살며시 껴안았다.

동굴 안에 있는 사람들의 복장은 각각 달랐는데, 자세히 보니 숭산파와 태산파, 형산파의 복식이었다. 그중에는 반백이 된 중년인도 있고 머리칼이 허옇게 센 노인도 섞여 있어, 세 문파에서 이름깨나 있는 선배 명숙들까지 찾아왔다는 것을 짐작할 수 있었다. 그런데 어찌 된 셈인지 화산파와 항산파의 문인들은 단 한 명도 보이지 않았다.

세 문파의 제자들은 섞이지 않고 명확히 무리를 지어 있었다. 숭산파 사람들은 숭산파 검법을, 태산파와 형산파 사람들 역시 각 문파의 검법을 구경하느라 여념이 없었다. 영호충은 길에서 만난 형산파 제자들을 떠올렸다. 그들이 늦지 않게 화산으로 갈 수 있어 운이 좋았다고 한 까닭은, 동굴 벽에 새겨진 형산파 검법의 절초를 구경할 수 있기 때문이었던 것이다.

안력을 돋워 주변을 살피자, 형산파 사람들 가운데 멍하니 벽을 들여다보고 있는 백발 성성한 노인이 보였다. 바로 막대 선생이었다. 영호충이 그에게 다가가 인사를 해야 할지 말아야 할지 망설이는데, 갑자기 숭산파 사람 한 명이 날카롭게 외쳤다.

"너는 숭산의 제자가 아닌데 무얼 훔쳐보는 것이냐?"

흙빛 적삼을 입은 노인이 덩치가 우람한 중년인을 노여운 눈길로 쏘아보며 검으로 그 가슴팍을 겨누고 있었다.

중년인은 히죽 웃었다.

"허, 내가 언제 훔쳐보았소?"

"아직도 오리발을 내미는구나. 네 문파는 어디냐? 숭산파 검법을 보는 것은 상관없다만, 구태여 그 파해법을 살피는 까닭이 무엇이냐?"

그의 추궁에 숭산파 제자 너덧 명이 다가와 중년인을 에워싸고 무기를 뽑았다.

중년인이 말했다.

"나는 숭산파의 검법에 대해서는 통 아는 바가 없소. 파해법을 본들 어디에 써먹겠소?"

숭산파 노인은 그래도 큰 소리로 다그쳤다.

"네놈은 숭산파의 초식을 깨뜨리는 방법을 유심히 보고 있었다. 필시 나쁜 마음을 품고 있는 것이다."

중년인도 검자루에 손을 가져가며 말했다.

"오악파 장문인 악 선생께서는 크나큰 아량을 베풀어 동굴 벽에 새겨진 검법을 구경할 기회를 주셨소. 게다가 어떤 것은 보아도 되고 어떤 것은 보면 안 된다는 제약을 두지도 않았소."

"흥, 네놈이 우리 숭산파에 못된 짓을 하려 드니 용서할 수 없다."

"오악검파는 이제 오악파가 되었는데 숭산파가 어디 있다는 거요? 우리 다섯 문파가 한집안이 되지 않았다면 악 선생께서 귀하를 화산으로 초청해 이 동굴의 검법을 보여주시지도 않았을 거요."

그 한마디에 노인은 말문이 턱 막혔다. 다른 숭산파 제자가 중년인의 어깨를 밀치며 화를 냈다.

"흥, 혀는 제법 날카롭군!"

중년인이 그의 손목을 붙잡아 힘껏 뿌리치자 그는 휘청거리며 밀려났다.

바로 그때 태산파 사람들 사이에서도 소란이 벌어졌다.

"네놈은 누구냐? 우리 태산파 복장을 하고 숨어들어 검법을 엿보다니?"

태산파 복장을 한 청년이 황급히 동굴 밖으로 달려나가려 했으나, 누군가 입구를 꽉 틀어막으며 외쳤다.

"멈춰라! 감히 여기서 소란을 피우다니!"

청년은 검을 뽑아 그 사람을 찌르며 질풍처럼 앞으로 달려갔다. 입구를 가로막은 사람은 왼손을 뻗어 청년의 눈을 찔렀다. 청년이 허둥지둥 물러나자, 그 사람은 때를 놓치지 않고 번개같이 오른손을 휘둘러 또다시 눈을 찔러갔다. 검을 거둬 막을 틈이 없는 청년은 또다시 한 걸음 물러나 피했다. 입구를 막은 사람이 오른발로 바닥을 쓸자 청년은 홀쩍 뛰어 피하려 했지만, 날아든 장력에 퍽 하고 가슴을 얻어맞아 벌러덩 쓰러졌다. 쫓아온 태산파 제자 두 명이 청년을 붙잡았다.

그때 숭산파 쪽에서는 제자 네 명이 중년인을 포위해 매서운 공격을 퍼붓고 있었다. 중년인의 출수는 날카로웠지만 사용하는 검법은 오악검파 중 어떤 문파의 것도 아니었다. 지켜보던 숭산파 제자 몇 명이 소리를 쳤다.

"저놈은 오악파 사람이 아니다! 세작이다!"

양쪽에서 싸움이 벌어지자 고요하던 동굴은 금세 소란스러워졌다.

영호충은 그 광경을 보며 생각했다.

'사부님께서 좋은 뜻으로 사람들을 불러모았을 리 없다. 막 사백께 문인들을 데리고 떠나시라고 말씀드려야겠군. 여기 있는 형산파 검법은 이곳을 빠져나간 뒤에 알려드리면 돼.'

그는 영영에게 계획을 밝힌 뒤 남들 눈에 띄지 않도록 벽에 바짝 붙어 막대 선생에게 다가갔다. 그런데 몇 장쯤 움직였을 때, 우르릉 쾅쾅 하고 산이 무너지는 소리가 귀를 때렸다.

사람들의 비명 소리에 놀란 영호충이 황급히 돌아서자 동굴 입구로 흙과 모래가 우수수 떨어지고 있었다. 그는 막대 선생을 찾을 겨를도 없이 영영을 향해 내달렸다. 그러나 혼란에 빠진 사람들이 이리저리 날뛰면서 칼이나 검을 휘둘러대고, 동굴 속에 먼지가 부옇게 이는 통에 영영의 모습을 찾을 수가 없었다. 그는 사람들을 헤치고 몇 차례나 날아드는 검을 피해 입구 쪽으로 달려갔지만, 묵직한 바위가 입구를 단단히 틀어막은 모습을 보자 신음을 터뜨리지 않을 수 없었다. 아무리 살펴도 입구에는 조그마한 틈조차 없었다.

"영영! 영영!"

그는 목이 터져라 외쳤다. 멀리서 영영의 대답이 들리는 것 같았지만, 동굴이 너무 깊고 200여 명이 고함을 질러대 똑똑히 알아들을 수는 없었다.

'영영이 왜 저 안에 있을까?'

영호충은 고개를 갸웃하다가 번쩍 정신이 들었다.

'그렇구나. 동굴 입구에 있다가 산이 무너지는 소리에 달아날 생각보다는 안에 있는 내가 걱정되었던 거야. 나는 영영을 찾아 입구 쪽으로 왔지만, 영영은 나를 찾느라 안으로 들어갔구나.'

그는 곧 돌아서서 동굴 깊숙이 들어갔다.

동굴 안에는 횃불이 수십 개나 있었지만 바위가 떨어져 입구를 막고 혼란이 일자, 사람들이 달아나려고 들고 있던 횃불을 내던지거나 실수로 떨어뜨리는 바람에 태반이 꺼져 빛이 희미해졌고, 설상가상으로 먼지까지 부옇게 일어 시야가 더욱 흐렸다.

누군가 놀란 목소리로 외쳤다.

"입구가 막혔다! 동굴 입구가 막혔어!"

뒤이어 노여운 목소리들이 터져나왔다.

"악불군 그 간악한 놈의 음모로구나!"

"그렇소! 그 간악한 놈이 빌어먹을 검법을 보여준다며 우리를 이곳으로 유인한 거요!"

수십 명이 달려들어 끙끙 대며 바위를 밀어보았지만, 언덕처럼 묵직한 바위는 아무리 힘을 써도 꼼짝달싹하지 않았다.

"어서, 어서 지하도로!"

누군가가 외쳤지만, 이미 같은 생각을 한 사람들이 있었던지, 어느새 스무 명이나 되는 사람들이 서로 밀고 밀치며 지하도로 내달리고 있었다. 이 지하도는 오래전 마교의 대력신마가 커다란 도끼로 만든 길로, 폭이 좁아 딱 한 사람만 들어갈 수 있었는데 스무 명이 동시에 달려들자 당연히 아무도 들어갈 수가 없었다. 그 혼란에 또다시 10여 자루의 횃불이 꺼졌다.

그들 가운데 몸집 큰 대한 두 명이 힘으로 옆 사람을 밀치고 동시에 지하도로 몸을 우겨넣었다. 지하도는 워낙 좁아 두 사람이 들어서자 어깨가 부딪혀 더 이상 나아갈 수가 없었다. 오른쪽에 있던 대한이 왼손을 휘두르자 왼쪽의 대한이 참혹한 비명을 질렀다. 그의 가슴에는 날카로운 비수가 박혀 있었다. 오른쪽의 대한이 아무렇지도 않게 그를 밀쳐내고 지하도로 들어섰다. 나머지 사람들도 밀고 밀치며 그 뒤를 따랐다.

그러는 동안에도 영영을 찾아헤매던 영호충은 여전히 영영의 모습이 보이지 않자 입이 바싹바싹 말랐다.

'마교의 십장로는 고강한 무공을 지니고도 속임수에 당해 산 채로 이 동굴에 매장되었다. 나와 영영이 과연 이곳에서 빠져나갈 수 있을까? 정말 사부님이 꾸민 일이라면, 평소 주도면밀하신 성품으로 보아 필시 위험천만한 함정을 파놓았을 거야.'

지하도 입구에서 서로 주먹질을 하며 싸우는 사람들을 보자 두렵고 초조한 마음에 절로 살기가 솟구쳤다.

'저런 쓸모없는 자들은 방해만 될 뿐이다. 모두 죽여버려야 영영과

내가 살아날 수 있어.'

영호충은 검을 추켜들고 그들에게 다가갔다. 그런데 바닥에 웅크리고 앉아 두 손으로 머리칼을 쥐어뜯으며 덜덜 떨고 있는 한 청년이 보였다. 두려움에 질려 흙빛이 된 그의 얼굴을 보자 영호충의 마음속에서도 연민이 솟아났다.

'저들은 함께 어려움에 처한 동지들이다. 한배를 탔으니 힘을 합쳐 싸워야지 죽여서 분풀이를 할 수는 없어.'

이렇게 생각한 그는 높이 들었던 검을 재빨리 가슴 앞으로 내렸다.

지하도 쪽에서는 여전히 사람들이 고래고래 소리를 질러댔다.

"빨리 나가시오!"

"왜 움직이지 않는 거요?"

"힘이 없나 보군!"

"저자를 끌어내라!"

제일 앞장섰던 대한은 지하도에 머리를 들이밀고 두 발만 밖으로 쭉 내민 채 아무런 움직임이 없었다. 앞에 뭔가가 가로막고 있어 나아갈 수는 없지만 물러나고 싶지도 않은 모양이었다. 두 사람이 허리를 숙이고 대한의 발목을 붙잡아 힘껏 잡아당겼다. 순간, 무시무시한 비명이 터져나왔다. 끌어낸 것은 머리가 없는 시체였고 목 부위에서는 시뻘건 피가 뚝뚝 흐르고 있었다. 누군가 지하도 안쪽에서 대한의 머리를 잘라버린 것이었다.

그때 영호충의 눈에 동굴 한쪽 구석에 가만히 앉은 사람의 모습이 들어왔다. 희미한 불빛에서 보니 영영인 것 같아 기뻐하며 그쪽으로 달려갔지만, 몇 걸음 떼기도 전에 일고여덟 명이 앞을 가로막았다. 동굴 안은 극도의 혼란에 빠졌고, 이성을 잃은 사람들은 머리 잘린 파리처럼 우왕좌왕했다. 마구잡이로 검을 휘두르거나 가슴을 치며 소리를 질러대는 사람이 있는가 하면, 서로 치고받고 싸우거나 바닥을 엉금엉금 기는 사람도 있었다.

영호충은 사람들을 헤치고 앞으로 나아갔지만, 갑자기 누군가 그의 다리를 힘껏 움켜쥐었다. 그는 그자의 머리를 주먹으로 내리쳤다. 그자는 비명을 지르면서도 손을 놓으려 하지 않았다.

"놓지 않으면 죽여버리겠다."

영호충이 으르렁거리며 위협했으나, 뜻밖에도 그자는 아랑곳하지 않고 영호충의 다리를 물어뜯었다. 종아리에서 뜨끔한 통증을 느끼자, 영호충은 놀라고 화가 났다. 사람들이 모두 미쳐버린 것 같았다. 횃불은 하나둘 꺼지고 겨우 둘만 남았지만, 이 역시 바닥에 떨어져 있는데도 줍는 사람이 없었다.

"횃불을 주우시오! 횃불을 살려야 하오!"

그가 다급히 외쳤지만 웬 뚱뚱한 도인이 껄껄 웃더니 보란 듯이 횃불 하나를 밟아 꺼버렸다. 영호충은 더 이상 지체할 수 없어서 검을 휘둘러 종아리를 무는 자의 허리를 베었다. 바로 그때 눈앞이 캄캄해졌다. 마지막 남은 횃불까지 꺼져버린 것이었다.

불빛이 사라지자 동굴 안에 있는 사람들도 일시적으로 조용해졌다. 갑작스레 찾아든 변고에 어찌할 바를 모르는 것 같았다. 그러나 그것도 잠시, 곧 미친 듯이 아우성을 치며 욕을 해대는 소리가 동굴 벽을 쩌렁쩌렁 울렸다.

영호충은 속으로 한숨을 쉬었다.

'아무래도 살아날 길이 없겠구나. 그래도 영영과 함께 죽을 수 있어서 다행이야.'

이렇게 생각하자 두려움은 사라지고 도리어 기쁨이 솟구쳤다. 그는 영영이 있으리라 짐작되는 곳을 향해 천천히 걸음을 옮겼다. 몇 걸음만에 옆에서 누군가 휙 튀어나와 그의 몸에 충돌했다. 내공이 고강한 사람이었는지 그 힘이 어마어마해 영호충은 빙글빙글 돌며 두어 걸음 밀려났다. 하지만 그는 곧 정신을 차리고 또다시 영영이 있던 곳으로 향했다.

귓가에는 비명과 울음소리, 수십 자루의 칼과 검이 어지러이 춤을 추며 서로 부딪는 소리밖에 들리지 않았다. 컴컴한 어둠 속에 갇힌 이들은 초조하고 불안해 반미치광이가 되어 있었다. 두려움에 휩싸인 사람들이 어떻게든 스스로를 보호하려고 다짜고짜 무기를 휘두르는 것도 당연했다. 개중에 노련하고 신중한 사람들은 차분하게 상황을 분석할 수 있었지만, 시도 때도 없이 무시무시한 무기가 날아드는 데다 동굴 안에 사람들이 가득해 피할 곳이 없었기 때문에 똑같이 무기로 몸을 보호하는 수밖에 달리 방도가 없었다. 챙챙거리는 무기 소리와 슬프고 참담한 외침 사이로 상처 입은 이들이 내는 신음 소리와 욕설이 간간이 섞여들었다.

온통 씽씽 바람을 가르는 무기 소리뿐인 이곳에서는 영호충의 검법이 아무리 높아도 쓸모가 없었다. 매순간 어디서 무엇이 날아들어 자신의 몸에 상처를 낼지 알 수 없는 노릇이었다. 그는 검을 휘둘러 상반신을 보호하며 한 걸음 한 걸음 동굴 벽으로 다가갔다. 벽까지 갈 수만 있다면 벽에 몸을 바짝 붙여 훨씬 안전하게 움직일 수 있을 것이었다. 조금 전 본 영영도 벽에 붙어 앉아 있었으니 벽을 더듬어 가다 보면 그녀와 만날 수 있을 것이었다. 지금 그가 있는 곳은 동굴 벽과 겨우 몇 장밖에 떨어져 있지 않았지만, 그 길은 칼과 검이 난무해 한 걸음 한 걸음이 살얼음을 걷듯 위험천만했다.

'무림 고수의 손에 죽는 것은 아깝지 않지만, 이곳에서는 누구 손에 죽는지도 모르고 비명에 갈 수도 있겠구나. 어쩌면 갓 무학에 발을 들인 멍청이의 손에 죽을지도 몰라. 설령 독고 대협께서 살아 돌아오셔도 이런 상황에서는 속수무책일 거야.'

독고구패를 떠올리자 별안간 마음 한구석이 환해지는 것 같았다.

'그렇구나! 여기서 비명횡사하지 않으려면 내가 먼저 죽이는 수밖에 없어. 한 사람을 죽이면 그만큼 남의 손에 죽을 확률이 줄어들겠지.'

이렇게 마음먹은 그는 망설이지 않고 독고구검의 파전식을 펼쳐 전후좌우를 찔러댔다. 초식이 펼쳐지는 순간, 주위 사람들이 비명을 질러대며 픽픽 쓰러졌다. 검이 누군가의 몸을 푹 찌르는 느낌이 전해지고, 귓가에 '아앗' 하는 가녀린 여자의 비명이 들려왔다.

영호충은 화들짝 놀라 하마터면 검을 놓칠 뻔했다. 심장이 쿵쿵 뛰었다.

'설마 영영은 아니겠지? 내가 영영을 죽였을까?'

그는 떨리는 목소리로 외쳤다.

"영영? 영영, 당신이오?"

그러나 여자는 아무 대답이 없었다. 오랫동안 함께하며 영영의 목소리에 익숙해진 그는 숨소리만 들어도 그녀인지 아닌지 쉽사리 알아낼 수 있었지만, 동굴 안이 너무 소란하고 여자의 목소리가 몹시 작은 데다 심사가 어지러워 확신이 들지 않았다.

몇 번 더 외쳐보았지만 여전히 대답이 없자, 영호충은 엎드려 바닥을 더듬기 시작했다. 그런데 별안간 어디선가 날아든 다리가 그의 엉덩이를 힘껏 걷어차는 바람에 그는 공처럼 앞으로 튕겨났다. 그사이 채찍 하나가 왼쪽 다리를 아프게 휘갈겼다.

영호충은 재빨리 왼팔로 머리를 감쌌다. 쫘당 하고 팔과 머리가 동굴 벽에 부딪혔고, 그의 몸은 벽을 타고 우당탕 아래로 떨어졌다. 머리와 어깨, 다리, 엉덩이 어디 하나 아프지 않은 곳이 없었다. 온몸의 관절들이 아우성을 쳐댔다. 그는 거우 정신을 차리고 또다시 영영을 불렀다. 자신이 듣기에도 곧 울음을 터뜨릴 것처럼 꽉 잠긴 목소리였다. 그는 괴로움을 이기지 못해 마구 소리를 질렀다.

"내가 영영을 죽였어! 내가…!"

홧김에 검을 휘둘러 앞에 있는 사람들을 마구 쓰러뜨렸다.

그 시끄러운 난리통에 어디선가 띠리링 하는 맑은 소리가 들려왔다. 금 소리였다. 들릴락 말락 약한 소리였지만 영호충의 귀에는 마치 천둥이 치듯 크게 들려왔다. 그는 기쁨에 들떠 목이 터져라 소리를 질렀다.

"영영! 영영!"

서둘러 소리 나는 쪽으로 달려가려던 그는 무슨 생각을 했는지 멈칫했다. 금 소리는 멀리 10여 장 밖에서 들려오고 있었다. 이 동굴 안에서 10여 장을 걷는 것은 강호에서 수십만 리를 걷는 것보다 백배는 더 위험해, 죽지 않고 그곳까지 가기란 몹시도 어려운 일이었다. 저 금을 켜는 사람은 분명 영영일 것이었다. 그녀가 무사한 이상 위험을 무릅쓸 수는 없었다. 죽더라도 서로 손을 잡고 나란히 죽지 못하면 구천에서도 눈을 감지 못할 것이었다.

그는 두어 걸음 물러나 등을 벽에 딱 붙였다.

'이곳이 훨씬 안전하겠군.'

그때 바람을 가르는 소리와 함께 누군가 그를 향해 무기를 내리쳤다. 영호충은 그쪽으로 검을 찔렀지만, 그 순간 무언가 잘못되었다는 것을 깨달았다.

독고구검의 요지는 상대방의 초식에서 허점을 찾아내 그 틈을 파고들어 단숨에 기선을 제압하는 것인데, 이 칠흑 같은 어둠 속에서는 적의 모습조차 볼 수 없으니 초식의 허점을 발견하기는커녕 초식을 알아보기도 불가능했다. 이런 상황에서 독고구검은 아무런 쓸모도 없었다. 영호충은 한 자 정도 검을 뻗다가 황망히 왼쪽으로 몸을 피했다. 땡그랑하고 무기가 동굴 벽을 때리는 소리가 들리더니 곧이어 퍽 하고 뭔가 부딪히는 소리, '아앗' 하는 비명 소리가 들려왔다. 벽에 부딪혀 부러진 무기가 튕겨나가 주인의 몸을 찌른 것 같았다.

숨소리가 들리지 않는 것을 보면 그자는 이미 죽은 모양이었다.

'이런 어둠 속에서는 아무리 검술이 높아도 평범한 사람과 다를 바가 없어. 잠시 참고 기다리다가 때를 보아 영영을 찾아가자.'

예상대로 동굴 안을 시끄럽게 울리던 무기 소리와 고함 소리는 점점 줄어들었다. 짧은 순간이지만 제법 많은 사람들이 다쳐 쓰러지거나 목숨을 잃은 것이었다. 영호충은 갑작스러운 습격에 대비해 가슴 앞에서 검을 빠르게 휘둘러 검막劍幕을 쳤다. 요금 소리는 이어졌다 끊어졌다 하더니 나중에는 곡을 연주하는 것이 아니라 단음만 드문드문 울렸다. 영호충은 다시 걱정이 되기 시작했다.

'영영이 다쳤나? 혹시 금을 타는 사람이 영영이 아닌 걸까? 아니야, 영영 말고 누가 이런 곳에서 금을 타겠어?'

한참이 지나자 마침내 고함 소리가 완전히 잦아들고, 바닥에 뒹구는 사람들의 미약한 신음 소리가 동굴을 채웠다. 이따금씩 들려오는 무기 소리는 대부분 동굴 벽 쪽에서 흘러나오고 있었다.

'살아남은 사람들은 모두 벽을 등지고 있구나. 분명 무공이 높고 생각이 깊은 고수들이겠지.'

그는 참지 못하고 큰 소리로 외쳤다.

"영영, 어디 있소?"

맞은편에서 대답을 하듯 띠리링 하는 금 소리가 들려왔다.

영호충은 그쪽으로 몸을 날렸다. 왼발이 바닥에 닿는 순간 물컹한 느낌이 들어 바라보니 쓰러진 사람을 밟고 있었다. 쉭 하고 바람을 가르는 소리와 함께 무기가 솟아올랐다. 다행히 내공이 깊은 그는 직접 보지 않고도 제때 위험을 감지해 황급히 벽 쪽으로 물러났다.

'바닥에 쓰러진 사람들 중에는 아직 죽지 않은 사람도 있구나. 이대로는 건너갈 수 없겠어.'

씽씽 바람을 가르는 소리는 모두 벽에 몸을 기댄 사람들이 무기로 몸을 보호하는 소리였다.

짧은 사이 또다시 몇 명이 죽거나 다쳐 쓰러졌다.

그때 늙수그레한 목소리가 동굴에 울려퍼졌다.

"여러 친구분들 들으시오. 우리 모두 악불군의 간계에 빠져 위험에 처했으니 한마음으로 힘을 합쳐 이 위험을 타개해야 하오. 함부로 무기를 휘둘러 서로 죽여서는 아니 되오."

"옳소, 옳소!"

몇몇 사람이 일제히 호응했다. 대충 예닐곱 명쯤 돼 보였다. 그들은 벽에 몸을 딱 붙인 채 꼼짝도 하지 않았다. 본시 차분한 성품이기도 했고, 당장은 목숨이 위험하지 않으니 냉정하게 생각을 정리하느라 바빴기 때문이었다.

늙수그레한 목소리의 노인이 말을 이었다.

"빈도는 태산파 옥종자玉鐘子요. 모두 검을 거둡시다. 어둠 속에 있으니 누군가와 부딪치더라도 함부로 출수해서는 아니 되오. 친구분들, 이 말에 동의하시오?"

"그렇게 합시다!"

사람들이 큰 소리로 대답했고, 바람을 가르는 소리가 순식간에 잦아들었다. 몇 명은 여전히 무기를 휘둘렀지만 잠시 후에는 차례차례 무기를 거뒀다.

옥종자가 말했다.

"우리 모두 목숨을 걸고 맹세해야 하오. 이 동굴에서 다른 사람을 해치면 이곳에 갇혀 다시는 해를 볼 수 없게 될 것이라고 말이오. 태산파의 옥종자가 먼저 맹세하오."

다른 사람들도 따라서 맹세하며 속으로 감탄을 터뜨렸다.

'옥종자 도장은 아주 생각이 깊구나. 다 같이 힘을 합치면 이곳에서 빠져나갈 수 있을지도 몰라. 하지만 조금 전처럼 마구잡이로 싸움을 벌이면 다 함께 죽는 수밖에 없다.'

옥종자가 외쳤다.

"자, 이제 각자 이름을 댑시다."

누군가 제일 먼저 외쳤다.

"이 몸은 형산파의 누구올시다."

"이 몸은 태산파의 누구요."

"이 몸은 숭산파의 누구누구요."

모두 한마디씩 했지만 막대 선생의 이름은 들리지 않았다.

영호충이 제일 마지막에 외쳤다.

"나는 항산파 영호충이오."

사람들은 '앗' 하고 탄성을 터뜨렸다.

"항산파 장문인 영호 대협께서도 계셨구려. 정말 잘되었소."

기쁨이 절절하게 묻어나는 목소리였다.

'남은 걱정되어 죽겠는데 잘되긴 뭐가 잘되었다는 것이람.'

영호충은 속으로 툴툴거렸지만, 그들이 좋아하는 연유는 짐작할 수 있었다. 무공이 고강한 그가 함께 있으니 빠져나갈 희망이 더욱 커졌기 때문이었다.

옥종자가 물었다.

"영호 장문, 귀 파에서는 어째서 장문인 혼자 오셨소?"

노련하고 심계가 깊은 그는 영호충이 몰래 속임수를 쓸까 봐 의심스러운 모양이었다. 영호충이 화산파 출신이고 악불군의 제자라는 사실은 세상에 모르는 사람이 없었다. 꽉 막힌 이 동굴 안에 수백 명이 넘는 화산파와 항산파 제자들 중 오로지 그 혼자 와 있었으니 의심이 들 만도 했다.

영호충이 입을 열었다.

"사실은 다른 사람과 함께 왔소…."

그는 걱정스레 영영의 이름을 부르려다가 멈칫 입을 다물었다.

'영영은 일월신교 교주의 무남독녀 외동딸이야. 자고로 정파와 사파는 불과 물 같은 관계였으니, 공연히 이름을 꺼내보아야 좋을 것이 없지.'

그가 말이 없자 옥종자가 말했다.

"혹시 화접자를 가진 분이 있다면 우선 불을 켜주시오."

"그렇지, 좋은 생각이오!"

"이런 멍청이, 왜 여태 그 생각을 못했을까?"

"어서 불을 밝히시오!"

사람들은 저마다 기뻐하며 외쳤다. 혼란의 도가니에 빠져 제 목숨 하나 보호하기도 벅찼기 때문에 불을 켤 틈이 없었던 것이다. 설령 틈이 있었다손 쳐도 불을 켜면 남들의 공격 대상이 되어 목숨을 잃을 수도 있었다.

몇 사람이 탁탁하고 부싯돌을 내리치자 이쪽저쪽에서 불꽃이 일었다. 어둠 속이라 그 불꽃이 유난히 선명하게 느껴졌다. 불꽃이 종이로 옮겨붙는 순간 동굴 안이 환호성으로 가득 찼다. 영호충은 재빨리 동굴 안을 살폈다. 동굴 벽에 붙어선 수많은 사람들의 얼굴은 온통 피로 물들어 있었다. 여전히 무기를 움켜쥐고 가슴 앞에 세운 사람들도 있었는데, 맹세를 하고서도 남을 믿지 못하는 소심한 자들이 분명했다.

영호충은 영영을 찾기 위해 맞은편으로 걸음을 옮겼다.

그때, 예상치 못한 외침이 터졌다.

"공격!"

바닥에 누워 있던 사람들 중 일고여덟 명이 벌떡 일어나 검을 휘두르기 시작했다.

"웬놈이냐?"

놀란 사람들이 소리를 지르며 황급히 무기를 빼들었다. 몇 합 주고받는 사이 겨우 붙인 불씨도 꺼져버렸다. 영호충은 쏜살같이 앞으로 내달아 맞은편 벽으로 갔지만, 오른쪽에서 뭔가 날아드는 것이 느껴졌다. 어둠 속이라 막을 방도가 없던 그는 재빨리 바닥에 엎드렸고, 날아든 칼은 공연히 벽만 힘껏 내리쳤다.

'정말 나를 죽이려던 게 아니라 어둠 속에서 자신을 보호하기 위해 공격한 것뿐이야.'

이렇게 생각한 그는 바닥에 엎드려 꼼짝도 하지 않았다. 그 사람은 몇 번 더 칼을 휘두르다가 멈췄다.

누군가 외쳤다.

"개 같은 놈들을 모조리 쳐죽여라! 한 놈도 살려두지 마라!"

10여 명이 소리 높여 대답했다. 이어서 여기저기서 놀란 목소리가 터져나왔다.

"좌냉선! 좌냉선이다!"

"사부님, 제자 여기 있습니다!"

영호충 역시 명령을 내리는 목소리가 좌냉선의 것임을 똑똑히 알아들었다.

'저자가 어떻게 여기에? 이제 보니 저놈이 판 함정이었구나. 사부님의 계략이 아니었어.'

악불군은 수차례나 그를 죽이려 했지만, 20년간 이어진 사제간의 정과 친아버지같이 키워준 은혜는 그의 마음속에 깊이 아로새겨져 도저히 지워버릴 수가 없었다. 이 음모를 꾸민 사람이 악불군이 아니라고 생각하자 그의 마음은 훨씬 편해졌다. 좌냉선의 손에 죽는 것이 사부의 손에 죽는 것보다 열 배, 아니 백 배는 더 즐거웠던 것이다.

좌냉선이 음산하게 말했다.

"무슨 낯이 남아 아직도 나를 사부라 부르느냐? 내게 한마디 보고도 없이 화산으로 달려왔으니 이는 사문을 배신한 것과 다름이 없다. 이 좌냉선이 너희 같은 악질을 받아들일 줄 알았느냐?"

쩌렁쩌렁 울리는 목소리가 대답했다.

"사부님, 저희는 화산 사과애 동굴에 본 파의 절초가 남아 있다는 소식을 들었지만 돌아가서 사부님께 보고한 뒤 다시 오려면 시간이 많이 걸리고 그사이 남들이 벽화를 훼손시킬까 봐 서둘러 왔던 것입니다. 검법을 모두 본 다음에는 당연히 숭산으로 돌아가 사부님께 보고드릴 생각이었습니다."

"너희는 내가 실명한 뒤로 나를 안중에도 두지 않았는데, 이제는 정묘한 검술까지 익혔으니 나 같은 사부가 무슨 필요가 있겠느냐? 악불군은 충성을 맹세한 사람만 이 동굴에 들여보내주었다던데, 그렇지 않으냐?"

숭산파 제자가 더듬더듬 말했다.

"그… 그렇습니다. 정말 죽… 죽을죄를 지었습니다. 허나 악불군을 안심시키기 위해 그랬을 뿐입니다. 이제 오악검파는 하나가 되었고 악불군은 오악파의 장문인이니 그 명령을 따르는 것이… 당연하지 않습니까? 그런데 그 간악한 놈이 이런 술수를 부려 저희를 이곳에 가둘 줄은 정말 몰랐습니다."

다른 사람이 끼어들었다.

"사부님, 부디 저희를 이곳에서 데리고 나가주십시오. 저희가 힘을 합쳐 악불군 그 악독한 놈을 찾아 복수하겠습니다."

좌냉선은 차갑게 코웃음을 쳤다.

"주판알 퉁기는 솜씨가 제법이구나."

그는 잠시 말을 멈췄다가 다시 목청을 가다듬고 말했다.

"영호충, 네놈도 이곳에 있다지? 무슨 일로 왔느냐?"

영호충이 대답했다.

"이곳은 내가 살던 곳이니 오고 싶으면 언제든 올 수 있소! 귀하야 말로 무슨 일로 왔소?"

좌냉선이 싸늘하게 말했다.

"죽을 때가 다가오니 선배에게도 이토록 예의 없이 구는구나."

"음모를 꾸며 천하 영웅들을 이곳에 가두는 악독한 짓을 했으니 누구나 당신을 죽이고 싶어 할 것이오. 그런 자가 무슨 선배란 말이오?"

"흥! 평지야, 저놈을 처리해라!"

"예!"

어둠 속에서 대답하는 목소리는 분명 임평지였다. 영호충은 속으로 깜짝 놀랐다.

'임평지도 이곳에 있었구나. 임평지와 좌냉선은 둘 다 눈이 멀었으니 그동안 은밀한 곳에서 검술을 연마하며, 귀를 눈 삼아 바람 소리만 듣고도 무기를 판별하는 연습을 해왔을 거야. 이 컴컴한 곳에서는 내가 장님이고 저들은 도리어 정상인이나 마찬가지니 무슨 수로 임평지

를 꺾는다?'

등줄기를 따라 식은땀이 주르륵 흘렀다.

임평지가 말했다.

"영호충, 강호에서 펄펄 뛰며 세상 넓은 줄 모르고 우쭐대더니 오늘 이렇게 내 손에 죽는구나, 하하하!"

웃음소리에는 소름 돋게 하는 싸늘한 기운이 가득했다. 그가 한 걸음 한 걸음 영호충에게 다가왔다. 좌냉선과 이야기를 나누는 사이 그의 위치를 정확하게 파악해낸 것이었다.

동굴 속에는 정적이 감돌았고, 그 고요함을 깨뜨리는 것은 저벅저벅하는 임평지의 발소리뿐이었다. 그가 한 걸음 내디딜 때마다 영호충은 저승으로 향하는 문이 한 발 한 발 가까워지는 것을 느꼈다.

그때 누군가 높이 외쳤다.

"잠깐! 영호충은 내 눈을 찔러 다시는 하늘을 볼 수 없게 만들었소. 내 손으로 저 못된 놈을 죽이게 해주시오."

10여 명이 요란하게 맞장구를 치며 일제히 영호충을 향해 다가왔다. 영호충은 가슴이 철렁했다. 그들은 바로 오래전 쓰러져가는 약왕묘에서 그가 검으로 눈을 찔러 맹인으로 만든 열다섯 명의 고수들로, 얼마 전 숭산에 오를 때에도 길목에서 마주친 적이 있었다. 그들은 눈이 먼 지 오래되어 어둠 속에서 움직이기가 임평지보다 훨씬 익숙할 것이 분명했고, 더욱이 열다섯 명이나 되니 영호충 혼자 대적할 만한 상대가 아니었다. 점점 다가오는 발소리를 들으며 영호충은 슬금슬금 왼쪽으로 미끄러지듯 움직였다.

잠시 후, 그가 서 있던 벽 쪽에서 챙챙챙 하는 요란한 소리가 울려퍼졌다. 10여 명이 동시에 움직인 덕분에 영호충의 발소리가 묻혀 아무도 그가 몸을 피했다는 것을 알아차리지 못한 것이었다.

영호충은 허리를 숙여 바닥에 떨어진 검을 하나 주운 다음 힘껏 던졌다. 검이 챙그랑 소리를 내며 벽에 부딪히자 장님들은 그쪽으로 우르르 달려가 마구 무기를 휘두르며 싸웠다. 외침 소리와 비명 소리가 어지럽게 섞여들고 눈 깜짝할 사이 예닐곱 명이 목숨을 잃었다. 그쪽에 서 있던 사람들 역시 무공이 약하지는 않았지만, 어둠 속에서 사물을 분간하기 어려워 맹인들의 적수가 되지 못했다.

영호충은 소란한 틈을 놓치지 않고 왼쪽으로 미끄러지듯 움직여, 아무도 없는 것을 확인한 뒤 조용히 웅크려앉았다.

'좌냉선이 임평지와 저 맹인들을 데려온 것을 보니, 빛이 없는 곳에서 우리를 모조리 죽일 심산이구나. 그런데 이 동굴을 어떻게 알았을까? 아, 그렇군! 숭산 봉선대에서 소사매는 이곳에 새겨진 초식으로 태산파와 형산파 고수를 물리쳤고, 숭산파 검법으로 좌냉선을 놀라게 하고 항산파 검법으로 나와 비검을 했어. 소사매가 이곳에 왔었다면 임평지가 모를 리 없겠지.'

악영산을 떠올리자 마음이 아릿하게 아파왔다.

그때 임평지의 목소리가 들렸다.

"영호충! 개처럼 꼬리를 말고 숨었구나. 그러고도 영웅호걸이냐?"

영호충은 화가 치밀어 목숨을 걸고 싸워볼까 했지만 곧 마음을 다잡았다.

'대장부는 굽힐 때 굽히고 펼 때 펼 줄 알아야 한다고 했으니, 함부로 혈기를 부리지 말자. 영영을 찾기도 전에 죽을 수는 없다. 더구나 소사매에게 임평지를 돌보겠다고 약속한 이상 임평지를 해칠 수도 없고, 그렇다고 그 손에 죽어줄 수도 없으니 차라리 싸우지 않는 것이 낫겠어.'

대답이 없자 좌냉선이 외쳤다.

"동굴에 있는 반도들과 세작들을 모두 참살해라. 아무리 영호충이라도 피하지 못할 것이다!"

곧 어지러운 무기 소리와 고함 소리가 동굴 안을 가득 채웠다.

다행히 영호충은 바닥에 바짝 웅크리고 있어서 잠깐 동안은 적의 공격을 받지 않았다. 그는 영영이 있는 쪽으로 귀를 기울였다.

'영영은 나보다 영리하고 세심하니 사방에 위험이 도사리고 있다는 것을 알고 금을 켜지 않는 거야. 영영이 저들의 검에 맞지 않아야 할 텐데…'

군웅들과 맹인들은 치열하게 싸웠다. 챙챙챙 하고 무기가 부딪치는가 하면 거친 욕지거리가 튀어나오는 등 사뭇 혼란스러운 와중에 이따금씩 '서방질할 놈'이라는 욕설이 들려왔다. 몹시 귀에 선 욕설이었다. 보통 욕을 할 때는 성별에 따라 '제밀할 놈'이라거나 '서방질할 년'이라고 하지, '서방질할 놈'이라고 하는 일은 거의 없었다.

'혹시 어느 지역에서만 쓰는 방언인가?'

영호충이 고개를 갸웃하는데, 동시에 두 사람이 '서방질할 놈' 하고 외치더니 재빨리 무기를 거두는 소리가 들려왔다. 이와 달리 마주친 사람 중 한 사람만 욕을 하면 그는 더욱더 날카롭게 공격을 퍼붓곤 했다. 가만히 귀를 기울이던 영호충은 퍼뜩 깨달았다.

'아아, 저 욕설은 맹인들이 서로를 판별하는 암호였구나!'

어둠 속에서 앞뒤 없이 싸우다 보면 적과 아군을 판별하기 어렵기 때문에, 맹인들은 초식을 펼치기 전에 '서방질할 놈'이라는 암호를 외치기로 약속했던 것이다. 두 사람이 같이 외치면 동료라는 뜻이므로 무기를 거두고 다른 쪽을 공격하면 되었다. 아무도 쓰지 않는 욕설이기 때문에 암호를 모르는 적들은 결코 그 말을 입에 담지 않아 쉽사리 구별할 수 있었다.

그 비밀을 깨우친 영호충은 벌떡 일어나 검을 가슴 앞에 세웠다. '서방질할 놈'이라는 욕설은 점점 커지는 반면 무기 부딪치는 소리와 외침 소리는 점점 잦아드는 것으로 보아, 태산파와 형산파, 숭산파의 남은 사람들도 거의 쓰러진 것이 분명했다. 그때껏 영영의 목소리는 들리지 않았기 때문에, 영호충은 그녀가 한참 전에 자기 손에 죽은 것은 아닐까 걱정이 되면서도 맹인들의 독수를 당하지 않았다는 사실에 안도했다.

'숭산파 제자들이 이 동굴에 숭산파 검법의 절초가 있다는 소식을 듣고 달려온 것은 당연한 일이야. 급히 오느라 보고를 하지 못했을 뿐인데 좌냉선은 정말 악랄하기 짝이 없구나. 나를 죽이고 싶지만 내가 어디 있는지 알 수가 없으니, 사소한 잘못을 저지른 문하 제자들까지 한꺼번에 죽여버리려 하는군.'

얼마쯤 지나자 싸움 소리가 완전히 그쳤다. 좌냉선이 말했다.

"모두들 한 번씩 동굴을 훑으며 찌르고 베어라."

맹인들의 대답 소리에 이어 씽씽 바람 가르는 소리가 동굴 안을 이리저리 왔다갔다 했다. 검 두 자루가 영호충에게 날아들었지만, 영호충은 검을 들어 가로막으며 쉰 목소리로 '서방질할 놈' 하고 내뱉었다.

과연 아무도 알아차리지 못했다. 차 한잔 마실 시간이 지났을 즈음, 동굴에는 맹인들의 욕설과 무기가 동굴 벽을 때리는 소리만 울리고 있었다. 영호충은 소리 높여 '영영, 영영, 어디 있소?' 하고 외치고 싶은 것을 꾹 참았다. 울음이 터져나올 것 같았다.

"그만!"

좌냉선이 일갈하자 맹인들은 검을 거두고 그 자리에 멈췄다. 좌냉선은 껄껄 웃으며 말했다.

"반도들을 죄다 뿌리 뽑았구나. 참으로 염치없는 놈들이다. 검술을 배우기 위해 악불군같이 간악한 놈에게 충성을 맹세하다니! 영호충 그놈도 목숨을 잃었을 것이다. 하하하하! 영호충! 영호충, 살았느냐, 죽었느냐?"

영호충은 숨을 죽이고 입을 꾹 다물었다. 좌냉선의 목소리가 계속 들려왔다.

"평지야, 드디어 네가 평생 미워하던 자들이 모두 죽었다. 이제 만족하느냐?"

"모두 좌 형님의 신기묘산 덕분입니다."

임평지의 대답에 영호충은 흠칫했다.

'임평지가 좌냉선과 형제를 칭하는구나. 좌냉선은 단순히 벽사검법 때문에 호의를 보이는 것뿐인데….'

좌냉선이 계속 말했다.

"네가 이 동굴로 통하는 비밀 통로를 알려주지 않았다면 이렇게 통쾌하게 복수하기가 쉽지 않았을 것이다."

"혼란한 와중에 영호충 그 도적놈을 제 손으로 죽이지 못해 애석할 따름입니다.”

영호충은 영문을 알 수가 없었다.

'나는 임평지에게 잘못한 일이 전혀 없는데 무엇 때문에 나를 저렇게 미워하지?'

좌냉선이 음침하게 목소리를 낮췄다.

“누가 죽였든 결과는 같다. 자, 어서 나가자. 지금쯤 악불군이 동굴 밖을 지키고 있을 테니 날이 밝기 전에 일제히 들이쳐야 우리에게 유리하다.”

“알겠습니다!”

사람들의 발소리가 지하도 안쪽으로 점점 멀어지다가 얼마 후에는 완전히 사라졌다.

영호충은 그제야 소리 죽여 외쳤다.

“영영? 어디에 있소?”

거의 울먹이는 소리였다. 그때 머리 위에서 누군가 나지막이 대답했다.

“여기예요. 소리 내지 말아요!”

영호충은 너무 기쁜 나머지 다리에 힘이 탁 풀려 바닥에 주저앉고 말았다.

맹인들이 마구잡이로 검을 휘두를 때 가장 안전한 곳은 바로 무기가 닿지 않는 높은 곳이었다. 너무나도 간단하고 당연한 이치였지만, 목숨이 왔다갔다 하는 위험한 상황 속에서 혼란에 빠진 사람들은 미처 생각하지 못했던 것이다.

영영이 아래로 뛰어내리자 영호충은 우르르 달려가 검을 내던지고 그녀를 와락 끌어안았다. 두 사람 모두 기쁨에 겨워 눈물을 글썽였다. 영호충은 그녀의 고운 입술에 살며시 입맞춤을 하며 속삭였다.

"당신이 죽은 줄 알고 얼마나 놀랐는지 모르오."

어둠 속이었기 때문에 영영도 그를 피하지 않았다.

"당신이 '서방질할 놈'이라고 욕할 때 난 이미 당신 목소리를 알아들었어요."

영호충은 참지 못하고 웃음을 터뜨렸다.

"다치지는 않았소?"

"괜찮아요."

"금 소리가 들릴 때만 해도 전혀 걱정하지 않았소. 하지만 내가 어쩌다 여자 한 명을 찔러 쓰러뜨렸는데 그때부터 금 소리가 뚝뚝 끊기고 가락이 이어지지 않기에 당신이 중상을 입었다고 생각했소. 금 소리가 완전히 사라진 후부터는 걱정이 되어 안절부절 수밖에 없었소."

영영은 생긋 웃었다.

"나는 처음부터 위에 올라가 있었어요. 남들이 알아차릴까 봐 소리 내 부르지는 못하고, 당신이 내 위치를 알 수 있도록 동전을 하나씩 던져 바닥에 두고 온 금을 퉁긴 거예요."

영호충은 한숨을 쉬었다.

"그랬군, 그런 줄도 모르고 애태우다니, 나 같은 멍청이는 맞아야 정신을 차릴 거요!"

그는 영영의 손을 잡고 자기 뺨을 살짝 때리고는 빙그레 웃었다.

"나 같은 멍청이에게 시집을 오게 되다니 당신도 참 운이 없구려.

나는 어째서 당신이 〈청심보선주〉나 〈소오강호곡〉을 타지 않는지 의아해했소."

영영은 그의 품에 꼭 안긴 채 대답했다.

"어둠 속에서 동전을 던져 곡을 연주할 정도면 내가 신선이게요?"

영호충은 빙그레 웃었다.

"당신은 본래 신선이잖소."

장난기 어린 그의 목소리에 영영이 몸을 비틀며 빠져나가려 했지만 영호충은 더욱 꼭 끌어안으며 놓아주지 않았다.

"그런데 나중에는 왜 소리가 뚝 끊겼소?"

"찢어지게 가난해서 가진 동전이 얼마 없었으니까요. 몇 번 던지고 나자 빈털터리가 되고 말았답니다."

영호충은 과장스레 한숨을 푹 쉬었다.

"안타깝구려, 이 동굴에는 전당포도 없어 우리 임 대소저께서 돈을 쓰고 싶어도 빌릴 곳이 없으니 말이오."

영영도 쿡쿡 웃었다.

"그래서 나중에는 금비녀와 귀걸이까지 모두 던졌어요. 그 맹인들이 나타난 후에는 청각이 예민한 자들이라 더 이상 아무것도 던지지 못했지만요."

바로 그때, 지하도에서 음산한 웃음소리가 들려왔다. 영호충과 영영은 깜짝 놀랐다.

영호충은 왼팔로 영영을 보호하듯 껴안고 오른손으로 검을 주워들며 외쳤다.

"누구냐?"

차가운 목소리가 대답했다.

"영호 대협, 나요!"

임평지의 목소리였다. 지하도를 통해 발소리가 들리고 맹인 무리가 다시 나타났다.

영호충은 속으로 경솔한 자신에게 마구 욕을 퍼부었다. 뱀처럼 교활한 좌냉선 같은 인물이 어찌 그리 쉽게 자리를 비우겠는가? 그들은 지하도에 숨어 동굴 안의 동태를 살핀 것이 분명했다. 자기 혼자였다면 한동안 숨죽이고 있다가 조용히 빠져나갔겠으나, 안위를 걱정하던 영영을 만나 기쁨에 겨운 나머지 강적이 멀리 가지 않았을지도 모른다는 사실조차 까맣게 잊고 있었던 것이다.

영영이 영호충의 팔을 잡아끌며 속삭였다.

"위로 가요!"

두 사람은 훌쩍 몸을 날렸다. 조금 전까지도 동굴 벽에서 삐죽이 튀어나온 바위 위에 숨어 있었던 영영은 그 위치를 정확히 알고 있어 어둠 속에서도 안전하게 뛰어오를 수 있었지만, 영호충은 헛발질을 해 아래로 떨어졌다. 영영이 재빨리 그의 팔을 붙잡아 끌어올렸다. 이 바위는 너비가 고작 서너 자밖에 되지 않았기 때문에 두 사람이 바짝 붙어서도 균형을 잡기가 쉽지 않았다.

영호충은 혀를 내둘렀다.

'영영은 정말 머리가 비상하단 말이야. 이렇게 높이 올라와 있으면 저 맹인들도 우리를 포위하지는 못할 거야.'

좌냉선이 날카롭게 소리쳤다.

"쥐새끼들이 위로 올라갔군!"

"그렇습니다!"

"영호충, 평생 그 위에 숨어 있을 셈이냐?"

좌냉선이 외쳤지만 영호충은 아무 말도 하지 않았다. 소리를 내는 순간 위치가 발각되고 말 것이었다. 그는 오른손에 든 검을 꽉 쥐고 왼팔로는 영영의 허리를 힘주어 끌어안았다. 영영도 왼손에 단검을 뽑아 들고 오른손으로는 그의 허리를 감싸안았다. 함께 있을 수만 있다면 이 자리에서 죽어도 아무런 여한이 없었다.

좌냉선이 일갈했다.

"자네들의 눈동자를 앗아간 자가 누군지 벌써 잊었는가?"

10여 명의 맹인들이 대갈을 터뜨리며 달려와 이리저리 몸을 날리며 검을 마구 휘둘렀다. 영호충과 영영이 아무 소리도 내지 않아 위치를 파악할 수 없었기 때문에 그들의 검은 매번 허공을 갈랐다.

두 번째 공격이 시작되자 개중 한 명이 튀어나온 바위 쪽으로 날아올랐다. 바람을 가르는 소리를 듣는 순간, 영호충은 똑바로 검을 찔러 그자의 가슴을 꿰뚫었다. 맹인은 비명을 지르며 바닥으로 나동그라졌다. 이로써 다른 이들도 두 사람의 위치를 알게 되었다. 예닐곱 명이 동시에 그쪽으로 날아오르며 검을 찔렀다. 영호충과 영영은 그들의 모습을 전혀 볼 수 없었지만, 튀어나온 바위가 바닥에서 두 장이나 떨어져 있어서 뛰어오를 때 나는 소리만 들어도 쉽사리 방향을 알 수 있었다. 두 사람이 각각 검을 휘둘렀고, 또다시 두 명이 죽어나갔다. 맹인들은 고개를 들고 무어라 욕설을 퍼부었지만 더 이상은 공격하지 못했다.

잠시 대치 상태가 이어지더니, 별안간 날카로운 파공성과 함께 좌우에서 두 사람이 뛰어올랐다. 영호충과 영영이 검을 찌르자 허공에서 검 네 자루가 챙그랑챙그랑 부딪쳤다. 영호충은 오른팔이 저릿저릿하게 떨려 하마터면 검을 놓칠 뻔했다. 이 정도의 내공이라면 좌냉선이 분명했다. 영영은 어깨에 검을 맞아 '앗' 하고 비명을 지르며 몸이 휘청했다. 영호충은 왼팔에 진기를 흘려보내 떨어지려는 그녀를 힘껏 붙잡았다.

적은 또다시 날아올랐다. 영호충은 영영을 공격하는 사람을 향해 검을 내질렀다. 검이 맞부딪치는 순간 적의 검이 재빨리 변화해 긁어내듯 아래로 떨어졌다. 영호충은 상대가 임평지라는 것을 알아차렸다. 초식 변화가 워낙 빨라 막을 수 없었기에 그는 황망히 허리를 숙여 피했다. 싸늘한 바람이 그의 옆을 쐐액 스친 뒤 영영에게 날아들었다. 임평지가 허공에 몸을 띄운 상태에서 단번에 3초를 펼친 것이다. 벽사검법의 예리함과 빠르기란 실로 무시무시했다.

영호충은 영영이 다칠까 봐 그녀를 안은 채 아래로 뛰어내려 벽을 등지고 어지러이 검을 휘둘렀다. 좌냉선이 길게 웃음을 터뜨리며 검을 들고 짓쳐왔다. 쩡하는 소리와 함께 또다시 검이 부딪쳤다. 영호충의 몸이 부르르 떨리고, 부딪친 검을 따라 오싹한 한기가 몸속으로 스며들었다. 그는 얼마 전 소림사에서 있었던 임아행과 좌냉선의 비무를 떠올렸다. 그때 임아행은 흡성대법으로 좌냉선의 진기를 빨아들이려다 한빙진기에 당해 얼어 죽다 살아났다. 지금도 좌냉선은 똑같은 수법을 펼치려 했지만 쉽게 당할 영호충이 아니었다. 그는 재빨리 진기를 끌어올려 바깥으로 쏟아냈다. 그러나 좌냉선의 내공이 그 힘에 자연스레 반동하자 저도 모르게 손가락에 힘이 풀려 검을 떨어뜨리고 말았다.

영호충의 능력은 오로지 검에 있었기 때문에 검을 놓친 그는 재빨리 몸을 숙여 바닥을 더듬었다. 이곳에서 200여 명이 죽어 쓰러졌으니 바닥은 온통 무기로 가득했고, 그것이 무엇이든 일단 손에 들어오면 얼마간은 버틸 수 있을 것이었다. 이 동굴에서는 그와 영영이 맹인이나 마찬가지였고, 눈은 멀었지만 이곳에서는 맹인이 아닌 적들에게 포위된 이상 요행히 살아날 희망은 거의 없었지만, 아무리 결론이 난 싸움이라도 두 손 놓고 순순히 당하고 싶지는 않았다.

그런데 어찌 된 셈인지 바닥을 더듬는 손에 닿는 것은 죽은 사람들의 얼굴뿐이었다. 얼굴들은 차갑고 축축하고 끈적끈적했다. 영호충은 흠칫하며 영영을 안은 채 두어 걸음 물러섰다. 챙챙 소리와 함께 영영이 단검으로 날아드는 검 두 자루를 가로막았다. 곧이어 그녀의 검도 휘리릭 소리를 내며 멀리 날아가버렸다.

영호충은 더욱 초조해서 바닥을 마구 더듬었다. 마침 짤막한 막대기 같은 것이 손에 닿았는데, 무엇인지 생각할 겨를도 없이 바로 앞에서 파공성이 들리며 검이 날아들었다. 영호충은 재빨리 막대기를 들어 올려 막았고, 날카로운 적의 검에 막대기가 싹둑 잘려나갔다.

영호충이 고개를 숙여 검을 피하는데 갑자기 눈앞에서 빛이 반짝반짝했다. 몹시 미약한 빛이었지만 칠흑같이 어두컴컴한 이 동굴 안에서는 마치 샛별처럼 환해 적들의 움직임과 초식까지 알아볼 수 있었다. 영호충과 영영이 동시에 환호성을 질렀다. 좌냉선이 다시 검을 찔러오자 영호충은 잘려나간 막대기로 좌냉선의 목을 찔렀다. 그가 펼친 초식의 허점이 바로 그 부분이었던 것이다. 뜻밖에도 좌냉선은 눈이 멀었지만 임기응변은 몹시 빨라 이약용문鯉躍龍門을 펼쳐 빠르게 뒤로 물러났다. 그의 입에서 온갖 욕설이 쏟아졌다.

영영이 바닥에서 검을 주워 영호충이 들고 있는 막대기와 바꿔주었다. 그녀가 막대기를 휘두르자 동굴 안에 파르스름한 불빛이 점점이 반짝였고, 영호충은 더욱더 기운이 솟았다. 목숨이 달린 싸움이었으니 사정을 봐줄 생각은 추호도 없었다.

그는 '서방질할 놈'이라고 외치며 머뭇거리는 맹인 한 명을 찔러 죽였다. 그의 검은 입에서 나오는 욕설보다 빨라 '서방질할 놈'이라는 욕을 여섯 번 하는 사이 열두 명이 차례차례 쓰러졌다. 머리가 단순한 적들이 '서방질할 놈'이라는 암호에 동료인 줄 알고 멈칫하는 사이 영호충의 검이 그 목을 꿰뚫어 순식간에 저승길로 들어서고 만 것이었다.

좌냉선과 임평지는 뭔가 잘못되었음을 깨닫고 동시에 외쳤다.

"횃불이 있느냐?"

몹시 놀라고 당황한 목소리였다. 영호충이 당당하게 외쳤다.

"그렇다!"

동시에 그의 검이 좌냉선을 향해 세 번이나 날아들었다. 좌냉선은 바람 소리를 듣고 찔러들어오는 검을 막아냈다. 검이 마주치자 영호충은 또다시 팔이 저릿저릿하고 한기가 흘러드는 것을 느꼈다. 그는 곧 계획을 바꿔 그 자리에 서서 꼼짝도 하지 않았다. 파공성이 들리지 않자 좌냉선은 불안한 마음에 춤추듯이 검을 휘둘러 주요 급소를 보호했다.

영호충은 영영이 든 막대기에서 흘러나오는 희미한 빛에 의지해서 느릿느릿 검을 돌려 임평지의 오른팔을 향해 서서히 뻗었다. 임평지는 잔뜩 집중해 귀를 기울이고 있었지만 영호충의 검은 워낙 느릿느릿 움직여 아무런 소리도 내지 않았다. 검끝이 임평지의 오른팔에서 반 자 정도 떨어진 곳에 이르자 영호충은 팔에 힘을 줘 힘껏 찔렀다. 사사 삭 소리와 함께 임평지의 오른팔 근골이 모두 끊어져나갔다.

임평지는 참혹한 비명을 지르며 검을 놓쳤지만, 이를 악물고 맨몸 으로 영호충에게 달려들었다. 영호충은 멈추지 않고 검을 휘둘러 그의 양쪽 다리까지 베었다. 임평지는 지독한 욕설을 퍼부으며 바닥에 쓰러 졌다.

임평지를 쓰러뜨린 영호충은 몸을 돌려 좌냉선을 응시했다. 희미한 빛에 비친 좌냉선은 이를 악물고 흉악한 표정으로 손에 든 검을 마구 휘두르고 있었다. 그의 검은 끊임없이 오묘한 절초를 펼쳐냈지만 독고 구검 앞에서는 허점이 아닌 것이 없었다.

'이자는 무림에 풍파를 일으킨 장본인이다. 살려두어서는 안 돼!'

맑은 파공성이 울려퍼지고, 영호충의 검은 좌냉선의 미간과 목, 가 슴 세 곳을 찔렀다. 영호충은 훌쩍 뒤로 물러나 영영의 손을 꽉 잡았 다. 좌냉선은 한참 동안 꼿꼿이 서 있다가 앞으로 고꾸라졌다. 들고 있 던 검이 뒤집어지는 바람에 검끝이 아랫배를 파고들어 등 뒤로 비죽 이 튀어나왔다.

영호충과 영영은 겨우 정신을 차리고 주변을 살폈다. 영영이 든 막 대기에서 흘러나오는 빛은 아주 약해져 이제는 거의 보이지 않을 정 도였다. 두 사람에게는 화접자도 없었다. 영호충은 임평지가 다시 일 어나 반격할까 봐 왼팔의 근골마저 끊어놓은 다음 죽은 사람들의 몸 을 뒤지기 시작했다. 두어 사람을 뒤졌지만 품 안주머니에는 아무것도 없었다.

"이런 서방질할 놈들! 장님들이니 화접자나 부싯돌을 지니고 다닐 리가 없지!"

마침내 다섯 번째 시체에서 부싯돌을 찾아낸 그는 불꽃을 일으켜 종이에 불을 붙였다. 그 순간 두 사람은 동시에 '앗' 하고 비명을 질렀다. 영영의 손에 들려 있는 막대기는 바로 한쪽 끝이 잘려나간 백골이었던 것이다!

영영은 깜짝 놀라 백골을 바닥에 던지며 외쳤다.

"이런 서방…!"

그녀는 자연스레 영호충이 한 말을 따라 하려다가 듣기 흉한 욕설이라는 것을 깨닫고 입을 다물었다.

영호충은 그제야 깨달은 듯이 말했다.

"영영, 우리 목숨은 바로 일월신교의 선배님께서 구해주신 거요."

"일월신교의 선배라고요?"

영영이 의아한 얼굴로 그를 바라보았다.

"그렇소. 오래전 일월신교 십장로가 화산을 공격했다가 이 동굴에 갇혀 빠져나가지 못하고 한을 품은 채 돌아가셨다오. 여기 있는 백골들이 바로 그분들이오. 조금 전의 그 뼈가 어느 장로의 것인지는 모르지만, 무의식적으로 손에 들었다가 요행히 좌냉선이 그 끝을 자르는 바람에 인광이 흘러나와 우리 두 사람의 눈을 뜨게 해준 거요."

영영은 길게 탄식하며 그 백골을 향해 공손히 허리를 숙였다.

"본 교의 선배님이셨군요. 무례를 용서하세요."

영호충은 기름종이를 더 찾아내 불을 환하게 밝힌 뒤 횃불 두 개에

옮겨붙였다.

"막 사백님께서는 어떻게 되셨는지 모르겠소."

그는 걱정스러운 얼굴로 외쳤다.

"막 사백님! 막 사백님!"

그 목소리가 동굴 벽에 부딪혀 메아리쳤지만 대답하는 사람은 없었다. 자신을 몹시 아껴주었던 막대 선생이 동굴 안에서 비명에 갔다고 생각하자 영호충의 마음은 무겁게 가라앉았다. 동굴 바닥에 널브러진 시체들을 훑어보았지만, 숱한 사람들 가운데에서 막대 선생의 시신을 찾기란 사막에서 모래알을 찾는 것과 다름없었다.

'아직 위험이 가시지 않았으니 지체할 수 없다. 나중에 돌아와서 막 사백님의 시신을 찾아 좋은 곳에 묻어드려야지.'

그는 쓰러진 임평지의 뒷덜미를 붙잡고 지하도로 걸어들어갔다. 그가 악영산에게 임평지를 돌보겠다 약속한 것을 잘 아는 영영은 아무 말도 하지 않고 동굴 한쪽 구석에서 여기저기 망가진 요금을 주워들고 그의 뒤를 따랐다.

두 사람은 오래전 대력신마가 도끼로 깎아낸 좁은 길을 따라 한 걸음 한 걸음 옮겼다. 영호충은 검을 가슴 앞에 세우고 바짝 경계했다. 꿍꿍이 많은 좌냉선이 아무나 드나들지 못하도록 사람을 시켜 지하도를 단단히 지키게 했으리라 생각했지만, 뜻밖에도 끝에 도달할 때까지 가로막는 사람은 전혀 없었다.

영호충이 출구를 가린 석판을 살짝 밀자 눈앞이 환하게 밝아졌다. 동굴 안에서 그 끔찍하고 무시무시하던 싸움이 벌어지는 동안 어느새 날이 밝은 것이었다. 바깥에 아무도 없는 것을 확인하자, 영호충은 임평지를 끌고 밖으로 나갔다. 영영도 뒤를 따랐다.

눈부신 햇살, 훤히 트인 공터, 손에서 느껴지는 검자루의 감각에 영호충은 그제야 위험에서 빠져나왔음을 실감했다. 신선한 공기를 한껏 들이마시자 기분도 몹시 상쾌해졌다.

영영이 물었다.

"예전에 당신 사부가 잘못을 뉘우치라고 보낸 곳이 바로 이 동굴이었지요?"

영호충은 싱글벙글 웃으며 대답했다.

"그렇소, 어떻소?"

영영도 생긋 웃었다.

"아마도 잘못을 뉘우치기는커녕 날마다 당신의…"

그녀는 '당신의 소사매'라는 말을 하려다가 악영산 이야기가 그의 마음을 상하게 할까 봐 재빨리 입을 다물었다.

영호충이 주변을 둘러보며 말했다.

"풍 태사숙께서는 바로 저쪽에 머물고 계셨소. 몸은 건강하신지 모르겠구려. 늘 태사숙님을 그리워했지만, 다시는 화산파 사람을 만나지 않겠다고 하셔서 찾아뵙지 못했소. 하지만 이제 나는 화산파 사람이 아니오."

"맞아요, 어서 빨리 뵈러 가요."

영호충은 검을 검집에 넣고 임평지를 바닥에 내려놓은 다음 영영의 손을 잡고 나란히 동굴을 나섰다.

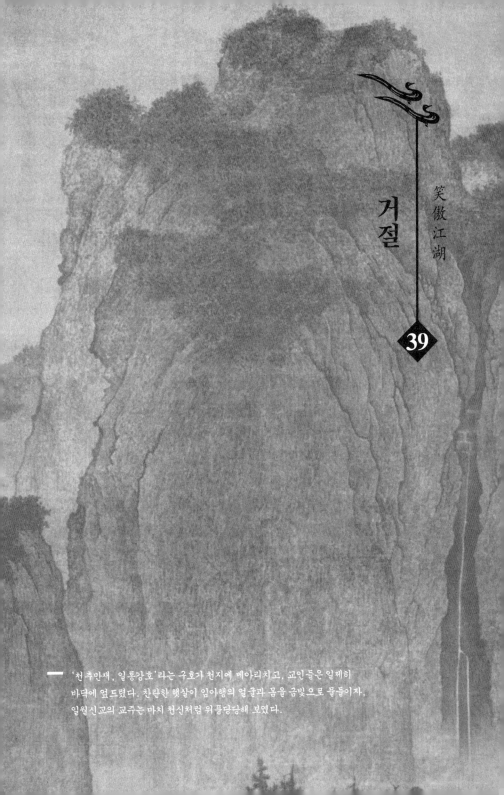

笑傲江湖

거절

39

'천추만재, 일통강호'라는 구호가 천지에 메아리치고, 교인들은 일제히
바닥에 엎드렸다. 찬란한 햇살이 임아행의 얼굴과 몸을 금빛으로 물들이자,
일월신교의 교주는 마치 천신처럼 위풍당당해 보였다.

동굴 밖으로 발을 내딛기 무섭게 머리 위로 시꺼먼 그림자가 덮쳤다. 영호충과 영영은 동시에 몸을 날려 피했으나 위에서 떨어져내린 것은 거대한 그물이었다. 그물이 두 사람을 덮치자 그들은 검을 뽑아 휘둘렀지만 작은 틈조차 낼 수가 없었다. 그때 또 다른 그물이 툭 떨어져 두 사람을 완전히 덮었다.

동굴 꼭대기에서 누군가 훌쩍 뛰어내리며 손에 쥔 밧줄을 힘껏 당기자 그물이 바짝 조여들었다.

영호충이 놀란 목소리로 외쳤다.

"사부님!"

나타난 사람은 바로 악불군이었다.

악불군이 그물을 바짝 여민 바람에 영호충과 영영은 커다란 물고기처럼 그물 속에 단단히 갇히고 말았다. 처음에는 조금이라도 움직일 수 있었지만, 이제는 옴짝달싹할 수도 없었다. 영영은 당황해 어쩔 줄 몰라 하며 영호충을 올려다봤지만, 영호충은 매우 득의양양하게 미소를 짓고 있었다.

'빠져나갈 방법이 있는 걸까?'

악불군이 교활한 웃음을 띠며 말했다.

"네 이놈, 의기양양하게 달려나오더니 이런 재앙이 기다리고 있을 줄은 몰랐겠지?"

영호충은 차분하게 말했다.

"별 대단한 재앙도 아니군요. 사람이란 언젠가는 죽기 마련이니 사랑하는 부인과 함께 죽을 수 있다면 기쁘겠습니다."

영영은 그제야 그의 얼굴에 떠오른 미소가 자신과 함께 죽을 수 있다는 행복 때문인 것을 알고, 당황하던 기색은 온데간데없이 달콤한 기분에 사로잡혔다.

영호충은 계속 말했다.

"여기서 저희를 죽일 수는 있겠지만 결코 저희 부부를 떼어놓지는 못하실 겁니다."

악불군은 분통을 터뜨렸다.

"네 이놈, 죽음을 앞두고도 입만 번지르르하구나!"

그는 밧줄로 두 사람을 친친 감아 단단히 옭아맸다.

"이 그물은 노두자에게서 빼앗아왔겠군요. 저에게 베풀어주시는 은혜에 참으로 감사할 뿐입니다. 우리 두 사람이 죽어도 떨어지지 않을 줄 알고 밧줄로 단단히 묶어주시기까지 하다니요. 어려서부터 저를 길러주셨으니 누구보다 저를 잘 아실 겁니다. 이 세상에 영호충의 지기는 오로지 악 선생 한 분뿐입니다."

그가 아무 말이나 끌어다 뇌까리고 있는 까닭은 시간을 끌어 달아날 방법을 찾아내거나 풍청양이 나타나 도와주기를 바라서였다.

악불군은 냉소를 지었다.

"네 이놈, 어려서부터 헛소리를 좋아하더니 본성은 변치 않는구나. 죽어 지옥에 가서 혓바닥을 뽑히는 형벌을 받지 않도록 내 미리 네놈

혓바닥을 잘라주겠다.”

그는 왼발로 영호충의 허리춤을 힘껏 걷어찬 뒤 말을 할 수 없게 아혈을 짚었다.

악불군은 영영을 돌아보며 물었다.

“임 대소저, 이놈을 먼저 죽이는 것이 좋겠소, 당신을 먼저 죽여주는 것이 좋겠소?”

영영도 차분하게 대답했다.

“그래본들 무슨 차이가 있겠소? 내게는 삼시뇌신단의 해약이 있지만 딱 세 알뿐이오.”

악불군의 안색이 싹 변했다. 영영에게서 억지로 삼시뇌신단을 받아먹은 뒤, 밤낮으로 해약을 얻는 데 골몰해온 그였다. 그런데 운이 좋았는지, 위험에서 벗어난 영호충과 영영이 기쁜 마음에 경계를 완전히 푼 채 동굴에서 나왔고, 미리 준비한 금사어망을 던져 두 사람을 낚을 수 있었던 것이다.

본디 그는 단칼에 영호충과 영영을 죽이고 영영의 몸을 뒤져 해약을 얻을 심산이었지만, 해약이 세 알밖에 없다는 끔찍한 사실을 알게 되자 경악했다. 그 말이 사실이라면 영영을 죽이고 해약을 빼앗아도 겨우 3년밖에 살 수 없었다. 3년 후에는 시충이 뇌로 들어가 미치광이처럼 굴다가 참혹한 죽음을 맞이하게 될 것이니, 심각하게 고려해봐야 할 사안이었다.

오랜 수양으로 감정을 드러내지 않는 데 능숙한 그였지만, 이 상황에서 손가락이 파르르 떨리는 것까지는 막을 수가 없었다.

“좋소, 그렇다면 거래를 해야겠지. 해약을 만드는 방법을 알려주면 두 사람을 풀어주겠소."

영영은 생긋 웃으며 편안하게 대답했다.

"내가 비록 어리고 견식이 부족하지만, 군자검 악 선생의 위인 됨은 깊이 알고 있소. 귀하가 한 번 뱉은 말을 반드시 지키는 사람이었다면 결코 군자검이라 불리지 않았을 것이오."

"영호충에게 좋은 것은 배우지 않고 함부로 혀를 놀리는 나쁜 버릇만 배웠군. 끝끝내 해약 만드는 법을 말하지 않을 셈이오?"

"물론이오. 3년 후에 충 오라버니와 함께 저승길 문 앞으로 마중하러 가겠소. 물론 그때쯤 귀하는 오관이 문드러져 지금 얼굴이 남아 있지 않을 테니 알아볼 수 있을지는 모르겠군."

악불군은 등골이 서늘했다.

'오관이 문드러져 지금의 얼굴이 남아 있지 않다'는 것은 독이 발작하면 피부가 썩어들어가거나 광증으로 인해 스스로 자기 얼굴을 쥐어뜯는다는 뜻임이 분명했다. 생각만 해도 소름이 돋고 머리칼이 쭈뼛 솟는 광경이었다. 분을 참지 못한 그는 우아한 태도조차 내던지고 소리소리 질렀다.

"오냐, 내가 그 꼴이 될 운명이라면 너부터 그리 만들어주마! 너를 죽이기 전에 귀와 코를 자르고, 그 고운 얼굴에 수십 개의 칼자국을 내주겠다. 다정하고 사랑스러운 너의 충 오라버니가 귀신 같은 그 꼴을 보고도 너를 깊이 사랑해줄지 어디 두고 보자!"

그의 검이 쐐액 소리를 내며 뽑혔다.

영영은 깜짝 놀라 '까악' 하고 비명을 질렀다. 죽는 것은 두렵지 않았지만, 악불군의 손에 망가진 얼굴을 영호충이 보기라도 한다면 죽은 후에도 한이 될 것 같았다. 아혈이 막혀 말을 할 수 없었지만 손발은 마음대로 움직일 수 있는 영호충은 영영의 마음을 읽고 팔꿈치로 그녀를 툭툭 치더니 보란 듯이 두 손가락으로 자신의 눈을 찔렀다. 영영이 비명을 질렀다.

"아앗! 그러지 말아요!"

악불군도 정말 영영의 얼굴을 망가뜨릴 생각은 아니었다. 해약 제조법을 술술 불도록 위협할 생각이었는데 영호충이 제 눈을 찌르면 이 최후의 협박도 물거품이 될 뿐이었다. 그는 황급히 왼팔을 내밀어 영호충의 오른손 손목을 움켜쥐었다.

"멈춰라!"

두 사람의 피부가 닿는 순간, 악불군은 몸에서 진기가 쑥쑥 빠져나가는 것을 느끼고 새된 비명을 질렀다.

"이런…!"

재빨리 그의 손을 뿌리치려 했으나, 손바닥이 영호충의 손목에 딱 달라붙어 꼼짝할 수가 없었다. 영호충은 재빨리 손을 뒤집어 그의 손을 꽉 잡았고, 악불군의 진기는 둑이 터진 듯 밖으로 콸콸 쏟아지기 시작했다. 놀란 악불군이 오른손에 든 검으로 영호충을 내리쳤다. 하지만 영호충이 잡았던 손에 힘을 줘 슬쩍 끌어당기자, 검은 하릴없이 땅바닥을 내리쳤다.

악불군은 한 번 더 검을 휘두르려 했지만 진기를 크게 소진해 몸이 흐물흐물해지고 힘이 빠져 팔을 들어올릴 수조차 없었다. 그래도 그는 포기하지 않고 남은 힘을 쥐어짜내 검으로 영호충의 미간을 겨눴다. 검은 물론이고 팔까지 후들후들 떨렸으나 느린 속도일지언정 검은 끈

질기게 목표를 노리고 다가들었다.

영영은 깜짝 놀라 악불군의 검을 쳐내려고 했지만, 두 팔이 영호충에게 깔리고 그물이 단단히 옥죄어 아무리 발버둥을 쳐도 팔을 움직일 수가 없었다. 설상가상으로 영호충의 왼팔도 영영의 몸에 깔려 움직이지 않았다.

날카로운 칼날이 느릿느릿 다가오는 것을 보면서 그는 속으로 한숨을 쉬었다.

'나도 기척 없이 느릿느릿 검을 움직여 좌냉선을 죽이고 임평지를 쓰러뜨렸지. 이제 사부님이 똑같은 방식으로 나를 죽이려 하시니 인과 응보로구나.'

몸속에서 둑이 터진 듯이 빠져나가는 진기를 느끼면서, 들고 있는 검끝을 영호충의 이마에서 겨우 몇 치 떨어진 곳까지 찔러낸 악불군은 뛸 듯이 기쁘면서도 몹시 초조했다.

바로 그때, 뒤에서 소녀의 날카로운 음성이 들려왔다.

"뭐… 뭐 하는 거예요? 어서 검을 치우세요!"

가벼운 발소리와 함께 누군가 달려오는 것이 느껴졌다.

이제 몇 치만 더 찔러넣으면 영호충을 죽일 수 있었다. 그 자신의 목숨이 걸린 이 중요한 순간 결코 손을 뗄 악불군이 아니었다. 그는 젖먹던 힘까지 끌어올려 팔을 뻗었다. 검끝이 영호충의 미간에 닿는 순간, 갑자기 등 한쪽이 서늘해졌다. 스르르 고개를 숙여보니 가슴 앞으로 날카로운 검이 삐죽 튀어나와 있었다.

소녀가 기겁한 목소리로 외쳤다.

"영호 사형, 괜찮으세요?"

다름 아닌 의림이었다.

영호충은 기혈이 뒤집혀 대답할 수가 없었다. 그를 대신해 영영이 말했다.

"의림 사매, 영호 사형은 괜찮아요."

의림의 얼굴이 활짝 펴졌다.

"다행이에요!"

겨우 안심한 듯 주변을 둘러보던 그녀는 자신이 찌른 사람을 알아 보고 눈이 휘둥그레졌다.

"악 선생이군요! 내… 내가 악 선생을…!"

"맞아요, 사부님의 복수를 한 것을 축하해요. 괜찮다면 그물을 열어 우리를 좀 풀어주겠어요?"

"아, 알았어요!"

의림은 그렇게 대답했지만 바닥에 엎어져 등을 관통한 검 사이로 새빨간 피를 뿜어내는 악불군을 보자 몸에서 힘이 쭉 빠지고 목소리 가 덜덜 떨렸다.

"내가… 내가 죽인 건가요?"

그녀는 떨리는 손으로 밧줄을 잡았지만 도무지 손에 힘이 들어가지 않아 풀어낼 수가 없었다.

그때 왼쪽 저편에서 누군가 소리쳤다.

"네 이년! 감히 높으신 선배를 해치다니 혼쭐이 나야겠구나!"

누런 옷을 걸친 노인이 검을 들고 이쪽으로 달려오고 있었다. 노덕 낙이었다.

"의림 사매! 검으로 막아요!"

영영이 황급히 소리쳤다. 의림은 잠시 머뭇거리다가 악불군의 몸에서 검을 뽑아냈다. 노덕낙이 쉭쉭쉭 세 번 검을 찔러왔고 의림은 재빨리 검으로 막았지만, 결국 세 번째 검이 그녀의 왼쪽 어깨를 스치며 옷자락을 찢고 말았다.

노덕낙의 초식은 점점 빨라졌다. 가끔 벽사검법 같은 것을 펼치기도 했지만 내공 심법 없이 모양만 흉내 낸 것이라 그 빠르기는 임평지에게 한참 미치지 못했다.

노덕낙은 본래부터 노련하고 경험이 많았으며, 숭산파와 화산파 검법에 모두 능한 데다 벽사검법까지 익혀, 의림은 결코 그의 적수가 되지 못했다. 하지만 의화와 의청이 의림을 항산파 장문인으로 만들기 위해 근래 영호충이 전수한 항산파 검법의 절초를 열심히 익히게 한 덕분에 의림의 무공이 제법 정진한 반면, 노덕낙은 제대로 익히지도 못한 벽사검법을 기어코 써보겠답시고 숭산파와 화산파의 검법 사이에 제멋대로 섞어넣는 바람에 도리어 검법의 효과가 크게 떨어져 어찌어찌 버텨낼 수 있었다.

처음에는 적의 빠른 검법에 당황해 어쩔 줄 몰라 하다가 왼쪽 어깨를 찔린 의림이지만, 자신이 패하면 영호충과 영영이 그물에서 벗어나지 못하고 죽임을 당할 수 있다는 데까지 생각이 미치자 영호충을 구하려는 일념에 몸을 돌보지 않고 필사적으로 싸웠다. 그녀가 죽기 살기로 덤비자 노덕낙은 쉽게 승부를 낼 수 없다는 것을 알고 난잡한 욕을 퍼부었다.

"더러운 비구니년! 제 어미처럼 지독한 년이구나!"

의림이 힘에 겨운 듯 쌕쌕거리자, 영영은 싸움이 길어지면 질 수밖에 없다는 것을 알고 온 힘을 다해 몸을 데굴데굴 굴려 깔린 왼팔을 빼낸 뒤 영호충의 혈도를 풀어주고 품에서 단검을 꺼냈다.

영호충이 버럭 외쳤다.

"노덕낙! 뒤에 무엇이 있는지 아느냐?"

경험 많은 노덕낙은 속이 빤히 보이는 영호충의 외침에 뒤돌아볼 사람이 아니었다. 돌아보는 순간 적에게 공격할 기회를 준다는 사실을 너무나 잘 알고 있기 때문이었다. 그는 영호충의 부름을 무시한 채 더욱 기세를 올려 의림을 공격했다. 영영은 단검을 꽉 쥐고 그를 겨눴으나, 의림과 노덕낙이 너무 가까이 붙어 있어 조금이라도 빗나가면 의림을 해치게 될까 봐 망설였다.

"앗!"

의림이 또다시 왼쪽 어깨를 찔려 비명을 내질렀다. 첫 번째는 살짝 긁힌 정도였지만 이번에는 제법 깊이 찔려 파릇파릇한 풀 위로 선혈이 점점이 떨어졌다.

영호충이 다급히 소리를 질렀다.

"원숭이다, 원숭이! 아니, 여섯째 사제의 원숭이군? 착한 원숭이야, 어서 와서 저자를 물어라. 저자가 바로 네 주인을 해친 도적이란 말이다!"

노덕낙은 악불군의 《자하비급》을 훔치려고 화산파 여섯째 제자 육대유를 죽였다. 육대유는 늘 조그마한 원숭이를 어깨에 얹어 데리고 다녔는데, 그가 죽은 후 원숭이는 어디론가 모습을 감췄다. 그 때문에 영호충이 그 원숭이를 부르는 소리를 듣자 노덕낙은 저도 모르게 온몸의 털이 쭈뼛 곤두섰다.

'그 짐승이 정말 달려들어 물면 귀찮아지겠군.'

이렇게 생각한 그는 재빨리 몸을 홱 돌리며 검으로 뒤를 내리쳤다. 하지만 원숭이 같은 것이 있을 리가 없었다.

바로 그때 영영의 단검이 쐐액 공기를 가르며 그의 뒷덜미로 날아들었다. 노덕낙은 황급히 몸을 숙였고, 단검은 그의 목덜미를 아슬아슬하게 스치고 지나갔다. 그러나 그가 안심하기도 전에 밧줄 하나가 왼쪽 발목을 팽팽하게 휘감더니 바짝 끌어당겼다. 그는 균형을 잡지 못하고 앞으로 우당탕 넘어지고 말았다.

노덕낙이 단검을 피하려고 몸을 숙이는 것을 본 영호충이 다시 오지 않을 기회임을 알아차리고 그물 끝에 이어진 밧줄을 집어던져 발목을 휘감아 쓰러뜨린 것이었다.

"죽이시오, 어서!"

영호충과 영영이 입을 모아 외치자 의림은 검으로 노덕낙의 목을 내리쳤다. 하지만 아무래도 그녀는 자비심이 깊고 간이 작은 선량한 여승이었다. 악불군을 죽일 때도 오로지 영호충을 구하기 위해 앞뒤 생각지 않고 검을 휘둘렀을 뿐 사람을 죽일 생각은 전혀 없었고, 지금도 마찬가지였다. 검이 노덕낙의 목에 닿으려는 순간 마음이 약해서 저도 모르게 방향을 살짝 틀었고, 그 때문에 검은 노덕낙의 목 대신 오른쪽 어깨를 내리쳤다.

비파골琵琶骨이 싹둑 끊어지자 검을 놓친 노덕낙은 의림이 한 번 더 찌를까 봐 찌르는 듯한 통증을 참고 벌떡 일어나 발목에서 밧줄을 풀어낸 뒤 허겁지겁 산 아래로 달아났다.

그런데 아래쪽에서 두 사람이 불쑥 튀어나와 그 앞을 가로막았다.

앞장선 여자가 날카롭게 외쳤다.

"네 이놈! 방금 내 딸에게 욕을 한 놈이 네놈이냐?"

바로 의림의 어머니이자 현공사에서 가짜 벙어리 노릇을 한 노파였다. 노덕낙이 다짜고짜 비각을 날리자 노파는 귀신처럼 몸을 피하면서 시원하게 그의 뺨을 철썩 올려붙였다.

"저 아이더러 제 어미처럼 지독한 년이라고 했겠다? 오냐, 저 아이 어미가 바로 나다. 그래도 욕을 할 테냐?"

영호충이 목이 터져라 외쳤다.

"그자를 붙잡으시오! 놓쳐서는 안 되오!"

막 노덕낙의 머리를 내리치려던 노파는 그 말을 듣자 우뚝 손을 멈췄다.

"흥, 천하에 벼락 맞을 놈 같으니라고! 네놈 말은 듣지 않겠다. 네놈이 붙잡으라니 반드시 이놈을 놓아주어야겠구나!"

그녀는 옆으로 몸을 비키며 노덕낙의 엉덩이를 힘껏 걷어찼다. 노덕낙은 대사면을 받은 죄수처럼 꽁지 빠지게 달아났다.

노파를 뒤따라 올라온 사람은 다름 아닌 불계 화상이었다. 불계 화상이 히죽히죽 웃으며 다가와 물었다.

"아니, 하고많은 좋은 곳을 두고 하필이면 그물 속에 들어가 있나?"

"아버지, 어서 그물을 열고 영호 사형과 임 대소저를 풀어주세요."

의림이 부탁했지만 노파가 얼굴을 굳히며 끼어들었다.

"저놈에게 진 빚을 아직 갚지 못했다. 이대로는 풀어줄 수 없다!"

영호충은 껄껄 웃었다.

"부부가 한 침상에 오르면 중매쟁이는 찬밥 신세라더니, 그 말이 꼭 맞구려. 내가 당신네 부부를 화해시켜주었으니 감사 인사부터 하는 것이 도리 아니오?"

노파는 그를 힘껏 걷어차며 욕을 퍼부었다.

"오냐, 이게 그 인사다!"

영호충은 낄낄거리며 소리쳤다.

"도곡육선! 어서 와서 나를 좀 구해주시오!"

노파가 가장 껄끄러워하는 상대가 바로 도곡육선이었기 때문에 그녀는 화들짝 놀라며 뒤를 돌아보았다. 영호충은 그 틈에 그물에서 손을 뻗어 밧줄을 풀고 영영을 먼저 내보낸 다음 자신도 나오려고 했다.

"못 나온다!"

노파가 일갈하며 버텼지만 영호충은 웃으며 말했다.

"좋소, 그리 싫으면 나가지 않겠소. 이 그물은 별유천지라오. 대장부는 굽힐 때 굽히고 펼 때 펼 줄 알아야 하는 법, 굽힐 때는 그물로 들어가고 펼 때는 그물에서 나오는 것이니 가타부타 떠들 일이 아니오. 이 영호충은…."

나오는 대로 우스개를 주워섬기던 그였지만 땅에 엎어진 악불군의 시신을 보자 웃음기를 싹 거두고 눈시울을 붉혔다. 곧이어 눈에서 눈물이 뚝뚝 흘러내렸다.

그의 마음이야 어떻건 노파는 펄펄 뛰며 소리를 질렀다.

"네 이놈! 네놈을 마구 때려주지 않으면 이 지독한 원한을 갚을 길이 없다!"

그녀의 왼손이 영호충의 뺨으로 날아들자 놀란 의림이 황급히 외쳤다.

"어머니, 안… 안 돼요!"

영호충이 오른손을 살짝 들었는데 그 손에는 어느새 검이 들려 있었다. 그가 악불군의 죽음 앞에 상심해 넋을 놓고 있는 사이 영영이 쥐여준 것이었다. 그가 검을 살짝 퉁기자 검끝이 노파의 오른팔 급소를 노리고 날아드는 바람에 노파는 하는 수 없이 한 걸음 물러서야 했다. 더욱 화가 난 그녀는 바람처럼 빠르게 이리저리 움직이며 닥치는 대로 장법과 권법을 펼쳐 눈 깜짝할 사이에 8초를 공격했다. 영호충은 여전히 그물 속에 있었지만 검을 자유자재로 움직였고, 그의 검끝은 매번 노파의 급소를 노리고 달려들다가도 급소에 닿을락 말락 하는 순간 물러나곤 했다. 독고구검은 일단 펼치면 천하무적이었으니, 영호충이 처음부터 봐줄 마음이 없었다면 노파는 이미 여덟 번은 죽었을 것이었다.

또다시 몇 초를 더 주고받은 뒤 자신의 무공이 그에게 한참 미치지 못한다는 것을 알아차린 노파는 그제야 길게 한숨을 쉬며 공격을 멈췄다. 그녀의 안색은 보기에 딱할 만큼 어두워져 있었다.

불계 화상이 그런 부인을 달랬다.

"여보, 임자. 친구 사이에 어찌 이리 화를 내시오?"

노파가 바락 쏘아붙였다.

"왜 끼어들고 그래요?"

치미는 화를 풀 길이 없던 차에 남편에게 화풀이를 한 것이었다.

영호충은 검을 내던지고 그물에서 빠져나와 웃으면서 말했다.

"좋소, 나를 때려서 화가 풀린다면 때리시오!"

노파가 재빨리 손을 들어 온 힘을 다해 그의 뺨을 철썩 때렸다.

"아이쿠!"

영호충은 피하지 않고 고스란히 따귀를 맞으며 소리를 질렀다.

노파는 더욱 화를 냈다.

"왜 피하지 않느냐?"

"피할 수가 있어야 피하지 않겠소?"

노파는 '흥' 하고 코웃음을 쳤다. 그가 의림의 얼굴을 보아 일부러 맞아주었다는 것을 짐작한 그녀는 다시금 손을 들어올렸지만 끝내 내리치지 못했다.

영영이 다정하게 옆에 선 의림의 손을 잡으며 말했다.

"의림 사매, 때맞춰 나타나주어 정말 다행이에요. 그런데 어쩌다 이곳까지 왔지요?"

의림은 쓰러진 악불군을 가리키며 설명했다.

"저는 사저들과 함께 저… 저분 부하들에게 잡혀왔어요. 사저 세 분과 어느 동굴에 갇혔는데 조금 전에 아버지와 어머니, 그리고 불가불계가 나타나 구해주었지요. 아버지와 어머니, 저, 그리고 불가불계와 세 사저는 길을 나누어 다른 사저들을 찾아 구하기로 했어요. 그러다가 이곳 절벽 아래에 이르렀을 때 위에서 사람들의 말소리가 들리기에 아무래도 영호 사형의 목소리 같아 살펴보러 온 거예요."

"그러잖아도 우리도 항산파 사저들을 찾던 중이었어요. 아무리 뒤져도 한 사람도 보이지 않았는데, 이제 보니 동굴에 갇혀 있었군요."

영호충이 다가와 말했다.

"방금 누런 장포를 입은 그 노인은 무시무시한 악당이오. 그자를 놓치다니 애석하군!"

그는 바닥에 떨어진 검을 주우며 말했다.

"어서 쫓아갑시다."

일행 다섯 명은 나란히 사과애를 내려갔다. 얼마 가지 않아 저 아래 골짜기를 타고 올라오는 전백광과 항산파 제자 일곱 명이 보였다. 의청도 그 속에 섞여 있었다. 다시 만난 사람들은 서로 무사한 것을 확인하며 무척 기뻐했다.

'이 세상에서 이곳 화산의 지리를 나보다 더 잘 아는 사람은 거의 없는데, 나도 모르는 골짜기 동굴을 외부인인 전 형이 어떻게 알았을까? 참 이상한 일이군.'

그는 호기심을 참지 못하고 전백광의 소맷자락을 끌어당겨 이야기를 하자는 신호를 준 뒤 일행에게서 멀찌감치 떨어졌다.

"전 형, 화산의 골짜기에 비밀 동굴이 있는 것은 나도 몰랐던 사실인데, 전 형이 찾아내다니 참으로 놀랍소."

전백광은 빙그레 웃었다.

"뭐, 그리 어려운 일도 아니었소."

"아, 그렇겠군. 화산파 제자를 잡아 심문해서 알아냈겠지."

"아니오."

"아니라고? 그렇다면 어떻게 알아냈소? 좀 가르쳐주시오."

전백광은 망설이는 표정으로 씩 웃었다.

"썩 고상한 이야기가 아니라서 하지 않는 게 좋겠소."

영호충은 더욱 호기심이 일어 끈질기게 매달렸다.

"전 형이나 나나 강호에서 알아주는 방탕아들이니 고상함을 따질 까닭이 어디 있소? 어서 말해보시구려."

"좋소, 하지만 들은 후에 나를 나무라지는 마시오."

영호충은 싱글벙글 웃으며 고개를 끄덕였다.

"전 형이 항산파 사저와 사매들을 구해 큰 공을 세웠는데 감사하지는 못할망정 무엇 하러 탓을 한단 말이오?"

그러자 전백광은 목소리를 낮춰 이야기를 시작했다.

"솔직히 말하면… 영호 장문도 알다시피 내게는 나쁜 버릇이 있소. 태사부께서 내 머리를 박박 깎고 '불가불계'라는 법명을 지어주신 뒤로 다시는 색계를 범하지 못하게 되었지만…."

영호충은 불계 화상이 전백광에게 내린 독특한 형벌을 떠올리고 가만히 미소를 지었다. 전백광도 그가 무슨 생각을 하는지 아는지 얼굴을 붉히며 말을 이었다.

"하지만 한 번 배운 재주는 쉽게 잊히지가 않더구려. 그래서 거리가 아무리 멀어도 여자들이 모여 있는 곳이라면 반드시… 반드시 알아낼 수 있다오."

영호충의 눈이 휘둥그레졌다.

"어떻게 그게 가능하오?"

"나도 어떻게 가능한지는 모르겠소. 아마 여자의 몸에서 나는 향이 남자들과는 다르기 때문이 아니겠소?"

영호충은 껄껄 웃었다.

"득도한 고승들은 천리안千里眼을 갖게 된다 들었는데, 우리 전 형께서는 천리비千里鼻를 가지셨구려."

"이거 참, 민망하구려!"

영호충은 웃으면서 말했다.

"전 형이 나쁜 일을 하다가 익힌 그 재주가 오늘 우리 항산파 제자들을 구하는 데 쓰일 줄은 정말 몰랐소."

그들의 웃음소리를 들은 영영이 돌아보며 무엇이 그리 재미있느냐고 물어보려다가 전백광의 엉큼한 표정을 보자 듣기 흉한 이야기인 줄 알아채고 입을 다물었다.

갑자기 전백광이 우뚝 걸음을 멈췄다.

"이 부근에 항산파 제자들이 있는 것 같소."

그는 코를 킁킁거리며 언덕길의 수풀 속으로 들어가, 고개를 숙이고 한참 동안 뭔가를 찾는 듯하더니 별안간 환호성을 터뜨리며 땅 아래쪽을 가리켰다.

"이곳이오!"

그가 가리킨 곳에는 무게가 200~300근은 됨직한 큼직한 돌 10여 개가 쌓여 있었다. 그가 돌을 하나하나 들어내기 시작하자 불계 화상과 영호충도 달려가 도왔다. 잠시 후 돌이 모두 치워진 바닥에는 평평한 청석판이 나타났다. 세 사람이 힘을 합쳐 청석판을 들어보니, 시꺼먼 구멍이 모습을 드러냈고 그 안에 쓰러진 여승 10여 명이 보였다. 예상대로 항산파 제자들이었다.

의청과 의림이 안으로 뛰어내려 동문들을 부축해 밖으로 나왔다. 몇 사람을 구해냈지만 안에는 아직도 동문들이 여럿 있었고 모두 실낱같이 겨우 숨만 붙어 있는 상태였다. 한 명 한 명 끌어내 보니 의화와 정악, 진견도 함께 있었다. 이 구덩이 안에는 서른 명이 넘는 사람들이 갇혀 있었는데, 상태를 보아하니 하루나 이틀 정도 더 늦었으면 모두 질식해 죽었을 것이 분명했다.

영호충은 사부 악불군의 지독한 처사에 가슴 한구석이 서늘하게 식는 것 같았다.

영호충이 전백광을 향해 인사했다.

"전 형, 정말 대단한 재주요. 땅속 깊은 곳에 갇혀 있었는데도 그 냄새를 알아차리다니, 정말 탄복했소!"

전백광이 웃으며 말했다.

"별거 아니오. 속가의 사백님과 사숙님들이 함께 섞여 계신 덕분이라오…."

"사백? 아, 그렇군. 전 형은 의림 사매의 제자였지."

전백광이 싱글싱글 웃으며 말을 이었다.

"출가하신 사백님과 사숙님들뿐이라면 나도 찾기가 쉽지 않았을 거요."

"속가 제자와 출가인 사이에 차이가 있소?"

"당연하지 않소? 속가의 여인들에게서는 연지분 냄새가 난다오."

영호충은 그제야 알겠다는 듯 고개를 끄덕였다.

일행은 힘을 합쳐 항산파 제자들을 구해냈고, 의청과 의림은 모자에 물을 떠 한 명 한 명 먹였다. 다행히 갇혀 있던 구덩이에 조그만 틈이 있어 환기가 되었고, 갇힌 사람들 모두 얼마간의 내공을 익혔기 때문에 몹시 지치기는 했지만 생명에는 이상이 없었다. 특히 내공이 깊은 편인 의화 등은 물을 마시고 나자 금세 정신을 차렸다.

영호충은 그들을 살피며 말했다.

"아직 삼분지 일도 구하지 못한 것 같소. 전 형, 그 어마어마한 신통력으로 좀 더 찾아주시구려."

벙어리인 척하던 노파가 의심스러운 눈길로 전백광을 훑어보며 물었다.

"저들이 이곳에 갇혀 있는 것을 어찌 알았지? 저들을 가둘 때 네놈도 같이 있었던 거야, 그렇지?"

"아닙니다, 절대 아닙니다! 저는 내내 태사부를 따라다녔고 그분 곁에서 떨어진 적이 없습니다."

전백광이 황급히 해명하자 노파는 얼굴을 굳히며 되물었다.

"내내… 따라다녀?"

그 싸늘한 말투에 전백광은 속으로 아뿔싸 비명을 질렀다. 오래전에 헤어졌던 그들 부부가 다시 만나 울고 웃고 때리고 껴안고 하는 것을 몰래 숨어서 똑똑히 지켜보았다는 사실을 이 까다로운 태사모가 알아차리기라도 하면 끝장이었다. 그는 허둥지둥 변명을 늘어놓았다.

"제 말은… 그러니까 요 반년 동안 저는 늘 태사부를 따라다니다가 한 열흘 전에야 겨우 헤어졌다는 뜻이었습니다. 그리고 오늘 이 화산에서 다시 만났지요."

노파는 반신반의하는 얼굴로 다시 물었다.

"그렇다면 저 여승들이 지하 동굴에 갇힌 것을 어찌 알았느냐?"

"그… 그게…."

그는 적당한 말을 찾지 못하고 곤궁에 빠져 우물우물했다.

바로 그때, 산등성이에서 수십 개의 뿔피리가 동시에 삘리리삘리리 울어대고 북소리가 둥둥 울렸다. 마치 천군만마가 달려오는 듯 웅장한 소리였다.

사람들은 깜짝 놀라 그쪽을 바라보았다. 영영이 영호충의 귓가에 속삭였다.

"아버지가 오셨어요!"

"아…!"

영호충은 고개를 끄덕였다. '장인어른께서 왕림하셨구려'라고 할 생각이었지만 어쩐지 부적절한 것 같아 입을 다물었다.

한동안 북소리가 울린 다음에는 또다시 나팔들이 노래를 불렀다. 노파도 의아한 듯 중얼거렸다.

"관군이라도 온 건가?"

별안간 북소리와 나팔 소리가 뚝 그치고, 열 명이 넘는 사람들이 입을 딱딱 맞춰 외쳤다.

"중흥성교하시고 택피창생하시는 일월신교의 임 교주께서 납시었다!"

내공이 깊은 고수 열 명이 동시에 외치자 그 목소리는 골짜기를 쩌렁쩌렁 울리고 화산 봉우리 곳곳에 메아리쳤다.

"임 교주께서 납시었다! 임 교주께서 납시었다!"

그 어마어마한 위엄에 불계 화상같이 세상 두려움 모르는 사람도 안색이 바뀌었다. 메아리가 그치기도 전에 수많은 목소리가 우렁차게 외쳤다.

"천추만재, 일통강호! 중흥성교, 택피창생!"

잠시 후 그 우렁찬 외침이 그치고 사방이 고요해지자 마침내 누군가 말했다.

"중흥성교하시고 택피창생하시는 일월신교의 임 교주께서 명하셨소. 오악검파의 장문인과 그 문하 제자들은 모두 조양봉에 올라 석루 앞에 모이시오.”

그는 똑같은 말을 세 번 외친 뒤 잠시 멈췄다가 다시 말했다.

“열두 당의 당주와 향주는 휘하의 교인들을 이끌고 골짜기를 깨끗이 청소하고 길을 단단히 지켜 잡인들이 드나들지 못하게 하라! 명을 따르지 않는 자는 이유 불문 격살하라!”

곧이어 서른 명쯤 되는 사람들이 우렁차게 대답하는 소리가 골짜기에 울려퍼졌다.

영호충과 영영은 서로를 쳐다보았다. 골짜기를 청소하고 길을 지키라는 말은 오악검파 사람들을 보는 즉시 조양봉의 임 교주 앞에 끌고 오라는 말이나 다름없었다.

‘임 교주는 영영의 아버지시다. 곧 영영과 혼례를 올릴 생각이니 장인어른을 찾아뵙는 것이 도리겠지.’

이렇게 생각한 영호충은 의화 일행을 돌아보고 말했다.

“아직 동문들을 다 구해내지 못했소. 길을 둘로 나누어 한쪽은 전형의 안내를 받아 가능한 한 빨리 동문들을 구해내시고, 다른 한쪽은 사과애의 동굴 입구로 가서 임평지를 잡아와주시오. 임 교주는 여기 있는 임 대소저의 아버지시니 우리를 괴롭히시지는 않을 거요. 나와 임 대소저는 먼저 조양봉에 올라갈 테니 일을 마친 후 조양봉에서 만납시다.”

의화와 의청, 의림 등은 고개를 끄덕이고 전백광을 따라 동문들을 구하러 떠났다.

노파가 심통을 부렸다.

“저자가 무엇이라고 저렇게 큰소리를 치는 거냐? 나는 가지 않을 테다! 흥, 제놈이 무슨 수로 나를 격살할 것인지 두고 보아야지."

노파의 까다로운 성질을 잘 아는 영호충은 그녀를 설득하기도 어려울 뿐 아니라, 설령 설득해 데리고 가더라도 임아행의 역린을 건드릴 것이 뻔했기 때문에 고민하지 않고 그들과 헤어져 영영과 단둘이 동쪽에 있는 조양봉으로 올라갔다.

"당신 아버지는 오악검파 사람들 모두 조양봉으로 오라고 하셨소. 설마 다른 문파 사람들도 이곳 화산에 와 있는 것일까?"

"오악검파 가운데 악불군과 좌냉선, 막대 선생은 오늘 하루 만에 모두 세상을 떠났어요. 태산파는 아직 장문인을 정하지 못했다고 하니 오악검파 가운데 남은 장문인은 당신뿐이에요."

영영의 대답에 영호충은 한숨을 쉬었다.

"항산파를 제외하면 오악검파의 고수 대부분이 사과애 안쪽 동굴에서 목숨을 잃었소. 게다가 살아남은 항산파 제자들은 기진맥진한 상태니 아무래도…."

"아버지가 이 틈에 오악검파를 일망타진하실까 봐 두려운 거지요?"

영호충은 고개를 끄덕이며 또다시 한숨을 쉬었다.

"그분이 직접 움직이시지 않아도 오악검파에는 이제 명맥을 이을 만큼 사람이 남아 있지도 않소."

영영도 따라서 한숨을 쉬었다.

"악불군은 화산 동굴에 남겨진 검술을 미끼로 오악검파 고수들을 유인한 뒤 무공이 높은 사람들을 단숨에 없애 오악파 장문인 자리를 공고히 하려고 했어요. 훌륭한 계교였지만, 그 소식을 들은 좌냉선이 맹인들을 불러모아 어두컴컴한 동굴에서 악불군을 죽이려고 한 거예요."

"좌냉선이 죽이려던 사람이 내가 아니라 사부님이라는 말이오?"

"당신이 올 줄은 몰랐을 테니까요. 당신의 검술은 이미 저 동굴에 새겨진 초식을 훨씬 뛰어넘으니 그 초식을 구경하러 올 리 없다고 생각했을 거예요. 우리가 그 동굴에 들어간 것은 순전히 우연이었어요."

"당신 말이 맞소. 사실 좌냉선과 나 사이에는 별다른 원한이 없소. 그의 눈을 멀게 한 사람도 사부님이고, 그에게서 오악파 장문 자리를 빼앗은 것도 사부님이오. 사부님을 향한 원한이야말로 뼈에 사무쳤을 거요."

"좌냉선은 일찌감치 계획을 세워 악불군을 동굴로 유인한 다음 어둠 속에서 죽여버리려고 했을 거예요. 그런데 어찌 된 영문인지 악불군이 그 계획을 간파하고, 도리어 동굴 밖에 그물을 쳐놓고 기다리고 있었지요. 뛰는 자 위에 나는 자 있다는 말이 이런 것인가 봐요. 이제 좌냉선과 당신 사부가 죽었으니 내막을 아는 사람은 아무도 없겠군요."

영호충은 씁쓸히 고개를 끄덕였다.

영영이 계속 말했다.

"오악검파 고수들을 유인해 죽인다는 악불군의 계획은 오래전부터 진행되고 있었어요. 지난번 숭산에서 장문인을 정할 때 당신 소사매가 태산파와 형산파, 숭산파, 항산파의 절묘한 초식들을 펼치는 것을 각 문파 고수들이 똑똑히 보았고 호기심에 애를 태웠지요. 일찌감치 당신에게서 동굴의 초식들을 배운 항산파 제자들만 그러려니 했을 뿐이고, 다른 세 문파의 제자들은 악 낭자가 그 초식을 어떻게 익혔는지 여기저기 수소문했을 거예요. 악불군은 그들에게 슬쩍 소문을 흘린 뒤 날을 정해 그 동굴을 개방했지요. 그러니 소식을 들은 사람들이 앞다

투어 달려든 것도 당연해요."

"무학을 익힌 사람들은 신묘한 초식이나 무공을 익힐 수만 있다면 죽음도 무릅쓰고 달려갈 것이오. 특히 자기 문파의 초식이라면 더더욱 모른 척할 수 없겠지."

"악불군은 당신이 오지 않을까 봐 또 다른 수를 썼어요. 미약으로 항산파 사람들을 쓰러뜨려 모두 화산으로 끌고 온 것이지요."

"사부님께서 어찌하여 그 많은 항산파 제자들을 붙잡아가는 수고를 하셨는지 도무지 모르겠소. 무척 먼 길이라 쉽지 않았을 텐데. 차라리 항산에서 죽여버리는 것이 깨끗하지 않았겠소?"

영호충은 고개를 갸웃하더니 생각났다는 듯 외쳤다.

"아, 알겠소! 항산파 제자들을 모두 죽이면 오악파 가운데 항산파가 사라지니, 항산이 빠진 오악파의 장문인은 이가 하나 빠진 것이나 마찬가지겠지."

"그것도 옳은 말이에요. 하지만 내 생각에는 그보다 더 큰 이유가 있어요."

"그게 무엇이오?"

"당신을 붙잡아 나와 거래를 하면 제일 좋겠지만, 그 방법이 어려우니 항산파 제자들을 모조리 잡아 당신을 협박하려던 거예요. 아무리 나라도 당신의 어려움을 모른 척할 수 없으니 그가 원하는 것을 내놓아야겠지요."

영호충은 무릎을 탁 쳤다.

"그렇구려, 사부님께는 삼시뇌신단의 해약이 가장 중요했소."

"악불군은 억지로 그 약을 삼킨 뒤로 밤낮 불안에 떨며 해약을 얻을 생각만 했을 거예요. 그리고 당신에게 손을 써야 내게서 해약을 얻을 수 있다는 것을 알았지요."

"당연하오. 나야말로 당신의 보물 중의 보물이니 당신이 해약을 내놓게 하려면 나를 이용할 수밖에 없겠지."

영영이 픽 웃으며 입을 삐죽였다.

"그자가 당신을 붙잡고 협박했더라도 해약을 내주지는 않았을 거예요. 그 해약은 약재를 구하기도 무척 어렵고 조제하기는 더더욱 어렵다고요. 값을 매길 수도 없는 그 귀한 보물은 그리 쉽게 내줄 리 있겠어요?"

"옛사람들은 '값을 매길 수 없는 보물은 얻기 쉬워도 마음속 낭군을 얻기는 어렵도다'라고 노래를 했다지."

영영은 두 뺨을 빨갛게 물들이며 속삭였다.

"어쩜 자기 입으로 저렇게 뻔뻔하게 자랑을 할까? 부끄러운 줄도 모르는군요."

그렇게 이야기를 주고받는 동안 두 사람은 좁다란 산길로 접어들었다. 가파르게 위로 뻗은 산길은 좁고도 험해 두 사람이 나란히 걸을 수가 없었다.

영영이 영호충을 돌아보았다.

"당신이 먼저 가요."

"아니오, 당신 먼저 가시오. 쓰러지기라도 하면 내가 뒤에서 안아주겠소."

영영이 장난스레 목소리를 낮췄다.

"어허, 네가 먼저 가래도. 절대로 뒤를 돌아보지 말고 앞으로만 가

거라. 이 늙은 할미가 하는 말이니 반드시 지켜야 한다."

말을 마친 그녀가 까르르 웃자 영호충은 어쩔 수 없다는 듯 두 손을 들어 보였다.

"좋소, 내 먼저 가리다. 내가 미끄러지기라도 하면 당신이 꼭 안아주어야 하오."

"안 돼요, 안 돼!"

영영이 황급히 소리를 질렀다. 장난기 많은 그가 일부러 미끄러지는 척하며 겁을 줄까 봐 그녀는 먼저 산길을 오르기 시작했다. 영호충은 웃으며 농을 건넸지만 사실은 악불군의 죽음에 기분이 울적해 웃다가도 금세 쓸쓸한 표정을 짓곤 했다. 그 사실을 잘 아는 영영은 가는 내내 웃고 이야기를 하며 기분을 풀어주려 애썼다.

굽이를 몇 번 돌고 나자 옥녀봉에 이르렀다. 영호충은 주위의 경관을 가리키며 영영에게 알려주었다.

"저곳이 바로 옥녀가 세수를 하던 곳이오. 그리고 저곳은 옥녀의 화장대고…."

이 옥녀봉이 어린 시절 영호충과 악영산이 함께 뛰어놀던 곳임을 짐작한 영영은 그가 공연히 마음 아파할까 봐 자세히 묻지 않고 빠른 걸음으로 지나쳤다.

언덕을 하나 더 넘자 조양봉으로 이어지는 오솔길이 나타났다. 산마루 곳곳에 망루가 세워졌고, 일월신교 교인들이 입은 옷과 같은 색 깃발을 따라 질서정연하게 움직이고 있었다. 지난번 흑목애에서도 그 엄중한 방비에 감탄했지만, 오늘은 그보다 더 삼엄해 보였다. 영호충은 속으로 탄성을 질렀다.

'임 교주는 과연 학식이 높은 분이구나. 내가 사마외도 수천 명을 이끌고 소림사를 공격했을 때는 규칙이 서지 않아 엉망진창이었는데, 일월신교는 수천 명이 마치 한 사람같이 움직이는군. 동방불패도 대단한 인물이지만 나중에는 정신이 나가 양연정에게 신교의 일을 일임하는 바람에 위엄을 잃었던 거야.'

일월신교 교인들은 영영을 볼 때마다 무척 공손한 태도로 허리를 굽혀 인사했고, 영호충에게도 극진히 예를 다했다. 두 사람이 도착한 것을 보고하기 위함인지, 봉우리 아래에서부터 등성이를 지나 꼭대기까지 깃발이 차례차례 올라갔다.

조양봉 기슭에서부터 요처마다 일월신교 교인들이 무리를 지어 지키고 있었는데, 그 수는 어림잡아 2천 명은 됨직했다. 일월신교는 교인들뿐 아니라 천하에 두루 퍼져 있는 방문좌도들까지 소집해 대거 행동에 나선 모양이었다. 설령 오악검파의 장문인들이 모두 살아 있고, 정파 고수들이 화산에 모여 있었다 하더라도, 사전에 주도면밀한 계획을 세우지 않고 창졸간에 싸움을 벌였다면 이기기보다 질 가능성이 훨씬 높았다. 하물며 고수들 대부분이 죽고 없는 지금은 숫제 항거할 힘조차 없었다.

임아행의 기세로 보아 이번 기회에 오악검파를 완전히 쓰러뜨리려는 것이 분명했으나, 상황이 이렇게 된 마당에 영호충 혼자서는 쓰러져가는 누각을 지탱할 수도 없었다. 이제 남은 일은 모든 것을 운명에 맡기고 흐름을 보아 움직이는 것뿐이었다. 물론 임아행이 오악검파를 몰살시키려 한다면 혼자 살아남을 마음은 없었기에 힘이 닿는 데까지 맞서 싸우다 항산파 제자들과 함께 조양봉에서 목숨을 바치리라 생각했다.

그는 총명하고 눈치가 빨랐지만 전략을 세우거나 모략을 꾸미는 데는 소질이 없어, 대사를 도모하거나 임기응변에 능한 인재는 아니었다. 항산파 전체가 위험에 빠진 지금도 문파를 지켜낼 방도가 떠오르지 않아 그저 흘러가는 대로 운명에 따르겠다는 생각뿐이었다. 더욱이 임아행은 영영의 아버지니 영영이 양쪽 모두 돕지 않으면 모를까, 자신을 도와 아버지를 물리칠 묘책을 세워줄 리도 없었다.

조양봉을 뒤덮은 일월신교 교인들은 활시위에 화살을 얹고 칼과 검을 뽑아 든 채 당장이라도 싸울 듯이 서 있었지만, 그는 못 본 체하고 영영과 객쩍은 농담만 주고받았다.

그러나 영영은 점점 가중되는 근심으로 마음이 무거웠다. 그녀는 영호충처럼 시원스레 포기하고 모든 것을 내려놓을 수 있는 성품이 아니었다. 오는 내내 생각에 생각을 거듭해보았지만 도무지 묘책이 떠오르지 않았다.

'충 오라버니는 본래 세상 두려운 줄 모르는 사람이야. 걱정 때문에 전전반측하는 성품이 아니니 어떻게든 내가 방법을 생각해내야 해.'

그러나 아버지가 친히 교인들을 이끌고 온 이상 양쪽 모두 다치지 않고 끝낼 수는 없을 것 같았다.

두 사람은 천천히 봉우리에 올랐다. 정상에 오르자마자 신호를 하는 나팔 소리가 들리더니, 폭죽이 펑펑 터지고 사죽과 북 소리가 요란하게 울려퍼졌다. 마치 귀한 손님을 맞이하는 것 같았다.

영호충이 나지막이 속삭였다.

"장인어른께서 처가에 방문한 사위를 아주 융숭하게 맞아주시는

구려!"

영영은 장난스레 그를 살짝 흘겼지만 곧 마음이 어두워졌다.

'하여간 하늘이 무너져도 신경 쓰지 않을 사람이라니까. 이런 와중에도 농을 할 여유가 있다니….'

그때, 누군가 껄껄 웃으며 그들을 향해 외쳤다.

"대소저, 영호 형제! 교주님께서 기다리신 지 오래일세."

보랏빛 장삼을 입은 호리호리한 노인이 성큼성큼 다가와 반가운 얼굴로 영호충의 두 손을 힘차게 마주 잡았다. 상문천이었다.

상문천을 만나자 영호충도 몹시 기뻐했다.

"상 형님, 그간 어찌 지내셨습니까? 언제 다시 만날 수 있을까 늘 생각하곤 했습니다."

상문천이 기분 좋게 웃었다.

"이 형은 흑목애에 있는 동안 무림을 떠들썩하게 흔들어놓은 자네 이야기를 빠짐없이 들었다네. 먼 곳에서나마 홀로 건배하며 축하를 했지. 못해도 열 단지는 마셨을 게야. 자자, 어서 교주님을 뵈러 가세나."

그는 영호충을 이끌고 석루로 향했다.

조양봉 석루는 거대하게 솟은 바위가 자연적으로 누각을 이룬 곳으로, 석루 동쪽은 바로 조양봉의 꼭대기인 선인장仙人掌이었다. 선인장은 하늘로 삐죽하게 솟은 돌기둥 다섯 개를 말하는데, 세 번째 기둥이 가장 높아 사람의 손가락처럼 보인다 하여 그런 이름이 붙었다. 지금 그 세 번째 돌기둥 위에는 태사의가 놓여 누군가 단정하게 앉아 있었다. 다름 아닌 임아행이었다.

영영이 선인장 앞으로 나아가 머리를 조아렸다.

"아버지!"

영호충도 허리를 숙여 절을 올렸다.

"후배 영호충이 교주님께 인사드립니다."

임아행은 껄껄 웃었다.

"영호 형제, 어서 오너라. 한집안 사람끼리 그리 예를 차릴 것 없다. 오늘 이 자리에서 천하 영웅들을 만나기로 했으니 우선 공사를 논한 뒤 집안일은 천천히 이야기하자. 사… 아니, 형제, 이쪽으로 와서 앉아라."

'사위'라고 부르려다 아직 정식으로 혼례를 올리지 않았으니 적절하지 않다고 생각했는지 '형제'라고 바꿔 부른 것인데, 이것만 봐도 그가 두 사람의 혼인을 찬성하는 것은 분명했다. 더욱이 '한집안 사람'이니 '집안일'이니 하는 말 또한 영호충을 가족으로 여긴다는 뜻이었다. 영호충은 기쁜 마음에 벌떡 일어나 감사 인사를 하려 했지만, 돌연 단전에서 서늘한 기운이 솟구치고 느닷없이 얼음물 속에 풍덩 빠진 것처럼 몸이 덜덜 떨리기 시작했다.

영영이 놀라 달려왔다.

"어떻게 된 거예요?"

"그… 그게…."

몸이 떨려 말조차 제대로 나오지 않았다.

돌기둥 위에 높이 앉은 임아행이지만 보는 눈은 예리했다.

"좌냉선과 싸웠더냐?"

그의 질문에 영호충은 힘겹게 고개를 끄덕였다.

임아행은 빙그레 웃으며 말했다.

"별일 아니다. 한빙진기를 빨아들인 모양이지만 조금 있으면 흩어질 테니 걱정할 것 없다. 그나저나 좌냉선은 어찌 아직 오지 않느냐?"

"아버지, 좌냉선은 계략을 꾸며 영호 공자와 저를 해치려다가 영호 공자 손에 죽었어요."

"허, 그랬군."

거리가 멀어 그의 표정을 확실히 볼 수는 없었지만, 말투에는 실망한 기색이 역력했다. 영영은 금세 아버지의 마음을 알아챘다. 임아행이 교인들을 대거 동원해 위세를 뽐낸 것은 오악검파의 기를 꺾어 단숨에 제압하기 위함이었는데, 평생의 숙적인 좌냉선이 자신의 발아래 무릎을 꿇고 머리 숙이는 모습을 볼 수 없게 되었으니 유감스러운 일이 아닐 수 없었던 것이다.

영영은 가만히 영호충의 오른손을 잡아 한기를 물리치는 데 힘을 보탰다. 상문천도 영호충의 왼손을 잡았다. 두 사람이 동시에 운기행공하자, 영호충도 한기가 점점 물러가는 것을 느낄 수 있었다.

지난날 임아행은 소림사에서 좌냉선과 싸우다 한빙진기를 대량 빨아들인 후 눈 쌓인 들판에서 한기가 발작해 목숨이 위태로워졌고, 영호충과 상문천, 영영이 그를 돕느라 눈사람으로 변하기도 했었다. 하지만 영호충은 좌냉선과 검을 맞대다 진기를 약간 흡수했을 뿐, 시간도 짧았고 의식적으로 흡수하지도 않았기 때문에 상태가 그리 심각하지는 않았다.

얼마쯤 지나 몸의 떨림이 멈추자 그는 겨우 안도하며 두 사람에게 말했다.

"이제 좋아졌습니다. 감사합니다."

"형제는 내 부름에 곧바로 이곳으로 올라왔으니 아주 훌륭하다, 아주 좋아!"

임아행이 그렇게 말하고는 상문천을 돌아보았다.

"다른 네 문파의 장문인들은 어째서 여태 소식이 없는가?"

"다시 재촉해보겠습니다!"

상문천이 대답하고 왼손을 흔들자, 석루 앞에 도열해 있던 누런 장삼을 입은 노인 열여덟 명이 일제히 외쳤다.

"중흥성교하시고 택피창생하시는 일월신교 임 교주의 명이오. 태산파와 형산파, 화산파, 숭산파 사람들은 속히 조양봉으로 올라오도록 하시오. 각 당의 향주들은 가까이 있는 자들을 재우쳐 착오가 없도록 하라."

노인들은 내공이 심후한 고수들로, 그들이 한꺼번에 외치자 그 소리는 화산 봉우리를 뒤덮고도 남았다. 동서남북에서 수십 명이 대답하는 소리가 들려왔다.

"명을 받들겠습니다. 교주님, 천추만재, 일통강호!"

일월신교 향주들의 목소리였다.

임아행이 빙그레 웃으며 영호충에게 예를 차려 말했다.

"영호 장문, 이쪽으로 와서 앉으시오."

영호충은 선인장 서쪽 끝에 놓인 다섯 개의 의자를 바라보았다. 의자에 놓인 수단繡緞 방석은 검정, 하양, 파랑, 빨강, 노랑 바탕에 산봉우리가 하나씩 수놓여 있었다. 북악 항산은 검정색을 숭상하므로 검정 방석에 수놓은 것은 바로 견성봉이었다. 자수 솜씨가 몹시 정교해, 이 의자 하나만으로도 일월신교가 얼마나 준비를 철저히 했는지 알 수 있었다.

오악검파는 중악 숭산을 으뜸으로 삼고 북악 항산을 가장 말미로 여겨왔는데, 의자의 배치는 이 순서가 뒤집혀, 항산파 장문인 자리가 가장 상석에 놓였고 그다음이 화산파였다. 숭산파의 자리는 가장 말석이었다. 이는 영호충을 치켜세워 좌냉선에게 모욕을 주려는 임아행의 의도가 분명했다. 그 속셈이야 어떻건, 좌냉선과 악불군, 막대 선생, 천문 진인이 모두 세상을 떠난 마당에 영호충도 구태여 사양할 까닭이 없었다. 그는 허리를 숙여 인사한 뒤 검정 방석이 놓인 의자에 앉았다.

조양봉에 모인 사람들은 묵묵히 기다렸다. 한참이 지나 상문천이 다시 노인 열여덟 명을 시켜 전갈을 보냈지만 끝내 올라오는 사람이 없었다.

상문천이 말했다.

"교주님을 배알할 기회를 주었는데도 미적거리다니, 실로 호의를 모르는 자들입니다. 우선 우리 쪽 사람들부터 부르시지요!"

누런 장포를 입은 노인들이 입을 모아 외쳤다.

"오호사해의 도주와 동주, 방주, 채주, 산주, 당주들은 형제들을 이끌고 조양봉으로 와서 교주님을 배알하라!"

그 말이 끝나기 무섭게 봉우리 주위로 우레 같은 외침 소리가 쩌렁쩌렁 울렸다.

"명을 받들겠습니다!"

산사태라도 일어날 듯 어마어마한 그 소리에 영호충은 화들짝 놀랐다. 소리로 보아 적어도 2만~3만 명은 돼 보였다. 그 많은 사람들이 소리도 내지 않고 산 구석구석에 숨어 있었다니, 아마도 임아행은 오악검파 사람들을 불러모은 후 그들에게 갑자기 소리를 지르게 해 감히 반항할 꿈도 꾸지 못할 정도로 기를 눌러주려던 모양이었다.

잠시 후, 조양봉 사방팔방으로 셀 수 없이 많은 사람들이 물밀듯이 꾸역꾸역 올라왔다. 머릿수는 많았지만 전혀 소란스럽지 않았고, 질서 정연하게 정해진 자리에 가서 서는 품이 익숙해질 때까지 거듭 훈련을 한 것 같았다. 봉우리에 도착한 사람 수는 대략 2천~3천 명쯤 되었는데, 모두 방문좌도와 녹림의 수령들이고 그 부하들은 산등성이에서 대기 중이었다.

슬쩍 훑어본 영호충은 황백류와 사마대, 조천추, 노두자, 계무시 등도 함께 있는 것을 발견했다. 그들 가운데 몇몇은 일월신교 소속이고 또 몇몇은 오래도록 일월신교와 사이좋게 지내온 사람들이었다. 영호충이 호걸들을 이끌고 소림사를 공격했을 때 참가하기도 했다. 영호충과 시선이 마주치자 그들은 웃음 띤 얼굴로 고개를 끄덕여 아는 체를 했지만 소리 내 인사하지는 못했다. 저벅저벅하는 발소리를 제외하면 수천 명이 움직이는 것을 느낄 수도 없을 만큼 조용했다.

상문천이 오른손을 높이 들어 둥글게 원을 그렸다. 그 신호에 수천 명이나 되는 사람들이 일제히 바닥에 엎드리며 큰 소리로 외쳤다.

"강호 후배들이 중흥성교하시고 택피창생하시는 일월신교의 성聖교주님께 인사 올립니다! 성교주님, 천추만재, 일통강호!"

하나같이 무공이 고강한 인물들이라 배에 힘을 주고 외치자 한 사람이 열 명의 목소리를 내는 것 같았다. 특히 '천추만재, 일통강호'를 외칠 때는 일월신교의 교인들과 산등성이에서 기다리던 다른 호걸들도 입을 모아 같은 말을 외쳐대는 통에 산이 떠르르 울릴 지경이었다.

임아행은 꼿꼿하게 앉아 있다가 그 커다란 울림이 사라지자 답례의 뜻으로 손을 들어 보였다.

"모두들 수고가 많구나. 일어나거라!"

"감사합니다, 성교주님!"

수천 명이 대답하며 일사불란하게 일어섰다.

그 광경을 지켜본 영호충은 속으로 한숨이 났다.

'처음 흑목애에 갔을 때 교인들이 동방불패를 저렇게 떠받드는 것을 보고 역겨워 죽을 뻔했는데, 임 교주는 자리를 되찾더니 '교주' 앞에 성스러울 '성' 자를 붙여 성교주라는 말까지 만들어냈으니 청출어람이구나. 문무백관이 황제를 배알하며 만세를 외칠 때도 저렇게 비굴하게 무릎을 꿇지는 않을 거야. 무학을 익힌 사람이라면 영웅호걸을 자처하며 살아야 하는데, 저런 수모를 당하고 무슨 낯으로 대장부라고 고개를 들고 다닐 수 있을까?'

이런 생각을 하니 분통이 터져 견딜 수가 없었다. 그 때문일까, 별안간 단전이 칼로 후벼파듯 아프기 시작하고 눈앞이 새까매지며 현기증이 일었다. 그는 의자 팔걸이를 꽉 움켜쥐고 피가 날 정도로 힘껏 입술을 깨물었다. 흡성대법을 익혔지만 사용하지는 않겠다고 다짐했으나, 조금 전 동굴 입구에서 악불군이 던진 그물에 갇히자 목숨이 위태로워 어쩔 수 없이 악불군의 진기를 빨아들였고, 그것이 큰 화를 불러온 것이었다.

그는 몸속에서 부글부글 끓어오르는 진기를 억지로 덮누르며 입으로 새어나오려는 신음을 겨우 참았다. 그러나 이마에 굵은 땀방울이 송송 맺히고 전신이 부들부들 떨리는 것은 참을 수가 없었다. 얼굴 근육이 마구 뒤틀려 고통스러운 표정이 고스란히 드러나자, 조천추 등은 몹시 걱정스러운 듯 눈 한 번 깜빡이지 않고 그를 바라보았다.

영영이 곁으로 다가와 속삭였다.

"충 오라버니, 나 여기 있어요."

수천 명의 호걸들이 지켜보는 앞에서 다정한 말을 입에 담자 그녀의 얼굴이 부끄러움으로 새빨갛게 물들었다. 영호충은 고개를 돌려 그녀를 바라보았다. 영영의 얼굴을 보자 마음이 한결 편안해졌다.

오래전 임아행이 항주에서 했던 말이 또록또록 떠올랐다. 임아행은 흡성대법을 익힌 뒤 다른 사람이 수련한 각종 진기가 몸속에 쌓여 서로 융합되지 못하면 필시 발작을 하게 되고, 그 수위는 갈수록 심각해진다고 했다. 임아행이 동방불패에게 교주 자리를 빼앗긴 것도 서로 다른 진기들을 융합하는 법을 고심하느라 다른 일에 전혀 신경을 쓰지 못했기 때문이었다. 그로 인해 임아행은 서호 바닥의 지하 감옥에 10여 년간 갇혀 있어야 했지만, 그곳에서 전력을 다해 연구한 끝에 답을 찾아냈다. 하지만 그는 영호충이 일월신교에 들어와야만 그 비결을 알려주겠다고 했다.

그때 영호충은 그 권유를 거절했다. 어려서부터 정파의 가르침을 받은 그는 정파와 사파가 나란히 할 수 없다는 것을 굳게 믿었기에 무슨 일이 있어도 마교와 한패가 되고 싶지 않았던 것이다. 그러나 훗날 좌냉선 같은 정파의 대종사가 벌인 간악하고 비열한 일들을 겪으면서 정파의 간교함이 마교보다 더하면 더했지 못하지 않다는 것을 깨달았고, 마음속에서도 정사의 구분이 많이 옅어졌다. 때로는 임아행이 일월신교에 들어와야만 영영과 맺어주겠다 우기면 못 이기는 척하고 들어갈까 하는 생각도 들었다. 그는 본래 주어진 환경에 순응하며 무엇이든 심각하게 생각하는 법이 없었기에 일월신교에 들어가느냐 마느냐는 별로 중요한 일도 아니었다.

하지만 여러 호걸들이 동방불패와 임아행이라는 두 교주 앞에서 비굴하기 짝이 없는 태도로 입만 열면 역겨운 찬사를 쏟아내는 것을 목격한 후로 반감이 커졌다. 일월신교에 들어가면 자신 또한 저런 노예 같은 생활을 해야 한다는 생각에 소름이 끼쳐 견딜 수가 없었다. 대장부로 태어났으니 생사는 운명에 맡기고 사람답게 생활해야지, 비굴한 행동으로 목숨을 구걸할 생각은 추호도 없었다.

지금 임아행의 위세와 화려한 격식은 황제보다 더했다. 서호 지하 감옥에 갇혀 있을 때의 상황은 까맣게 잊고, 천하의 영웅들에게 사람 같지도 않은 짓을 강요하는 그의 태도가 보면 볼수록 무례하고 괘씸하게 느껴졌다.

그때 누군가 낭랑하게 말했다.

"성교주께 아룁니다. 항산파 제자들이 도착했습니다."

영호충은 흠칫해 석루 입구를 바라보았다. 의화와 의청, 의림 등 항산파 제자들이 서로 끌고 부축하면서 올라오고 있었다. 그들 뒤로는 불계 화상 부부와 전백광이 따랐다.

포대초가 큰 소리로 외쳤다.

"친구들께서는 안으로 들어가 성교주님을 배알하시오!"

의청은 의자에 앉은 영호충을 바라보았다. 임아행은 영호충의 미래의 장인이니 비록 양립할 수 없는 사파의 수뇌라고는 해도 장문인의 낯을 보아 후배로서 인사하는 것은 무방할 것 같았다. 그녀는 사매들을 이끌고 선인장 앞으로 다가가 살짝 허리를 숙이며 말했다.

"항산파 말학들이 임 교주께 인사드리오!"

"무릎을 꿇고 머리를 조아리시오!"

포대초가 소리를 지르자 의청은 당당하게 대답했다.

"우리는 출가인이오. 출가인은 부처님과 보살님, 사부님께만 절을 올릴 뿐 평범한 사람에게는 절을 하지 않소!"

포대초는 길길이 날뛰었다.

"성교주께서는 평범한 사람이 아니오. 저분은 신선이자 성인이요, 부처이자 보살이시오!"

의청이 영호충을 돌아보자 영호충은 고개를 저어 보였다. 의청은 다시 말했다.

"죽이려면 죽이시오! 우리 항산파 제자는 결코 평범한 사람에게 절 하지 않소!"

불계 화상이 껄껄 웃음을 터뜨렸다.

"옳거니, 옳거니! 말 한번 잘하는구나!"

상문천이 버럭 화를 내며 나섰다.

"귀하는 어느 문파 사람이오? 이곳에는 무슨 일로 왔소?"

기실 그가 나선 까닭은 따로 있었다. 항산파 제자들이 임아행에게 절하기를 거부하자 장내 분위기는 급속도로 얼어붙었다. 하지만 그는 영호충과의 친분으로 항산파 제자들을 핍박하고 싶지 않아, 불계 화상을 물고 늘어져 임아행의 시선을 돌리고자 한 것이었다.

불계 화상은 웃으며 대답했다.

"이 어르신은 큰 절이건 작은 절이건 받아주지 않는 떠돌이 화상이고 문파 따위는 없다. 이 산봉우리에 사람들이 떠들썩하게 모인다기에 무슨 구경거리라도 있나 싶어 올라왔다."

"이 자리는 일월신교와 오악검파가 회견을 하는 곳이니 잡인들이 어슬렁거려서는 안 되오. 그만 내려가시오!"

영호충의 체면을 보아 부드럽게 말한 셈이었다. 불계 화상은 항산파 제자들과 함께 왔으니 어떻게든 그들과 인연이 있는 것은 분명했으므로 마냥 매몰차게 굴 수는 없었던 것이다.

불계 화상은 히죽히죽 웃었다.

"이 화산이 너희 마교 놈들 것도 아닌데 내 발로 어디를 가든 너희가 무슨 상관이냐? 화산파 제자들이라면 모를까."

'마교'라는 단어는 일월신교의 금기어였다. 무림인들도 뒤에서는 그들을 마교라 불렀지만 공공연히 싸움을 벌일 때 외에는 그들 앞에서 결코 그 단어를 입에 담지 않았는데, 솔직하고 말을 돌려 하는 법을 모르는 불계 화상은 자신을 쫓아내려는 상문천이 불만스러워 주변에 누가 있건 추호도 신경 쓰지 않았다.

상문천이 영호충을 돌아보았다.

"영호 형제, 이 미치광이 화상은 대체 누구인가?"

영호충은 단전에서 전해지는 지독한 통증에 정신을 차릴 수 없었지만 억지로 목소리를 쥐어짰다.

"그… 그분은 부, 불계 대…."

불계 화상의 입에서 공공연히 '마교'라는 단어가 나오자 화가 머리 끝까지 난 임아행은 영호충이 불계 화상을 두둔해 죽이지 못하게 될까 봐 그의 말이 끝나기도 전에 큰 소리로 외쳤다.

"저 미친 중놈을 때려 죽여라!"

"명을 받들겠습니다!"

누런 옷을 입은 장로 여덟 명이 권각을 휘두르며 불계에게 달려들었다.

"오냐, 머릿수로 겁을 주려고?"

불계 화상이 소리치는 사이 여덟 장로의 주먹은 어느새 그의 몸을 덮쳤다.

"부끄러움도 모르는 놈들!"

불계 화상의 부인인 노파가 분통을 터뜨리며 뛰어들어 불계 화상과 등을 맞대고 싸우기 시작했다. 여덟 장로는 일월신교에서 손꼽는 고수들로, 무공 또한 불계 화상과 그 부인에 비해 전혀 뒤지지 않았다. 그들은 여덟 명인데 이쪽은 단둘밖에 되지 않았으니 금세 우위가 갈렸다. 전백광이 칼을 뽑고 의림은 검을 뽑아 싸움에 끼어들었지만, 두 사람의 무공은 그들보다 훨씬 뒤처졌다. 일월신교의 장로 둘이 무리에서 떨어져나와 그들을 상대하자, 전백광은 쾌도에 의지해 어찌어찌 막았으나 의림은 완전히 수세에 몰려 숨 돌릴 틈조차 없게 되었다. 그 장로가 영호충의 낯을 보아 항산파 옷을 입은 그녀를 봐주지 않았다면 일찌감치 목숨을 잃고 말았을 것이다.

영호충은 왼손으로 아랫배를 꾹 누르며 오른손으로 검을 뽑았다.

"잠… 잠깐!"

그가 몸을 날리며 민활하게 검을 여덟 번 휘두르자 네 명의 장로가 허둥지둥 뒤로 물러났다. 그는 돌아서서 또다시 여덟 번 검을 찔렀다. 이 열여섯 초식은 모두 독고구검이었고 하나같이 장로들의 급소를 노리고 있었기 때문에, 그러잖아도 그와 맞설 생각이 없었던 장로들은 손발이 어지러워져 분분히 물러났다. 영호충은 허리를 숙이고 바닥에 웅크려앉으며 말했다.

"임… 임 교주, 제 얼굴을 보아서라도 부디… 부디… 저들을…."

지독한 통증 탓에 말을 끝낼 수도 없었다.

임아행은 그의 상태만 보고도 흡성대법의 부작용이 발작한 것을 알 수 있었다. 영호충은 딸이 마음에 두고 있는 상대기도 했고, 자신 또한 몹시 아끼는 청년이었다. 아들이 없어 영호충과 딸을 혼인시킨 뒤 훗날 그에게 교주 자리를 넘겨주려 생각했던 임아행은 그가 이렇게 나오자 할 수 없이 고개를 끄덕였다.

"영호 장문의 부탁이니 이번만큼은 용서해주겠소."

상문천이 훌쩍 몸을 날려 다가오더니 양손을 휙휙 휘둘러 불계 화상 부부와 전백광, 의림의 혈도를 짚었다. 그 움직임이 어찌나 빠른지 신출귀몰한 노파조차 그의 손을 피할 수 없었다.

영호충이 놀라 눈을 휘둥그레 떴다.

"상… 상 형님…!"

상문천이 웃으며 말했다.

"걱정 말게. 성교주께서 이미 용서한다고 말씀하시지 않았는가?"

그는 고개를 돌려 부하들을 바라보았다.

"이리 오너라!"

푸른 적삼을 입고 꼿꼿하게 서 있던 교인 여덟 명이 다가와 허리를 숙였다.

"상 좌사, 분부하십시오!"

"남녀 각 네 사람이 필요하다."

남자 교인 네 명이 물러가고 여자 교인 네 명이 그 자리를 대신했다.

"이 네 사람은 심히 불측한 언동으로 죽어 마땅하나 성교주께서 넓으신 아량으로 영호 장문의 체면을 보아 처벌하지 않기로 하셨다. 너희가 이자들을 업고 봉우리를 내려간 뒤 혈도를 풀어 석방해주어라."

"예."

여덟 사람이 대답하자 상문천은 낮은 소리로 덧붙였다.

"영호 장문의 친구들이니 무례한 짓은 삼가도록!"

"예!"

교인들은 네 사람을 업고 봉우리 아래로 사라졌다.

불계 화상 일행이 죽음을 면하자 영호충과 영영은 겨우 안도했다.

"감… 감사합니다!"

영호충은 떨리는 소리로 말한 뒤 힘없이 고꾸라져 다시는 일어나지 못했다. 방금 독고구검을 펼쳐 일월신교의 장로 여덟 명을 물리친 바람에 그 짧은 순간 기력이 크게 소모되어 더는 단전의 통증을 억누를 수 없었던 것이다.

상문천은 그가 몹시 걱정스러웠지만 겉으로는 드러내지 않고 빙그레 웃었다.

"영호 형제, 몸이 좋지 않은가?"

그와 영호충은 지난날 힘을 합쳐 군웅들을 물리치며 결의형제를 맺은 사이로, 비록 함께한 날은 길지 않았지만 그 정은 생사를 뛰어넘을 만큼 깊었다. 그는 영호충을 부축해 의자에 앉힌 뒤 그의 몸속에서 날뛰는 진기를 잠재울 수 있도록 암암리에 자신의 진기를 흘려보냈다.

흡성대법을 익힌 영호충은 상문천이 이렇게 나오면 자연스레 그 진기를 빨아들이게 된다는 것을 알고 황급히 그의 손을 뿌리쳤다.

"상 형님, 안 됩니다! 저… 저는 이제 괜찮습니다."

선인장 위에서 임아행이 말했다.

"오악검파 가운데 항산파만 찾아왔구나. 다른 네 문파의 제자들은 이곳에 올 용기조차 없는 것 같으니 우리도 더 이상 예의를 차릴 필요가 없다."

바로 그때 상관운이 헐레벌떡 달려와 선인장 앞에 허리를 숙이며 말했다.

"성교주께 아룁니다. 사과애 동굴에서 수백 구의 시체를 발견했습니다. 숭산파 장문인 좌냉선을 비롯하여 숭산파, 형산파, 태산파의 숱한 고수들이 섞여 있었습니다. 상황을 보니 서로 싸우다 죽은 것 같습니다."

임아행은 눈살을 찌푸렸다.

"그래? 형산파 장문인 막대도 있었느냐?"

"자세히 살펴보았지만 막대의 시체는 없었습니다. 화산 곳곳을 샅샅이 뒤졌음에도 종적을 발견하지 못했습니다."

영호충과 영영은 그 말에 적잖이 위안이 되어 서로를 바라보았다.

'막대 선생은 신출귀몰한 분이니 위기에서 빠져나오실 수 있었을 거야. 아마 시체들 속에 누워 죽은 척하다가 풍랑이 지나간 후 살짝 떠나셨겠지.'

그런 두 사람의 귓가에 상관운의 말이 계속 이어졌다.

"태산파의 옥경자와 옥음자도 모두 죽었습니다."

임아행은 몹시 불쾌한 듯이 중얼거렸다.

"그게… 그게 대체 어찌 된 일이냐?"

상관운이 보고를 계속했다.

"그 동굴 밖에는 또 하나의 시체가 있었습니다.

"누구냐?"

임아행이 다급히 물었다.

"조사해보니 바로 화산파 장문인이자 얼마 전 오악파 장문 자리를 차지한 군자검 악불군, 악 선생이었습니다."

훗날 영호충이 일월신교에서 높은 자리를 차지하게 되리라 예상한 상관운은 악불군이 영호충의 사부였다는 것을 알고 격식을 차려 부른 것이었다.

악불군마저 죽었다는 말에 임아행은 망연자실했다.

"누가… 누가 그를 죽였느냐?"

"사과애 동굴을 꼼꼼히 조사하던 차에 안쪽 동굴에서 싸우는 소리가 들려 쫓아갔습니다. 그곳에서는 화산파 제자들과 태산파 도인들이 상대방이 자신의 사부를 죽였다며 격렬하게 싸움을 벌이고 있었는데, 워낙 과격하게 싸워 사상자가 적지 않았습니다. 소인이 즉시 그들을 붙잡아 봉우리 아래로 끌고 왔습니다. 모두 성교주의 처분만 기다리고 있습니다."

임아행은 신음하듯 말했다.

"악불군이… 태산파 사람에게 죽임을 당했다…? 태산파에 그만한 고수가 있었던가?"

그때 항산파의 의청이 낭랑하게 외쳤다.

"아니오! 악불군은 우리 항산파 사매의 손에 죽었소."

"응? 그게 누구냐?"

"바로 조금 전 봉우리를 내려간 의림 사매요. 악불군은 본 파의 장문 사숙과 정일 사숙을 해쳐 본 파의 모든 사람들이 뼈에 사무치도록 증오해마지않았소. 마침내 오늘 보살님의 보우하시어 장문 사숙, 정일 사숙의 혼령이 무공이 약한 본 파 사매의 손을 빌려 원흉을 주살하신 것이오."

"음, 그랬군! 하늘의 그물은 성긴 듯 보여도 결코 악인을 놓치지 않는 법이지."

임아행은 그렇게 말했지만 이미 흥이 싹 가신 목소리였다.

상문천과 다른 장로들 역시 맥이 빠진 얼굴로 멀뚱멀뚱 서로를 바라보았다.

일월신교는 오늘 이 화산에서의 결전을 위해 사전에 치밀하게 계획을 세워 교내의 고수들을 총동원했고, 방계에 속하는 각 방파와 산채, 동굴이나 섬의 호걸들까지 불러모았다. 그들의 목적은 일거에 오악검파를 굴복시키는 것이었고, 만에 하나 그들이 저항하면 즉각 주살해 본때를 보일 심산이었다. 이 일이 성공하면 임아행과 일월신교는 천하를 뒤집어놓을 무시무시한 위명을 얻을 수 있었다. 그런 다음 소림파와 무당파를 무너뜨려 항거하는 정파가 모두 사라지면, 오늘의 거사는 '천추만재, 일통강호'의 든든한 기반을 쌓기 위한 주춧돌이 될 터였다.

그런데 좌냉선과 악불군, 태산파 고수들은 자기들끼리 칼부림을 하다 죄 죽어나갔고 막대 선생은 홀연히 사라진 데다, 네 문파의 제자들도 겨우 몇 사람 남지 않았으니 임아행이 혼신의 힘을 다해 준비한 거사가 수포로 돌아가고 만 것이다.

임아행은 생각하면 할수록 짜증이 나 참지 못하고 버럭 외쳤다.

"아직 목숨이 붙어 있는 오악검파의 잡종들을 모조리 끌고 오너라!"

"예!"

상관운이 큰 소리로 대답한 후 돌아서서 봉우리 아래에 명을 전했다.

몸속에서 한바탕 난동을 부리던 진기가 서서히 가라앉고 겨우 정신을 차린 영호충도 '목숨이 붙어 있는 오악검파의 잡종들'이라는 말을 똑똑히 들었다. 임아행이 그를 조롱하기 위해 한 말은 아니지만, 필경 항산파 역시 오악검파의 하나였으므로 썩 기분이 좋지는 않았다.

얼마 후, 소란스러운 호통 소리와 함께 일월신교의 장로 두 명이 교인들과 함께 숭산파, 태산파, 형산파, 화산파 제자 서른세 명을 끌고 올라왔다. 화산파 제자들은 본래부터 수가 적었고, 숭산파와 태산파, 형산파는 고수 열 명 중 아홉이 사과애 동굴에서 싸우다 죽었기 때문에 서른세 명 중 대부분이 무명인이요, 큰 상처를 입어 일월신교 교인들의 부축을 받지 않고서는 걸을 힘도 없어 보였다.

그 꼴을 보자 임아행은 더욱더 화가 치밀어 그들이 가까이 오기도 전에 버럭 일갈했다.

"그 따위 개잡종들을 어디다 쓰겠느냐? 썩 끌고 가거라, 어서!"

"성교주의 말씀대로 하겠습니다."

장로들은 재빨리 대답한 뒤 다치고 상한 오악검파 제자 서른세 명을 데리고 내려갔다.

임아행은 혼잣말로 마구 욕설을 퍼붓다가 별안간 껄껄 웃음을 터뜨렸다.

"오악검파는 악독한 짓만 일삼더니 끝내 자중지란을 일으켜 우리가 손을 대기도 전에 무너졌다. 이제 이 강호에서 오악검파의 이름은 완전히 사라졌다."

상문천과 십장로가 일제히 허리를 숙였다.

"성교주의 홍복 덕택에 함부로 날뛰던 비천한 족속들이 자멸한 것입니다."

상문천이 덧붙였다.

"오악검파 중 항산파는 다른 문파와는 달리 출중한 위세를 뽐내고 있습니다. 이는 모두 영호 장문이 훌륭하게 이끈 덕분이지요. 앞으로 항산파와 우리 일월신교는 서로 의지하며 함께 영광을 누릴 것입니다. 성교주께서 청년 영웅 중 둘도 없는 인재를 얻으신 것을 경하드립니다."

임아행은 흐뭇하게 고개를 끄덕였다.

"암, 상 좌사의 말이 옳다. 영호 형제, 오늘부터 항산파는 해산하도록 해라. 문하의 여제자들 중 흑목애로 오겠다는 사람은 얼마든지 환영할 것이고, 원치 않는 사람은 항산에 남아 있어도 무방하다. 항산을 부교주인 네 친위병으로 남겨두어도 좋겠지, 하하하!"

앙천대소하는 그의 웃음소리가 골짜기 곳곳으로 쩌렁쩌렁하게 퍼져나갔다.

'부교주'라는 말에 사람들은 잠시 넋이 나갔지만, 곧 정신을 차리고 환호성을 질러댔다. 사방팔방에서 우레와 같은 목소리가 귀청이 터질 듯이 울려퍼졌다.

"영호 대협이 본 교의 부교주가 되셨다! 부교주가 되셨다!"

"성교주께서 훌륭한 조력자를 얻으신 것을 경하드립니다!"

"경하드립니다, 성교주! 경하드립니다, 부교주!"

"성교주 만세! 부교주 구천세!"

영호충이 곧 교주의 사위가 될 뿐 아니라 부교주의 자리에까지 올랐으니 훗날 교주 자리가 그의 차지가 될 것은 불 보듯 뻔한 일이었다. 그의 부드러운 성품을 잘 아는 사람들은 그가 교주가 되면 지금처럼 매일같이 전전긍긍하며 살지 않아도 된다는 생각에 뛸 듯이 기뻐했다. 강호 호걸들 태반이 영호충을 따라 소림사를 공격해 어려움을 함께했거나 영영에게 해약을 받은 적이 있는 자들이라 산이 떠나가라 울리는 환호성에는 진심에서 우러난 기쁨이 담겨 있었다.

상문천이 웃으며 말했다.

"부교주, 축하하네. 일단 자네가 신교에 들어온 것을 축하하는 술부터 마시고, 그다음 대소저와의 혼례 축하주를 마셔야겠군. 경사가 겹쳤으니 이 얼마나 좋은 일인가!"

그러나 당사자인 영호충은 어리둥절해 어쩔 줄을 몰랐다. 그 자리를 받아들일 생각은 추호도 없었지만 무슨 말로 거절해야 좋을지 판단이 서지 않았던 것이다. 만약 지금 한사코 거절하면 영영과의 인연은 이 자리에서 끝날 것이고, 분노를 참지 못한 임아행이 그를 죽이려 할 수도 있었다. 목숨은 아깝지 않았지만 항산파 제자들도 다 함께 이곳에서 목숨을 잃게 될까 불안했다.

당장 거절해야 할 것인가, 아니면 잠시 받아들이는 척하고 항산파 제자들이 안전하게 벗어난 다음 다시 말을 꺼내야 할 것인가?

그는 느릿느릿 고개를 돌려 항산파 제자들을 바라보았다. 노한 표정으로 붉으락푸르락하는 사람도 있고, 풀이 죽어 고개를 푹 숙인 사람도 있고, 당황해 어쩔 줄 몰라 하는 사람도 있었다.

상관운이 낭랑하게 외쳤다.

"성교주를 모시고 부교주를 받들어 소림파를 무너뜨리고 무당파를 쓰러뜨리겠습니다! 곤륜파와 아미파는 자연히 무너질 것이니 그때 개방을 공격하면 손가락 하나 까딱하는 것만으로도 쓰러뜨릴 수 있습니다. 성교주, 천추만재, 일통강호! 부교주, 백년행락百年行樂, 영세무궁永世無窮!"

결단을 내리지 못하고 갈팡질팡하던 영호충은 상관운의 입에서 나온 마지막 말에 정신이 번쩍 들었다. '백년행락, 영세무궁'이라는 말은 임아행에게 바치는 '천추만재, 일통강호'에서 한 단계 낮춘 아부였지만 낯부끄럽기는 오십보백보였다. 부교주가 되면 저 여덟 글자가 평생토록 자기 뒤를 쫓아다닐 것이라 생각하자 너무도 우스꽝스러워 견딜 수가 없었다. 그는 참지 못하고 '푸하하' 웃음을 터뜨렸다.

누가 들어도 비웃음이 가득 담긴 웃음소리였기에 조양봉은 순식간에 적막에 휩싸였다.

상문천이 나섰다.

"영호 장문, 성교주께서 부교주의 자리를 내리셨네. 전 무림을 통틀어 일인지하 만인지상의 높은 자리니 어서 감사 인사를 올리게."

영호충은 갑자기 눈앞이 환하게 밝아지는 것을 느끼고 망설임 없이 일어나 선인장을 향해 큰 소리로 외쳤다.

"임 교주, 교주께 꼭 드리고픈 이야기가 둘 있습니다."

임아행은 빙그레 웃으며 손을 내밀었다.

"기탄없이 말해보아라."

"첫째, 저는 항산파 전 장문인이신 정한 사태의 유명을 받들어 항산파 장문인이 되었습니다. 항산파의 문호를 빛낼 일은 하지 못할망정 항산파를 이끌고 일월신교에 들어가는 일은 절대로 할 수 없습니다. 그렇지 않으면 훗날 구천에서 무슨 낯으로 정한 사태를 뵐 수 있겠습니까? 두 번째는 사사로운 일입니다. 부디 따님과 혼례를 올릴 수 있도록 허락해주십시오."

그가 첫 번째 이야기를 꺼냈을 때 걱정스레 어두운 표정을 짓던 사람들은 두 번째 이야기가 공공연한 청혼인 것을 알고 슬그머니 미소를 지었다.

임아행은 껄껄 웃으며 말했다.

"첫 번째 문제는 어렵지 않다. 항산파 장문인 자리를 다른 사람에게 넘기고 너 혼자 들어오면 되지 않겠느냐? 그 후에 항산파가 본 교에 들어오는 일은 천천히 논의하면 될 일이다. 그리고 두 번째는 더욱 쉽다. 너와 영영이 서로를 마음에 두고 있다는 것을 천하가 다 아는데, 당연히 저 아이를 네 짝으로 내어주어야지, 무슨 걱정이냐? 하하하하!"

조양봉에 있는 사람들도 그를 따라 웃음을 터뜨렸다. 웃음소리가 산골짜기에 메아리쳤다.

영호충은 영영을 흘끗 돌아보았다. 영영은 두 뺨을 빨갛게 물들이고 몹시 기쁜 얼굴을 하고 있었다.

웃음소리가 그치자 그는 다시 한번 큰 소리로 말했다.

"장인어른의 호의에 감사드립니다. 저를 신교에 불러들여 높은 자리를 주신 은혜, 실로 몸 둘 바를 모르겠습니다. 하지만 이 사위는 본래 규칙에 얽매이는 것을 싫어하여 신교에 들어가면 필시 장인어른의 대사를 그르치게 될 것입니다. 곰곰이 생각해보았지만 역시 옳지 않은 듯하니, 장인어른께서는 부디 뜻을 거두어주십시오."

임아행의 얼굴에서 웃음기가 싹 가시고 서릿발처럼 싸늘한 목소리가 누각 안에 울렸다.

"그러니까… 결단코 신교에 들어오지 않겠다는 것이냐?"

"그렇습니다!"

돌이킬 여지조차 주지 않는 단호한 말투였다.

조양봉에 있는 강호 호걸들의 얼굴이 일시에 하얗게 질렸다.

임아행이 다시 말했다.

"오늘 네 몸에 쌓인 각종 진기들이 발작했다. 앞으로 길어야 반년, 짧으면 석 달 안에 다시 발작할 터이고 고통은 점점 더 가중될 것이다. 그 발작을 해소하는 법은 이 세상에 오로지 나 한 사람만 알고 있다."

"장인어른께서는 지난날 항주의 매장과 소실산 기슭에서도 똑같은 말씀을 하셨습니다. 이 사위는 오늘에서야 서로 다른 진기가 부딪쳐 발작하는 고통을 알게 되었는데, 차라리 죽는 것이 낫겠다는 생각이 들 정도로 고통스러웠습니다. 하지만 강호에 발을 내디딘 대장부라면 이 정도의 생사고락은 응당 겪기 마련이지요."

임아행은 코웃음을 쳤다.

"흥, 혀가 제법 날카롭구나. 너희 항산파 문인들의 목숨이 내 수중에 있다. 이곳에서 너희를 모두 죽이는 것쯤은 식은 죽 먹기다."

"항산파 제자 대부분은 여인들이나 두려움은 없습니다. 장인어른께서 그들을 죽이려 하신다면 목숨 걸고 싸우겠습니다."

의청이 손을 휘젓자 항산파 제자들이 우르르 달려가 영호충의 뒤에 늘어섰다. 의청은 낭랑하게 말했다.

"우리 항산파 제자들은 오로지 장문인의 명을 따를 뿐이오. 죽음은 두렵지 않소."

여제자들이 소리 높여 외쳤다.

"죽음은 두렵지 않소!"

"우리는 함정에 빠져 화산에 왔고 여기서도 머릿수는 훨씬 모자라요! 하지만 훗날 강호인들이 이 사실을 알게 되면 우리 항산파가 싸우다 죽을망정 절대 굴복하지 않았다는 것을 알아줄 거예요!"

정악이 이를 악물고 외치자 임아행은 노여움을 견디다못해 웃음이 나왔다.

"오냐, 여기서 너희를 죽이면 내가 계략을 꾸며 해쳤다고 떠들겠구나. 좋다! 영호충, 저들을 데리고 항산으로 돌아가거라! 한 달 안에 친히 견성봉으로 찾아갈 터이니, 그날 항산에 개 한 마리, 닭 한 마리라도 살아남는다면 내 성을 갈 것이다!"

"성교주님, 천추만재, 일통강호! 항산을 공격하여 개 한 마리 남겨두지 않겠습니다!"

교인들이 목청이 터져라 외쳤다.

일월신교의 기세라면 한 달 후 견성봉을 공격하든 지금 이곳에서 그들을 죽이든 별 차이가 없었다. 항산파 제자들이 견성봉으로 돌아가 아무리 방어를 공고히 해도 일월신교는 힘들이지 않고 그들을 일망타진할 수 있을 것이었다.

지금껏 오악검파가 일월신교와 대등하게 싸울 수 있었던 것은 다섯 문파가 결맹해, 한 문파가 위기에 처하면 다른 문파들이 일제히 나서서 도와주었기 때문이었다. 그럼에도 불구하고 100여 년이 지나도록 겨우 평수를 이뤘으니, 오악검파 가운데 항산파만 남은 지금 자력으로 일월신교를 물리치기란 하늘에 오르기만큼 어려운 일이었다. 항산파 제자들 중에서 이 사실을 모르는 사람은 아무도 없었다. 임아행이 항산에 개 한 마리 남겨놓지 않겠다고 으름장을 놓았지만 이는 결코 허풍이 아니었다.

기실 임아행에게는 다른 속셈이 있었다.

영호충의 검술이 아무리 뛰어나다지만 혼자서 모두를 구할 수는 없었다. 마음에 걸리는 것은 영호충이 아니라 소림파와 무당파였다. 항산으로 돌아간 영호충은 반드시 소림파와 무당파에 도움을 청할 것이고, 두 문파는 고수를 끌어모아 견성봉을 지키려 할 것이다. 임아행은 그때를 틈타 항산은 버려두고 텅 빈 무당산을 들이쳐 손에 넣은 후, 소실산과 무당산을 잇는 길목에 세 곳으로 나눠 고수들을 매복시킬 계획이었다.

무당산과 소실산은 고작 수백 리밖에 떨어져 있지 않으니, 무당산에 이변이 생기면 소림사에 통지하는 것은 당연한 일이었다. 소림사 고수 대부분은 항산으로 떠난 후라 남은 자들이 무당파를 구원하러 달려올 것이고, 그사이 일월신교의 주력 부대는 소림파의 성지인 소림사를 불태운 뒤 매복 부대와 함께 앞뒤로 협공해, 무당파를 구원하러 간 소림파를 몰살하고 무당산을 겹겹이 포위할 것이다. 항산에 있던 소림파와 무당파 고수들이 이 소식을 들으면 천 리를 마다 않고 달려올 터이니, 일월신교는 푹 쉬었다가 헐레벌떡 달려오는 그들을 기습하면 충분히 승산이 있었다. 고수들만 쓰러뜨리면 무당산을 점령하고, 항산파를 무너뜨리기란 손바닥 뒤집기처럼 쉬운 일이었다.

짧디짧은 시간이었지만 임아행은 단숨에 양대 강적인 소림파와 무당파를 쓰러뜨릴 계획을 세웠다. 곰곰이 따져보아도 이길 가망성은 열 중 여덟에서 아홉은 되어 보였다. 영호충이 일월신교에 들어오지 않겠다고 선언해 체면이 깎이기는 했으나, 그 덕분에 일통강호라는 일월신교의 대업을 이룩할 수 있게 되자 임아행의 기쁨은 말로 표현할 수가 없었다.

영호충은 그의 속셈도 모른 채 영영을 돌아보았다.

"영영, 나와 함께 가지 않겠소?"

진작부터 진주 같은 눈물방울을 글썽이던 영영은 그 말을 듣자 더 이상 참지 못하고 눈물을 주르륵 흘리며 대답했다.

"당신을 따라가면 불효가 되고, 당신을 저버리면 불의가 되겠지요. 효와 의가 양립할 수 없다면, 충 오라버니… 이제… 이제 더 이상 내 생각은 말아요. 어쨌건 당신은 이미…."

"내가 어떻다는 거요?"

"당신 목숨은 얼마 남지 않았어요. 그러니 당신이 죽으면 나도 절대 살아 있지 않을 거예요."

영호충은 빙그레 웃었다.

"당신 아버지가 친히 당신을 나와 짝지어주겠다고 말씀하셨소. 천추만재, 일통강호하시는 성교주께서 한 입으로 두말하실 리가 없지 않소? 당장 여기서 나와 혼례를 올리고 부부가 됩시다. 어떻소?"

영영은 깜짝 놀랐다. 영호충이 대담무쌍하고 예의범절에 얽매이지 않는 성품임은 알고 있었지만 이런 말을 할 줄은 몰랐던 것이다. 그녀는 저도 모르게 얼굴을 빨갛게 물들이며 속삭였다.

"어… 어떻게 그럴 수가 있어요?"

영호충은 껄껄 웃었다.

"알겠소, 그럼 이만 작별합시다."

영영이 무슨 생각을 하는지 영호충이 모를 리 없었다. 임아행이 무리를 이끌고 항산을 공격해 그를 죽이면 영영은 분명 못다 한 사랑을 저버리지 않으려 자결할 것이다. 너무나 당연한 일이고, 그 누구도 말릴 수 없었다. 그녀가 세속의 잡다한 예절을 벗어던지고 이곳 조양봉에서 그와 혼례를 올려 함께 항산으로 돌아간다면 비록 며칠이나마 신혼의 즐거움을 누릴 수 있고 죽더라도 두 손을 맞잡고 함께 죽을 수 있으니 여한이 없을 것 같았다.

하지만 이는 세상 사람 모두가 깜짝 놀랄 만큼 파격적인 방식이었다. 영호충 같은 방탕아는 아무렇지 않게 해낼 수 있어도 남들의 이목을 두려워하는 임 대소저는 꿈도 꾸지 못할 일이었다. 하물며 그녀는 불효녀라는 오명까지 뒤집어써야 했다.

이 때문에 영호충은 속으로는 몹시 아쉬워하면서도 시원하게 웃으며 돌아서서 임아행에게 허리를 숙였다.

"장인어른, 오늘 일은 진심으로 죄송합니다."

그런 다음 상문천과 다른 장로들에게도 읍했다.

"건성봉에서 여러분이 오시기를 기다리고 있겠습니다!"

말을 마친 그가 성큼성큼 걸어가자 상문천이 큰 소리로 외쳤다.

"잠깐! 여봐라, 술을 가져오너라! 영호 형제, 오늘 이 자리에서 실컷 취하지 않으면 언제 다시 만날지 그 누가 기약할 수 있겠는가?"

영호충도 껄껄 웃었다.

"좋은 생각이군요! 역시 상 형님은 이 영호충의 지기십니다."

이번 화산행을 철저하게 준비해온 일월신교는 온갖 다양한 물품을 구비해왔기 때문에 '술'이라는 상문천의 요구가 떨어지자, 부하들이 재빨리 술항아리 몇 개를 들고 와 마개를 뽑고 그릇에 가득 따랐다. 상문천과 영호충은 약속이나 한 듯 꿀꺽꿀꺽 술을 마셨다.

호걸들 가운데 작고 뚱뚱한 사람이 걸어나왔다. 노두자였다.

"영호 공자, 공자의 대은대덕은 평생 잊지 않겠습니다. 그 마음을 표하기 위해 한잔 올리지요."

그는 이렇게 말하며 그릇을 들어 단숨에 비웠다.

노두자는 일월신교 관할에 있는 강호의 일개 방랑자로, 광명좌사인 상문천과는 비교도 할 수 없는 위치에 있었다. 영호충이 일월신교에 들어가는 것을 거절해 공공연히 임아행과 맞서게 된 지금, 감히 노두자 같은 말단 강호인이 그와 술을 마신다는 것은 살신지화殺身之禍를 불러들이는 행위나 다름이 없었다. 그러나 목숨보다 의리를 중요시하는 노두자는 생사마저 도외시하고 영호충의 은혜에 보답하기 위해 나선 것이다. 적잖은 호걸들이 노두자의 크나큰 용기에 마음속으로 찬사를 보냈다.

이어서 조천추, 계무시, 남봉황, 황백류 등도 차례차례 다가와 술을 권했다. 영호충은 그릇이 찰 때마다 사양치 않고 비웠지만 함께 술을 마시려는 호걸들의 줄이 꾸역꾸역 이어지자 마음이 무거웠다.

'친구들이 나를 이렇게 높이 보아주니 평생을 헛살지는 않았구나. 하지만 나 한 사람 때문에 이 많은 사람들의 목숨을 해칠 수는 없지.'

이렇게 생각한 그는 그릇을 높이 들고 큰 소리로 외쳤다.

"여러 친구들, 이 영호충은 술에 취해 이 이상 마실 수가 없소. 친구들께서 항산을 공격하실 때 좋은 술을 준비해 항산 기슭에서 기다리겠소. 그때 다 함께 취해봅시다!"

말을 마친 그가 들고 있던 그릇을 깨끗이 비우자 군웅들은 일제히 화답했다.

"영호 장문은 역시 시원시원하십니다!"

"좋소이다, 잔뜩 취해 비틀비틀하며 싸워보는 것도 재미있겠군!"

영호충은 그릇을 내던지고 얼근하게 취해 봉우리를 내려가기 시작했다. 의청과 의화도 항산파 제자들을 이끌고 따라 내려갔다.

호걸들과 영호충이 술을 마시는 동안 미소를 지은 채 아무 말 없이 지켜보던 임아행의 마음은 사실 이미 딴 곳에 가 있었다. 소실산과 무당산을 잇는 길 어디에 어떻게 매복을 할 것인지, 어떻게 항산파를 공격하는 척해 소림파와 무당파의 고수들을 끌어낼 것인지, 무당파를 공격한 뒤 소림사로 가는 전령을 어떻게 놓아줄 것인지, 어떻게 진짜처럼 보이게 만들어 적들이 계략을 간파하지 못하게 할 것인지에 골몰하느라 다른 것을 생각할 틈이 없었다. 영호충이 술을 다 마시고 취해서 내려갈 때쯤에는 무당파와 소림파를 무너뜨릴 상세한 계획이 거의 섰다.

그제야 그는 정신을 차리고 영호충과 술을 마신 호걸들을 살펴보왔다.

'감히 내 앞에서 저놈에게 술을 권하다니, 이 빚은 반드시 갚아줄 것이다. 지금 당장은 사람이 필요하니 잠시 참았다가 소림파와 무당파, 항산파를 멸문시킨 다음 오늘 영호충과 술을 나눈 자들을 일일이 골라내 죽여야겠다. 흥, 영호충 저놈이 벌써 저토록 사람들의 마음을 샀을 줄이야… 과연 인재는 인재로구나.'

그때 상문천이 말했다.

"모두들 들어라. 성교주께서는 영호충이 고집불통이라 받아들이지 않을 것을 아시면서도 좋은 말로 권유하셨다. 이는 성교주께서 관대한 성품을 갖추시고 인재를 몹시 아끼시기 때문이다. 허나 영호충 같은 거친 무부는 그 깊은 뜻을 헤아릴 수 없었던 것도 당연하다. 오늘 본교는 손 하나 까딱하지 않고 숭산파와 태산파, 화산파, 형산파를 쓰러뜨렸다. 오늘부터 일월신교의 이름은 강호를 크게 떨쳐 울릴 것이다!"

"성교주님, 천추만재, 일통강호!"

교인들이 입을 모아 소리소리 질렀다. 상문천은 그 소리가 잦아들기를 기다렸다가 다시 말했다.

"무림에는 아직 소림파와 무당파가 남아 본 교의 심복지환이 되고 있다. 성교주께서는 영호충을 시작으로 소림을 쓸어버리고 무당을 주멸할 계획을 가지고 계신다. 성교주께서는 참으로 포부가 크시고 용의주도하시어 영호충이 본 교에 가입하는 것을 거절할 줄 예상하셨고, 역시 그렇게 되었다. 기실 우리가 영호충에게 술을 권한 것 또한 성교주께서 사전에 분부하신 일이다!"

그 말을 듣자 속사정을 모르는 사람들은 이제 알겠다는 듯이 고개를 끄덕이며 큰 소리로 외쳤다.

"성교주님, 천추만재, 일통강호!"

오랜 세월 임아행을 따른 상문천은 그의 인품을 누구보다 잘 알았다. 일시적으로 의기를 이기지 못해 영호충과 더불어 술을 마셨지만, 그 일로 임아행의 미움을 살 것임을 모르는 바는 아니었다. 그 혼자만이었다면 그뿐이지만, 다른 사람들까지 휩쓸려 술을 마시는 바람에 목숨이 위태로운 지경에 처하자 노두자와 계무시 등의 목숨을 살리기 위해 재빨리 좋은 말을 지어내 임아행의 체면을 세워준 것이었다.

강호인들이 임아행의 위엄을 손상시키기 위해서가 아니라 사전에 임아행의 지시를 받고 영호충과 술을 마셨다는 말을 듣자, 교인들은 임아행의 귀신같은 헤아림에 몹시 감탄했다. 임아행 역시 상문천의 말에 불쾌했던 기분이 훨씬 좋아졌다.

'상 좌사가 나를 오래 따라다니더니 내 마음을 잘 아는구나. 내가 소림파와 무당파를 무너뜨리려 마음먹은 것도 알아차렸지만 어떻게 그들을 무너뜨릴 계획인지는 짐작하지 못했을 것이다. 이 계략은 앞으로 차근차근 실행해나가되 영호충과 가까운 상 좌사에게는 미리 알리지 말아야 한다.'

그때 상관운이 나서서 큰 소리로 외쳤다.

"성교주께서는 현명하시어 천하의 모든 일을 꿰뚫고 계십니다. 성교주께서 내리시는 명을 받들어 따르면 결코 일을 그르치지 않을 것입니다."

포대초도 맞장구를 쳤다.

"성교주께서 손가락 하나만 까딱하시면, 저희는 물이면 물, 불이면 불 가리지 않고 뛰어들겠나이다!"

이번에는 왕성이었다.

"성교주님을 위해 일할 수 있다면 10만 번 죽어도 마다 않겠습니다. 성교주님을 따르는 것이 하릴없이 인생을 낭비하는 것보다 백배 즐겁습니다."

"형제들은 매일같이 성교주님을 뵐 수 있는 요즘이야말로 평생에서 가장 즐거운 나날이라고 말하고 있습니다. 성교주님을 뵐 때마다 몸에 힘이 불끈 솟고 심장이 뜨겁게 타올라 10년 내공 수련을 한 것보다 훨씬 효과가 있다 합니다."

"성교주님께서는 천하를 밝게 비추시니, 실로 창생에 두루 은덕을 입히는 우리 일월신교 그 자체시며 바짝 마른 가뭄에 땅을 적시는 단비와도 같아 세상 모두가 기뻐하며 반기고 그 은혜에 감사를 올릴 것입니다."

"고금 이래 그 어떤 영웅과 호걸, 성현들도 성교주님께 미치지 못하였습니다. 공자의 무공이 어찌 성교주님보다 높을 수 있겠습니까? 관운장의 필부와 같은 용기를 어찌 성교주님의 지모에 비할 수 있겠습니까? 제갈량은 계략이 뛰어났으나 그에게 검을 쥐여준들 무슨 힘이 있어 성교주님을 상대할 수 있겠습니까?"

그 말에 교인들이 박수갈채를 보내며 외쳤다.

"공자도 관운장도 제갈량도 우리 성교주님께 미치지 못하리!"

포대초가 외쳤다.

"우리 신교가 일통강호한 후 천하에 두루 퍼져 있는 문묘에서 공자의 신상을 철거하고, 관제묘에서는 관운장의 신상을 철거하자! 그 자리를 우리 성교주님께 바쳐 오래오래 보전케 하자!"

"성교주께서는 천세 만세 장수를 누리실 것입니다! 저희는 자자손손 성교주 휘하에서 그 명을 받들 것입니다!"

"성교주님, 천추만재, 일통강호! 천추만재, 일통강호!"

임아행은 파도처럼 철썩이는 부하들의 아첨에 몸이 녹아들었다. 황당무계한 말들도 있었지만 그의 귀에는 그 모두가 꾀꼬리의 노랫소리 같았다.

'틀린 말도 아니지. 제갈량의 무예는 당연이 내 적수가 아니고, 여섯 번이나 북벌을 하러 기산에 나갔으나 한 치의 공도 이루지 못했으니 지모로 따진들 어찌 내게 비하겠느냐? 관운장은 다섯 관을 지나며 여섯 장수를 베었으니 용맹하기 이루 말할 수 없는 자이나 나와 단독으로 겨뤘을 때 과연 내 흡성대법을 이겨낼 수 있을까? 또한 공자는 제자가 겨우 3천이었지만 내 휘하에는 3만이 넘는 부하들이 있지 않은가? 공자는 3천 제자를 이끌고 이리저리 천하를 떠돌다가 진나라에 이르러서는 식량마저 떨어져 어려움을 겪었지. 허나 나는 수만 명을 이끌고 천하를 종횡하며 마음먹은 것은 아무 어려움 없이 이룰 수 있으니, 공자의 재능은 이 임아행에 비하면 한참 부족하다고 볼 수 있다.'

'천추만재, 일통강호'의 구호가 화산 전체를 집어삼킬 듯이 울려퍼졌다. 산등성이에서 기다리던 강호의 호걸들까지 따라 외치기 시작하자 주위를 둘러싼 다른 산들에도 일월신교의 구호가 메아리쳤다. 임아행은 득의양양해 벌떡 일어섰다. 그가 자리에서 일어서자 교인들은 기다렸다는 듯이 바닥에 엎드렸다. 한순간 조양봉에는 정적이 내려앉아 바늘 하나 떨어지는 소리마저 들릴 정도로 고요해졌다.

찬란한 햇빛이 임아행의 얼굴과 몸을 비춰 금빛으로 물들이자, 일월신교의 교주는 마치 천신天神처럼 위풍당당해 보였다.

임아행은 껄껄 웃으며 입을 열었다.

"천추만재가 되도록 오…."

'오'라는 음절을 끝으로 그의 목소리가 뚝 끊겼다. 그는 숨을 가다듬고 운기조식하며 '오늘'이라는 단어를 내뱉으려 했지만 튼튼한 밧줄이 가슴을 친친 휘어감고 바짝 조이는 것처럼 도무지 목소리가 나오지 않았다. 그는 오른손으로 가슴을 꾹 눌렀다. 목구멍으로 비릿하고 뜨끈한 피맛이 느껴지더니 머리가 핑 돌았다. 햇살은 눈부시게 그의 몸 위로 내리꽂혔다.

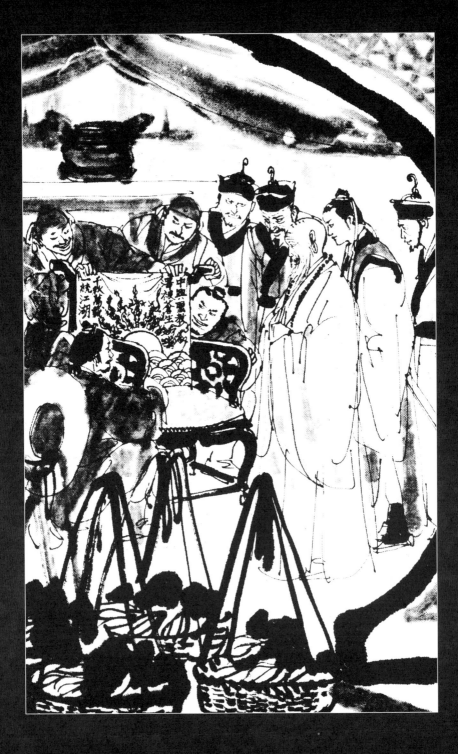

─ 의자 덮개에는 황금색 실로 수놓은 금빛 용 아홉 마리가 넓디넓은 바다에서
힘껏 솟구치며 태양을 휘감는 모습이 담겨 있었다. 덮개 곳곳에는 구슬과
보석, 비취 등 온갖 주보가 가득 박혀 있었다.

훈훈하게 취해 조양봉에서 내려온 영호충은 쓰러지듯 잠이 들어 한 밤중에야 깨어났다. 정신을 차려보니 자신은 널따란 들판에 쓰러진 채였고, 항산파 제자들은 멀찍이 앉아 지키고 있었다. 머리가 깨질 것처럼 아프고, 언제 다시 영영을 만날 수 있을지 모른다고 생각하자 가슴도 찢어지는 것 같았다.

일행은 곧장 항산 견성봉으로 올라가 정한 사태와 정정 사태, 정일 사태의 영위 앞에서 원수를 갚았다고 고했다. 불계 화상 부부와 의림, 전백광도 화산 기슭에서 그들과 만나 함께 항산으로 돌아왔다.

조만간 일월신교가 공격해오면 항산파는 단 한 번의 싸움으로 철저히 무너지리라는 것은 말하지 않아도 모두 알고 있었다. 하지만 승패가 정해졌다고 생각하자 아무도 두려워하거나 걱정하지 않았다. 열심히 무공을 익힌들 일월신교 교인 몇을 죽이기밖에 더하겠느냐는 생각에 대부분은 연검조차 팽개쳤다. 독실한 출가인들은 매일 경을 읽었고 다른 사람들은 산을 두루 돌아다니며 구경했다.

항산파는 본래 계율이 엄하기로 유명한 곳이었고 아침저녁으로 수행할 과제가 많아 한시도 게으름을 피울 여유가 없었는데, 요 며칠은 전에 없이 한가롭고 편안한 시간이었다.

그렇게 며칠이 지난 어느 날, 뜻밖의 손님이 견성봉을 찾아왔다. 소림사 방장인 방증 대사를 비롯한 10여 명의 승려들이었다.

때마침 무색암에서 혼자 술을 홀짝이고 노래를 부르며 한껏 기분을 내던 영호충은 방증 대사의 방문 소식에 놀라고 기뻐하며 허둥지둥 맞으러 나갔다. 그가 맨발에 신발조차 제대로 신지 않고 얼근하게 취한 얼굴로 달려나오자 방증 대사는 빙그레 미소를 지으며 말했다.

"옛사람들은 귀빈이 오면 신발을 거꾸로 신고 달려나갔다 들었소만 그래도 신발 신는 것만은 잊지 않았소. 한데 영호 장문은 신발조차 잊고 달려나왔으니 그 정성이 옛사람을 훨씬 뛰어넘는구려."

영호충은 허리를 숙여 공손히 예의를 차렸다.

"방증 대사께서 왕림하셨는데 멀리 나가 맞지 못하여 황공할 따름입니다. 방생 대사께서도 오셨군요."

뒤에 있던 방생 대사가 살짝 고개를 숙이며 미소를 지어 보였다. 방문한 승려들 모두 백발이 성성한 것을 보고 법호를 여쭤보니 하나같이 '방' 자 항렬을 쓰는 선배 고승들이었다. 영호충은 서둘러 그들을 무색암으로 모시고 자리를 권했다.

본래 견성봉 서쪽의 객방에 머물던 그였지만, 화산에서 돌아온 뒤로는 얼마 남지 않은 삶을 이것저것 따지면서 보내고 싶지 않아 급한 일을 처리하기 편하도록 무색암으로 거처를 옮겼다. 이 무색암은 본디 정한 사태가 불법을 수련하던 곳으로 먼지 한 톨 없이 정갈했지만, 영호충이 차지하고부터는 술항아리와 술그릇으로 뒤죽박죽이 되고 말았다. 그런 방을 고승들에게 내보이게 되자 아무리 영호충이라도 민망함에 얼굴이 시뻘겋게 달아올랐다.

"제가 어려서 경우가 너무 없습니다. 과히 탓하지 말아주십시오."

방증 대사는 빙그레 웃었다.

"빈승은 중요한 일을 상의하고자 찾아왔을 뿐이니 너무 괘념치 마시오."

그는 잠시 말을 끊었다가 천천히 본론을 꺼냈다.

"영호 장문이 항산파를 보호하기 위해 목숨을 잃을지도 모르는 위험을 안고 일월교 부교주의 자리를 마다하였다고 들었소. 뿐만 아니라 생사고락을 함께한 반려인 임 대소저와도 기꺼이 갈라섰다 하여 무림 동도 가운데 흠모하지 않는 이가 없소."

영호충은 흠칫 놀랐다.

'항산파 일로 무림동도들에게 피해를 입히고 싶지 않아 사저와 사매들에게 결코 소문내지 말라 일러두었는데, 방장 대사께서 벌써 그 소식을 들으셨을 줄이야…. 소림과 무당이 구원하러 나서면 싸움이 커져 서로 피해만 더 늘어날 텐데….'

그는 이렇게 생각하며 공손하게 대답했다.

"그렇게 말씀하시니 그저 부끄럽습니다. 소생과 일월신교의 은원은 몹시 복잡하여 한마디로 설명하기가 어렵습니다. 실로 어쩔 도리가 없어 임 대소저의 은의를 저버렸으나 대사께서 탓하지 않으시고 도리어 칭찬하시니 몸 둘 바를 모르겠습니다."

방증 대사는 천천히 말했다.

"임 교주는 곧 무리를 이끌고 귀 파를 공격할 것이오. 이제 숭산과 태산, 형산, 화산 네 문파는 쇠락하여 항산파를 도울 사람이 없소. 한데 영호 장문은 소림에 소식을 전하지도 않았으니, 혹 우리 소림파의 승려들이 삶을 탐하여 무림의 의기를 저버리는 사람들이라 생각하시었소?"

영호충은 벌떡 일어났다.

"결코 그렇지 않습니다. 솔직히 말씀드리자면, 제가 한때 처신을 잘 못하여 일월신교의 수뇌부에 있는 사람과 교분을 맺게 되었고, 그 후로 크고 작은 화가 닥쳤습니다. 소생이 벌인 일이니 혼자 해결해야 마땅하나 이미 항산파가 연루되어 마음이 몹시 불편합니다. 그런데 어찌 또 대사와 충허 도장께 폐를 끼칠 수 있겠습니까? 소림파와 무당파가 구원을 오면 적잖은 인명이 꺾일 것이고, 소생의 죄는 더욱 가중될 것입니다."

방증 대사는 빙그레 미소를 지었다.

"영호 장문, 그 말씀은 옳지 않소. 일월교는 이미 100여 년 전부터 우리 소림파와 무당파, 오악검파를 모두 쓰러뜨리겠다 별러왔소. 빈승이 태어나기 이전부터 있었던 일인데 그것이 어찌 영호 장문의 탓이겠소?"

영호충은 고개를 끄덕였다.

"선사께서는 항상 정파와 사파가 양립할 수 없다고 가르치셨고, 마교와 우리 정파의 문파들은 여러 해 동안 이어진 싸움으로 원한이 몹시 깊어졌다 하셨습니다. 하지만 소생은 짧은 소견으로 서로 한 걸음씩 양보하면 화해할 수 있으리라 생각했지요. 임 교주와 제가 깊은 인연을 맺었음에도 불구하고 종국에는 이렇게 무기를 맞대게 될 줄은 정말 예상하지 못했습니다."

"서로 한 걸음씩 양보하면 화해할 수 있다는 생각은 틀리지 않았소. 본디 일월교와 정파의 각 문파가 끝없이 싸움을 벌인 까닭도, 죽어도 용서하지 못할 만큼 깊은 원한이 있기 때문이 아니라, 쌍방의 수령이 무림을 제패하고자 하는 야망에 서로를 쓰러뜨리려 한 것에 불과하오. 지난날 빈승과 충허 도장, 영호 장문이 현공사에서 나누었던 담론을 기억하시오? 그때 우리는 숭산파 좌 장문이 오악검파를 합병하여 무림을 제패하려는 야심을 가지고 있다 하여 우려를 하지 않았소."

방증 대사는 깊이 탄식하며 천천히 말을 이었다.

"듣자하니 일월교는 '천추만재, 일통강호'라는 구호를 외치고 다닌다 하더구려. 그들이 그런 마음을 품고 있는 이상 무림에 어찌 하루라도 편한 날이 있을 수 있겠소? 강호의 각 문파는 본래의 믿음과 목적에 따라 움직이는 법이고, 그 믿음과 목적은 서로 판이하게 다르오. 어찌 그들을 하나로 만들어 일통강호할 수 있겠소? 할 수 있다 한들 결코 서로에게 복이 되지 않을 것이오."

영호충은 마음속 깊이 그 말이 옳다 여겨 고개를 끄덕였다.

"방장 대사의 말씀이 옳습니다."

"임 교주가 한 달 안에 항산에 개 한 마리, 닭 한 마리 남겨두지 않겠다고 선언했다 들었소. 자신이 한 말은 지키는 사람이니 결코 마음을 돌리지 않을 것이오. 지금 소림파와 무당파, 곤륜파, 아미파, 공동파의 고수들이 항산 기슭에 집결해 있소."

영호충은 깜짝 놀라 탄성을 터뜨렸다.

"그런 일이…! 여러 선배들께서 도우러 와주셨는데 아무것도 모르고 있었다니 실로 큰 죄를 지었습니다."

일월신교가 공격해오면 그 무슨 수를 쓰더라도 요행을 바랄 수 없다고 생각한 항산파는 보초를 세우거나 수비를 다져봤자 공연히 힘만

낭비한다 싶어 산기슭의 망루에서 모두 철수하는 바람에 주변 소식을 전혀 듣지 못했다.

영호충이 말했다.

"대사들께서는 이곳에서 휴식을 취하십시오. 제가 본 파 제자들을 데리고 내려가 여러 선배님들을 맞이하겠습니다."

방증 대사는 고개를 저었다.

"이제 모두 한배에 올라 힘을 합쳐 적을 물리쳐야 하는 사이니 그리 격식을 차릴 필요 없소. 우리는 이미 모든 준비를 끝냈소."

"예, 알겠습니다."

영호충은 다시 자리에 앉으며 물었다.

"그런데 방장께서는 일월신교가 항산을 공격한다는 소식을 어찌 아셨습니까?"

방증 대사가 빙그레 웃으며 말했다.

"빈승도 어느 선배의 서신을 받고서야 알게 되었소이다."

"선배라니요?"

영호충은 어리둥절했다. 방증 대사는 무림에서 몹시 배분이 높은 사람이라 그의 선배 되는 사람이 누군지 짐작이 가지 않았던 것이다. 방증 대사는 희미하게 미소를 지었다.

"그 선배께서는 화산파의 명숙으로, 영호 장문께 검법을 가르치기도 하셨소."

그 말을 듣자 영호충의 얼굴이 환하게 밝아졌다.

"풍 태사숙이시군요!"

"그렇소. 풍 선배께서는 친구 여섯 분을 소림사로 보내 조양봉에서 영호 장문이 보여준 언행을 낱낱이 전해주셨소. 그 여섯 친구는 말이 많고 이야기에 두서가 없는 데다 입씨름을 무척 좋아했지만, 인내심을 가지고 몇 시진 귀를 기울였더니 비로소 그 내용을 알 수 있었소."

여기까지 말한 방증 대사는 그때를 떠올린 듯 참지 못하고 미소를 지었다. 영호충도 웃으며 물었다.

"도곡육선이었습니까?"

"허허, 그렇소. 바로 그들이었소."

영호충은 몹시 기뻐했다.

"화산에 갔을 때 풍 태사숙을 뵈려고 했으나 여러 가지 변고가 잇따라 결국 찾아뵙지 못하고 떠나왔습니다. 그분께서 그곳에서 있었던 일을 속속들이 알고 계실 줄이야…"

"풍 선배께서는 신룡과도 같이 행적이 신비로운 분이시오. 그분께서 화산에 계시는 이상, 일월교가 그곳에서 방자하게 구는 것을 어찌 모른 척하실 수 있겠소? 도곡육선은 화산에서 소란을 피우다 풍 선배에게 붙잡혀 며칠 갇혔다가, 나중에야 그분의 명으로 서신을 전하기 위해 소림사로 왔던 것이오."

영호충은 고개를 끄덕였다.

'도곡육선은 풍 태사숙께 붙잡히고도 남들에게는 자신들이 풍 태사숙을 붙잡았지만 호의로 서신을 전해주기로 했다고 했을 거야.'

그는 싱글싱글 웃으며 물었다.

"풍 태사숙께서는 저희가 어떻게 하기를 바라시는지요?"

"풍 선배께서는 화산에서 목격하신 일을 설명하신 뒤, 무척 겸손한 말투로 이런 말을 덧붙이셨소. 빈승에게 사람을 보내 알리는 까닭은 영호 장문이 당신께서 무척 아끼는 제자며 특히 조양봉에서 일월교의 유혹을 뿌리친 것을 몹시 흡족하게 여기기 때문이니, 빈승에게 특별히 잘 보살펴달라 하셨소. 허나 영호 장문의 무공은 빈승을 훨씬 뛰어넘으니 보살핀다는 말은 결코 맞지 않소."

영호충은 감정이 북받쳐 벌떡 일어나 허리를 숙였다.

"방장께서는 벌써 몇 차례나 소생을 보살펴주셨습니다."

"허허, 그렇지 않소이다. 그 소식을 들은 이상 빈승이 어찌 가만히 있을 수 있겠소? 풍 선배의 명이 아니 계셨더라도 귀 파와 본 파의 인연이나 영호 장문과 빈승의 교분에 비추어볼 때 결코 수수방관할 수는 없는 일이 아니겠소? 하물며 이 일에는 정파 무림 각 문파의 생사존망이 달려 있소. 항산파를 무너뜨린 일월교가 소림파나 무당파를 고이 내버려두겠소? 하여 즉각 서신을 띄워 각 문파 고수들에게 항산에 집결하여 일월교와 일전을 벌이자고 권한 것이오."

화산 조양봉에서 내려온 뒤로 영호충은 내내 실의에 빠져 있었다. 기세 드높은 일월신교를 항산파의 힘만으로는 꺾을 방도가 없으니, 임아행이 무리를 이끌고 쳐들어오는 날 힘이 남아 있는 한 끝까지 싸우다가 문인들과 함께 목숨을 바칠 생각이었다. 몇몇 사람이 소림파나 무당파에 구원을 요청하자고 권했으나 그는 한마디로 거절했다.

"소림파나 무당파가 돕는다 하여 일월신교를 막아낼 수 있겠소?"

그의 말에 권유한 사람도 말문이 막혔다. 영호충은 그들을 달랬다.

"어차피 항산을 구할 수 없다면 공연히 소림파와 무당파의 고수들까지 다치게 할 필요가 없지 않소?"

사실은 어떻게든 임아행이나 상문천과 싸우지 않았으면 하는 것이 그의 속마음이었다.

영영과 부부의 연을 맺어 평생 함께하려던 희망이 산산조각 난 뒤로 자포자기에 빠진 그는 세상에 살아 있어봤자 아무 의미가 없어 차라리 일찍 죽어버리는 것이 낫겠다는 생각마저 들었다. 그럴 때 방증 대사가 풍청양의 부탁을 받고 각 문파의 고수들을 모아 구원하러 오자 정신이 번쩍 들고 기운이 났다. 그래도 정파 고수들과 일월신교가 악전고투를 벌이는 것 역시 즐겁기만 한 일은 아니었다.

방증 대사가 다시 입을 열었다.

"영호 장문, 출가인은 자비를 근본으로 삼는 법이고, 빈승 또한 용맹이 넘치는 전사는 아니오. 이번 일을 평화롭게 풀어낼 수 있다면 얼마나 좋겠소? 허나 우리가 한발 물러나면 임 교주는 오히려 한발 다가서려 할 것이오. 이번 사태는 우리가 양보하지 않아서가 아니라 임 교주가 우리 정파를 철저히 무너뜨리기로 마음먹었기에 시작된 것이오. 우리가 머리를 조아리고 그들의 구호를 소리 높여 외치지 않는 한 임 교주는 결코 물러서지 않을 것이오. '성교주, 천추만재, 일통강호'라고 말이오. 아미타불!"

'천추만재, 일통강호'라는 말 뒤에 '아미타불' 하고 불호를 덧붙이자 몹시 우스꽝스러워, 영호충은 참지 못하고 쿡쿡 웃음을 터뜨렸다.

"옳은 말씀입니다. 소생은 '성교주'라느니, '천추만재, 일통강호'라느니 하는 말만 들어도 팔에 두드러기가 날 지경입니다. 술은 서른 잔을 마셔도 취하지 않지만, '천추만재, 일통강호'라는 말만 들으면 눈앞이 어질어질하여 당장이라도 취해 쓰러질 것 같더군요."

방증 대사도 얼굴에 웃음을 띠었다.

"영호 장문을 쓰러뜨릴 정도라니 일월교의 그 구호가 무섭긴 무섭구려."

그는 허허 웃다가 다시 말을 이었다.

"풍 선배께서는 조양봉에서 영호 장문이 취해 쓰러질 뻔한 것을 보시고, 특별히 도곡육선을 시켜 내공 구결을 전하며 영호 장문에게 전수해달라 하셨소. 도곡육선의 이야기는 두서가 없었지만, 뜻밖에도 내공 구결은 명확하게 기억하고 있더구려. 아마도 풍 선배께서 특별한 수법을 써서 그들이 구결을 완벽하게 외우게끔 훈련을 시키신 모양이오. 영호 장문께서 내실로 안내해준다면 빈승이 그 구결을 알려드리겠소."

그 말을 들은 영호충은 공손하게 방증 대사를 안내해 조용한 방으로 들어갔다. 풍청양이 방증 대사의 입을 통해 전수하는 구결이니 이는 곧 풍청양이 직접 온 것이나 다름없었기 때문에, 그는 방증 대사에게 예의를 갖춰 절을 올렸다.

"풍 태사숙께서는 제게 태산과도 같은 은혜를 베푸셨습니다."

방증 대사 역시 사양하지 않고 그의 절을 받은 뒤 대답했다.

"풍 선배께서는 영호 장문에게 큰 기대를 걸고 계시오. 이 구결에 따라 부지런히 익히고 또 익히기 바라오."

"예, 명을 따르겠습니다."

방증 대사는 내공 구결을 한 구절 한 구절 읊어나갔고 영호충은 깊이 마음에 새겼다. 구결은 총 1천 자가량으로 그리 길지 않았다. 처음부터 끝까지 읊은 방증 대사는 영호충이 되새기도록 시간을 주었다가 한 번 더 읊어주었다. 그렇게 다섯 번을 읊자 마침내 영호충도 한 글자도 틀리지 않고 외울 수 있게 되었다.

방증 대사가 말했다.

"풍 선배께서 전수하신 이 내공 심법은 짧디짧은 1천 자에 불과하나 그 속에는 결코 가벼이 할 수 없는 심오한 이치가 담겨 있소. 빈승이 지기로서 충언을 하려 하니 너그러이 들어주기 바라오. 영호 장문은 검술이 몹시 빼어나지만 내공 심법에서는 아직 부족한 것이 많은 듯하오."

영호충은 공손하게 대답했다.

"소생은 내공에 관해 거의 모릅니다. 귀찮지 않으시다면 부디 대사께서 상세히 가르쳐주십시오."

"풍 선배의 내공 심법은 소림사의 내공과는 사뭇 다르오만, 천하의 무학은 본시 가는 길이 달라도 그 목적은 한가지라오. 따라서 그 뿌리를 이루는 요결은 크게 다르지 않소. 빈승이 쓸데없이 나서는 것이 싫지 않다면 영호 장문에게 좀 더 상세히 설명해주겠소."

방증 대사는 무림에서 첫손꼽는 고인으로, 그의 가르침은 풍청양이 친히 가르치는 것 못지않다는 것을 영호충도 잘 알고 있었다. 풍청양이 방증 대사에게 그런 부탁을 한 까닭도 필시 그가 내공에 조예가 깊기 때문일 것이었다. 영호충은 재빨리 허리를 숙여 감사를 표했다.

"소생은 귀를 씻고 대사님의 가르침을 경청하겠습니다."

"인사가 과하시오!"

방증 대사는 손을 내저어 사양한 뒤, 방금 전수한 내공 심법을 한 구절 한 구절 분석하고 호흡법과 운기법, 토납법, 반운법搬運法까지 상세히 일러주었다. 본시 뜻도 모른 채 억지로 구결만 외웠던 영호충도 방증 대사의 해석을 듣자 구절구절 숨겨진 심오한 도리를 모두 깨우칠 수 있었다.

천성적으로 깨달음이 빠른 그였지만, 내공의 정수가 담긴 구절 하나만 깨우치는 데도 반나절은 족히 걸렸다. 다행히 방증 대사가 귀찮아하지 않고 상세히 설명하며, 그가 한 번도 들어서지 못했던 무학의 신비한 경지를 열어 보여주었다.

영호충은 한숨을 푹 쉬며 말했다.

"이제 보니 그간 소생이 부족한 줄도 모르고 천둥벌거숭이처럼 함부로 날뛰었군요. 돌이켜보면 실로 식은땀이 납니다. 제 명이 얼마 남지 않아 풍 태사숙께서 전수해주신 정묘한 내공을 완벽히 연성할 수는 없겠지만, 옛말에 아침에 큰 도리를 알 수 있다면 저녁에 죽어도 좋다던가 하는 말이 있지 않습니까?"

방증 대사는 빙그레 웃었다.

"아침에 도를 들으면 저녁에 죽은들 어떠하리!"

"맞습니다. 바로 그 말입니다. 사부님께서 그런 말씀을 하신 적이 있지요. 오늘 이렇게 대사님의 가르침을 들으니 컴컴하던 눈앞이 환히 열리는 것 같습니다. 앞으로 수련할 기회가 많지 않더라도 그저 기쁠 따름입니다."

"정파 각 문파의 고수들이 항산 부근에 집결하여 요처를 수비하며 일월교의 공격을 대비하고 있소. 다 함께 힘을 합쳐 맞서 싸우면 반드시 지지는 않을 것인데, 영호 장문은 어찌하여 그리 낙담하시오? 이 내공 심법이 수년 안에 연성할 수 있는 것은 아니나, 하루 익히면 하루가 편해지고 한시를 익히면 한시가 편해질 것이오. 한동안 특별한 일은 없을 터이니 마음 편히 익히시오. 빈승도 항산에 머물며 폐를 끼치게 되었으니 함께 연구하도록 합시다."

"대사님의 두터운 정, 무엇으로 갚아야 할지 모르겠습니다."

방증 대사는 빙그레 웃으며 말했다.

"지금쯤이면 충허 도형도 도착했을 것이오. 함께 맞이하러 가지 않겠소?"

"아, 충허 도장께서도 오신 줄 모르고 게으름을 피웠습니다."

영호충은 황급히 일어나 방증 대사와 함께 밖으로 나갔다. 바깥의 불당에는 촛불이 환히 밝혀져 있었다. 내공 심법을 전수하는 동안 어느덧 세 시진이 흘러 날이 어둑어둑해진 것이었다.

나이 지긋한 도인 세 사람이 방석에 앉아 있었는데, 그중 한 사람은 방증 대사의 말대로 충허 도인이었다. 방증 대사와 영호충이 나오자 세 도인은 일제히 자리에서 일어났다.

영호충은 그들에게 예를 갖춰 절했다.

"도장들께서 항산파가 어려움에 처한 것을 아시고 천 리 먼 길을 마다 않고 이렇게 달려와주시니 실로 어찌 보답을 해야 할지 모르겠습니다."

충허 도인이 황급히 그를 일으키며 웃는 얼굴로 말했다.

"빈도는 한참 전부터 와 있었지만 방장 대사와 영호 형제가 내실에서 내공의 정수를 논한다기에 차마 방해할 수가 없었다네. 정묘한 내공을 배웠으니 열심히 갈고닦아 임아행이 찾아오면 그자에게 시험하여 깜짝 놀라게 해주시게나."

"그 심오한 내공 심법을 제가 무슨 수로 며칠 안에 익힐 수 있겠습니까? 아미파와 곤륜파, 공동파 선배들도 오셨다고 하니 모두 무색암으로 모셔 대계를 의논하는 것이 좋을 듯합니다만, 여러 선배님께서는 어찌 생각하시는지요?"

"그들은 그 늙은 마두 휘하의 척후들에게 발각되지 않도록 은밀히 움직이고 있다네. 이곳으로 불러올렸다가는 행적이 노출될 수 있네. 하여 우리도 산을 오르는 동안 단단히 변장을 했지. 그러지 않았다면 귀 파 제자들이 미리 알고 통지했을 것일세."

영호충은 충허 도인을 처음 만났을 때 그가 나귀를 타고 길을 가는 시골 노인으로 변장했던 것을 떠올렸다. 당시 그를 따르던 대한 두 명 역시 무당파의 고수들이었는데, 지금 자세히 보니 다른 두 도인이 바로 그날 자신과 검을 겨룬 대한들이었다. 그는 허리를 숙여 인사하며 빙그레 웃었다.

"두 분께서는 역용술이 대단하시군요. 충허 도장께서 말씀하시지 않았다면 전혀 알아보지 못할 뻔했습니다."

당시 두 사람은 시골 농부로 변장하고, 한 사람은 장작 지게를 지고, 다른 한 사람은 산나물 바구니를 들고 길을 걷고 있었다. 병이라도 앓는 듯 숨을 쌕쌕거리던 그들이 지금은 온몸에서 정기를 내뿜고 있어 도무지 같은 사람이라고는 생각할 수 없었지만, 이목구비는 그때와 크게 다르지 않아 겨우 알아볼 수 있었다.

충허 도인은 장작 지게를 지고 대한으로 변장했던 도인과 산나물 바구니를 든 대한으로 변장했던 도인을 차례차례 가리키며 소개했다.

"이쪽은 사제인 청허清虛고, 또 이쪽은 사질인 현고玄高일세."

네 사람은 반갑게 웃으며 인사를 나눴다.

"영호 장문의 검술은 실로 고명했소."

청허 도인과 현고 도인이 칭찬하자 영호충은 겸손하게 말했다.

"아닙니다, 지난번에는 두 분께 큰 죄를 지었습니다."

충허 도인이 나섰다.

"내 이 사제와 사질은 검술은 대단치 않지만, 젊었을 때 서역에 10여 년을 머물며 온갖 특이한 재주를 배웠다네. 한 명은 기관술과 기구를 만드는 데 능하고, 한 사람은 폭약 제조의 명수일세."

"아, 참으로 희귀한 재주를 얻으셨군요."

"영호 형제, 내 특별히 이들을 데려온 데는 다 이유가 있다네. 두 사람은 우리를 위해 아주 큰일을 해줄 것이야."

영호충은 영문을 몰라 고개를 갸우뚱했다.

"큰일이라니요?"

"빈도가 영호 장문의 허락도 없이 주제넘게 무언가를 좀 가지고 왔으니 한번 보시게."

성품이 소탈한 충허 도인은 격식과 예를 깊이 따지는 방증 대사와는 달리 내키는 대로 영호충을 '영호 형제'와 '영호 장문' 등 그때그때 마음 내키는대로 불렀다.

영호충은 의아한 얼굴로 그가 품에서 무엇을 꺼내는지 가만히 바라보았다. 그 시선을 느낀 충허 도인이 허허 웃으며 말했다.

"물건이 제법 커서 품 안에 넣을 수가 없었다네. 청허 사제, 가지고 들어오라 이르시게."

청허 도인이 밖으로 나가더니 오래지 않아 농부 복장에 맨발의 장정 넷이 채소가 그득 담긴 멜대를 지고 들어왔다.

청허 도인이 그들에게 말했다.

"영호 장문과 소림사 방장께 인사 올리시게."

장정들은 일제히 허리를 숙여 인사를 했다. 영호충은 그들이 무당파에서 제법 높은 자리에 있는 인물이라 여기고 공손하게 답례했다.

청허 도인이 다시 말했다.

"물건을 꺼내 설치하시게!"

장정 네 명이 멜대 바구니에서 채소와 무를 꺼내자 바닥에 놓인 보따리가 보였다. 보따리 안에는 나무토막과 쇳덩이, 못, 용수철 같은 것들이 들어 있었다. 네 사람은 민첩한 손놀림으로 그것들을 이리저리 끼우고 맞춰 순식간에 태사의 하나를 만들었다. 영호충은 눈이 휘둥그레져서 태사의를 바라보았다.

'태사의에 기관을 잔뜩 설치한 것 같은데 어디에 쓰려는 걸까? 혹시 내공 수련을 할 때 쓰는 것일까?'

네 사람이 다른 보따리 두 개에서 의자의 덮개와 깔개를 꺼내 태사의에 놓자, 조용한 불당 안은 별안간 휘황찬란하게 빛을 발했다. 누런 비단으로 만든 의자 덮개에는 황금색 실로 수놓은 금빛 용 아홉 마리가 넓디넓은 바다에서 홀쩍 솟구치는 태양을 휘감는 모습이 담겨 있었다. 그 왼쪽에는 '중흥성교, 택피창생'이라는 글귀가, 오른쪽에는 '천추만재, 일통강호'라는 글귀가 눈에 확 띄도록 수놓여 있었다. 금빛 용은 당장이라도 날카로운 발톱을 휘두를 듯 생생했고, 글자는 시원시원한 필체로 쭉쭉 뻗어나가 보기만 해도 기운이 펄펄 나는 것 같았다. 글자 주위에는 구슬과 보석, 비취 등 온갖 주보를 박아넣어 더욱더 눈이 부셨다. 간소하고 아무것도 없는 불당이 금은보화의 찬란한 빛으로 번쩍번쩍 빛날 만도 했다.

영호충은 손뼉을 치며 갈채를 보냈다. 충허 도인이 사제인 청허가 서역에서 기관술을 배웠다고 한 말이 이제야 실감이 났다.

"임 교주는 이 보좌를 보면 무슨 일이 있어도 앉으려 할 겁니다. 그때 의자에서 기관이 발동해 그의 목숨을 취할 수 있겠군요."

충허 도인이 나지막하게 말했다.

"임아행은 눈치도 빠르고 행동도 기민한 사람이지. 의자에 기관을 설치하면 엉덩이를 대자마자 눈치를 채고 일어나버릴 것이야. 기실 이 구룡보좌九龍寶座에는 기관이 없네. 대신 의자 다리에 기폭약을 숨기고 화약에 연결해두는 거지."

그의 말이 떨어지자 영호충과 소림 승려들의 안색이 싹 변했고, 방증 대사는 합장을 하며 불호를 읊조렸다.

"아미타불!"

그 모습을 본 충허 도인이 설명했다.

"이 기관은 잠깐 앉으면 결코 발동하지 않네. 적어도 향 한 자루 탈 시간 동안은 앉아 있어야만 기폭약에 불이 붙는다네. 임아행은 의심이 많고 꼼꼼한 성품이라, 항산 견성봉에 이런 의자가 있는 것을 보면 의심이 들어 당장 앉으려 하지 않을 것일세. 필시 부하를 시켜 먼저 앉아보라고 하겠지. 금빛 용이 태양을 떠받치는 그림에다 '천추만재, 일통강호'라는 글이 쓰여 있으니 마교의 그 누구도 감히 오래 앉아 있지는 못하겠지. 반대로 말해 임아행은 한 번 앉으면 결코 일어나지 않으려 할 것일세."

"과연 주도면밀하신 계획이군요."

영호충이 감탄을 터뜨렸다.

"그뿐만이 아닐세. 청허 사제는 임아행이 끝내 앉지 않을 경우에 대비해 한 가지를 더 준비해두었네. 만약 이 의자에서 덮개와 깔개를 치우거나 의자를 부수면 똑같이 기관이 발동할 것이야. 현고 사질은 도합 2만 근이나 되는 화약을 항산으로 옮겨왔으니, 아무래도 항산의 수려한 풍경이 망가지는 것은 피할 수 없는 귀결일 걸세."

영호충은 가슴이 철렁했다.

'화약이 2만 근이나 되다니! 그 화약에 불이 붙으면 옥석을 가리지 않고 모두 불태워버리겠구나. 그렇게 되면 임 교주는 물론이고 영영과 상 형님까지 화를 피할 수 없겠지.'

그의 안색이 어두워지는 것을 보자 충허 도인이 다시 말했다.

"마교는 항산파를 모조리 쓸어버리겠다고 공언했네. 항산파가 무너진 후에는 분명코 소림파와 무당파를 공격할 테고 그리되면 모든 생명이 도탄에 빠져 걷잡을 수 없는 화가 번질 것이야. 임아행을 상대하기 위해 이렇게 잔인한 방법을 택한 우리도 가히 마음이 곱다 할 수는 없겠으나, 이 모두가 마두를 제거하여 수천에서 수만에 이르는 전 무림의 생명을 구하기 위함일세."

방증 대사가 두 손을 합장하며 말했다.

"아미타불! 자비로우신 부처님께서도 중생을 구제하기 위해 사악함을 꺾고 마귀들을 복속시키셨소. 천하를 홀로 좌지우지하려는 사악한 자를 죽여 천만의 생명을 구하는 것이 바로 대자대비의 길이오."

이렇게 말하는 그의 표정은 몹시도 장엄했다. 그 자리에 있던 승려들과 도인들이 일제히 자리에서 일어나 합장을 하며 말했다.

"방증 대사의 말씀이 참으로 옳습니다."

영호충도 방증 대사의 말에 동감했다. 일월신교가 개 한 마리 살려 두지 않고 항산파를 도륙하겠다고 했으니, 정파에서 임아행을 폭사시 킴으로써 이에 대항하려는 것은 지당한 일이었다. 하지만 영호충은 아무래도 임아행을 죽이는 것이 내키지 않았고, 상문천을 죽일 바에는 차라리 자신이 먼저 죽는 것이 낫다고 생각했다. 영영의 생사는 도리 어 고민할 필요가 없었다. 어차피 누군가 죽으면 따라 죽기로 결심한 두 사람이니 생사를 걱정할 까닭이 없었던 것이다.

불당 안에 있는 모든 사람들의 눈길이 그에게 쏟아지자 영호충은 나지막이 신음하며 입을 열었다.

"일월신교가 저희를 막다른 곳까지 몰아붙였으니 어쩔 수 없지요. 충허 도장의 계획이 최소한의 인명 피해만 내기를 바랄 뿐입니다."

"영호 형제, 잘 결정했네. 우리 또한 피해가 최소화되기를 바란다네."

"소생은 아직 어리고 지식이 얕으니, 이번 일은 방증 대사와 충허 도장께서 맡아주십시오. 소생은 본 파의 제자들과 함께 힘을 다하겠습 니다."

충허 도인은 빙그레 웃으며 고개를 저었다.

"그럴 수야 있나? 영호 장문이 바로 이 항산의 주인인데 손님인 나 와 방장이 그 자리를 빼앗을 수야 없지."

"소생이 겸양을 하는 것이 아니라, 이토록 중요한 일은 반드시 두 분께서 맡아주셔야 합니다."

"영호 장문이 진심으로 하는 말이니 충허 도형도 너무 사양하지 마 시오. 앞으로 우리 세 사람이 함께 대사를 논의하여 결정하되 명은 충허 도형이 내려주시면 좋겠소."

충허 도인은 재삼 사양했지만 결국 그 말을 받아들였다. 그가 말했다.

"항산으로 통하는 각 길에는 이미 사람을 매복해두었으니 마교가 나타나면 곧바로 소식이 올 것이오. 지난번 영호 형제가 강호 호걸들을 이끌고 소림사를 공격했을 때, 우리는 좌냉선의 계책에 따라 공성계를 펼쳤소."

그 말에 영호충은 얼굴이 벌게지며 고개를 숙였다.

"소생이 주제도 모르고 함부로 굴었습니다. 부끄럽습니다."

충허 도인은 허허 웃으며 말을 이었다.

"이번에도 같은 계책을 쓸 수는 없소. 이미 노출된 계책이라 임아행은 분명 의심할 것이오. 빈도의 생각에는, 항산파 전체는 산 위에서 그들과 맞서고, 소림파와 무당파에서는 수십 명을 선발해 돕는 척하는 것이 좋을 듯하오. 마교가 공격해오는데 소림파와 무당파가 나 몰라라 하면 누가 보아도 이상하지 않겠소? 여우 같은 임아행도 우리가 보이지 않으면 무언가 함정이 있다고 의심할 것이오."

"충허 도형의 말이 옳소."

"옳습니다."

방증 대사와 영호충이 동의하자 충허 도인은 계속 말했다.

"곤륜파와 아미파, 공동파는 모습을 드러내지 말고 동굴 속에 숨어 있을 것이오. 마교가 쳐들어오면 항산파와 소림파, 무당파는 적극적으로 항전하고 마치 진짜처럼 싸워야 하오. 일류고수들만 싸움에 나설 터이니 가능한 한 상대방을 많이 쓰러뜨리면서 우리 쪽은 피해를 입지 않아야 할 것이오."

방증 대사가 조용히 탄식했다.

"일월교에는 고수가 구름처럼 많고, 철저히 준비를 하여 찾아올 것이니, 이번 싸움에는 쌍방 모두 사상자가 많을 것이오."

충허 도인도 고개를 끄덕이며 말했다.

"하여 우리는 미리 지세가 험한 절벽에 밧줄이나 철삭을 걸어놓고, 힘닿는 데까지 싸우다가 힘에 부치면 각자 밧줄을 타고 골짜기로 내려갈 것이오. 그 후 밧줄을 끊으면 적들은 쫓아오지 못하오. 승리를 얻은 임아행은 이 구룡보좌를 발견하고 득의양양해하며 앉으려 할 것이오. 일단 화약이 폭발하면 그 늙은 마두가 제아무리 하늘을 나는 재주가 있다 한들 날개가 돋아나지 않고서야 빠져나갈 방법이 없소. 그 폭발과 함께 항산의 열세 봉우리로 올라오는 길목 서른두 곳에 묻어둔 화약도 폭발하여 마교의 무리들은 영영 이 산에서 빠져나오지 못하게 되오."

"서른두 곳에 화약을 묻는다는 말입니까?"

영호충이 의아해하며 물었다.

"그렇다네. 현고 사질이 내일 아침부터 봉우리로 올라오는 산길 열세 곳을 꼼꼼히 살핀 다음 가장 중요한 길목마다 화약을 묻을 것일세. 화약이 폭발하면 길이 모두 끊겨져 산 위에 갇힌 마교 수만 명은 고스란히 굶어 죽게 된다네. 바로 지난 소림사 때 좌냉선이 세운 계획과 똑같지만, 이번에는 적들도 쉽게 빠져나가지는 못하겠지."

"당시 저희가 소림사를 빠져나올 수 있었던 것도 실로 요행이었습니다."

영호충은 그렇게 말하다 말고 뭔가 생각난 듯 탄성을 질렀다.

충허 도인이 물었다.

"영호 형제, 무슨 문제라도 있으신가?"

"임 교주는 항산에 올라와 이 보좌를 발견하면 분명히 기뻐할 것입니다. 하지만 항산파가 왜 이런 의자를 만들어 '천추만재, 일통강호'라는 글까지 수놓았는지 의심할 것은 뻔한 일이지요. 이 문제를 명확히 하지 않으면 결코 속아넘어가지 않을 겁니다."

"그 문제라면 이미 생각해두었네. 솔직히 말해서 임아행이 이 구룡보좌에 앉느냐 아니냐는 그리 중요한 문제가 아니라네. 이 의자 외에도 화약을 숨겨놓을 터이니 화약이 폭발하는 것은 이미 정해진 일세. 허나 그가 '천추만재, 일통강호'라 수놓인 이 의자에 앉아 득의양양해하고 있을 때 별안간 화약을 터뜨려 그 희망을 짓밟아준다면 무림에서 아주 재미있는 이야깃거리가 되지 않겠는가?"

"그렇군요."

영호충은 고개를 끄덕였다.

현고 도인이 나섰다.

"사숙, 제게 생각이 있는데 들어보실는지요?"

충허 도인은 빙그레 웃으며 말했다.

"말해보아라. 방장과 영호 장문께서 가르침을 주실 것이니라."

현고 도인이 공손히 말했다.

"영호 장문은 임 교주의 대소저와 혼약을 맺었으나 정사가 양립할 수 없어 억지로 헤어졌다 들었습니다. 영호 장문께서 항산의 제자 두 사람을 임 교주에게 보내, 임 대소저의 얼굴을 보아 특별히 솜씨 좋은 장인을 시켜 장인어른께 드릴 보좌를 만들었으니 이 기회에 싸움을 멈추고 화목하게 지내자는 뜻을 전달하는 것입니다. 임 교주가 받아들이건 받아들이지 않건 훗날 항산에 와서 이 의자를 보더라도 의심하지는 않겠지요."

충허 도인은 흡족한 듯 손뼉을 쳤다.

"아주 좋은 계책이구나! 무엇보다…."

"안 됩니다!"

영호충이 고개를 저으며 외치는 바람에 충허 도인은 멈칫했다. 공연한 말을 꺼냈다는 것을 깨달은 그가 조용히 영호충에게 물었다.

"영호 형제, 다른 고견이라도 있으신가?"

"임 교주가 우리 항산파를 몰살시키기로 한 이상 저희 또한 전력을 다해 저항할 것이고, 지략이든 무력이든 가리지 않고 사용할 생각입니다. 그가 우리를 죽이려 하니 우리가 그를 폭사시키려 하는 것은 당연하지만, 그렇다고 해서 거짓말로 속일 수는 없습니다."

"알았네! 영호 형제는 과연 정정당당한 대장부일세. 참으로 감탄했네! 그리하세! 그 늙은 마두가 의심을 하면 어떻고 안 하면 또 어떤가? 이 항산에 와서 함부로 사람을 해치려는 마음을 먹은 이상 필시 큰코다치게 될 것이야."

그들은 다시 머리를 맞대고 적을 상대할 상세한 방법을 논의했다. 어떻게 적과 싸우고, 어떻게 사람들을 보호하고, 어떻게 안전하게 퇴각하고, 어떻게 땅에 묻은 화약을 폭발시킬 것인지 하나하나 결정이 났다. 지극히 꼼꼼하고 세심한 충허 도인은 화약 폭발을 담당한 사람이 적의 손에 죽거나 다칠 경우를 대비해 대신할 사람을 몇 명 더 선발하기까지 했다.

이튿날 아침, 영호충은 방증 대사와 충허 도인 일행을 화산 곳곳으로 안내해 지형과 지세를 살펴보게 해주었다. 청허 도인과 현고 도인이 화약을 묻거나 도화선을 깔거나 매복할 곳을 선정했다. 충허 도인과 영호충은 지세가 험한 절벽 네 곳을 골라 퇴각로로 삼고, 방증 대사와 충허 도인, 영호충, 방생 대사 네 사람이 각기 한 곳을 맡아 적이 접근하지 못하도록 방어하다가 아군이 모두 밧줄을 타고 내려간 뒤 마지막으로 내려가 검으로 밧줄을 끊어서 추격을 차단하기로 했다.

그날 오후, 농부나 나무꾼으로 변장한 무당파 제자 10여 명이 줄줄이 봉우리로 올라와 청허 도인과 현고 도인이 일러준 곳에 화약을 묻었다. 항산파 제자들은 일월신교의 척후가 숨어들어 기밀이 누설될까봐 봉우리로 오르는 길목길목을 지키며 수상한 사람을 쫓아냈다. 그렇게 바삐 사흘을 보내고 나자 준비가 거의 끝났다. 이제 일월신교가 공격해오기를 기다리는 일만 남았다.

손가락을 꼽아보니, 임아행이 조양봉으로 오악검파를 불러모은 날로부터 거의 한 달 가까이 흘러 있었다. 한 번 했던 말은 반드시 지키는 인물이니 기한을 어길 리 없었다.

며칠 동안 충허 도인과 현고 도인 등은 눈코 뜰 새 없이 바빴지만 영호충은 도리어 한가했다. 그는 방증 대사가 전수한 내공 구결을 읊고 또 읊으며 가르쳐준 대로 수련을 했고, 잘 모르는 부분이 있으면 방증 대사를 찾아 가르침을 청했다.

그날 오후에는 의화와 의청, 의림, 정악, 진견 등이 연검장에서 대련을 했고 영호충도 옆에서 지켜보며 지도해주었다. 진견은 아직 어렸지만 검술의 요결을 터득하는 속도가 자못 빨라 영호충은 웃으며 칭찬했다.

"진 사매는 정말 총명한걸! 벌써 그 초식의 요결을 알아내다니… 하지만…."

그렇게 말하던 그는 단전에서 밀려드는 급작스러운 통증으로 말문이 턱 막혔다. 그가 고통스러워하며 털썩 주저앉자 항산파 제자들이 깜짝 놀라 달려왔다.

"왜 그러세요?"

몸속에 있는 진기들이 또다시 발작을 했다는 것을 알 수 있었지만 고통이 극심해 입을 열 수도 없었다. 제자들이 어쩔 줄 모르고 갈팡질팡하는데, 갑자기 하얀 비둘기 두 마리가 푸드덕푸드덕 날아들었다.

"앗!"

여승들은 놀라 비명을 질렀다.

항산파는 전서구를 많이 기르고 있었다. 지난날 정정 사태가 복건에서 적과 마주쳤을 때나 정한 사태와 정일 사태가 용천 주검곡에서 포위되었을 때도 전서구를 보내 구원을 청했었다. 지금 날아든 전서구들은 산기슭을 지키는 제자들이 보낸 것으로, 등에 붉은 안료를 칠해 둔 것을 보니 일월신교가 공격해온다는 소식이 틀림없었다.

방증 대사와 충허 도인이 항산에 온 이후로 항산파 제자들은 크게 용기를 얻었고, 모든 것이 계획대로 착착 준비되는 것을 보면서 마음을 푹 놓은 터였다. 그렇지만 강적이 쳐들어온 긴박한 순간에 영호충의 병이 재발해 쓰러진 것은 실로 예상 밖의 사고였다.

의청이 높이 외쳤다.

"의질, 의문! 어서 방증 대사와 충허 도장께 알려라."

두 사람이 황급히 달려가자 의청은 의화에게 말했다.

"의화 사저, 종을 울려야 합니다."

의화는 고개를 끄덕이고 나는 듯이 연무장을 떠나 종루로 달려갔다. 곧이어 땡땡땡, 땡땡, 땡땡땡, 땡땡 하고 세 번 길게, 두 번 짧게 내는 종소리가 견성봉을 뒤덮었다. 이 소리를 신호로 멀리 통원곡과 현공사, 흑룡구 곳곳의 암자에 있는 종들도 일제히 울리기 시작했다.

방증 대사는 사전에 적이 나타나면 세 번 길게, 두 번 짧게 종을 쳐서 신호하되, 여유롭고 차분하게 하여 적에게 당황한 모습을 보이지 말라 당부했다. 그러나 의화는 비록 법명에 온화할 '화和' 자를 달고 있어도 온화한 면이라고는 티끌도 없는 성질 급한 사람이라 종소리 역시 누가 쫓아오기라도 하는 듯 다급했다.

항산파와 소림파, 무당파 세 문파는 미리 정한 곳으로 달려가 적을 맞을 준비를 했다. 피해를 최소화하기 위해 기슭에서 견성봉 꼭대기까지 이어지는 길 곳곳의 망루는 모두 비우고, 문을 활짝 열어 적을 맞아들인 다음 견성봉에서 적과 접전을 벌일 예정이었다. 종소리가 멎은 지 얼마 되지 않아 견성봉 아래는 쥐죽은 듯 고요해졌다.

곤륜파와 아미파, 공동파의 고수들은 봉우리 아래 은밀한 곳에 몸을 숨겼다가 적들이 견성봉으로 올라간 뒤 일제히 들이쳐 그 퇴로를 끊는 역할을 맡았다.

충허 도인은 기밀을 철저히 유지하기 위해 산길에 화약을 묻은 사실을 그들에게 알리지 않았다. 세력이 넓고 강호에 큰 영향력을 발휘하는 마교가 곤륜파나 아미파 등에 첩자를 심어두었을 경우, 계획이 새어나갈 수도 있기 때문이었다.

영호충도 종소리를 듣고 일월신교가 오고 있음을 알았지만, 날카로운 칼 수천 개가 동시에 아랫배를 찔러대는 것처럼 아파 배를 움켜쥔 채 데굴데굴 구르는 것이 고작이었다. 의림과 진견은 너무 놀라 안색마저 하얗게 질린 채 어쩔 줄 몰라 했다.

의청이 그들에게 말했다.

"장문인을 무색암으로 모시고 가자. 방증 대사와 충허 도장께서 어떻게 할지 알려주실 것이다."

그녀는 우씨와 나이 든 여승 한 명을 불러 양쪽에서 영호충을 부축하게 해 떠메다시피 무색암으로 옮겼다. 그들이 암자로 들어서는 순간, 봉우리 아래에서 폭죽이 펑펑 터지고 뿔피리와 북이 요란스러운 소리를 냈다. 일월신교가 위세를 뽐내며 나타나 공격을 감행한 것이었다.

방증 대사와 충허 도인은 영호충이 발작했다는 소식을 듣고 허둥지둥 달려나왔다.

"영호 형제, 안심하게. 내 이미 능허凌虛 사제에게 무당파의 퇴각로를 맡겼네. 항산파 제자들이 퇴각할 곳은 이 늙은이가 책임지고 지키겠네."

충허 도인의 말에 영호충은 감사의 표시로 고개를 끄덕여 보였다.

방증 대사도 말했다.

"영호 장문은 먼저 골짜기로 피해 있는 것이 좋겠소. 만에 하나 사고를 방지하기 위해서 말이오."

영호충은 억지로 소리를 쥐어짜냈다.

"절대… 절대 안 됩니다! 검… 검을… 주십시오!"

충허 도인도 함께 만류했지만 영호충은 고집을 꺾지 않았다.

그때 뿔피리 소리와 북소리가 뚝 그치고 우레와 같은 외침 소리가 쩌렁쩌렁 울렸다.

"성교주님, 천추만재, 일통강호!"

줄잡아 4천~5천 명이 동시에 외치는 소리였다. 방증 대사와 충허 도인, 영호충은 서로를 바라보며 웃음을 지었다. 그때 진견이 영호충의 검을 두 손으로 받쳐들고 다가왔다. 영호충은 검을 쥐려고 팔을 뻗었지만 사시나무처럼 덜덜 떨려 똑바로 쥘 수가 없었다. 진견이 검을 짚고 그의 옆에 서며 속삭였다.

"필요할 때 '검'이라고 외치세요. 그럼 제가 바로 건넬게요."

별안간 쇄납嗩呐(중국 민간에 전해지는 나팔 같은 금관악기) 소리가 짜르르 울렸다. 싸움을 앞둔 살벌한 소리라기보다는 즐겁고 신나는 소리였다. 이어서 몇 사람이 입을 모아 낭랑하게 외쳤다.

"일월신교의 성교주께서 견성봉에 오르시니 항산파 영호 장문은 나와 맞으시오."

일월신교 장로들의 목소리였다.

방증 대사가 말했다.

"일월교가 예를 갖추니 우리도 속 좁게 대할 수는 없겠구려. 영호 장문, 그들을 올라오게 하는 것이 어떻겠소?"

영호충은 고개를 끄덕였지만 곧바로 찌르는 듯한 통증이 찾아와 온몸이 뻣뻣하게 굳었다. 그의 얼굴에 땀이 흥건히 맺히는 것을 본 방증 대사가 걱정스레 말했다.

"영호 장문, 단전의 통증이 견디기 어려우면 풍 선배께서 전수하신 내공 심법으로 진기를 흩어보시오."

서로 다른 진기 수십 갈래가 서로 뒤엉켜 충돌하며 날뛰는데 이를 흩뜨리기 위해 운기를 하다가는 통증만 가중시킬 것이 뻔했다. 하지만 어차피 고통스럽다면 시험이라도 해보자 하는 마음에 영호충은 결과를 생각지 않고 구결대로 기운을 움직이기 시작했다. 과연 진기가 서로 부딪치며 아랫배의 통증은 마치 배 속을 손톱으로 긁어대듯 심해졌다. 그러나 몇 번 운기행공을 하자 10여 갈래의 진기가 하나둘 합쳐져 점점 굵어지다가 마침내 커다란 한 갈래가 되어 궤도를 따라 순환하기 시작했다. 통증은 여전했지만 아무데나 치고받으며 서로 충돌하지 않았고, 충격이 올 곳을 미리 자각할 수도 있었다.

방증 대사가 진기를 끌어올려 차분하게 외쳤다.

"항산파 장문인 영호충, 무당파 장문인 충허 도인, 소림사 장문인 방증이 일월신교 임 교주의 행차를 맞이하오."

쩌렁쩌렁 울리는 목소리는 아니었지만 멀리까지 퍼져나갔다.

새로 익힌 내공 심법의 효과를 본 영호충은 숫제 가부좌를 틀고 앉아 정신을 집중하고 왼손은 가슴에, 오른손은 배에 얹은 채 방증 대사가 전수한 구결에 따라 차례차례 운공을 해나갔다. 매일같이 방증 대사의 가르침을 받았지만 익힌 지 고작 며칠밖에 되지 않아서 조예는 그리 깊지 못했으나, 법문대로 꼼꼼하게 따라하자 서로 다른 진기 10여 갈래가 점차 한곳으로 모여들기 시작했다. 그는 멈추지 않고 더욱 정신을 집중해 기운을 천천히 흩어내려 애썼다.

'항산파에 크나큰 위험이 닥쳤는데 하필이면 이럴 때 내상이 발작하다니… 기왕 이렇게 되었으니 오늘 이곳에서 목숨을 바쳐야겠다.'

이렇게 생각하며 정신을 모으자 처음에는 시끄럽게 귀를 울리던 북소리와 사죽 소리도 차차 흐려져 마침내는 들리지 않게 되었다.

영호충이 전심전력으로 연공하는 것을 보자 방증 대사는 빙그레 미소를 지었다.

둥둥둥 요란한 북소리가 산골짜기를 울리더니 일월신교 교인들이 큰 소리로 외쳤다.

"중흥성교하시고 택피창생하시는 일월신교의 성교주께서 항산으로 납신다!"

얼마 후 북소리가 점점 가까이 다가오기 시작했다. 견성봉으로 오르는 산길은 몹시 길어, 일월신교 교인들의 걸음이 아무리 빨라도 북소리는 한참이 지난 후에야 겨우 산등성이에 이르렀다.

항산 곳곳에 엎드려 있는 정파 인사들은 속으로 투덜투덜 욕설을 퍼부었다.

'교주랍시고 위세란 위세는 빌어먹게도 부리는구나. 꽃상여를 메고 가는 것도 아닌데 무엇 때문에 저리 북을 쳐대는 것이냐?'

적과 맞설 채비를 하던 이들의 심장이 더욱 빨리 뛰기 시작했다. 마교가 모두 산 위로 올라가면 즉각 달려나가 뒤에 있는 교인들을 때려 죽이고, 적이 점점 늘어나 강하게 반격해오면 밧줄을 타고 깊은 골짜기 아래로 퇴각하는 것이 본래 그들의 계획이었다. 그런데 뜻밖에도 임아행이 순방을 나온 황제라도 되는 양 사죽을 쟁쟁 울리고 북을 둥둥 치며 경사스럽게 나타나자 공격을 해야 할지 어떨지 판단이 서지 않아 바짝 긴장했던 마음이 더욱더 팽팽하게 당겨졌다.

한참 후, 영호충의 단전 속에 자리한 서로 다른 진기가 점점 가라앉고 통증도 차차 가시기 시작했다. 통증에서 벗어나 정신이 해이해지는 순간 제일 먼저 든 생각은 이것이었다.

'임 교주가 올라왔을까?'

그가 벌떡 일어나자 방증 대사가 미소를 지으며 물었다.

"이제 조금 나아졌소?"

"싸움이 시작되었습니까?"

"아직 아니오!"

"정말 다행이군요! 진 사매, 검!"

진견이 들고 있던 검을 뽑아 그에게 건넸다. 하지만 방증 대사와 충허 도인은 빈손이었고, 의화와 의청 등 항산파 제자들도 무색암 앞에 몇 줄로 늘어서서 항산파 검진을 형성할 준비를 하고 있었지만 검은 아직 허리에 찬 채였다. 그제야 임아행이 아직 올라오지 않았다는 것을 알아챈 영호충은 너무 서두른 자신의 성급함에 멋쩍게 웃으며 진견에게 검을 돌려주었다.

요란스레 울리던 쇄납과 종, 북 소리가 뚝 그치고, 피리와 통소, 호금, 월금月琴(둥그런 달 모양의 중국 전통 현악기), 비파의 가느다란 가락이 구성지게 울려퍼졌다.

'임 교주가 참으로 요란스럽게 구는구나. 숫제 세악細樂까지 한바탕 연주하면서 어르신의 행차를 알리겠다는 것인가?'

그가 괴상한 짓을 하면 할수록 낯간지럽고 진절머리가 났다.

구성진 연주와 함께 일월신교 교인들이 둘씩 짝을 지어 두 줄로 나란히 올라오자 견성봉에 있던 사람들은 정신을 바짝 차렸다. 적들은 새로 맞춘 암녹색 장포를 걸치고 허리에는 하얀 띠를 둘러 몹시 눈에 띄는 차림이었다. 가장 먼저 올라온 사람들은 모두 마흔 명인데, 각자 쟁반을 하나씩 들고 있었지만 비단으로 가려져 무엇이 놓여 있는지는 알 수 없었다. 놀라운 것은 그들 중 누구도 허리에 칼이나 검을 차고 있지 않다는 사실이었다.

봉우리를 오른 마흔 명이 멀찌감치 자리를 잡고 늘어서자 그들 뒤로 200명이나 되는 세악대가 나타났다. 세악대 역시 새로 지은 비단 옷을 입었고, 한시도 쉬지 않고 퉁소나 피리를 불거나 현을 뜯으며 연주를 계속했다. 그다음에는 나팔수와 고수를 비롯해 징, 작은 징, 요鐃, 발鈸, 종, 방울을 든 악사들이 줄줄이 이어졌다.

영호충은 흥미로운 눈길로 그들을 살폈다.

'곧 싸움이 벌어질 텐데 북이나 징을 쳐대면 마치 극 무대 같겠어. 임 교주가 이렇게까지 남들에게 보여주는 것을 좋아할 줄이야, 기가 막혀 웃음밖에 안 나오는군!'

둥둥둥 북소리에 맞춰 일월신교 교인들이 속속 올라왔다. 그들은 지위와 신분에 따라 복장이 각기 달랐는데, 누런색과 녹색, 파란색, 검정색, 흰색의 옷이 어우러져 마치 색색의 꽃으로 가득한 꽃밭에 온 것 같았다. 마을 축제 때보다 더 화려하고 선명한 복장이었지만, 어떤 색의 옷을 입었든 허리에는 똑같이 흰 띠를 두르고 있었다. 견성봉에 오른 일월신교 교인들은 모두 3천~4천 명가량이었다.

충허 도인은 그들을 둘러보며 생각했다.

'저들이 자리를 잡기 전에 급습하면 우리가 유리할 것이야. 한데 무슨 속셈인지는 모르나 저들이 손님의 예를 갖추려 하니 우리가 먼저 공격하면 아무래도 가히 훌륭한 처사는 아니겠지.'

흘끔 살펴보니, 영호충은 별 생각이 없는 사람처럼 히죽거리고 있었고 방증 대사는 태연하고 무심한 표정으로 적들을 응시할 뿐이었다.

'허, 여기서 초조한 마음을 드러내면 내 수양이 부족한 것이렷다.'

그가 이런 생각을 하는 동안 일월신교 교인들이 무리를 지어 늘어섰고 장로 열 명이 올라와 좌우로 다섯 명씩 갈라섰다. 연주가 뚝 그치고 양쪽에 선 장로들이 입을 모아 외쳤다.

"중흥성교하시고 택피창생하시는 일월신교의 성교주께서 당도하셨노라!"

푸른 덮개를 씌운 커다란 가마 하나가 서서히 봉우리로 올라왔다. 가마꾼 열여섯 명이 가마를 메고 있었는데, 하나같이 몸놀림이 재빠르고 안정적이며 걸음걸이가 착착 맞았다, 커다란 가마는 마치 경공의 고수처럼 우아하고 부드럽게 움직였다. 이것만 봐도 가마꾼들이 퍽 뛰어난 무공을 지녔음을 알 수 있었다.

그들을 자세히 살피던 영호충은 가마꾼 사이에 조천추와 황백류, 계무시 등이 섞여 있는 것을 보고 깜짝 놀랐다. 노두자는 키가 작아 조천추, 계무시와 나란히 가마를 들 수 없었기에 빠졌을 뿐, 키만 맞았다면 분명히 가마꾼으로 선발되었을 것이다.

영호충은 화가 머리끝까지 치솟았다.

'조천추와 계무시 같은 사람들은 당세의 영웅인데, 어떻게 가마 메는 일을 시킬 수 있지? 천하의 영웅들을 노예처럼 부리다니, 정말 복장이 터지는군!'

푸른 가마 옆에는 좌우로 한 사람이 서 있었는데, 왼쪽에 선 사람은 상문천이요, 오른쪽에 선 사람은 이름 모를 노인이었다. 어딘지 낯이 익어 그 얼굴을 자세히 살피던 영호충은 별안간 흠칫하며 놀랐다. 노인은 바로 낙양에서 그에게 금을 가르쳐준 녹죽옹으로, 영영을 '고모'라 부르는 바람에 그가 영영을 할머니로 여기게 만든 장본인이었다. 낙양을 떠난 후로 한 번도 만나지 못한 그가 오늘 이렇게 임아행을 따라 견성봉에 온 것을 보자 영호충의 심장은 쿵쿵 뛰기 시작했다.

'영영은 어디에 있을까? 왜 보이지 않지?'

별안간 무시무시한 생각이 머리를 때렸다.

'일월신교 교인들이 복상服喪이라도 하듯 하나같이 허리에 흰 띠를 두른 것을 볼 때 혹 영영이 아버지에게 항산을 공격하지 말아달라고 애원하다 끝내 자결을 한 것은 아닐까?'

가슴속에서 뜨거운 피가 솟구치고 단전이 또다시 콕콕 쑤시며 아파오기 시작했다. 상문천에게 달려가 영영은 어떻게 되었느냐고 소리쳐 묻고 싶었지만, 가마를 탄 임아행을 떠올리며 그 욕망을 꾹 눌렀다.

견성봉에는 수천 명이 모여 있었지만 주위는 쥐죽은 듯 고요했다. 가마가 멈추자 수천 명의 눈길은 가마의 가리개로 쏠려 임아행의 등장을 기다렸다.

별안간 그 팽팽한 긴장감과 전혀 어울리지 않는 낄낄거리는 웃음소리가 무색암 안에서 흘러나왔다. 곧이어 누군가 큰 소리로 외쳤다.

"저리 비켜! 내가 거기 앉을 거야!"

또 다른 사람이 질세라 소리를 질렀다.

"싸우지 마! 나이 순대로 돌아가면서 구룡보좌에 앉아보면 되잖아!"

바로 도화선과 도지선의 목소리였다.

그들의 대화에 방증 대사와 충허 도인, 영호충의 안색이 하얗게 질렸다. 도곡육선이 쥐도 새도 모르게 무색암으로 숨어들어 그들이 야심차게 준비한 구룡보좌에 서로 앉겠다고 다투고 있는 것이었다. 누군가 오래 앉아 있으면 기폭약에 불이 붙게 되어 있는 의자였으니, 그야말로 큰일이었다.

충허 도인이 허겁지겁 암자 안으로 달려들어갔다. 안에서 충허 도인의 목소리가 들려왔다.

"어서 일어나시게! 그 의자는 일월신교 임 교주를 위한 것일세. 자네들은 앉으면 아니 되네!"

도곡육선이 떠들썩하게 반박하기 시작했다.

"아니 될 게 뭐야? 난 꼭 앉고야 말겠어!"

"저리 비키라니까! 나도 좀 앉아보자고!"

"이야, 정말 편안한걸! 푹신푹신한 것이 꼭 뚱보 엉덩이 위에 앉은 것 같아!"

"뚱보 엉덩이 위에 앉아본 적이나 있어?"

도곡육선이 아웅다웅하며 너 한 번 나 한 번 돌아가면서 의자에 앉다 보면 기관이 작동해 무색암 바닥에 묻힌 화약 수만 근이 폭발해서 견성봉에 있는 일월신교 교인들은 물론이고 소림파, 무당파, 항산파 제자들까지 모조리 가루가 되어버릴 것은 너무나도 분명했다. 영호충은 그 사실을 잘 알면서도 어찌 된 셈인지 내심으로는 화약이 폭발하기를 바랐다. 영영이 죽었다면 그 자신도 더는 살고 싶은 마음이 없으니, 차라리 이 자리에서 다 함께 죽어 깨끗하게 마무리 짓는 것이 낫지 않을까?

그런 생각을 하며 주위를 둘러보는데 문득 자신을 향한 의림의 고운 눈동자가 느껴졌다. 그녀와 시선이 마주치는 순간, 그는 재빨리 눈을 피했다.

'아직 한창때인 의림 사매가 이번 일로 희생된다면 참으로 아까운 노릇이구나. 하지만 사람이라면 언젠가 죽기 마련이야. 오늘 이 자리에서 무사히 살아난다 한들 100년 후에는 이 자리에 있는 모두가 백골이 되어 있을 테지.'

무색암에서는 도곡육선이 여전히 말다툼을 해댔다.

"벌써 두 번이나 앉아봤잖아. 난 아직 한 번도 못 앉았다고."

"처음 앉았을 때는 너희가 끌어냈으니 앉은 게 아니야."

"좋은 생각이 있어! 우리 형제가 다 함께 의자에 앉는 거야! 의자가 우리를 견뎌낼 수 있는지 보자!"

"좋아, 좋아! 자자, 어서들 올라타. 으하하하!"

"네가 먼저 앉아. 내가 그 위에 앉을 테니."

"형이 위고 아우가 아래에 앉는 거야!"

"아니야, 형이 먼저 앉아야지! 나이가 가장 어린 사람이 가장 위에 앉아야 해!"

위기가 코앞에 닥쳐왔지만 기관의 비밀을 큰 소리로 떠들 수도 없는 노릇이었다. 마침내 방증 대사가 홱 돌아서서 암자로 들어서며 큰 소리로 말했다.

"귀빈께서 밖에 계시니 이리 떠드는 것은 예의가 아니오. 조용히들 하시오!"

'조용히들 하시오'라는 마지막 한마디에 소림파의 지고무상한 내공인 금강선사자후金剛禪獅子吼 내공을 실어 외치자, 보이지 않는 강력한 힘이 도곡육선을 향해 쏟아졌다.

충허 도인은 머리가 어질어질해져 휘청거렸고, 도곡육선은 찍소리도 내지 못하고 혼절해 쓰러졌다. 이 모습을 본 충허 도인은 몹시 기뻐하며 번개처럼 손을 놀려 의자에 앉아 있던 두 사람을 끌어내고 도곡육선의 혈도를 짚어 관음보살상의 신단 아래로 차례차례 밀어넣었다. 그런 다음 의자에 다가가 자세히 귀를 기울여보니 다행히도 이상한 소리는 들리지 않았다. 그는 그제야 온몸에서 힘이 쭉 빠져 털썩 주저앉았다. 얼굴과 이마는 온통 땀으로 흠뻑 젖어 있었다. 방증 대사가 조금만 늦었어도 화약이 폭발해 모든 사람이 허망하게 목숨을 잃었을 것이었다.

충허 도인과 방증 대사는 나란히 암자에서 나와 임아행을 태운 가마를 향해 말했다.

"임 교주, 암자 안으로 들어 차 한잔하시오!"

그러나 가마의 가리개는 요지부동이고, 안에서도 아무런 움직임이 느껴지지 않았다. 충허 도인은 대로했다.

'늙은 마두가 위세를 부려도 너무 부리는구나! 이 몸과 방증 대사, 영호 장문은 당금 무림에서 손꼽는 인물인데, 우리 세 사람이 밖에서 기다리는데도 본체만체하다니!'

구룡보좌에 기관을 숨겨놓지 않았더라면, 아마도 벌써 검을 뽑아 가마의 가리개를 찢어발기고 임아행과 싸움을 벌였을 것이다. 그는 화를 꾹 눌러 참으며 다시 한번 권했지만 가마 안에서는 여전히 대답이 없었다.

상문천이 허리를 숙이고 가마 안쪽에 귀를 기울였다. 안에서 무슨 지시가 있었는지 연신 고개를 끄덕이던 그가 다시 몸을 곧게 펴고 외쳤다.

"본 교의 임 교주께서는 소림사 방장 대사와 무당파 충허 도장 같은 선배들을 기다리게 하여 참으로 송구하게 여기시며, 훗날 친히 소림사와 무당산을 찾아 사죄하겠다 하셨소."

"천만의 말씀이오."

방증 대사와 충허 도인이 입을 모아 겸양했다.

상문천이 계속 말했다.

"임 교주께서 오늘 항산에 온 것은 오로지 영호 장문을 만나기 위해서니, 영호 장문과 암자 안에서 독대를 하고자 하시오."

그가 손짓을 하자 가마꾼들이 재빨리 가마를 들어 무색암의 관음보살을 모신 불당으로 옮겨놓았다. 상문천과 녹죽옹은 따라서 안으로 들어갔다가 잠시 후 가마꾼들과 함께 밖으로 나왔다. 이제 암자 안에는 큼직한 가마 하나만 덩그러니 놓여 있었다.

충허 도인은 눈을 찌푸렸다.

'필시 무슨 속임수가 있을 것이야. 저 가마 안에 무슨 기관이 숨겨져 있는지도 모르겠구나.'

그가 방증 대사와 영호충에게 눈짓을 하자, 임기응변에 재주가 없는 방증 대사는 어찌해야 좋을지 몰라 곤란한 표정을 지었다.

영호충이 웃으며 말했다.

"임 교주께서 소생과 독대를 하고 싶으시다니 그렇게 해야지요. 두 분께서는 잠시 기다려주십시오."

충허 도인은 걱정스러운지 나지막이 경고했다.

"조심, 또 조심하시게."

영호충은 고개를 끄덕인 후 진견에게서 검을 받아들고 성큼성큼 안으로 들어갔다.

무색암은 기와를 얹어 만든 조그마한 건물이라 구조상 불당에서 조금만 소리 높여 말을 하면 밖에서도 똑똑히 들을 수 있었다.

안에 들어간 영호충의 목소리가 들렸다.

"소생 영호충이 임 교주께 인사드립니다."

그러나 임아행의 대답은 들리지 않았고, 대신 '으앗!' 하는 느닷없는 비명 소리가 들려왔다.

충허 도인은 영호충이 임아행의 독수를 당했을까 봐 그를 구원하기 위해 황급히 발걸음을 떼었지만, 곧 마음을 달리 먹었다.

'영호 형제의 검술은 당세 제일이다. 검을 가지고 암자에 들어갔으니 쉽게 그 늙은 마두의 손에 당하지는 않을 터. 만에 하나 정말로 독수를 당했다면 내가 들어간다 한들 구해낼 방도가 없다. 물론 영호 형제가 마두의 손에 죽지 않았다면 더 바랄 나위가 없지만, 만에 하나 이미 죽었다면 차라리 마두를 홀로 남겨두는 게 나을 것이야. 혼자 불당에 남은 마두는 필시 구룡보좌를 보고 흡족해할 터이니 내가 뛰어들면 대사를 그르칠 따름이다.'

그의 가슴이 쿵덕쿵덕 뛰기 시작했다.

'그 마두는 곧 의자에 앉을 것이고 잠시 후에는 화약이 폭발하여 이 견성봉 절반이 날아갈 터인데… 여기서 허둥지둥 달아나면 겁쟁이라고 떠벌리는 꼴이고, 혹여 상문천 저자가 눈치를 채고 경고를 보내기라도 하면 모든 공이 수포로 돌아갈 수도 있다. 허나 화약이 폭발한 후

에 움직이면 때가 늦으니 이를 어이하면 좋을꼬?'

본디 그는 일월신교가 공격해왔을 때 어떻게 맞서 싸울 것인지, 어떻게 의심받지 않고 물러날 것인지를 하나하나 빈틈없이 짜놓았다. 그 계획대로라면 임아행이 구룡보좌에 앉을 즈음 소림파와 무당파, 항산파는 정해진 곳을 통해 골짜기로 물러난 후라 아무런 피해를 입지 않아도 되었다. 그런데 일월신교가 살기를 숨기고 예의를 갖추며 영호충과 단독으로 만나기를 청했으니 실로 예상 밖의 사태였다. 아무리 지모가 뛰어난 충허 도인도 어디서부터 이 상황을 풀어내야 할지 막막했다.

방증 대사도 긴박한 상황을 알아차리고 영호충의 안위를 몹시 걱정했지만, 수양이 깊고 세상 이치에 통달한 고승답게 생사와 속세의 영욕과 화복, 승패 같은 것에 쉽사리 흔들리지 않았다. 일을 꾸미는 것은 사람이나 이루는 것은 하늘이라고 하지 않았던가. 그 결과가 무엇이건 각자 쌓은 선행과 악업의 보응이라 억지를 쓴다 해서 바뀌는 것이 아니라 믿으니, 내심 불안하고 걱정스러우면서도 평온하게 기다릴 수 있었다. 설령 화약이 터져 몸이 잿더미로 화하더라도 잃는 것은 껍데기에 불과한 몸일 뿐인데 구태여 두려워할 까닭이 없었다.

구룡보좌 밑에 화약을 숨긴 일은 극비였다. 이 기밀을 아는 사람 가운데 방증 대사와 충허 도인, 영호충을 제외하고 화약을 묻는 데 참여한 청허 도인과 현고 도인은 산등성이와 봉우리에서 화약이 폭발하면 땅에 묻은 나머지 화약을 폭파하기 위해 대기하고 있었다. 그들 다섯 명 외에는 지금 견성봉에 있는 사람 중 그 누구도 내막을 알지 못했다.

소림파와 무당파, 항산파 제자들은 임아행과 영호충의 대화가 끝나고 싸움이 벌어지면 즉시 검을 뽑아 일월신교 교인들을 들이칠 준비를 하고 있었다.

충허 도인은 한참 동안 기다렸으나 암자 안에서 아무런 동정이 느껴지지 않자 진기를 끌어올려 안에서 나는 소리에 귀를 기울였다. 영호충이 무엇이라고 속삭이는 소리가 희미하게 들려오자 아슬아슬하던 심장이 겨우 가라앉았다.

'영호 형제가 아직 무사하구나, 다행이다.'

이런 생각을 하느라 진기가 흩어지자 희미하게 들리던 소리는 곧 사라졌고 또다시 걱정이 스멀스멀 일었다. 어쩌면 영호충이 살아 있기를 너무 바란 나머지 환청을 들은 것은 아닐까? 조금 전 들린 것이 진짜 영호충의 목소리라면 왜 갑자기 들리지 않을까?

그렇게 한참이 지난 후, 다행스럽게도 암자 안에서 영호충이 큰 소리로 외쳤다.

"상 형님, 들어오셔서 교주님을 모셔가십시오."

"알겠네!"

상문천은 녹죽옹과 함께 가마꾼들을 이끌고 암자로 들어가 푸른 덮개를 씌운 가마를 들고 나왔다. 암자 밖에 서 있던 일월신교 교인들이 일제히 허리를 숙였다.

"성교주의 행차를 맞이합니다."

가마는 처음 봉우리에 올라와 내려섰던 곳으로 되돌아가 멈췄다.

상문천이 말했다.

"성교주께서 소림 방장께 드리는 예물을 올려라!"

비단옷을 입은 교인 두 사람이 방증 대사 앞으로 걸어나와 공손하게 쟁반을 바쳤다. 쟁반 위에는 침향이 섞인 보리수로 만든 염주와 필사한 낡은 경전이 놓여 있었다. 가죽으로 겉을 씌운 경전 위에 범어로 '금강경'이라는 글자가 찍혀 있는 것을 보는 순간 방증 대사의 얼굴이 환해졌다.

오랫동안 불법을 연구해온 방증 대사는 특히《금강경 金剛經》을 깊이 익혔으나, 동진 시대의 고승인 구마라습鳩摩羅什이 한어로 옮긴 역본만 접해 해석하기 어려운 부분이 꽤 있었다. 이 때문에 범어로 된 경전을 구해 검증해볼 수 있기만을 바라고 또 바라왔지만, 중원에서는 범어 경전을 구하기가 하늘의 별 따기처럼 어려워 여태 그 소원을 풀지 못했다. 그런데 지금 생각지도 못하게 그 경전이 눈앞에 나타난 것이다. 방증 대사는 기쁨을 감출 길이 없어 합장을 하며 예의 바르게 허리를 숙였다.

"아미타불, 빈승이 이런 보경寶經을 얻게 되다니, 실로 그 기쁨을 말로 표현할 수가 없소이다!"

인사를 마친 그는 공손히 두 손을 내밀어 범어로 된《금강경》을 들고 염주를 손에 쥐었다. 염주에서 따스하고 기분을 가라앉혀주는 좋은 향이 났다.

"임 교주의 호의에 감사하오. 이를 어찌 갚아야 할지 난감하구려."

상문천이 임아행을 대신해 말했다.

"그 염주는 본 교의 선배께서 천축국의 명산에서 구해오신 것인데 방증 대사께 선물로 바치고자 하오. 본 교 교주께서는 본 교가 천하 영웅들에게 무례를 저질러 마음에 심히 부끄러우니, 방장 대사께서 책망하지 않고 받아주신다면 감사할 따름이라 하셨소."

말을 마친 그가 다른 교인을 돌아보며 명령했다.

"임 교주께서 무당파 장문인 충허 도장께 드리는 예물을 올려라."

역시 비단옷을 입은 교인 두 사람이 충허 도인에게 다가가 허리를 숙이고 쟁반을 바쳤다.

두 사람이 가까이 다가오기도 전에 충허 도인은 쟁반 위에 검 한 자루가 놓여 있다는 것을 눈치챘다. 가까이 가져온 뒤 자세히 보니, 군데군데 동록이 생겨 푸르스름한 검집 위에 '진무眞武'라는 두 글자가 전서체로 상감되어 있었다.

"아니!"

충허 도인은 저도 모르게 외마디 비명을 질렀다.

무당파를 창시한 장삼봉張三峰이 사용한 패검의 이름이 바로 '진무검'으로, 이는 무당파의 진산지보鎭山之寶였다. 그런데 80여 년 전, 일월신교의 장로 몇 명이 무당산을 야습해 이 보검과 장삼봉이 손수 쓴 《태극권경太極拳經》을 훔쳐갔다. 그날의 혈전으로 무당파 일류고수 세 명이 죽었다. 비록 일월신교의 장로 넷을 죽여 복수는 했지만, 문파의 보물인 검과 경전을 빼앗긴 것은 뼈아픈 실책이었다.

무당파에서는 이 일을 크나큰 치욕으로 여겨 그 후로 80년 동안 장문 자리를 맡았던 사람들은 모두 하나같이 보물들을 되찾으라는 유언을 남겼을 정도였다. 그러나 흑목애의 경계가 워낙 삼엄해 음으로 양으로 수차례 공격을 시도하고도 매번 흑목애에 애꿎은 시신만 남긴 채 빈손으로 돌아와야 했다. 그런데 지금 그 보물이 떡하니 눈앞에 나타난 것이다. 다른 쟁반을 돌아보니 놀랍게도 장삼봉 조사의 자필 서책이 놓여 있었다. 종이는 이미 누렇게 바랬지만 책장에 적힌 '태극권경'이라는 글씨는 또렷했다. 무당산에서 장삼봉의 친필을 숱하게 접했던 충허 도인은 '태극권경'이라는 네 글자를 보는 순간 조사가 손수 쓴 글씨임을 한눈에 알아보았다.

그는 덜덜 떨리는 손으로 검을 받아들었다. 오른손으로 검자루를 쥐고 검을 반쯤 뽑자 서늘한 한기가 얼굴을 덮쳤다. 장삼봉 조사는 만년에 검술이 신의 경지에 이르러 웬만해서는 검을 쓰지 않았고 부득이하게 싸울 일이 생겨도 평범한 철검이나 목검을 썼다. 이 '진무검'은 그가 중년에 사용한 무기로, 사악한 무리를 소탕하고 강호에 위세를 떨친 날카로운 명검이었다.

충허 도인은 여전히 임아행의 속임수가 아닐까 의심하면서도 《태극권경》을 펼쳐보았다. 역시 장삼봉 조사의 친필이었다. 그는 경전과 보검을 다시 쟁반에 올려놓고 바닥에 무릎을 꿇으며 두 보물을 향해 여덟 번 머리를 조아려 예를 갖췄다.

다시금 일어선 그가 떨리는 목소리로 말했다.

"임 교주께서 드넓은 아량으로 무당파 조사님의 유물을 진무관으로 돌려주셨구려. 이 충허, 몸이 부서져 가루가 되는 한이 있어도 그 은혜를 잊지 않을 것이오."

검과 경전을 받아드는 그의 두 손은 북받쳐오르는 감격을 이기지 못해 쉼 없이 떨리고 있었다.

상문천이 말했다.

"본 교 교주께서는 지난날 본 교가 무당파에 지은 죄를 심히 부끄럽다 하시며, 오늘 이 보물을 원래 주인에게 돌려주니 무당파 문인들께서는 넓은 아량으로 용서해달라 하셨소."

"임 교주께서 겸양이 지나치시오."

상문천은 빙그레 웃으며 다시 말했다.

"성교주께서 항산파 영호 장문께 드리는 예물을 올려라."

방증 대사와 충허 도인은 똑같은 생각을 하며 영호충을 바라보았다.

'영호 장문에게는 얼마나 귀한 선물을 준비했을꼬?'

이번에 앞으로 나온 교인은 모두 스무 명이나 되었다. 그들이 받쳐 든 쟁반에는 장포와 모자, 신발, 술병, 술잔, 찻잔 같은 일상 용품들이 그득했는데, 누가 봐도 정교하게 만들어진 고급품이 분명했지만 희귀하고 놀라운 것들은 아니었다. 개중에는 진귀해 보이는 옥퉁소와 칠현 금도 있었지만, 앞서 방증 대사나 충허 도인에게 준 예물에 비하면 평범했다.

"감사합니다."

영호충은 두 손을 포개 올리며 인사한 뒤 우씨 등을 불러 선물을 거두게 했다.

상문천이 말했다.

"본 교 교주께서는 오늘 항산을 찾아 소란을 피운 것을 몹시 송구하게 생각하시오. 따라서 항산파의 출가한 사태께는 새 옷 한 벌과 검 한 자루를, 속가 제자들에게는 장신구 한 점과 검 한 자루를 선물하고자 하니 부디 기쁘게 받아주시기 바라오. 또한 항산 기슭에 있는 비옥한 전답 5천 묘畝(논밭의 넓이 단위로 1묘는 30평이다)를 구입하여 무색암에 바치겠소. 이것으로 오늘 방문의 목적은 달성했으니 이만 물러가겠소."

그는 방증 대사와 충허 도인, 영호충을 향해 깊숙이 읍한 뒤 돌아섰다.

"잠깐, 상 선생!"

충허 도인이 다급히 부르자 상문천은 그를 돌아보며 빙그레 웃었다.

"도장, 무슨 분부라도 있으시오?"

"귀 파의 은혜를 입고도 갚지 못하여 마음이 심히 불안하구려. 혹시… 혹시….."

마음 같아서는 '혹시 다른 속셈이 있는 것은 아니오?'라고 묻고 싶었지만 도저히 말이 나오지 않아 '혹시'라는 말을 반복할 수밖에 없었던 것이다. 상문천은 시원하게 웃으며 포권했다.

"물건을 본래의 주인에게 돌려주는 것은 지극히 당연한 처사인데, 도장께서는 무엇이 그리 불안하시오?"

그러고는 돌아서서 명령했다.

"교주님을 모셔라!"

구성진 세악이 다시금 골짜기를 울리고 십장로가 길을 열자 가마꾼들은 푸른 덮개 가마를 메고 봉우리를 내려가기 시작했다. 그 뒤로 나팔수와 고수, 세악대가 차례로 따랐고 제일 마지막으로 각 당의 교인들이 줄지어 아래로 사라졌다.

충허 도인과 방증 대사가 일제히 영호충을 바라보았다.

'임 교주가 어째서 갑자기 생각을 바꿨을꼬? 그 이유를 아는 사람은 필시 영호 장문밖에 없겠구나.'

하지만 영호충의 표정은 무슨 의미인지 도무지 읽어낼 수가 없었다. 그는 넋이 나간 듯 멍한 얼굴에 기쁨과 슬픔이 뒤섞인 표정을 짓고 있었다. 일월신교 교인들이 사라지고 한참이 지나자 세악이 그치고

'천추만재, 일통강호'라는 외침도 더 이상 들리지 않았다. 일월신교의 움직임은 진군할 때는 위풍당당하고 퇴각할 때는 소리 없이 빠른 군마와도 같았다.

마침내 참다못한 충허 도인이 입을 열었다.

"영호 형제, 임 교주가 느닷없이 은혜를 베푼 것은 필시 자네의 낯을 보아서였을 것이야. 한데 대체…?"

암자 안에서 무슨 이야기를 나눴는지 물으려던 그였지만, 영호충이 알리고 싶었다면 미리 알렸을 것이요, 알리고 싶지 않다면 묻는 것이 예의가 아니라는 생각이 들어 입을 다물 수밖에 없었다.

영호충이 말했다.

"부디 용서해주십시오. 임 교주가 어째서 마음을 바꿨는지는 잠시 혼자 알고 있겠다고 약속했습니다. 허나 대단한 음모나 비밀이 숨어 있는 것은 아닙니다. 시간이 지나면 두 분께서도 자연히 알게 되실 겁니다."

방증 대사가 허허 웃으며 말했다.

"큰 화가 흔적도 없이 사라졌으니 무림의 홍복이구려. 오늘 임 교주의 행동을 보니 우리 정파에 아무런 적의도 가지고 있지 않은 듯했소. 덕분에 크나큰 재앙이 흩어졌으니 참으로 축하할 일이오."

충허 도인은 그 까닭을 알아내지 못해 심장이 근질근질했지만, 방증 대사의 말도 일리가 있다는 생각이 들어 고개를 끄덕였다.

"빈도가 소심하여 근심이 많은 것이 아니라, 마교는 본디 궤계가 백출하니 여전히 조심해야 할 것이오. 우리가 단단히 준비를 갖춘 것을 미리 알아차린 임 교주가 화약이 폭발할 것이 두려워 일부러 호의를 베풀었는지도 모르지 않소? 우리가 경계를 풀면 다시 기습할 속셈일 수도 있소. 두 분의 고견은 어떠시오?"

"그것은… 사람 마음은 헤아리기 어려우니 조심하는 것도 나쁘지는 않을 것이오."

방증 대사가 동의했지만 영호충은 고개를 저었다.

"아닙니다, 결코 그럴 리 없습니다."

"영호 장문이 그리도 확신한다면 그렇겠지. 그리되면 얼마나 좋겠는가?"

충허 도인은 그렇게 말했지만 속으로는 여전히 의심을 풀지 못했다.

잠시 후, 산 아래에서 보고가 올라왔다. 일월신교가 이미 산등성이를 지나 아래로 내려갔고, 망을 보던 사람들은 위에서 신호가 없어 그들을 공격하거나 땅에 묻은 화약을 폭파시키지 않았다는 보고였다. 비로소 안심한 충허 도인은 청허 도인과 현고 도인에게 구룡보좌와 각처에 묻은 화약을 해체하라고 명했다.

영호충은 방증 대사, 충허 도인과 함께 무색암으로 들어가 불당에서 차를 마시며 한숨을 돌렸다. 방증 대사는 범어로 된 《금강경》을 펼쳐 읽었고, 충허 도인은 진무검을 쓰다듬으며 《태극권경》을 읽었다. 보면 볼수록 기쁨과 감격이 몸과 마음을 뒤덮어 남아 있던 한 줄기 의심도 차차 사라져갔다.

그때, 신단 아래쪽에서 누군가 외쳤다.

"아잇! 영영, 당신이군!"

또 다른 사람이 대답했다.

"충 오라버니, 나는… 나는….'

다름 아닌 도곡육선의 목소리였다. 영호충은 깜짝 놀라 비명을 지르며 후다닥 자리에서 일어났다.

신단 아래에서는 계속해서 목소리가 흘러나왔다.

"충 오라버니, 아버지는… 아버지는 돌아가셨어요."

"아니, 이렇게 갑자기 돌아가셨다고?"

"그날 화산 조양봉에서 당신이 떠나고 오래지 않아 아버지께서 갑작스레 선인장 아래로 굴러떨어지셨지요. 상 숙부와 내가 달려가 부축했지만 얼마 지나지 않아 숨이 끊어지셨어요."

"그… 그런… 누가 암살이라도 했소?"

"아니에요. 상 숙부 말로는 연세가 많으신데 습기 찬 서호의 지하 감옥에서 십수 년간 고생을 하시고 패도적인 내공까지 익혀 몸속의 진기들을 억지로 융합시키느라 원기를 크게 소모하셨기 때문이라는 군요. 더군다나 이번에 오악검파를 일거에 소탕하려고 심혈을 많이 쏟으셨으니 천명이 다하신 거예요."

"정말이지 예상치 못한 일이오."

"그날 상 숙부와 십장로는 상의 끝에 나를 일월신교의 교주로 추대했지요."

"이제 보니 오늘 항산을 방문하신 임 교주는 임 노선생이 아니라 임 대소저였군."

조금 전 도곡육선은 구룡보좌에 앉으려고 다투다 방증 대사의 사자후에 혼절했고, 기밀을 지키려는 충허 도인의 손에 모조리 혈도를 짚여 신단 아래에 처박혔다. 하지만 제법 깊은 내공 덕분에 얼마 지나지 않아 정신을 차렸는데, 마침 영호충과 '임 교주'의 대화가 귀에 들어와

한 글자도 놓치지 않고 엿들었다가 이제야 도란도란 흉내를 내기 시작한 것이다.

임아행이 죽고 영영이 교주 자리를 이어받았다는 소식에 방증 대사와 충허 도인은 그제야 마음이 탁 놓여 몹시 기뻐했다. 영영이 그들에게는 무거운 예물을 바치고 영호충에게는 평범한 일상 용품을 선물한 까닭도 속 시원하게 풀렸다. 그 물건들은 다름 아닌 혼인 예물이었던 것이다.

도곡육선은 여전히 너 한마디 나 한마디 주고받으며 신나게 이야기를 이어갔다.

"충 오라버니, 내가 오늘 당신을 만나러 항산에 왔다는 것을 정파 사람들이 알면 분명 나를 비웃을 거예요."

"그런들 어떻소? 그렇게 부끄러움이 많아서야…."

"싫어요, 남들에게는 알리고 싶지 않아요."

"좋소, 다른 사람에게는 말하지 않겠다 약속하겠소."

"교인들에게 문무쌍전이니 천추만재니 일통강호니 하는 말을 외치게 한 것도 남들의 이목을 속이기 위해서였어요. 항산파나 방증 대사, 충허 도장 앞에서 무례를 저지를 뜻은 없었어요."

"걱정 마시오. 방장 대사나 충허 도장께서는 결코 모르실 거요."

"또한 일월신교와 항산파, 소림파, 무당파가 화해하는 것이 내 뜻이라는 것을 알리지도 않을 거예요. 그런 소문이 나면 강호의 호걸들은 분명 내가 당신 때문에… 당신 때문에 싸움조차 하지 않고 물러갔다고 떠들어댈 거예요. 그리되면 내 입장이 얼마나 난처하겠어요?"

"후후, 나는 상관없소."

"낯 두꺼운 당신이야 상관없겠지요. 아버지께서 돌아가신 소식은 교내에서도 단단히 비밀에 부쳐졌어요. 외부인들은 아버지께서 항산을 방문해 당신과 담론을 나눈 뒤 화해를 결심한 것으로 알아야 해요. 그러면 아버지의 명예도 크게 높아질 거예요. 나는 다시 흑목애로 돌아가 부음을 전하고 장례 준비를 하겠어요."

"알겠소, 장례 때는 이 사위도 찾아가 절을 올려야겠지."

"물론 당신이 올 수 있다면 더할 나위 없겠지요. 화산 조양봉에서 아버지께서 친히 우리의 혼사를 허락하셨으니까요. 하지만… 하지만 혼례는 탈상을 한 후에나…."

도곡육선의 이야기가 자신과 영영의 혼례 이야기로 옮아가자 영호충은 더는 참지 못하고 버럭 소리를 질렀다.

"도곡육선! 당장 나오지 못하겠소? 그 아래에서 계속 허튼소리를 지껄이면 잡아다 껍질을 싹 벗기고 힘줄을 똑똑 부리뜨려버리겠소!"

그러거나 말거나 도간선은 아쉬운 듯 한숨을 쉬며 영영의 목소리를 흉내 냈다.

"당신 몸이 걱정이에요. 아버지가 서로 다른 진기를 융합하는 방법을 알려주시지 않았잖아요. 하긴 알려주셨다 한들 쓸 수가 없었을 거예요. 아버지도 바로 그 때문에… 흑…!"

도간선은 제법 훌륭한 배우였는지, 울음이라도 터뜨릴 듯 몹시 슬픈 소리를 냈다. 듣고 있던 방증 대사와 충허 도인은 물론이고 영호충마저 그 소리를 듣자 마음이 묵직하게 가라앉을 정도였다.

비록 살아생전 적지 않은 악행을 저질렀지만, 임아행 같은 일대의 괴걸怪傑이 이토록 급작스럽게 세상을 떠났다는 소식은 누구에게나 탄식을 자아낼만한 일이었다. 특히 영호충은 임아행을 향한 감상이 남달랐다. 그의 독선적이고 패도적인 성품은 미워했지만, 문무와 재략을 겸비한 재주에는 몹시 탄복했고, 거리낌 없고 남이 뭐라고 하든 자신의 생각을 밀어붙이는 성품은 영호충 자신과도 잘 맞았다. 다른 점이라면 영호충은 일통강호의 야심이 전혀 없었다는 것이었다.

도곡육선의 이야기를 듣는 세 사람은 모두 똑같은 생각을 하며 고개를 끄덕였다.

'예로부터 아무리 뛰어난 황제나 재상, 성현과 영웅, 간웅과 흉악한 죄인들도 끝내 죽음을 맞지 않았던가!'

"충 오라버니, 나는….'

도실선이 목소리를 쥐어짜며 입을 열자 계속 내버려두었다가는 영호충의 체면이 깎일 것을 우려한 충허 도인이 웃으며 소리쳤다.

"이보게, 도곡육선! 조금 전에는 빈도가 무례를 저질렀으니 사죄함세. 허나 이제 그쯤하면 되지 않았는가? 계속 이야기를 하다가 영호 장문이 화가 나서 종신아혈終身啞穴이라도 짚으면 어쩌시려는가?"

깜짝 놀란 도곡육선이 입을 모아 물었다.

"종신아혈이 뭐야?"

"종신아혈이 막히면 벙어리가 되어 평생 말을 하지 못하게 된다네. 물론 술과 밥은 먹을 수 있으니 그럭저럭 견딜 만은 하겠지."

도곡육선이 일제히 비명을 질렀다.

"안 돼! 말하는 게 제일 중요하고 술과 밥은 그다음이란 말이야!"

"그렇다면 방금 도 형들이 한 말은 다시는 입 밖에 내어서는 아니 되네. 영호 장문, 방장 대사와 이 늙은이의 낯을 보아서라도 저들의 종신아혈만은 짚지 말아주시게. 저들이 신단 아래에서 엿들은 두 사람의 대화는 죽을 때까지 한 글자도 입에 담지 않을 것이라고 나와 방장 대사가 보증하겠네."

도화선이 소리를 질러댔다.

"억울해, 억울하다고! 우리가 엿듣고 싶어서 엿들은 것도 아니잖아! 꼼짝도 못하고 이곳에 처박혀 있었는데 말소리가 귀에 쏙쏙 들어오는 걸 어쩌란 말이야?"

충허 도인은 허허 웃으며 말했다.

"이미 들은 것은 어쩌겠나? 허나 들은 이야기를 함부로 떠들면 아니 되네."

"좋아, 좋아! 말 안 할게, 안 한다니까!"

도곡육선이 입을 모아 외친 뒤, 도근선이 슬며시 물었다.

"하지만 일월신교 성교주가 바꾼 구호는 말해도 되지?"

"안 되오! 절대 안 되오!"

영호충이 버럭 소리치자 도지선은 투덜투덜 중얼거렸다.

"알았어, 안 할게. 영호충과 임 대소저는 할 수 있는데 왜 우리는 못 한다는 거람?"

충허 도인도 그 말에 호기심이 일었다.

'일월신교의 구호가 바뀌었다고? 본래는 천추만재, 일통강호였는데, 새로 교주가 된 임 대소저가 일통강호할 야심은 없을 터이고… 무엇이라고 바꿨을까?'

그렇게 3년이 지났다.

이날 항주 서호의 매장은 붉은 등롱을 걸고 오색 비단을 드리우는 등 몹시 아름답고 화려하게 꾸며졌다. 바로 영호충과 영영이 혼례를 올리는 날이었다.

영호충은 이미 항산파 장문 자리를 의청에게 넘긴 후였다. 의청은 그 자리를 의림에게 양보하려고 몹시 애를 썼다. 의림이 항산파의 원수를 죽여 스승들의 복수를 했으니 응당 그 자리에 올라야 한다는 것이었다. 의림은 아무리 거절해도 받아들여지지 않자 초조한 나머지 그 자리에서 울음을 터뜨렸고, 결국 영호충의 뜻에 따라 의청이 항산파를 관장하게 되었다. 숭산파와 화산파, 태산파, 형산파 역시 각자 장문인을 세우고 인재를 기르며 원기를 회복하기 위해 열심이었다.

영영은 일월신교 교주 자리를 상문천에게 넘겨주었다. 상문천은 오만하고 고집스러운 사람이었지만 정파를 무너뜨리고 강호를 제패할 야심은 없었기 때문에 강호는 수년간 평온한 나날을 보냈다.

이날은 혼례를 축하하러 온 강호의 영웅호걸들이 매장을 꽉꽉 채웠다. 대례가 끝나고 주연이 시작된 뒤 동방화촉을 밝힐 시간이 다가오자, 호걸들은 신랑과 신부에게 검법을 보여달라고 졸랐다. 영호충의 검법이 당세에 비할 자 없이 뛰어나다는 것을 모르는 사람이 없었지만, 하객들 중에는 여태 그 검법을 구경하지 못한 사람들이 있었던 것이다.

영호충은 웃으며 말했다.

"오늘 같은 날 도검을 휘두르는 것은 너무 살풍경하지 않소? 차라리 이 몸이 신부와 함께 한 곡 연주하는 것이 어떻겠소?"

호걸들은 박수갈채를 보내며 환호했다. 영호충은 곧 요금과 옥퉁소를 가져와 영영에게 통소를 내밀었다. 영영은 면사를 걷지 않고서 섬섬옥수를 내밀어 통소를 받아 두어 번 불어보더니 영호충과 함께 합주를 시작했다.

두 사람이 연주하는 곡은 다름 아닌 〈소오강호곡〉이었다.

지난 3년 동안 영영의 가르침을 받으며 열심히 금을 익힌 덕에 이제는 영호충도 제법 운치 있게 이 곡을 연주할 수 있게 되었다. 사람들 앞에서 합주를 하는 동안, 영호충의 머릿속에는 지난날 형산성 밖 들판에서 형산파 유정풍과 일월신교 장로 곡양이 이 곡을 합주하던 광경이 또렷하게 떠올랐다. 두 사람은 음악으로 마음이 통해 지기가 되었지만 서로 교파가 달라 끝내 나란히 목숨을 잃어야 했다. 세월이 흘러 영호충과 영영이 혼례를 올리는 지금, 교파의 차이는 더 이상 방해가 되지 않았으니 앞사람들보다는 훨씬 운이 좋았다.

기실 유정풍과 곡양이 힘을 합쳐 이 곡을 지은 까닭은 교파 간의 차이를 해소하고 해묵은 원한을 풀어내자는 데 있었다. 이제 정파와 사파 출신의 부부가 이 곡을 합주하게 되었으니 마침내 유정풍과 곡양의 오랜 숙원이 이루어진 셈이었다. 이런 생각을 하자 금 소리와 통소 소리는 더욱더 조화롭게 어우러졌고, 음률을 잘 모르는 호걸들마저 신이 나서 어깨춤을 출 정도였다.

곡이 끝나자 하객들은 우레와 같이 환호하며 흡족하게 신방에서 물러났다. 신부 시중을 드는 아주머니가 축하 인사를 건네고 조용히 문을 닫고 나가자, 별안간 아련한 호금 소리가 끊어질 듯 말 듯 들려왔다. 그 소리를 들은 영호충은 떨 듯이 기뻐하며 외쳤다.

"막대 사백님께서…!"

"쉿, 조용히 하세요."

영영이 속삭였다.

구성진 호금 소리는 〈봉구황鳳求凰〉이라는 축하곡을 연주하고 있었지만, 막대 선생의 연주에 늘 묻어 있던 처량함은 여전했다.

3년 동안 영호충은 내내 막대 선생이 마음에 걸려 그 행방을 수소문했지만, 형산파에 사람을 보내 물어도 아무런 소득이 없었다. 그동안 형산파는 새 장문인을 내세워 새롭게 길을 닦아가고 있었다. 그런 마당에 몹시 그리던 호금 소리를 듣자 영호충의 마음속에는 기쁨이 넘실거렸다.

'막대 사백님께서는 역시 살아 계셨구나! 나와 영영의 혼인을 축하해주려고 찾아오셔서 저 곡을 연주하시는 것이 분명해.'

그사이 호금 소리는 점점 멀어지다가 마침내 잠잠하게 잦아들었다.

영호충은 천천히 몸을 돌려 영영의 얼굴을 가린 고운 면사를 걷었다. 영영이 그를 향해 활짝 웃었다. 빨간 촛불에 비친 얼굴이 옥같이 곱고 아름다웠다.

그때, 그녀가 느닷없이 외쳤다.

"나와요!"

영호충은 움찔했다.

"무슨 말이오?"

영영이 생긋 웃으며 다시 외쳤다.

"나오지 않으면 물을 뿌리겠어요!"

침상 밑에서 두런두런 말소리가 들리더니 여섯 명이 엉금엉금 기어나왔다. 바로 도곡육선이었다. 신랑과 신부의 대화를 엿들은 뒤 하객들에게 달려가 알려주려고 몰래 숨어들었던 것이다. 기쁨을 주체하지 못하고 남들이 주는 대로 술을 들이켠 영호충은 이미 잔뜩 취해 그들의 기척조차 느끼지 못했지만, 세심한 영영은 숨죽인 그들의 미약한 소리를 듣고 단번에 알아낼 수 있었다.

영호충은 껄껄 웃으며 말했다.

"도곡육선, 이번에는 정말 당신들에게 당할 뻔했소!"

도곡육선은 쪼르르 신방에서 달려나가며 입을 모아 우렁차게 외쳤다.

"천추만재 부부로 살자! 천추만재 부부로 살자!"

마침 화청에서 방증 대사와 이야기를 나누던 충허 도장은 도곡육선의 외침 소리에 저도 모르게 빙그레 미소를 지었다. 3년간 가슴속에 묻어두었던 수수께끼가 비로소 풀린 것이다. 3년 전, 영호충과 영영이 관음보살을 모신 불당에서 백년가약을 하며 서로에게 속삭였던 말을, 도곡육선은 일월신교의 새로운 구호라고 떠들어댔던 것이었다.

넉 달 후, 파릇파릇한 풀이 높이 자라고 꽃이 흐드러지게 피는 늦봄이 되자 알콩달콩 신혼을 즐기던 영호충과 영영은 손을 잡고 화산에 올랐다. 아내와 함께 태사숙인 풍청양을 찾아뵙고 검법을 전수해준 은혜에 감사하고 싶었던 영호충의 바람 때문이었다. 그러나 화산의 다섯 봉우리와 세 고개를 모두 돌아다니고 으슥한 골짜기를 죄다 뒤져도 풍청양의 종적은 찾을 수가 없었다.

영호충이 몹시 낙담하자 영영이 말했다.

"태사숙께서는 세외世外의 고인이신데 우리같이 평범한 사람이 무슨 수로 그런 분의 종적을 쫓을 수 있겠어요? 아마도 구름을 타고 산수 유람이라도 가셨나 봐요."

영호충은 한숨을 내쉬었다.

"태사숙께서는 검술에도 정통하시지만 내공 또한 당세에 적수가 없으신 분이오. 3년 반 동안 태사숙께서 전수하신 내공을 수련했더니 몸 속에 있던 진기들이 거의 흩어졌다오."

"그렇다면 소림사 방증 대사께 감사를 올려야지요. 풍 태사숙님을 뵙지 못했으니 내일 소림사로 가서 방증 대사께 인사를 드리는 게 어때요?"

"방증 대사께서는 신공을 전수해주셨을 뿐 아니라 상세히 해석까지 해주셨으니 사부님이나 다름이 없소. 당연히 인사를 드려야겠지."

영영은 입을 오므리고 쿡쿡 웃었다.

"충 오라버니, 설마 아직도 모르는 건가요? 당신이 익힌 것은 바로 소림파《역근경》의 내공이랍니다."

"뭐라고?"

영호충은 놀라서 펄쩍 뛰었다.

"그… 그게《역근경》의 내공이라고? 당신이 어떻게 아시오?"

영영은 환하게 웃으며 말했다.

"당신이 그랬지요. 그 내공은 풍 태사숙께서 도곡육선을 시켜 방증 대사께 전한 것이라고요. 나는 아무래도 의심이 들었어요. 그토록 오묘하고 깊은 내공은 수련할 때 약간의 실수만 있어도 주화입마에 빠지거나 심하면 목숨을 잃을 수도 있는데, 어째서 도곡육선의 입을 통해 전했을까 하고 말이에요. 도곡육선처럼 장난이 심하고 논리가 부족한 사람들이 그 구결을 똑바로 외웠을 리가 없지 않아요? 방증 대사는 풍 태사숙께서 방법을 동원해 그들이 똑바로 외우도록 다그쳤다 하셨지만, 아무래도 위험천만한 일이지요. 나중에 그들을 붙잡고 물어보았는데 끝끝내 그 말이 사실이라고 잡아떼더군요. 그래서 한 번 더 외워보라 했더니, 한 사람은 깡그리 잊어버렸다고 하고, 다른 사람은 방증 대사께 다른 사람에게는 절대 알려주지 않기로 약속했다면서 서로 다른 말을 하지 뭐예요? 여섯 명이 이러쿵저러쿵 떠들어대다 보니 앞뒤가 맞지 않아 허점을 드러냈고 결국 사실대로 털어놓았어요. 방증 대사께서는 당신의 목숨을 구하려 했으나 그 사실을 알리고 싶지 않아 풍 태사숙께서 전수한 것으로 지어내시고는, 도곡육선에게도 당신이 물으면 그렇게 대답하라고 하신 거예요."

영호충은 너무 놀라 할 말을 잃고 입을 떡 벌렸다.

영영이 말을 이었다.

"풍 태사숙께서 도곡육선에게 소식을 전하게 한 것은 사실이에요. 다만 일월신교가 항산을 공격하려 하니 소림파와 무당파가 도와주었으면 한다는 말만 전했을 뿐, 내공 이야기는 없었어요."

영호충은 고개를 절레절레 저었다.

"당신도 참 너무하구려. 빤히 알고 있으면서 여태 내게 숨기다니."

영영은 까르르 웃었다.

"당신이 얼마나 고집불통이면 그랬겠어요? 오래전 소림사에서 방증 대사께서는 당신더러 소림파에 들어와 제자가 되면《역근경》의 내공을 전수하겠다 하셨지만, 당신은 끝내 거절하고 휘적휘적 그곳을 떠났다더군요. 방증 대사께서 또다시 그 이야기를 꺼내면 당신 성격상

죽으면 죽었지 절대 배우려고 하지 않았을 텐데, 그리되면 큰일이잖아요. 그래서 방증 대사께서는 풍 태사숙님의 이름을 빌려 화산파의 내공인 척 당신에게 전수하셨고, 당신도 의심 없이 받아들였지요."

"아아, 그래? 그러니까 황소 심줄보다 더 질긴 이 고집쟁이가 갑자기 마음을 바꿔 '이제 그만하겠소' 하고 내공 수련을 내팽개칠까 봐 여태 숨겼다는 말이오? 이제는 내 몸이 거의 나았으니 말해도 상관없다 생각했겠지?"

영영은 또다시 쿡쿡 웃었다.

"당신 같은 고집불통을 무슨 수로 달래겠어요?"

영호충은 한숨을 푹 쉬더니 영영의 손을 꽉 잡았다.

"영영, 당신은 목숨까지 던져가며 나를 소림사로 데려가 방증 대사께 《역근경》의 내공을 전수해달라 부탁했소. 다행히도 당신은 이렇게 무사했지만, 방증 대사는 당신에게 한 약속을 지키지 못했다 여기시고 항상 빚을 진 기분이셨을 거요. 방증 대사 같은 무림의 선배께서 어찌 한 번 한 약속을 모르는 척하시겠소? 그 때문에 결국 그런 식으로 내게 신공을 전수해주신 것이니, 이 신공은 당신의 목숨과 바꿔 얻은 것이오. 내 아무리 생사에 연연하지 않는다지만, 설마하니… 설마하니 당신의 마음까지 나 몰라라 하고 살 기회를 걷어찰 리야 있겠소?"

영영은 고개를 살짝 숙이며 속삭였다.

"나도 그렇게 생각했어요. 하지만 그래도… 그래도 두려웠어요."

"내일 당장 소림사로 갑시다. 《역근경》의 내공을 익힌 이상 소림파의 제자니, 가서 머리를 깎고 화상이 되어야겠소."

영영은 그가 농을 하는 줄 알고 눈을 흘겼다.

"당신 같은 화상은 소림사는 물론이고 파계승 사찰에서도 받아주지 않을 거예요. 엄격하고 단정한 소림사에 들어갔다가는 반나절도 못 돼 몽둥이로 두드려맞고 쫓겨날걸요!"

두 사람은 손을 잡고 담소를 나누며 산을 내려갔다.

그러는 동안 영영이 내내 무엇을 찾는 듯 이리저리 둘러보자 영호충이 의아해하며 물었다.

"무얼 찾고 있소?"

"기다려봐요. 그 사람이 나타나면 당신도 알게 될 거예요. 화산까지 와서 풍 태사숙님을 뵙지 못한 것도 안타깝지만, 그 사람을 만나지 못하면 더욱 애석한 일이지요."

영호충은 고개를 갸웃했다.

"풍 태사숙님 외에도 만날 사람이 더 있소? 누구요?"

영영은 대답 대신 생긋 웃었다.

"임평지를 매장 지하 감옥에 가둔 것은 정말 훌륭한 선택이었어요. 당신 소사매에게 평생 임평지를 돌보겠다고 약속했는데, 감옥에 있는 동안 먹여도 주고, 입혀도 주고, 아무도 해치지 못하게 보호해주니 그 약속을 지킨 셈이지요. 그래서 나도 당신 친구 한 사람을 찾아 특별한 방법으로 보호해주기로 했답니다."

영호충은 더욱더 영문을 알 수가 없었다.

'내 친구라고? 누구를 말하는 것일까?'

이따금씩 생각지도 못한 일을 꾸며내는 영영을 잘 알기에 호기심에 몸이 근질근질했지만, 그녀가 말하지 않겠다고 하면 아무리 물어도 소용이 없어 구태여 묻지 않았다.

저녁이 되자 두 사람은 영호충의 옛집으로 들어가 달구경을 하며 술을 마셨다. 영호충은 아리따운 아내를 곁에 두고 있었지만 여전히 옛일이 떠올라 말할 수 없이 마음이 아팠고, 그 시름을 달래느라 술을 열 잔 넘게 마셔 알딸딸하게 취했다.

그때 영영이 희색을 띠며 술잔을 내려놓고 속삭였다.

"그자가 온 것 같아요. 우리 저리로 가요."

맞은편 산에서는 원숭이 울음소리밖에 들리지 않아 영영이 누구를 두고 하는 말인지 도무지 짐작이 가지 않았지만, 영호충은 말없이 그녀를 따라나섰다.

영영은 원숭이 소리가 나는 언덕 위로 바람처럼 달려갔다. 영호충이 그녀를 따라 언덕을 올라가자, 달빛 아래 원숭이 일고여덟 마리가 떼를 지어 놀고 있었다. 화산에는 원숭이가 워낙 많아 이런 광경은 전혀 특별할 것이 없었다. 심드렁하게 그들을 바라보던 영호충은 별안간 원숭이 무리에서 사람 한 명을 발견하고 깜짝 놀랐다. 자세히 보니 놀랍게도 노덕낙이었다. 원수를 발견한 그는 기쁨과 노여움이 한꺼번에 밀려들어 검을 가져오려고 휙 돌아섰다. 영영이 재빨리 그런 그의 팔을 잡아당기며 나지막이 말했다.

"좀 더 가까이 가요. 그럼 자세히 보일 거예요."

10여 장 정도 다가가보니 노덕낙은 몸집이 거대한 원숭이 두 마리에게 단단히 붙잡혀 옴짝달싹 못하고 질질 끌려다니는 중이었다. 무공이 높은 노덕낙이지만 어쩐지 원숭이들에게는 반항할 힘이 전혀 없는 것 같았다.

영호충이 놀란 목소리로 물었다.

"이게 어찌 된 일이오?"

영영은 생긋 웃으며 말했다.

"일단 보기만 하세요. 이야기는 나중에 해요."

거칠고 포악한 원숭이는 이리 뛰고 저리 뛰며 잠시도 가만히 있지 않았다. 노덕낙은 그들 손에 이리 끌리고 저리 끌리면서 이따금씩 신음을 흘렸는데, 그럴 때면 원숭이들이 달려들어 얼굴을 마구 할퀴었다. 그제야 영호충은 노덕낙의 오른팔과 오른쪽 원숭이의 왼쪽 손목, 그리고 그의 왼팔과 왼쪽 원숭이의 오른쪽 손목이 쇠고랑 같은 것으로 단단히 묶여 있는 것을 알아차렸다. 그제야 어떻게 된 일인지 짐작이 갔다.

"당신이 만든 걸작이구려?"

"어때요?"

"노덕낙의 무공을 폐했소?"

"그렇지는 않아요. 스스로 자초한 것이지요."

사람 소리를 들은 원숭이들이 꺅꺅 소리를 지르다가 노덕낙을 질질 끌며 고개 너머로 달려가버렸다.

노덕낙을 만나면 죽여서 육대유의 복수를 해주려던 영호충이었지만, 단칼에 죽이는 것보다 더 참혹한 고통을 받고 있는 것을 보고 그냥 내버려두기로 했다. 마치 복수를 한 듯 가슴속이 후련했다.

'저자는 임평지보다 훨씬 더 간악하고 교활한 놈이니 마땅히 저 정도 고통은 받아야 해.'

그는 이렇게 생각하며 영영을 돌아보았다.

"요 며칠 내내 주위를 두리번거리더니 내게 저자를 보여주려고 그랬구려."

"3년 전 아버지께서 조양봉에 오르셨을 때, 저자가 찾아와 갖은 아첨을 늘어놓으며 〈벽사검보〉를 바치러 왔다고 했다더군요. 아버지께서 무엇 때문에 그 검보를 바치려느냐 물었더니, 일월신교의 장로가 되고 싶다나요. 당시 아버지께서는 몹시 바빠 오래 이야기하실 틈이 없어서 일단 사람을 시켜 감시하게 하셨어요. 그러다가 아버지께서 돌아가시자 모두들 그 일을 까맣게 잊어버렸고, 저자는 자연스레 교인들과 함께 흑목애로 들어왔지요. 열흘쯤 지난 후에야 겨우 그 일이 떠올라 저자를 불러 심문했더니, 제 힘으로 벽사검법을 익혀보려다 실패해 본래의 무공을 모두 잃었다 하더군요. 저자는 당신의 여섯째 사제를 죽인 흉수고 여섯째 사제는 원숭이를 무척 좋아했다고 들었어요. 그래서 커다란 원숭이 두 마리를 잡아오게 해서 저자의 팔을 양쪽에 묶고 화산에 풀어주게 했지요."

여기까지 말한 영영은 한 손으로 영호충의 손목을 꽉 틀어쥐며 한숨을 쉬었다.

"그런데 누가 알았겠어요? 이 임영영도 영호충이라는 커다란 원숭이에게 꽁꽁 묶여 평생 떨어지지 못하게 될 줄이야."

말을 마친 그녀가 활짝 웃었다. 부드럽고도 화사한 웃음이었다.

영호충이 평생 바라온 것은 자유롭게 살며 강호를 소오笑傲(즐겁고 자유롭게 유람함)하는 것이었다. 영영과 부부가 되어 평생을 함께하는 것 역시 그의 소망이었고 그 소망을 이룬 기쁨과 행복은 이루 말할 수 없었지만, 아리따운 반려가 있다는 달콤하고도 부드러운 속박으로 인해 얽매임 없는 자유로운 삶은 이룰 수 없게 되었다.

문득 〈소오강호곡〉의 곡조가 그의 머릿속에 떠올랐다.

'혼자서 그 곡을 탈 때는 마음 가는 대로 낮게 탔다가 높게 탔다가 하며 자유롭게 연주할 수 있지만, 영영과 합주를 하면 마음대로 하지 못하고 반드시 곡보에 따라 연주해야 해. 영영의 음이 높아지면 나도 높아져야 하고, 영영의 음이 낮아지면 나도 낮아져야 조화로운 합주라고 할 수 있으니까. 불가에서 말하는 열반涅槃은 우선 욕심과 욕구를 무無로 만들어야만 속박 또한 무에 이를 수 있다고 했어. 하지만 사람이라면 누구나 밥을 먹고, 옷을 입고, 다른 사람들을 돌보며 살아야 하는데, 진실로 욕심과 욕구를 완전히 내려놓는 것이 가능할까? 열반의 길은 무위無爲의 삶이지만 우리 같은 사람의 길은 유위有爲의 삶이야. 유위의 삶에서는 부당한 욕심을 부리지만 않아도 원치 않는 속박을 피할 수 있어. 그것이 곧 아무런 구속 없는 자유로운 삶인 거야.'

저자 후기

총명하고 지혜로운 사람이나 용맹하고 힘센 사람의 절대다수는 적극적이고 진취적이다. 일반적인 윤리 기준을 적용하면 이들은 두 부류로 나눌 수 있다. 대다수(국가와 사회 포함)의 복지를 위해 노력하는 사람은 호인好人이요, 자신의 권력과 지위, 물질적인 욕망을 추구하기 위해 남을 해치는 사람은 악인惡人이다.

호인인가 악인인가는 그 사람이 주는 혜택과 손해의 정도에 따라 결정된다. 정치적으로는 악인이 권력을 잡은 시기가 대부분이기 때문에 그를 대신하려는 사람들이 부단히도 나타났다. 개혁을 하려는 사람도 있고, 개혁에 부정적이면서 권력을 쥔 무리들과는 어울리고 싶어 하지 않는 사람도 있다. 후자의 선택은 싸움의 소용돌이에서 빠져나와 자신만의 길을 가는 것이다.

이런 이유로 세상에는 항상 당권파와 반란파, 개혁파, 그리고 은자隱者가 존재한다.

중국은 전통적으로 '학문을 익혔으면 벼슬길에 올라야' 한다고 여기고 공자처럼 '되지 않는 것을 알면서도 노력하도록' 가르치지만, 은자의 청렴함과 고결함도 높이 평가해왔다. 은자들은 사회에 적극적으로 공헌하지는 않지만, 권력다툼을 하는 무리와는 판이하게 다른 행동으로 새로운 모델을 제시해준다. 중국인들은 도덕관념이 느슨하기 때문에 남을 해치지만 않으면 호인으로 여긴다.

《논어論語》에는 숱한 은자들이 등장한다. 신문晨門, 초광접여楚狂接輿, 장저長沮, 걸익桀溺, 하조장인荷蓧丈人, 백이伯夷, 숙제叔齊, 우중虞仲, 이일夷逸, 주장朱張, 류하혜柳下惠, 소련少連 등이 그들이다. 공자는 세상을 향한 그들의 태도에 동의하지 않았음에도 불구하고 그들을 무척 존경했다.

공자는 은자를 세 부류로 나눴다. 백이와 숙제같이 자신의 의지를 꺾지 않고 존엄성을 희생하지 않는 부류(뜻을 굽히지 않으며 몸을 욕되게 하지 않도다不降其志,不辱其身), 류하혜와 소련같이 의지와 존엄성은 양보하지만 사리에 맞게 말하고 행동하는 부류(뜻을 굽히고 몸을 욕되게 하나 말에 도리가 있고 행동은 사려 깊으니 거기까지로다降志辱身矣,言中倫,行中慮,其斯而已矣), 그리고 우중과 이일같이 세상을 등지고 은거해 꾸밈없이 직언을 하고 나쁜 짓을 멀리하며 정치에 참여하지 않는 부류(은거하여 거리낌 없이 말하며 몸을 맑게 하고 권세를 떠났도다隱居放言,身中淸,廢中權)다. 공자는 세 부류 모두에게 후한 평을 내렸는데, 은자들에게도 적극적인 부분이 있다고 여겼음이 분명하다.

정치에 참여하게 되면, 부득불 그 의지나 존엄성을 포기해야 할 때가 있다. 류하혜가 법관으로서 세 번이나 파직을 당했을 때 누군가 그에게 나라를 떠나는 것이 어떠냐고 권했다. 그때 류하혜는 그 뜻을 고수하며 이렇게 대답했다.

"바른 길로 섬기면 어디서든 세 번 쫓겨나지 않으리오? 굽은 길로 섬기면 무엇 하러 부모의 곁을 떠나리오?(올바른 말과 행동을 하면 어디를 가나 쫓겨날 것이며, 권력자에게 영합하기로 마음먹는다면 구태여 고국을 떠날 필요가 없다는 의미로, 떠나지 않겠다고 거절한 것이다 – 옮긴이)"《논어》)

중요한 부분은 '섬김(상관의 의지를 따르는 것)'과 '바른 길' 혹은 '굽은 길'이다.

대중의 이익을 위해 정치를 하려면 군주를 섬길 수밖에 없다. 원칙을 고수하면서 대중에게 봉사하고, 자신의 명성과 부귀를 생각지 않는다면 부득불 상관의 명령에 복종하게 되더라도 '은자'라 할 수 있다(일반적인 의미에서의 은자란, 기본적으로 개인의 자유를 추구하기 위해 군주를 섬기지 않는 사람이다).

나는 다른 소설이 그렇듯 인간과 그 본성을 그리고 싶어 무협소설을 썼다. 《소오강호》를 집필하던 시기는 중국에서 문화대혁명과 권력 투쟁이 한창일 때였다. 당권파와 반란파가 권력과 이득을 손에 넣기 위해 수단과 방법을 가리지 않았고, 인간의 온갖 더러운 면이 고스란히 드러났다. 나는 매일 〈명보明報〉에 사설을 실어 더러운 정치 행위에 대해 강렬한 반감을 표했는데, 이는 자연스레 매일 조금씩 써내려간 무협소설에도 영향을 주었다.

이 소설은 일부러 문화대혁명을 겨냥해서 쓴 것이 아니다. 하지만 소설 속의 인물들을 통해 3천 년 중국 정치사에서 두루 나타나는 몇 가지 현상들을 그려보고자 했다. 명확한 표적이 있는 소설은 큰 의미를 갖지 못한다. 정치 상황이 빠르게 변하기 때문이다. 인간과 그 본성을 그려야만 비교적 오랫동안 가치를 지닐 수 있다. 모든 것을 버리고 오로지 권력만 좇는 것은 고금 이래 정치의 기본적인 현상이다. 지난 수천 년이 그랬고 앞으로 다가올 수천 년도 다르지 않을 것이다.

나의 설정에서 임아행과 동방불패, 악불군, 좌냉선은 무림 고수가 아니라 정치인이다. 임평지, 상문천, 방증 대사, 충허 도인, 정정 사태, 막대 선생, 여창해, 목고봉 같은 사람들 역시 정치인이다. 이런 각양각색의 인물들은 어느 왕조에나 있었고, 다른 나라에도 있으리라 확신한다. 크고 작은 기업과 학교, 각종 단체 안에도 있을 것이다.

'천추만재, 일통강호'라는 구호를 책에 쓴 것은 1960년대다(《소오강호》는 1967~1969년 〈명보〉에 연재되었다 – 옮긴이). 대권을 장악하기 위해 부패한 임아행의 모습은 인간 본성의 보편적인 현상이다. 그 부분은 책이 나온 후에 덧붙이거나 수정한 것이 아니다. 재미있는 것은 '사인방四人幇(마오쩌둥 사후, 마오쩌둥의 부인 장칭江靑과 중국공산당 중앙 부주석이었던 왕홍원王洪文 및 고위 공직자인 장춘차오張春橋와 야오원위안姚文元이 공산당의 권력을 탈취하기 위해 만든 정치 단체 – 옮긴이)'이 권력을 쥐었을 때 국가國歌에 손을 댔는데, 그때 바뀐 가사 중에 '천추만재'라는 구절이 있다는 점이다.

《소오강호》를 〈명보〉에 연재할 때, 호찌민에서도 이 소설이 중국어 신문과 베트남어 신문, 프랑스어 신문 등 총 21곳에 동시 연재되었다. 그 당시에는 남베트남의 국회에서 의원들이 상대방을 '악불군(위군자)'이라거나 '좌냉선(패권주의자)'이라고 비난하는 장면을 종종 볼 수 있었다. 아마도 남베트남의 정치 상황이 불안정한 때라 보통 사람들도 정치 싸움에 유달리 관심을 가졌을 것이다.

영호충은 천성적인 '은자'이며 권력에는 흥미가 없는 인물이다. 영영 역시 '은자'다. 영영은 강호 호걸들의 생사여탈권을 쥐고 있지만 차라리 낙양의 골목에 은거해 금과 통소를 즐기는 삶을 선택했다. 그녀는 개인의 자유와 개성의 발현을 중요시했다. 유일하게 집착한 것은 바로 사랑이었다. 영영은 몹시 수줍음 많은 아가씨지만 사랑에 있어서는 능동적이었다.

악영산을 향한 정에 얽매여 있는 동안 영호충은 자유롭지 못했다. 높다랗게 자란 푸르른 수수밭길을 영영과 한 수레를 타고 달리게 되었을 때에야 비로소 악영산에 대한 미련을 지우고 마음의 해탈을 얻을 수 있었다. 이 소설 말미에서 영영은 영호충의 손목을 움켜쥐고 한숨을 섞어 이렇게 말했다.

"이 임영영이 영호충이라는 커다란 원숭이에게 꽁꽁 묶여 평생 떨어지지 못하게 될 줄이야."

영영의 사랑은 이루어졌고, 그녀도 이에 만족했다. 그러나 영호충의 자유는 또다시 굴레를 쓰게 되었다. 어쩌면 영호충은 의림의 짝사랑 속에서나 최소한의 속박을 받을 수 있는 것일지도 모른다.

세상에 태어난 이상 충분하고 완벽한 자유란 있을 수 없다. 모든 욕망에서 해탈해 큰 깨달음을 얻는 것은 불가에서 추구하는 최고 경지의 '열반'이며, 보통 사람이 이룰 수 있는 일이 아니다. 정치와 권력에 몰두하는 사람은 마음속에 자라난 권력욕의 노예가 되어 의지와 무관하게 자신의 양심을 저버리는 일을 숱하게 저지른다. 실로 가엾은 일이다.

시든 산문이든 희곡이든 회화든, 중국의 전통적인 예술에서 가장 두드러지는 주제는 바로 개성을 추구하는 것이다. 시대가 어지러워지고 삶이 힘들어질수록 이 주제는 더욱더 부각된다.

'인재강호 人在江湖, 신불유기 身不由己(사람이 강호에 있으면 그 몸은 자신의 것이 아니므로 마음대로 할 수 없다는 의미 – 옮긴이)'라 했으니 은퇴하는 것도 쉬운 일이 아니다. 유정풍은 예술의 자유와 막역지우와의 우정을 위해 금분세수 하려 했다. 강남사우는 고산 매장에서 이름을 숨기고 금기서화의 즐거움을 누리며 살고자 했다. 그러나 그들 모두 바람을 이루지 못하고 목숨을 잃었다. 권력 싸움(정치)이 이를 허락하지 않았기 때문이다. 정치는 어떤 단체에서든 존재한다. 왕멍 王蒙(중국의 작가 – 옮긴이) 선생은 이 소설의 '금분세수' 부분을 읽을 때 눈물을 흘렸다고 말했는데, 정말 그랬으리라 생각한다.

도덕적으로는 곽정 郭靖(김용 소설 《사조영웅전》의 주인공 – 옮긴이)처럼 나라를 위해 몸을 아끼지 않고, 할 수 없다는 것을 알면서도 끝까지 달려가는 대협 大俠이 훨씬 인정을 받는다. 영호충은 대협이 아니라, 도잠 陶潛(중국 고대 시인 도연명 – 옮긴이)처럼 자유와 개성을 추구하는 은자다. 풍청양은 부끄러움과 실의에 빠져 은퇴했지만, 영호충은 천성적으로 구속받는 것을 싫어했다. 양연정이든 임아행이든 흑목애의 대권을 쥔 자 앞에서 함부로 웃음을 터뜨리면 살신지화를 불러올 수 있었다. 오만하게 구는 것은 더 큰 문제였다. 하지만 '소오강호(얽매이지 않고 즐겁고 자유롭게 강호에 사는 것 – 옮긴이)'하는 자유로움은 영호충이라는 인물이 추구하는 목표였다.

보편적인 인간성과 정치사에서 흔히 나타나는 현상을 그리고 싶었기 때문에 이 소설에는 역사적인 배경이 없다. 이는 곧 비슷한 장면이 어느 시대, 어느 단체에서도 일어날 수 있다는 의미이기도 하다.

1980년 5월

이 소설은 몇 차례 개정했지만 줄거리가 바뀐 부분은 미미하다.

중국 본토의 문학비평가 몇 사람이 악 부인 영중칙이 남편의 비열함을 알고 낙담해 자결한 것을 두고, 이치에 맞지 않는 일이며 절대로 자결하지 말았어야 했다고 평했다. 소봉蕭峯(김용 소설《천룡팔부》의 주인공으로, 요나라와 송나라의 전쟁을 막으려다 의형제인 요나라 황제의 비난을 받아 자결한다 – 옮긴이)이 자결한 것이나 아주阿朱(《천룡팔부》에서 소봉의 연인으로 아버지를 살리기 위해 대신 소봉의 손에 죽는다 – 옮긴이)를 때려죽인 것을 터무니없다 여기는 사람도 있다. 물론 러시아의 소설가 레프 톨스토이가 쓴《안나 카레니나Ahha Kapehha》의 주인공 안나도 반드시 자살할 필요는 없었다.

인생에 대한 가치관은 사람마다 다르다. 어떤 사람은 현대인들의 실리주의를 무협의 인물에 대입하거나 '위소보韋小寶(김용 소설《녹정기》의 주인공으로, 일반적인 무협소설 주인공과 달리 꾀가 많고 필요에 따라 적에게 머리를 숙이기도 한다 – 옮긴이)의 가치관'으로 소봉과 영중칙을 평가하기도 하고, 어떤 사람은 사가법史可法(중국 명나라 명장으로, 북경이 함락된 후 복왕 주유송을 옹립해 청나라에 대항했다 – 옮긴이)과 문천상文天祥(중국 남송의 정치가이자 애국 시인으로, 원나라에 대항해 싸웠다 – 옮긴이)이 투항을 거부한 것이나 악비岳飛(중국 남송의 명장으로, 금나라에 대항해 싸웠다 – 옮긴이)가 항명한 것을 어리석다 평하기도 한다. 홍콩의 누군가는 베이징의 여余씨 가문이 10여 대에 걸쳐 원숭환袁崇煥(후금에 대항해 싸웠으나 누명을 쓰고 처형당한 명나라 말기 장군으로, 김용 소설 《벽혈검》 주인공 원승지는 원숭환의 아들이다 – 옮긴이)의 묘를 지킨 것을 '어리석은 충성'이라고 평했다. 동춘루이董存瑞와 레이펑雷鋒(두 사람 모두 중국 공산당원으로 전투에 참가한 중국 인민 영웅 – 옮긴이)이 사리를 모른다고 말하는 사람도 당연히 있다. '모리배의 눈'으로 역사 인물을 보면 암군暗君과 간신, 탐관오리, 소인배들만 합리적으로 보일 것이다.

어떤 평론가는 이런 물음을 던졌다.

동방불패가 스스로 생식기를 자른 뒤 동성애자가 되는 것이 가능한가?

생식기를 버리는 것은 동성애의 필요조건이 아니며, 생식기가 없다 하여 반드시 동성애로 발전하는 것도 아니다. 남성 사이의 동성애는 역사적으로도 있었던 사실이다. 그리스와 로마, 인도의 군대에서는 동성애가 널리 퍼져 있었고, 관련 문물도 많이 발굴되었다. 지금도 이탈리아 폼페이 유적을 살펴보면 그 흔적을 발견할 수 있으며, 인도 동부의 옛 탑에도 많은 증거가 남아 있다. 영국 역사가 에드워드 기번Edward Gibbon은《로마제국 쇠망사The History of the Decline and Fall of Roman Empire》에서 로마제국의 초기 황제 열네 명 가운데 단 한 사람을 제외하고 모두 동성애자거나 양성애자였다고 했다.

중국에서는 동성애가 더욱 흔했다. 용양龍陽, 분도分桃, 단수斷袖(모두 고대 중국에서 남성 동성애자를 가리키던 말이다 – 옮긴이)의 출처와 동현董賢(한애제의 총신 – 옮긴이), 등통鄧通(한문제의 동성 연인 – 옮긴이)의 고사는 역사적인 사실이다. 현군賢君인 한문제도 예외가 아니었던 것이다.

성적 취향 문제는 명확하지 않다. 동성애가 합법인가 아닌가는 일반적인 법률로는 규정할 수 없다. 현재 일부 서양 국가들은 남성 간 결혼을 합법화하고 있다. 동성애자 가운데 스스로를 여자로 생각하는 사람은 여장을 좋아하기도 한다. 이런 성적 취향은 생식기의 유무와는 무관하므로 동성애자임을 깨달은 뒤에 성전환 수술을 받는 사람도 있다. 수천 년을 이어져온 고대 이집트나 중국의 궁정에는 항상 태감이 있었는데, 남성의 성징이 없다 하여 반드시 여성적인 성격이 되는 것은 아니었다.

2003년 5월